Torsten von Wurlitz

Flussperlmuschel

Die Deutsche Bibliothek verzeichnet diese Publikation in der Deutschen Nationalbibliografie.

Detaillierte bibliografische Daten sind im Internet über
www.dnb.de
abrufbar

Burg Verlag, Rehau
Burgstr. 12, D-95111 Rehau
Tel.: +49 (0) 9283 / 81095
Fax: +49 (0) 9283 / 81096
mailto: info@burg-verlag.com
www.burg-verlag.com

Lektorat: Marianne Glaßer, Röslau
Layout und Gestaltung: Stefan Lingl
Lingl & Friends, Werbeagentur, Marktredwitz
Umschlaggestaltung: Isabel Radeloff
Druck und Bindung in der EU

ISBN:

Buch:	978-3-944370-11-8	- 2. Auflage Mai 2014
eBook:	978-3-944370-12-5	- Erstausgabe März 2014

Torsten von Wurlitz

Flussperlmuschel

Rehau:
Kommissar Wunderlichs erster Fall

Prolog

Sie war ein Kleinod, dessen Gegenwart nur noch wenigen Flecken in Europa geschenkt war: majestätisch trotz ihrer unscheinbaren Lebensweise. Begehrt von Perlenjägern, die man durch Geheimhaltung ihres genauen Lebensreviers abzuhalten suchte. Zu viel versprechend, weil sie tatsächlich so gut wie niemals Perlen enthielt. Ein anderes Versprechen eindrucksvoll erfüllend, nämlich dass der Schutz der Natur zu einer Artenvielfalt voller wunderschöner Besonderheiten führte. Unendlich gemächlich im Wachstum und, wenn man sie ließ, so alt wie eine Schildkröte.

Die Stadt Rehau in Oberfranken gehörte zu den Glücklichen. Der nordöstlichste Teil Bayerns zählte zu jenen, die die Flussperlmuschel besitzen durften, ein zerbrechliches und liebenswertes Schmuckstück – harmlos, unauffällig und doch so wertvoll.

„Erstaunlich, dass so ein Ding einen Menschen töten kann", sinnierte er.

„Es war ja nicht die Muschel", wandte Ulrike ein.

„Dann eben ihr Zwillingsbruder", präzisierte Wunderlich seine Aussage.

„Wie auch immer – Hauptsache, wir leben alle noch und die ganze Stadt ist noch da", ergänzte Angermann.

„*Alle*?", fragte er. „Und die *ganze* Stadt?"

Die Erinnerung an das Verbrechen verblasste bereits. Dabei war es gerade erst vier Wochen her.

Kapitel 1

Es war verschwunden!

Wunderlich fielen fast die Augen aus seinem hochfränkischen Gesicht. Er hatte zwar gleich gewusst, dass hier irgendetwas absolut nicht stimmte. Nur war er beim besten Willen nicht darauf gekommen, was. Gerade noch war er ganz in Gedanken in der Trogenauer Dorfwirtschaft beim Kochkäs' gewesen, der nach seiner Meinung zu den zehn besten Gerichten der Welt zählte, jedenfalls, wenn er hier im Dreiländereck Bayern-Sachsen-Böhmen gemacht wurde. Zur Verdauung war er nun ganz entspannt auf einem seiner Sonntagabend-Spaziergänge durch seine Heimatstadt. Er genoss das wie weniges sonst, jetzt, da er wieder zurück war. Nachdem er den Berg von der Straße herabgekommen war, die nach Hof führte, hatte er die Gleise überquert, einen Schwenk nach rechts und gleich darauf am Bahnhof wieder nach links Richtung Innenstadt getan. Dann war er stehen geblieben, hatte sich nach Westen gewandt und lange der untergehenden Sonne nachgesehen, die sich tiefrot an diesem wunderschönen, ruhigen und milden Septemberabend hinter den Gebäuden des voll im Saft stehenden Konzerns verabschiedete. Das Areal von *PolyWorld* war, ebenso wie die *Licht&Faser AG* am anderen Ortsende, ein Wahrzeichen dafür, dass die Stadt Rehau und ihre zehntausend Einwohner ziemlich gut davongekommen waren beim industriellen Wandel, mit dem sich die gesamte Region auseinandersetzen musste.

Wunderlichs persönliches Wahrzeichen dafür, dass in Rehau etwas los war, war freilich die Tatsache, dass die Kripo der Kreisstadt Hof vor einiger Zeit eine Außenstelle hierher verlagert hatte. Nicht, dass die „Industriestadt im Grünen", wie sie sich zu Recht nennen durfte, unsicher gewesen oder gar von Kapitalverbrechen heimgesucht worden wäre. Auslöser war vielmehr das Projekt „Ihr Kommissar vor Ort" der Staatsregierung, bei dem einzelne Beamte der Bürgernähe wegen bei einer Polizeidienststelle in kleineren Städten stationiert wurden. Diese neueste Idee der bayerischen Strukturpolitik freute ihn am meisten, denn Kriminalhauptkommissar Wunderlich konnte seither direkt von seiner Heimatstadt aus ermitteln.

Und tat dies prompt in diesem Augenblick – denn irgendetwas stimmte hier nicht. Beim besten Willen nicht. Sein auf Harmonie und Perfektionismus eingenordeter Instinkt war unerbittlich. Er hatte die Lücke förmlich gespürt. Nur wo?

Er wandte sich vom Sonnenuntergang zurück nach links und blickte weiter entlang der Gartenstraße, auf der er seine Runde durch die Stadt eigentlich fortsetzen wollte. Zu seiner Linken stand die Stadtbank, das größte und altehrwürdigste Institut am Ort, hinter ihm der Bahnhof, vor ihm die Luitpold-Brücke über die Schwesnitz, wo Perlenbach und Höllbach sich zu Rehaus Stadtflüsschen vereinten. Sein Blick folgte weiter geradeaus dem Lauf des Perlenbachs flussaufwärts in Richtung Süden und streifte links den Maxplatz und das Stadtzentrum ebenso wie das Denkmal des früheren bayerischen Ministerpräsidenten, der seit dem 17. November 1992 über das westliche Ende des Platzes wachte. Seine Blicke – die von Wunderlich, nicht die von Strauß – gingen über die Kreuzung, an der einst – da war er längst geboren, und er war nun gerade Anfang vierzig – unter großer öffentlicher Anteilnahme Rehaus erste Verkehrsampeln aufgestellt worden waren, und verloren sich dann noch fast bis hinauf zur „Fränkischen Krone“, dem besten Haus am Platz, jedoch ohne die Lücke im Suchbild zu entdecken. Dann steuerten sie zurück zur Brücke und hielten kurz vorher linker Hand am Wehr an, dessen Stauklappe einen pittoresken Wasserstand des Perlenbachs erst möglich machte. Auf der anderen Straßenseite genau gegenüber stand das sogenannte „Viehhändler-Denkmal“, die Bronzeplastik eines Mannes mit einem Schwein unter dem Arm und einem Rind an seiner Seite, alle zusammen auf einem fast eine Tonne schweren Granitblock. Es erinnerte an einen Berufsstand, der von Ende des achtzehnten Jahrhunderts an auf teilweise langen, beschwerlichen Handelswegen einen enormen Beitrag zur wirtschaftlichen Blüte der Stadt geleistet hatte.

Das heißt – es hätte dort stehen müssen.

Wunderlich rieb sich wie vom Donner gerührt die Augen. Einmal. Zweimal. Das konnte nicht sein. Das Denkmal gehörte genau zehn Meter links neben die Brücke. Es musste dort sein. Erst beim dritten Mal vergeblichen Hinsehens gestand er es sich endlich ein. Er sah es nicht. Das also war der Fehler im Bild.

„Iech glaab, iech bie aweng bsuffn", führte er ein kurzes, aber lautes Selbstgespräch in seiner Muttersprache, nicht ohne sich zu vergewissern, dass niemand in der Nähe stand. Er fragte sich, ob ihm der Wirt vom Gasthof „Weißes Ross", wo er nach dem Essen noch schnell mit dem Bürgermeister auf einen Schoppen Frankenwein zusammengesessen war, statt eines leichten Rieslings einen schweren Gewürztraminer mit 14 Prozent Alkohol eingeschenkt hatte. Versehentlich. Oder auch absichtlich. Sie versuchten ja immer, ihn wegen seiner Weinvorliebe zu foppen, nachdem seine Abneigung gegen Bier für einen Oberfranken, einen aus dem Land der kühlen Bierkeller also, gelinde gesagt ungewöhnlich war. Er fühlte sich aber vollkommen nüchtern, und so näherte er sich, noch immer an seinen Sinnen zweifelnd, der Stelle, an der nach allen Gesetzen der Logik und der Kenntnisse seines Geburtsortes das bewusste Steintrumm hätte stehen sollen. Aber es war nicht da.

Wunderlich war ein fantasievoller Mensch. Berufskrankheit. „Alberner Scherz, wahrscheinlich mit einem getürkten Transparent und einer versteckten Kamera", ging es ihm durch den Kopf. Er streckte zielsicher die Arme aus. Aber seine Finger ertasteten nichts. Das Monument regionaler Agrarökonomie war wirklich nicht an seinem Platz.

Er fühlte sich ein wenig wie in dem Film, in dem jemand in ein Auto stieg, das eine Zeitmaschine war, und sich dann in der Eile verfuhr. Das Denkmal hatte ja nicht immer hier gestanden, sondern erst seit ziemlich genau zwanzig Jahren. Vielleicht hatte er einen Tag erwischt, der früher … Gerade als er überlegte, ob er noch einmal auf die gestrige Ausgabe des „Frankenblattes", seiner geschätzten Tageszeitung, blicken und das Datum kontrollieren sollte, fiel ihm auf, dass allein durch das Fehlen des Denkmals sein Gefühl, irgendetwas sei anders als sonst, noch nicht vollständig erklärt war.

Die Schwesnitz hörte sich ziemlich merkwürdig an.

Das gleichmäßige Rauschen, das an dieser Stelle üblicherweise vom Grummeln des zwar gezähmten, aber doch vorhandenen Wehres hinter Wunderlich verstärkt wurde, hatte einer viel dumpferen Klangfärbung Platz gemacht. Als ob das liebliche Plätschern von Rehaus Hauptgewässer von etwas geschluckt würde. Vom Aufprall auf etwas Größeres. Etwas deutlich Größeres. Einen sehr großen – Stein?

Jetzt verstand Wunderlich endgültig. Augenblicklich riss er seinen Kopf herum in Richtung Wasser. Und da lag es. Im Fluss, direkt unter der Brücke, von der es gestürzt war.

Vielmehr: gestürzt worden war. Das stand fest. Obwohl es eintausend Kilogramm wog.

Aber das war noch nicht alles.

Wunderlich hatte in seinen ersten zwanzig Lebensjahren alle Facetten dieser ganz besonderen Stadt in sich aufgenommen: bürgerlichen Gemeinsinn und tiefen politischen Zwist, die Sackgassen des Eisernen Vorhangs und den Jahrhundertstau bei dessen Fall, die herrlichen milden Sommer und die als sibirisch diffamierten Winter. Rehau war eine Wundertüte im meist besten Sinn – aber niemals hätte er je für möglich gehalten, dass das in seiner Stadt passieren könnte, was er nun vor sich sah.

Ganz abgesehen davon, dass er nicht ahnen konnte, wie nahe die Stadt am Abgrund stand.

Kapitel 2

Einige Zeit zuvor.

Beierlein war genervt. Einmal mehr hatten sie vom „schnatterkalten Hof“ gesprochen. Es war ein milder, sonniger Märztag. Hier herrschte schönster Frühling, aber die Marsmenschen im fernen München hinderte das nicht, im landesweiten Radiosender die Kreisstadt Hochfrankens als „bayerisch Sibirien“ zu verspotten. Ungefähr seit König Ludwigs Zeiten ging das nun schon so. Er war fest davon überzeugt, dass keiner von denen jemals die A93 hochgekommen war. Vermutlich wussten sie noch nicht einmal, dass die Autobahn seit mehr als zehn Jahren fertig gebaut war.

„Ihr mit eurem Föhn-Brummschädel, ihr seid doch nur neidisch“, murmelte er, während er auf seinen Tiefgaragen-Parkplatz im Amtsgebäude rangierte.

Beierlein war einer der engagiertesten Mitarbeiter in der Unteren Naturschutzbehörde im Landkreis Hof. Ein Bestandteil des Landratsamtes also, was ihm naturgemäß nicht gerade die Spannung eines Arbeitstages von James Bond einbrachte. Heute allerdings sollte alles anders werden.

Er war kaum aus dem Lift gestiegen, als er seinen Chef traf. Der machte wie so oft bei ihren Begegnungen eine etwas zwiespältige Miene, was Beierlein jedes Mal wunderte, da Hopperdietz an sich eine vorbildliche Mitarbeiterführung praktizierte. Was Beierlein über sich selbst nicht wusste: Er war ein überaus eifriger, wissbegieriger Mensch, der uneingeschränkt Freude verursacht hätte, wäre er nicht mit der betrüblichen Eigenschaft ausgestattet gewesen, sein Engagement in Form neugescheiten Daherredens in breitestem Mittelfränkisch kundzutun. Zu allem Überfluss tat er dies in der Überzeugung, dass nicht einmal die Detonation einer Atombombe in der Kölner Innenstadt wichtiger wäre als das, was er jeweils gerade zu sagen hatte. Das konnte anstrengend sein, auch für gelassene Chefs wie Hopperdietz, einen gutmütigen, eins neunzig großen Kerl wie ein Schrank, an dessen breiter Brust ansonsten alles abprallte. Aber der Ausdruck in Hopperdietz' kantigem Gesicht sollte sich gleich drastisch aufhellen.

„Chef, ich hab' heute Material dabei, da schmeißen Sie sich weg, hehehe!"

Beierlein war mit sich selbst eigentlich ein ernsthafter Mensch. Seine Kommunikation nach außen aber war bisweilen ein Desaster: An manchen Tagen pflegte er ungefähr jeden dritten Satz mit einem Grinsen oder, viel schlimmer, einem albernen Kichern zu beenden, das jedem Pennäler unangefochten den Titel „Klassenclown" eingebracht hätte. Er wirkte einfach nicht erwachsen an solchen Tagen. Dummerweise wusste niemand, nach welcher Gesetzmäßigkeit sie auftraten, aber heute war wieder so ein Tag.

„Sie können sich doch sicher noch dunkel an unsere kleinen Schätzchen kurz vor der tschechischen Grenze erinnern."

Beierlein hatte wieder einmal schneller gesprochen als gedacht. Sein Chef war für einen ernsthaften, stets konstruktiven Umgangston bekannt. Anzügliche Zwischentöne prallten an ihm ab, und Halbseidenes duldete er in seiner Behörde schon gar nicht. Die Mitarbeiter fanden das gut an Hopperdietz, es unterstrich die Seriosität ihrer Arbeit. Nur Beierlein musste sich manchmal etwas bremsen.

„Ich mein' natürlich die Flussperlmuschel, hehehe", schob er daher ungefragt nach, als er der Miene seines Chefs gewahr wurde. „Wir haben doch neulich die jährliche Zählung vornehmen lassen in den Gewässern von Rehau."

„Sicher, ich erinnere mich gut. Ich habe das Projekt ja seinerzeit selbst in Auftrag gegeben."

„Allmächt, das müssen Sie sich mal vorstellen: Binnen zwei Jahren haben die Dinger um fast fuffzich Prozent zugelegt! Überall in Perlenbach, Höllbach und Schwesnitz liegen sie plötzlich wieder! Keine Rede mehr davon, dass der Heinersgrund das letzte Refugium ist."

Hopperdietz sah sich die Tabellen und Diagramme an. Sie zeigten überdeutlich, dass auf der gesamten Länge von der tschechischen Grenze, wo die Quellen von Höllbach und Perlenbach sich befanden, bis nach Wurlitz, dem westlichen Ende des Stadtgebiets, durch das die Schwesnitz floss, das unter Naturschutz stehende Kleinod innerhalb von vierundzwanzig Monaten förmlich ins Kraut geschossen war. Ein zufriedenes Lächeln überzog sein Gesicht. Er nahm einen genüsslichen Schluck aus der Kaffeetasse in seiner rechten Hand, während er sich gleichzeitig Notizen machte. Freudig erregt las er die Zahlen wieder und wieder.

„Sehr schön, Beierlein, sehr schön. Was habe ich Ihnen gesagt – unsere jahrelange Arbeit trägt Früchte. Bereiten Sie gleich eine Pressekonferenz vor. Rehau wird sich freuen."

Beierlein tat wie ihm geheißen. Er war äußerst erleichtert. Er hatte weiß Gott genügend andere Sorgen. Das Geld anzunehmen, das der andere ihm geboten hatte, war mit seinem Gewissen absolut unvereinbar gewesen. Er wollte ein grundehrlicher Mensch sein. Und niemand wusste, wo seine Entscheidung, seine Schwäche, sein Überschreiten der Grenze zwischen Gut und Böse am Ende womöglich hinführen würde. Aber ihre Existenz stand vor dem Abgrund. Den Schulden würden sie nicht entkommen. Was hätte er tun sollen?

Kapitel 3

„ULI". Das war alles, was sie bis jetzt von ihm gefunden hatten. Wunderlich stand auf der Schwesnitzbrücke und betrachtete nachdenklich den verblichenen Zettel. Er hatte Zeit genug dazu, denn ansonsten war von dem Toten nicht viel übrig: Wenn man von einem Granitblock erschlagen 24 Stunden lang in einem Fluss lag, war das nicht gerade so, als wäre man wie Lenin einbalsamiert und in einem Mausoleum aufbewahrt worden. Lenin? Wie kam Wunderlich jetzt auf Lenin? Nichts lag gerade ferner als die Albernheiten seiner revolutionären Jugendzeit hier in der Stadt, jetzt, da Edmund Angermann neben ihm auftauchte.

Schreckensbleich war eigentlich nicht die typische Gesichtsfarbe des Bürgermeisters der Stadt Rehau. Der Mann, mit dem Wunderlich schon zur Schule gegangen war und mit dem ihn von Kindesbeinen an eine Freundschaft verband, hatte üblicherweise gesunde rote Wangen. Er sorgte sich äußerst aktiv um die Belange seiner Zehntausend-Einwohner-Gemeinde, manchmal bis über die Haarspitzen hinaus motiviert. Nicht selten saß er ab fünf Uhr morgens im Rathaus. Trotz zweier kleiner Kinder war er ein fanatischer Frühaufsteher. Aber das hier war auch für einen, der täglich die Probleme des Bürgeralltages lösen musste, des Guten zu viel. Und die Blässe in Angermanns Gesicht wirkte noch etwas gespenstischer dadurch, dass im Umkreis von zweihundert Metern alles in ein pulsierendes Blaulicht getaucht wurde.

„Die Spurensicherung meint, man hat ihn wohl letzte Nacht zuerst betäubt, in den Fluss geworfen, dann mit einem Flaschenzug das Viehhändlerdenkmal aus der Verankerung gerissen und das schließlich präzise auf ihn abgeworfen. Es wird vermutet, dass es zwischen Mitternacht und drei Uhr früh passiert ist."

„Wer ist er?", murmelte Angermann, noch immer verschreckt und ziemlich geistesabwesend.

„Des wiss' mer nohnich. Man hat den Granitstein grodoo auf sein Gesicht obifall'n lassen."

Wunderlich hatte in München studiert und war erst vor zwei Jahren, kurz nach seinem 40. Geburtstag, zurück nach Hof zur Kripo gekommen. Er beherrschte sowohl Altbairisch als auch Hochfränkisch jeweils verhandlungssicher in Wort und Schrift. Aber manchmal verband er auch beides – und daran hätte man ihn wohl unter Tausenden erkannt.

„Wir haben jedenfalls nichts bei ihm gefunden. Nur dieser Zettel hier lag am Ufer."

„U L I. Hm." In Angermann begann es zu rattern. Das ging bei ihm schnell, denn Wunderlichs bester Freund war nicht nur Bürgermeister, sondern auch Hobby-Kriminalist. Der gesunde Menschenverstand, den er im Hauptberuf gern benutzte, kam ihm bei seiner Freizeitbeschäftigung sehr entgegen. Jahrelang hatten sich die beiden stets über Wunderlichs Fälle ausgetauscht, als dieser in München ermittelte, während Angermann per E-Mail Kontakt hielt und sich über Wunderlichs ungelöste Fragen den Kopf zerbrach. Mehr als einmal hatte er so zur Aufklärung von Mord und Totschlag beigetragen. Je kniffliger die Tätersuche, desto besser. Insofern standen sie, wenn man so wollte, nun vor ihrem ersten gemeinsamen Fall.

„Nehmen wir an, der Tote kommt hier aus Rehau", fing Angermann laut zu denken an, aber noch ehe Wunderlich etwas beitragen konnte, stutzte der Stadtchef und bemerkte etwas anderes.

„Das ist doch seltsam. Das U steht weit oben links und das LI im Grunde eine Zeile tiefer und weiter rechts."

Wunderlich registrierte das erst jetzt, da Angermann ihn darauf hinwies. Sein Amateurkollege war wirklich hilfreich wie ein Profi, und das, obwohl er stark mit Frösteln beschäftigt war. Es war inzwischen 20 Uhr und damit allmählich dunkel und herbstlich frisch geworden. Wunderlich störte der Temperaturabfall nicht im Geringsten. Im Gegensatz zu Angermann hatte er die Tatsache, dass er hier aufgewachsen war, erfolgreich in sein Körperempfinden übertragen können: Er fror praktisch nie. So stand er noch immer im T-Shirt an der Schwesnitzbrücke und hätte ebenso gut ein Eis essen können. Anstatt sich mit der Kühle zu beschäftigen, dachte er über Angermanns unschätzbare Unterstützung nach. Er wünschte, er könnte dieselbe Leistung auch umgekehrt abliefern. Aber selbst wenn er damals vor seinem Weggang das Stadtratsmandat nicht ganz knapp verpasst hätte und den begehrten Spruch „Ich schwöre Treue dem Grundgesetz für die Bundesrepublik Deutschland und der Verfassung des Freistaates Bayern" anlässlich seiner Vereidigung hätte vortragen können, so hätten sie doch seinerzeit unterschiedlichen politischen Lagern angehört.

„Stimmt", holte er sich zu dem Mordfall und dem Zettel zurück. „Was mag das bedeuten?" Sie kamen beide nicht darauf.

„Hast du mal auf die Rückseite geschaut?" Angermann hatte den Gedanken zur selben Zeit wie der Kommissar. Sie drehten den Fetzen Papier um.

„7444."

„Autokennzeichen?" Angermann gab den ersten Tipp ab.

„Der Landkreis Hof hat nur dreistellige Nummern." Wunderlich reagierte schnell. Der zweite Tipp kam von ihm. „Telefonnummer?"

Angermann tippte die Nummer in die Telefonbuch-App seines Smartphones. Er wurde noch blasser.

„Ach du grüne Neune!"

„Was ist? Hast du einen Treffer?"

„Treffer und versenkt", murmelte Angermann gedankenverloren.

„Jetzt sag schon!"

„Es ist die Nummer von Uli Wolk."

Eine halbe Minute herrschte Schweigen zwischen den beiden.

„Wenn es nicht so übel wäre, würde ich jetzt sagen: Siehst du, deswegen bin ich der Kommissar und du nur der Bürgermeister", kommentierte Wunderlich das Ergebnis trocken, bevor beide die Tatsache zu verarbeiten begannen, dass der Name von Rehaus Oppositionsführer, der im Stadtrat einen genauso guten Job machte wie der Bürgermeister, bei einem Mordopfer zu finden war.

Kapitel 4

Der Heinersgrund war eine von Birken gesäumte Flussaue unweit des Rehauer Ortsteils Heinersberg, durch die sich der Perlenbach ebenso schlängelte wie die beschauliche, eingleisige, aber immerhin stündlich befahrene Bahnlinie von der Kreisstadt Hof nach der Porzellanstadt Selb. Fast anderthalb Kilometer zog sich die unberührt wirkende Senke vom Ortsschild der Stadt unterhalb des funkelnagelneuen Baugebiets „Am Schild II“ vorbei nach Heinersberg. Ein durch und durch idyllischer Flecken, wenn man sich die Autobahn 93 von Regensburg nach Hof wegdachte, die seit Anfang des 21. Jahrhunderts keine 200 Meter vom Bach entfernt verlief und den Weiler mitten durchschnitt.

Der Flussperlmuschel war der Lärm der A93 egal. Sie war genau richtig hier im Dreiländereck Bayern-Sachsen-Böhmen, wo sie in kalk- und nährstoffarmen Fließgewässern, die von einem Mittelgebirge wie dem Fichtelgebirge zur Verfügung gestellt wurden, ihre bevorzugten Bedingungen vorfand. Es gab nur ein Problem dabei: Sie lebte gefährlich. Das 65 Millionen Jahre alte Tier war überall dort, wo man es auf der Nordhalbkugel zwischen Westrussland und Nordamerika noch finden konnte, vom Aussterben bedroht. Die Jungmuscheln waren darauf angewiesen, sich die ersten fünf Jahre versteckt im sauberen Kies des Flussbetts anzusiedeln, was nur in Gewässern wie dem Perlenbach gelang, die nicht verschmutzt oder durch Algenwachstum verschlammt waren. 64.999.920 Jahre lang ging es der Flussperlmuschel so blendend, dass sie Bäche dieser Art in mehreren Lagen übereinander zu bewohnen pflegte. Binnen der letzten achtzig Jahre hingegen hatte der Mensch dafür gesorgt, dass sich in Gewässern wie dem Perlenbach nur noch wenige hundert Exemplare verloren oder die Muscheln schon ganz verschwunden waren.

Beierlein sah dies seit heute anders. Es war der 2. April und er stand vor den Redakteuren von Frankenblatt, Thüringer Tag, Sächsischer Zeitung, Süddeutschen Nachrichten und Frankfurter Rundblick. Auch Hochfranken-TV war in die Hofer Behörde gekommen. Er und sein Chef gaben eine Presseerklärung ab.

„Die Maßnahmen der Unteren Naturschutzbehörde im Landkreis Hof, um die Ansiedlung der Flussperlmuschel im Raum Rehau zu fördern, waren ein voller Erfolg", begann Hopperdietz, „und wir sind unheimlich stolz und glücklich."

„Was für Maßnahmen waren das?", wurde der Reigen der Journalistenfragen eröffnet.

„Nun, wir haben ja schon seit 30 Jahren durch den Ausweis von Schutzgebieten und durch bauliche Maßnahmen für eine verringerte Zufuhr von Abwässern in die Flüsse gesorgt", fuhr Beierlein mit dem fachlichen Teil fort. „Besonders wichtig für die Flussperlmuschel ist aber auch ein möglichst geringer Eintrag von Nährstoffen und Feinschlamm in den Bachlauf. Außerdem sollte das Gewässer möglichst kühl sein. An diesen Punkten haben wir nun massiv nachgelegt: Wir haben dem Perlenbach gezielt und in großem Umfang Wasser mit diesen Eigenschaften zugeführt."

„Und wie haben Sie das gemacht – und über welchen Zeitraum ging das?"

„Das Projekt hat in etwa zwei Jahre in Anspruch genommen. Wir haben riesige Wassermengen aus dem Hofer Untreusee entsprechend aufbereitet und mit Tankfahrzeugen an die bayerisch-tschechische Grenze gebracht, wo es den einzelnen Zuflüssen des Perlenbachs zugefügt wurde. Auf dem gleichen Weg haben wir unsere Kollegen der Tschechischen Naturschutzbehörde auch unterstützt, den neuen Stausee gleich hinter Asch zu befüllen, der durch einen konstanten Abfluss in den Perlenbach dafür sorgt, dass der Strom an gutem Wasser nie abreißt."

„Tankfahrzeuge? Tagein, tagaus in den Dörfern hier im Hinterland?!"

Beierlein war auf die Frage vorbereitet, einschließlich des leicht beleidigten Untertons, der wohl sagen sollte: „Was fällt Ihnen ein, dass wir das nicht mitbekommen haben?“ Er grinste nur überlegen aus seinem rundlichen Gesicht, das samt Knollennase und spärlichem Haupthaar formvollendet zu seinem etwas untersetzten Enddreißiger-Körper passte.

„Das war völlig geräuschlos. Für dieses Projekt waren die europaweit ersten zehn Tanklaster mit komplettem Elektro-Antrieb im Einsatz.“

Ein anerkennendes Raunen ging durch den Raum.

„Billig war das Ganze aber nicht, oder?“

„Die EU fördert im Rahmen ihres Flora-Fauna-Habitat-Konzepts solche Maßnahmen mit nicht unerheblichen Beträgen“, erläuterte Hopperdietz. „Naturschutz spielt in Europa eine immer größere Rolle, und das ist auch gut so.“

„Abgesehen davon haben wir mit einem namhaften Maschinenbauer aus Rehau zusammengearbeitet, der auch E-Fahrzeuge vertreibt“, ergänzte Beierlein. „Dadurch haben wir die LKWs schnell, unbürokratisch und ohne unnötige Zusatzkosten erhalten. Die Industriezweige in Rehau sind weit fortschrittlicher, als mancher glaubt.“

„Wie geht es jetzt weiter?“

„Das Projekt Wassereintrag ist vorerst abgeschlossen. Wir haben Daten aus den letzten 24 Monaten gesammelt und werden dies nun für längere Zeit fortführen. Die Flussperlmuschel ist ein gemächlicher Zeitgenosse – sie wächst sehr langsam. Wir konnten also zunächst nur die Zunahme an Jungmuscheln beobachten, die durch unser Projekt ihr fünftes Lebensjahr unbeschadet erreicht haben und wieder aus dem Kiesbett der Bäche zum Vorschein gekommen sind. Wir gehen davon aus, nun über Jahre weiter wachsende Bestände zu sehen.“

„Was ist Ihre Botschaft an die Bevölkerung?“

„Angesichts dieses Erfolges sehen wir einmal mehr, welch wunderbaren Reichtum die Natur uns schenken kann, wenn wir sie schützen. Wir appellieren an alle Bürgerinnen und Bürger, sich an diesem Prinzip aktiv zu beteiligen und in Haushalt, Beruf und Freizeit rücksichtsvoll mit allen Ressourcen umzugehen. Es lohnt sich, nicht nur für die Natur, sondern auch für Sie selbst. Die Welt wird schöner sein."

Das war Beierleins große Schlussansprache, die von Hopperdietz mit einem fortdauernden Nicken begleitet und am Ende mit einem anerkennend hochgereckten Daumen gewürdigt wurde. Die Presseleute verabschiedeten sich und bedankten sich für die spektakulären und fachkundigen Informationen. Beierlein und Hopperdietz reichten sich die Hand: Sie hatten nach zwei Jahren gemeinsam etwas ganz Großes erreicht.

So schien es.

Kapitel 5

Am nächsten Morgen um neun begannen Wunderlichs Ermittlungen. Ulrich Wolk, Vorsitzender der „Bürger für Rehau“ und einer der fünf Stadträte seiner Fraktion, wohnte in Schönlind, einem Dorf knapp sieben Kilometer vom Stadtzentrum entfernt, in dem es durch den Ackerbau noch immer so viele Scheunen wie Einwohner gab, auch wenn die Rinder auf der Weide inzwischen einer Alpaka-Zucht Platz gemacht hatten.

Wunderlich fuhr vor und klingelte an Wolks Haustür. Er kannte Wolk schon seit zwanzig Jahren und war per Du mit ihm.

Heute allerdings war die Begegnung kurz, aber heftig.

Wolk öffnete nach dem zweiten Klingeln die Tür, noch schlaftrunken. Er war offenkundig übernächtigt, weshalb es zwei Sekunden dauerte, bis er Wunderlich erkannte, und weitere fünf, bis er sich bewusst wurde, dass die Polizei vor ihm stand. In diesen sieben Sekunden hatte Wunderlich Folgendes gesagt:

„Morgen, Uli, du, ich hätt amol a Frooch …“

Diese seine Frage konnte der Kommissar allerdings dann nicht mehr stellen. Wolk machte auf dem Absatz kehrt, im Wenden die Haustür vor Wunderlichs Nase zuschlagend, und rauschte quer durch sein Wohnzimmer direkt in die Doppelgarage. Obwohl er auf dem Weg über einen Garderobenständer stolperte, diesen umriss und im Fallen beim merkwürdigen Versuch, sich an einer sehr teuren Selber Porzellanvase festzuhalten, selbige in tausend Stücke zerlegte, war er schneller bei seinem Mofa, als Wunderlich außen um das Gebäude herumlaufen konnte.

Den Zündschlüssel hatte er nach seiner nächtlichen Rückkehr geistesgegenwärtig – oder vielleicht doch eher zufällig – in seiner Hosentasche gelassen, was ihm nun eine Menge Zeit ersparte. Er drehte ihn im Schloss um und raste los. Sein Ziel war das Nachbardorf

Neuhausen. Dort würde er die Grenze nach Tschechien überqueren und auf der alten Allee nach Asch flüchten. In der Partnerstadt Rehaus war er sicher. Die tschechische Justiz war bekannt dafür, eine Straftat, wie er sie begangen hatte, bedeutend nachlässiger zu verfolgen als in Deutschland. Er würde eine Weile dort bleiben, bis ihm die Sache nicht mehr nachzuweisen war. Irgendwie würde er schon davonkommen.

Wolk hatte natürlich versucht, eine Abkürzung zu nehmen, die man mit einem zweispurigen Streifenwagen nicht hätte befahren können. Was er in seiner Übermüdung jedoch nicht begriffen hatte, war, dass Wunderlich wie fast immer mit seinem Rennrad vorgefahren war.

Der Kommissar war passionierter Radsportler und unternahm seine Ermittlungen, so oft es ging, mit seinem Sportgerät. Schönlind war da eine Kaffeefahrt. Er liebte es, in seiner Freizeit das Fichtelgebirge und den Frankenwald von links nach rechts und von oben nach unten zu durchqueren, bis zwischen dem Wurmloh-Pass bei Nagel und dem 1051 Meter hohen Gipfelpunkt der Schneebergstraße keine Höhe mehr übrig war, die er nicht unter seinen zwei Reifen gehabt hatte. Er war das, was man im Radsport gerne eine Bergziege nannte. Was bedeutete, dass man, wenn gerade einmal kein ernsthafter Berg auf der Strecke lag, gemeinhin ziemlich schnell unterwegs war.

Das Dorf Neuhausen lag direkt an der Grenzlinie. Schon wenn man die Straße von Rehau entlangkam, fuhr man vor dem Ortseingang für gut anderthalb Kilometer durch den Wald direkt an weißblauen Grenzpfählen entlang. Hätte man linksseitig der Straße geparkt und wäre ausgestiegen, um zum Beispiel ein dringendes Bedürfnis zu verrichten, man hätte augenblicklich Tschechien betreten. Zu Zeiten des Eisernen Vorhangs war das ein einigermaßen beklemmendes Gefühl gewesen. Fünf Jahre Haft in einem CSSR-Gefängnis wegen Urinierens? Man hatte seinerzeit als Bundesbürger die wildesten Fantasien, was auf einen zugekommen wäre. Nun ja, dies war seit fast 25 Jahren vorbei. Passierte man also den Ortseingang Neuhausens, so führte einen die Straße durch eine Rechtskurve zunächst einige Meter von der Grenze weg, um dann erneut einen Bogen nach links zu schlagen, etwa 250 Meter lang kerzengeradeaus direkt auf den Schlagbaum zuzulaufen und dort zu enden. Dahinter begann der Spazierweg nach Asch.

In dieser letzten Linkskurve vor der Grenze hatte Wunderlich den Flüchtigen auf dessen knatterndem Mofa eingeholt. Es war eine Sprintankunft, die jeden zwielichtigen südeuropäischen Sportmediziner in höchste Verzückung versetzt hätte. Das Alte Zollhaus, das ausgangs der Kurve auf der linken Seite stand und das einzige Gebäude auf dem Viertelkilometer war, wäre als Pressetribüne wohl mehrfach ausgebucht gewesen.

Wolk war völlig perplex. Panik machte sich in ihm breit. Er überlegte fieberhaft, wie er den Kommissar abschütteln konnte. In den letzten 48 Stunden war er so weit gegangen, dass es auf den Versuch, einen Polizisten zu Fall zu bringen, auch nicht mehr ankam. Reißnägel streuen oder das rückwärtige Maschinengewehr ausfahren waren zwei seiner durchdachten Optionen – unglücklicherweise verfügte sein Fahrzeug über keines dieser beiden Features.

Also entschied er sich für Gasgeben bis zum Äußersten. Jeder Tour-de-France-Reporter hätte an dem, was folgte, seine wahre Freude gehabt: Wolk hastete in der langen Geraden auf den Schlagbaum zu – Wunderlich flog aus der Linkskurve von hinten heran. Er ging in den Wiegetritt über und holte das Letzte aus sich heraus. Mit einem Tempo von 50 bis 60 und einem Puls von knapp 200 sprintete er an das Hinterrad des Mofas heran. Nur noch Meter bis zur Demarkationslinie! Wunderlich musste sofort aus dem Windschatten gehen. Wolk versuchte, ihn mit einem Ellenbogencheck abzudrängen – nur musste er dazu kurz vom Gas. Das war die Millisekunde, die dem Polizisten zum Sieg verhalf: In einem Fotofinish überquerte er als Erster die weiße Linie, schubste seinen Kontrahenten nach hinten weg und konnte noch während seiner eigenen Vollbremsung sehen, wie dieser sich mitsamt Mofa unsanft auf die Straße legte.

Einen Meter auf deutscher Seite.

„So, lieber Uli, du kommst jetzt erst mal mit", keuchte Wunderlich, als sein Pulsschlag wieder im zweistelligen Bereich war.

Kapitel 6

Die Zahl war schon wieder größer geworden. Rechts neben dem Minuszeichen folgten fünf Ziffern, keine davon besonders niedrig. Vor drei Monaten waren es noch vier gewesen. In spätestens sechs Monaten würden es sechs sein.

„Dann ist es vorbei", war der nächste Gedanke beim Blick auf den Kontoauszug der Stadtbank. „Dann kann ich mich ebenso gut umbringen."

Der Blick ging zurück zu dem Tag, an dem alles angefangen hatte.

„O Gott, wie ich diesen Tag verfluche. Wäre ich doch nie hingegangen. Und vor allem: Warum nur bin ich dann geblieben? Es war doch klar, dass der Tscheche nicht mehr auftauchen würde."

Eine Mischung aus Sarkasmus und Selbstmitleid machte sich als Nächstes breit.

„Alles Mögliche hätte mich treffen können. Es gibt so vieles, dem man verfallen könnte. Aber ausgerechnet dem? Ausgerechnet ich? Was für ein zynischer Volltreffer!"

Dann schlug der Gedanke einen 180-Grad-Haken und raste in die Zukunft.

„Es wird immer so weitergehen. Ich werde davon nie mehr loskommen. Egal, wie oft es schiefgeht – ich werde es wieder und wieder und immer wieder tun. Alles wird vernichtet werden – meine Familie, mein Beruf, meine Wohnung, mein Leben."

Draußen blühten die Osterglocken, aber drinnen war die Stimmung verzweifelt. Es blieb nur eine Schlussfolgerung.

„Ich habe wohl nichts mehr zu verlieren."

Kapitel 7

Der frühe Herbst war eine wunderbare Zeit in Hochfranken. Während sie am Alpenrand oft mit heftigen Wärmegewittern und Dauerregen zu kämpfen hatten, gab es hier oben in den Landkreisen Hof und Wunsiedel meist eine stabile Hochdruckwetterlage. Es war nicht zu kalt und nicht zu warm und oft den ganzen Tag einfach nur sonnig. Die ganze Region präsentierte sich wie das Leben selbst in seiner schönsten Form: ruhig, mild und friedlich. Die Luft roch unverbraucht und transportierte den Duft der umliegenden Felder über die sanft geschwungenen Hügel hinweg in die Stadt hinein. Es gab keine rush hour wie in den Ballungsgebieten, und selbst tagsüber besiegte das Zwitschern der Vögel das bisschen Verkehrsrauschen ohne jede Mühe. Dieser Landstrich konnte es problemlos mit der Toskana aufnehmen. Es war wie ein schöner Traum.

Schöne Träume der besonderen Art begleiteten heuer jedoch vor allem die Fußballer des 2. FC Rehau. Der Aufstieg in die Bayernliga im Frühsommer war eine Sensation gewesen. Der Club war ja erst zwei Jahre zuvor aus dem 1. FC Rehau hervorgegangen, welcher seinerseits kurz vorher aus der Fusion zweier Fußballabteilungen entstanden war, die sich Jahrzehnte – wenn nicht Jahrhunderte, wer wusste das schon so genau – in einem zyklischen Wechsel aus Zusammenhalt, gesundem Wettbewerb und alberner Hassliebe befunden hatten. Deswegen machte sich auch bald nach dem Zusammenschluss bei einigen schon wieder ein Murren und Knurren breit, und ein Grüppchen besonders Frustrierter beschloss dann die Abspaltung des 2. FC, der von den Anhängern des anderen Clubs mit „Spalter" betitelt wurde und mit mäßigem sportlichem Erfolg startete.

Dann aber war Mackert aufgekreuzt. Georg Mackert, den sie hier alle nur „Gerch" nannten, hatte Geld wie Dagobert Duck. Er war der geborene, zudem just in Rehau geborene Unternehmer und als solcher zu einer Zeit ins Windpark-Geschäft eingestiegen, als man in Oberfranken Windräder noch für diese netten Kinderspielzeuge aus dünnem Plastik hielt, die Erstklässler gerne als Dekoration auf ihre Zuckertüten bekamen oder als Fahrradschmuck umherfuhren. Inzwischen konnte er sich rühmen, dass weniger als hundert seiner Zehn-Megawatt-Masten ein ganzes Atomkraftwerk ersetzten. Das war für Oberfrankens Bevölkerung zwar wenig greifbar, da es hier weit und breit kein Atomkraftwerk gab. Aber es klang hervorragend und brachte ihm höchsten Respekt ein. Zumal er von sich selbst oft und gerne verkündete, er sei der zweitgrößte Steuerzahler in dieser Stadt". Und zudem ein leuchtender Vertreter der Spezies „A Hund is er scho". Von da an war es irgendwann nur noch ein kurzer Weg zu der Erkenntnis, dass der Besitz eines Fußballclubs doch recht schmückend wäre.

So wurde Gerch Mackert Chef des 2. FC Rehau. Und war gerade dabei, neue Spieler einzukaufen.

Er war an diesem Montagnachmittag auf dem Weg zum Flughafen „Hof – Günther Beckstein", um seinen neuesten Einkauf abzuholen. Das war in vielerlei Hinsicht bemerkenswert: zum einen deshalb, weil buchstäblich im letzten Moment der Rehauer Industriegigant *PolyWorld* beschlossen hatte, den angeblich vor der Schließung stehenden Flugplatz als Prestigeobjekt umzufunktionieren. Man war es wohl leid gewesen, dass bei der Verkehrs-Infrastruktur ständig „unprofitabel" mit „nicht notwendig" verwechselt wurde und hatte angekündigt, Hof-Plauen mit so viel Geld zu subventionieren, wie nötig war, um alle deutschen Großstädte mit Direktflügen anzubinden. „Glauben Sie mir, es wird genug sein – unbegrenzt", hatte der CEO auf kritische Nachfragen der Wirtschaftspresse beruhigt. „Notfalls werden wir das Geld drucken." Das war ja ohnehin in Mode gekommen in Europa, und ein Großteil der Bevölkerung hatte es aufgegeben, daran Anstoß zu nehmen. Was auch daran lag, dass Wirtschaftsexperten mit dem Kalauer „Prognosen sind schwierig, besonders wenn sie die Zukunft betreffen" stets zum Ausdruck brachten, man könne sowieso nie vorher sagen, wie gut oder schlecht irgendeine Sache ausgehen würde.

Zum zweiten bemerkenswert war der Airport wegen der Namensgebung. Der frühere bayerische Ministerpräsident erfreute sich ja nach wie vor bester Gesundheit. Aber da er der erste Franke an der Landesspitze Bayerns seit fünfundvierzig Jahren gewesen war, wollte man endlich einmal dem Nationalstolz freien Lauf lassen. Dies war ja leider nicht oft möglich – selbst das Hissen des fränkischen Rechens auf den Rathäusern der Region, einmal, nur ein einziges Mal jährlich, am Tag der Franken, hatte schon mehrfach an den Rand einer Staatskrise geführt. Und seit der Erhebung der Bürger im unterfränkischen Grenzstädtchen Ermershausen gegen ihre Eingemeindung ins benachbarte und doch fremde Maroldsweisach 1978 wusste man, dass die Staatsmacht in München nicht sehr geduldig mit separatistischen Träumen jenseits des Mains umging. Nun also der Flughafen – allein schon aus Trotz.

Noch bemerkenswerter waren allerdings nach Mackerts Meinung die Ankunftsdaten seines Passagiers: Landebahn Nord, Terminal 1, Gate 4. Es war nicht öffentlich bekannt, aber man sollte vielleicht erwähnen, dass Gerch Mackert sich ebenfalls mit einem achtstelligen Betrag an der Auferstehung des Landeplatzes beteiligt hatte. Nur so, in Anerkenntnis seiner eigenen Unsterblichkeit. Und auch, weil er es satt hatte, dass immer derselbe Journalist einer überregionalen Tageszeitung offenbar riesigen Spaß daran hatte, die Region systematisch herunterzuschreiben, indem er den Hofer Flughafen so negativ darstellte, wie es mit blühender Fantasie gerade noch ging. Was Mackert – ebenso wie dem überwiegenden Rest der hiesigen Einwohnerschaft – eher ein „Geht's noch?“ entlockte. Nicht zuletzt wegen der achttausend Privat- und Firmenmaschinen, die auf dem angeblich verwaisten Airport jährlich starteten und landeten.

Jetzt aber reute es ihn doch fast ein bisschen. „Terminal 1, Gate 4? Jetzt übertreiben sie“, dachte er bei sich, als er auf der Bundesstraße 15 in Richtung Hof fuhr.

Dann war es vorbei mit der Ruhe.

Ein heftiger Knall riss ihn aus seinen Gedanken. Doch noch ehe er darüber erschrecken konnte, brach sein Wagen aus. Er wusste nicht, wie ihm geschah – was seinem rechten Hinterreifen, der praktisch nicht mehr vorhanden war, ebenso ging. Mit 120 Sachen kamen sie einem hier auf der langen Geraden zwischen dem vierspurigen Ausgang aus Hof und der A93 entgegen. Und er raste auf diesen Gegenverkehr zu! Es ging um Sekundenbruchteile. Er bremste und riss das Steuer herum, so fest er konnte, aber das brachte den Wagen nur in eine noch instabilere Lage. Er musste weg von der Straße! Aber wie? Mehr instinktiv als bewusst – obwohl er die Strecke tausend Mal gefahren war – nahm er das rettende gelbe Schild wahr: die Ausfahrt nach Kautendorf! In den kleinen Rehauer Ortsteil, in dem wie in manch anderem die Landwirtschaft noch das Sagen hatte, schlitterte man direkt auf der Rampe, die hier nach oben führte. Sehr direkt sogar. Das Dorf begann gleichsam an der Anschlussstelle. Es war Mackerts Nothalt. Hochkonzentriert peilte er die Rampe an, jetzt hieß es einfach drauflosfahren, alles oder nichts. Wie ein Pfeil schoss die schwere Limousine die Ausfahrt nach oben, allmählich ihre tödliche Geschwindigkeit verlangsamend. Oben angekommen riss Mackert erneut das Steuer scharf nach rechts, um nicht kerzengerade über die kreuzende Kreisstraße in den Graben zu fliegen. Den letzten zwanzig Stundenkilometern galt es nun noch zu entkommen – und mit quietschenden Bremsen blieb Mackerts Geschoss endlich kurz hinter der Ausfahrt mitten in der Wiese stehen.

Keine fünf Meter vor der ersten Scheune linker Hand der Hauptstraße.

Gerch Mackert war Unternehmer. Mit seinen fünfzig Jahren hatte er auf den Golfplätzen und an den Konferenztischen dieser Welt bereits alles erlebt, was es an schwierigen Verhandlungen, schmutzigen Intrigen und geheimen Deals zu erleben gab. Zugleich mit Trinkfestigkeit und einem Wohlstandsbauch hatte sich bei ihm dadurch eine enorme Gelassenheit und Selbstsicherheit entwickelt. Kurz: Mackert war nicht der Typ, der sich allzu lange von Zwischenfällen wie einem geplatzten Reifen beeindrucken ließ. Keine fünfzehn Minuten später rollte sein Fahrer mit der Ersatz-Limousine an, der Abschleppdienst war vorgefahren und die Verkehrspolizei nahm auf Mackerts Wunsch – niemand schlug dem zweitgrößten Steuerzahler der Stadt einen solchen ab – den Hergang der Sache auf.

Das war aber noch gar nichts gegen die Person, die sodann, als Mackert mit seinem Chauffeur am Flughafen eingetroffen war, der Linienmaschine aus Mailand entstieg und nach kurzer Suche zielstrebig auf das Schild „Sig. Spirelli" zuging.

„Raschid und ich haben offenbar nicht zu viel bezahlt", konstatierte Gerch beeindruckt.

Vielleicht wäre er nicht ganz so cool geblieben, hätte er gewusst, dass heute bei Weitem der harmloseste Tag war, der ihm im Lauf der Woche blühen würde.

Kapitel 8

Frank war zutiefst besorgt. Nein, das traf es nicht. Er musste es sich eingestehen: Er war verängstigt. Es war eine richtige, gründliche Existenzangst. Und diese Angst hatte einen Namen.

„Hallo, Schatz!"

Er rief den Satz in die Weite des Hauses, wie immer, wenn er nach Hause kam, und versuchte dabei wie immer optimistisch zu wirken. Aber wie so häufig hatte er kein Glück: „Schatz" war nicht zu Hause.

Susanne hatte sich in den letzten Monaten auf ebenso merkwürdige wie deutliche Weise verändert. Plötzlich legte sie Wert darauf, sich abends lange mit Freundinnen zu treffen, die er nicht kannte. Ihre Arbeitszeiten hatten sich weit in den Abend hinein ausgedehnt. Zugleich war sie fahrig geworden, unbeherrscht und – er zuckte innerlich zurück bei seinem Urteil – regelrecht nachlässig den Kindern gegenüber. Fast hätte er glauben können, es stecke ein anderer dahinter. Aber sie wirkte unglücklich und getrieben, und so war man im Allgemeinen wohl kaum drauf, wenn man eine Affäre hatte und demzufolge frisch verliebt war. So viel konnte sogar er sich ausmalen. Wie auch immer, ob sie nun die Nase voll hatte vom Familienleben, mit beruflichen Schwierigkeiten kämpfte oder ernsthaft erkrankt war: Es entwickelte sich zu einer Bedrohung für ihn und die Kinder, das spürte er.

Sein Ältester riss ihn aus seinen Gedanken. „Du, Papa, guck mal, eine geheime Botschaft!"

„Hä?" Er sah seinen Filius verdutzt an. „Was hast du denn da?"

Es war irgendein Stück Plastik, das auf den ersten Blick aussah wie weggeworfener Verpackungsmüll.

„DENWAN – was bedeutet das, Papa?"

Frank verstand nur Bahnhof, obwohl selbiger gut 300 Meter entfernt war und noch die Stadtbank dazwischen lag. Sein Sohn überreichte ihm das Fundstück.

„DENWAN“ – er starrte auf das Gekritzel und wurde sogleich enorm wütend.

„Diese Saukerle! Genügt es ihnen nicht, ihren Müll überall hinzuwerfen? Müssen sie ihn auch noch beschriften?!“ Frank war außer sich. Erst vor wenigen Tagen waren in diesem Frühjahr endlich wieder einmal gute Nachrichten in Sachen Naturschutz verkündet worden. Die Rehauer Presse hatte über die Erholung der Flussperlmuschel berichtet, über die Erfolge des Hofer Landratsamtes. Und nun wurde die Freude schon wieder durch einen anderen Eingriff in die Natur getrübt.

Frank war durch und durch ein Naturbursche. Schon seit Langem war er stolzes Mitglied des Fichtelgebirgsvereins, einer honorigen Gruppierung von Naturfreunden, die sich über sämtliche Landkreise erstreckte, welche das besagte Mittelgebirge berührten: Hof, Wunsiedel, Bayreuth und selbst das in der Oberpfalz, also quasi dem Ausland, gelegene Tirschenreuth. Zu den zahlreichen Verdiensten des „FGV“ gehörte es, das Fichtelgebirge zur wohl bestbeschilderten Wanderregion Deutschlands gemacht zu haben. Über die Gipfel zog sich der Höhenweg, die Seen verband der Seenweg, am Ostrand zog sich der Ostweg, am Westrand der Westweg hinab, durch die Mitte der Mittelweg, und die vier Quellen, die das Gebirge berühmt machten, Main, Saale, Fichtelnaab und Eger – ihnen widmete sich der Quellenweg. Zu diesen „Bundesstraßen“ kamen natürlich Dutzende nachgeordneter Wege. Jeder von ihnen hatte sein eigenes unverwechselbares Logo, und es gab keine hundert Meter Wanderweg, keine Kreuzung und keinen Gipfel, wo es nicht an einem Baumstamm oder sogar an einem Holzwegweiser mit Kilometerangaben prangte. „Schneeberg 4,7 km auf H“ für Höhenweg – so lief das im Fichtelgebirge. Wer sich hier verirrte, der würde auch in St. Anton am Arlberg die nächste blaue Piste nicht finden oder in Paris den Eiffelturm. Kurz: Es war technisch nicht möglich.

Auch die Turmdienste auf dem Kornberg waren stets Sache des FGV gewesen und Frank war mit Begeisterung dabei. Er freute sich, wenn die Dinge im hiesigen Naturpark ihre Ordnung hatten. Und konnte zornig werden, wenn sie in Unordnung gerieten.

Er überlegte, welcher Volldepp sich in dieser Stadt hinter dem Künstlernamen Denwan verstecken könnte. Er meinte, das Kürzel schon einmal auf einem der Graffiti an der früheren Bahnhofskneipe mit dem geringfügig übertriebenen Namen „Gleis 13“ gesehen zu haben. Aber ganz sicher war er sich auch nicht.

„Wo hast du es denn her?“, fragte er seinen Nachwuchs.

„Hab ich am Fluss gefunden.“

Auch das half leider nicht weiter. Als könne er noch etwas mehr aus den wenigen Buchstaben erfahren, betrachtete er sie mit durchdringendem Blick. Irgendetwas war tatsächlich komisch daran, aber er bekam den Gedanken nicht richtig zu fassen. So starrte er nur grübelnd abwechselnd die Buchstaben an und ins Leere und murmelte:

„DE-N-WAN, wenn ich den kriege!“

Sein Wunsch sollte sich schon bald erfüllen. Aber die Begegnung würde eine dramatische Überraschung werden.

Zumal er sich auch in seiner Frau getäuscht hatte. Susannes Problem war nicht eines von den dreien, an die er gedacht hatte.

Es waren alle drei auf einmal.

Kapitel 9

„Was sollte das?“, fragte Wunderlich seinen Konkurrenten im Sprintfinale von Neuhausen, nachdem man diesen aus dem Streifenwagen ausgeladen, in die Polizeistation neben dem Rehauer Jahnstadion gebracht und ihm die Handschellen abgenommen hatte. Der Kommissar mochte diese Momente nicht. Erstens, weil er ein auf Harmonie bedachter Charakter war und ungern Leute verhörte, die er gut kannte und eigentlich für anständige Menschen hielt. Zweitens aber, und das wog noch viel schwerer, weil er dazu jedes Mal per Handy seine Kollegen mit dem Auto bestellen und damit einräumen musste, dass Polizeiarbeit nicht alleine mit einem Drahtesel zu bewältigen war.

Ulrich Wolk druckste zunächst nur herum.

„Du weißt doch, wie schwierig die politische Arbeit als Oppositionsführer ist“, begann er.

„Und?“

„Der Freitag war ein harter Tag im Stadtrat, und die drei Kollegen meiner Fraktion und ich hatten das dringende Bedürfnis, danach am Wochenende etwas auszuspannen.“

„Und das war so schlimm, dass du vor der Polizei flüchten musst?“

„Na ja, wenn man bis fünf Uhr in der Früh in ‚Hases Bierkeller‘ durchmacht und der Alkotest zwei Komma null Promille anzeigt …“

Bayerische Kommunalpolitiker waren dazu übergegangen, die in Frankreich vorgeschriebenen Einmal-Alkoholtestgeräte für Autofahrer standardmäßig zu nutzen. In einem Land, wo man zum Allerhöchsten betete, er möge doch die Grundstoffe des Bieres erhalten, war das sicherer. Wunderlich liebte Bayern, aber diesen Aspekt der Gottesfürchtigkeit fand er absurd.

Hases Bierkeller war im Stadtteil Fichtig in der südlichen Rehauer Innenstadt.

„Du bist mit zwei Promille vom Fichtig bis nach Schönlind gefahren?!"

„Scho."

„Ich verstehe immer noch nicht, warum du dann vor mir davongeprescht bist."

„Na, du bist gut. Was ist mit dem Restalkohol? Du wolltest mich doch blasen lassen. Und dann wär's vorbei gewesen. Blutentnahme, den Wert zurückgerechnet und dann ist der Lappen fort."

„Deswegen bin ich nicht zu dir gekommen."

„Ja, klar. Das sagst du jetzt so. Irgendeiner hat mich nachts heimfahren sehen und euch gepetzt, und du kommst mir den Führerschein zwicken. In sechs Monaten ist Stadtratswahl – was glaubst du wohl, was das in Rehau jetzt für einen Skandal gibt? Was meinst du, wie viele hundert Stimmen mich das kostet? Und die Fraktionskollegen auch."

„Deswegen bin ich nicht zu dir gekommen." Wunderlich wiederholte sich, und nun wurde Wolk doch stutzig.

„Aha. Wieso denn dann?"

„Wir haben einen Toten. Und der hatte deinen Namen."

„Willst mich jetzt endgültig veräppeln? Lebendig fühl' ich mich schon noch!"

Wunderlich merkte, dass er sich missverständlich ausgedrückt hatte.

„Ich meine, der Tote hatte etwas bei sich, das deinen Namen trug. Und deine Telefonnummer."

Jetzt allerdings wurde es Wolk himmelangst.

„Wie? Was? Ich meine … O mein Gott!"

Er kam mit Worten und Gesten ins Straucheln, stotterte und wurde fahrig. Dann fing er sich wieder.

„Ich war's nicht", stieß er im Brustton der Überzeugung hervor. Das war das Wichtigste, das hatte er in Fernsehkrimis immer so mitbekommen.

„Das sagen alle, und antworte jetzt bloß nicht: ‚Wenn's alle sagen, wird's wohl stimmen.' Also, wo warst du in der vorletzten Nacht?"

Wolks Meinung hatte sich schlagartig geändert. Er wünschte jetzt nichts mehr, als dass es dem Kommissar um die letzte Nacht und seine Trunkenheitsfahrt gegangen wäre.

„Ich hab' ein Alibi."

„Nämlich?"

„Äh, na ja, also …"

„Uli, es ist ernst. Bitte drucks hier nicht so rum." Wunderlich wurde ungeduldig mit seinem – im wahrsten Sinne des Wortes – flüchtigen Bekannten.

„Na ja, die Dame, die die ganze Nacht bei mir war, ist verheiratet."

„Oh Mann, Uli. Du lässt auch nichts aus!" Wolk war Junggeselle, aber das hieß nicht unbedingt, dass er besonders oft alleine und sein Leben in irgendeiner Weise eintönig gewesen wäre.

„Ich möchte eigentlich nicht sagen, wer sie ist. Ihr werdet ja wohl auch so rausbekommen, dass ich es nicht war mit eurem Toten."

Wunderlich wurde noch eine Spur ernster. „Wir sind hier nicht in einer Bausenats-Sitzung. Hier wird nicht gefeilscht. Du kannst gehen. Aber überleg's dir gut – wenn du mir bis morgen Nachmittag den Namen nicht sagst, dann müssen wir offiziell gegen dich ermitteln. Und dann wird dir Jana Angler vom ‚Frankenblatt' vermutlich viel unangenehmere Fragen stellen als ich gerade. Wenn dir das lieber ist – bitte sehr."

Ein wenig erleichtert, aber doch sichtlich ratlos stand der Chef der „Bürger für Rehau" auf und verließ das Kommissariat.

Allerdings für weniger als achtundvierzig Stunden.

Kapitel 10

Beierlein konnte bisweilen stolz wie Oskar sein. Das war eine fast zwangsläufige Eigenschaft, wenn man ein fleißiger und wissbegieriger, aber auch schwatzhafter und nicht selten neunmalkluger Mensch war – alles Eigenschaften, die er in sich vereinte. Folglich hatte er heute, am Tag nach der ruhmreichen Pressekonferenz, erhebliche Schwierigkeiten, durch die Tür seines Büros ins Innere zu treten: Er war nämlich gefühlte acht Meter größer geworden.

Es war ziemlich früh am Morgen, und da zu dieser Zeit in einer Behörde noch keine neuen Aufträge hereinzuflattern pflegten, führte er sich noch einmal genüsslich die Ergebnisse zu Gemüte, die den Erfolg ihres Muschelprojektes bedeuteten. Er fühlte sich wie ein Schauspieler, der entspannt im Fernsehsessel saß und sich einen besonders erfolgreichen unter seinen Filmen auf DVD ansah.

Die Haupttabelle auf der Titelseite gab an, welche Gesamtmenge an Flussperlmuscheln im Abschnitt von der tschechischen Grenze im Osten bis zur Stadtgrenze Rehaus in der Wojaleite von den studentischen Hilfskräften seiner Behörde gezählt worden war. „Anzahl Objekte in Tausend“ lautete die Überschrift. Darunter stand:

März 2009: 1,05
März 2010: 1,03
März 2011: 1,0
März 2012: 1,2
März 2013: 1,44

Demnach waren zum Start ihrer Aufzeichnungen noch knapp über tausend Muscheln im Gebiet von Rehau gezählt worden, Tendenz weiter fallend. Dann war 2011 der Tiefpunkt endlich erreicht, und anschließend hatten die Projektmaßnahmen zunehmend gegriffen. Die Trendwende war da! Der Bestand hatte sich spürbar erholt und war dadurch binnen zweier Jahre um jeweils 20 Prozent angestiegen.

Jetzt hatten sie schon fast tausendfünfhundert. Das war fantastisch. Bald wäre alles überstanden und sie könnten die strengen Naturschutzauflagen vielleicht …

Beiläufig wischte er einige Krümel zur Seite, die sein Frühstücksbrot auf dem Blatt hinterlassen hatte. Es war das Letzte, was er an diesem Tag nur beiläufig tat. Seinen Satz konnte er nicht mehr zu Ende denken. Drei Sekunden später traf ihn beinahe der Schlag.

Sein Komma war gar kein Komma.

Dort, wo in der unteren Tabellenhälfte die Punkte für das Komma gestanden hatten, klaffte eine Lücke. Es musste jemand vor ihm an dem Zahlenwerk gesessen sein, der ebenso wie er Krümel hinterlassen hatte. Zwei davon waren auf der Seite festgeklebt – genau im Zahlenteil. Beierlein musste sie soeben weggewischt haben. Dort stand nun nicht mehr „1,0 – 1,2 – 1,44". Vielmehr lautete die Reihe: „1,0 – 12 – 144."

Das bedeutete, dass sich die Zahl der Muscheln in jedem Jahr verzwölffacht hätte. Aber das war vollkommen unmöglich.

„Das … das bedeutet … exponentielles Wachstum!", sprach Beierlein panisch mit sich selbst. Der Bestand reagierte somit nicht nur nicht mehr negativ auf die Umweltbedingungen – er reagierte überhaupt nicht mehr. Er war ungebremst angestiegen. „Jedes Jahr mal zwölf, das macht, Moment …"

Beierlein tippte „zwölf hoch sieben mal tausend" in seinen Taschenrechner, um zu ermitteln, wie viele Flussperlmuscheln unter diesen Bedingungen im Jahr 2017 auf Rehauer Flur leben würden, wenn die Sache stimmte und so weiterginge. Das Ergebnis war ein totaler Schock.

„Fünfunddreißig Milliarden achthunderteinunddreißig Millionen achthundertundachttausend."

Er gluckste. Dann noch ein zweites Mal. Er hörte sich an, als würde er gerade eine verschluckte Fischgräte wieder hochwürgen. Dann endlich musste er lauthals lachen. Er lachte so laut, dass die Wände zitterten. Es war diese Sorte Gelächter, die einen beim

Verinnerlichen einer völlig bizarren Zahl überkam: eine Mischung aus dem Schock darüber, dass man bei Weitem nicht das Ergebnis erhalten hatte, das man sich wünschte, und dem absurden Bild, das man vor Augen hatte, wenn man der Zahl ein Gesicht gab. Etwa so, als hätte jemand in München-Schwabing eine 50-Quadratmeter-Wohnung für 500 Euro Kaltmiete inseriert – also quasi kostenlos.

35.831.808.000 Flussperlmuscheln in Rehau. Beierleins absurdes Bild ließ ihn schwer nach Luft schnappen: Die Strecke, die Höllbach und Schwesnitz von der Bundesgrenze bei Neuhausen bis zur Wojaleite durchflossen, war gut zehn Kilometer lang und im Schnitt vielleicht fünf Meter breit. Auf jedem der fünfzigtausend Quadratmeter Flussbett würden dann gut siebenhunderttausend Muscheln liegen, jede zehn Zentimeter lang und drei breit. Die zwei Zentimeter hohen Tiere müssten folglich in zweitausend Schichten übereinander leben. Der gesamte Fluss wäre also vierzig Meter hoch mit Flussperlmuscheln angefüllt. Ein fünfzehnstöckiges Gebäude einmal quer durch das Stadtgebiet.

Er schüttelte sich immer weiter vor Lachen und war kurz davor sich auf dem Boden zu kugeln – aber gerade noch rechtzeitig holte ihn die Wirklichkeit wieder ein: Es war klar, dass das nicht stimmte. Entweder die Studenten, die jeden Flusskilometer abgegrast hatten, hatten sich beim Zählen grob vertan. Oder aber jemand hatte sich beim Abfassen des Berichtes verschrieben. So oder so: Ob und wie stark die Flussperlmuschel sich vermehrt hatte, war wieder völlig offen. Sie hatten den Journalisten ein Märchen aufgetischt.

Inzwischen war Beierleins Chef zur Arbeit erschienen und staunte nicht schlecht über das Gelächter, welches selbst für die Verhältnisse seines Mitarbeiters ungewohnt heftig war.

„Führen Sie gerade eine Umweltverträglichkeitsprüfung von Lachgas durch?", fragte er augenzwinkernd.

„Ich wünschte, so wäre es", japste Beierlein, „aber leider ist es nicht halb so lustig, wie es aussieht!" Er zeigte Hopperdietz die von Komma-Krümeln bereinigte Tabelle und berichtete von seinen

Überlegungen und dem gigantischen Bild im Kopf. Hopperdietz war ebenso engagiert wie er selbst, und der Bericht würde ihn mit Sicherheit in große Unruhe versetzen.

„Ach, das wird kein Grund zur Sorge sein", entgegnete Hopperdietz unerwarteterweise. Jetzt traf Beierlein zum zweiten Mal binnen einer Stunde der Schlag.

„Kein Grund zur Sorge?! Aber Chef! Wir haben die Presse belogen! Wir haben keine Ahnung, ob unser Projekt tatsächlich erfolgreich war! Wir müssen sofort etwas unternehmen!"

„Jetzt mal langsam mit den jungen Pferden. Ich bin sicher, es ist genau umgekehrt wie das, was Sie zu sehen glauben. Da hat doch ganz klar bloß einer das Komma vergessen."

Beierlein verstand die Welt nicht mehr – sein Chef ein Ausbund an Ignoranz? Dann jedoch wurde ihm sofort klar, was vor sich ging. Hopperdietz war gerade dabei, seinen privaten Neubau in Hof-Krötenbruck zu beziehen. Die Gegend trug wegen der gut situierten Einfamilienhäuser den Spitznamen „Millionenhügel". Auch sein Chef hatte für einen kommunalen Spitzenbeamten angemessen großzügig gebaut und war seit Wochen mit tausend Fragen der Inneneinrichtung und Gartengestaltung beschäftigt. Da hatte man keinen Kopf für Berufliches.

„Wenn Sie meinen, Chef", beendete Beierlein daher verständnisvoll die Unterredung, „dann warten wir halt den nächsten Bericht ab."

Das würde er natürlich nicht tun.

Kapitel 11

Der Bürgermeister der Stadt Rehau gehörte zu der Sorte gestandener Kommunalpolitiker, die auch schon mal zum Sandsack griffen. Nicht, weil er sich als Boxer hätte abreagieren müssen und auf den Sandsack vielleicht das Konterfei von Oppositionsführer Wolk gepinselt hätte. Sondern wenn die Schwesnitz Hochwasser führte und am Ufer ein Deich zu errichten war. Was in Hochfranken mit seiner toskanischen Topografie allerdings weit seltener vorkam als an Donau, Rhein oder Elbe. Jedenfalls war Edmund Angermann so weit abgehärtet, dass er sich auch einen Besuch in der Gerichtsmedizin zutraute. Es war schließlich, nach all den E-Mail-Fällen mit seinem alten Schulfreund, seine erste persönliche Mordermittlung. Da war er doch ziemlich wissbegierig. Also begleitete er Wunderlich zur Analyse der näheren Todesumstände.

„Na ihr Lieben? Heute mal Lust auf ein Fleischgericht?" Professor Dr. Hans-Otto Birnbaum, Chef des pathologischen Instituts an der Uni Erlangen, hatte den gleichen schrägen Humor wie jeder seiner Fachkollegen.

„Klar", erwiderte Wunderlich trocken. „Besonders auf die Frage, wie das Fleisch heißt, wo es geschlachtet wurde, und vor allem natürlich, wer der Lieferant war." Im Unterschied zu Angermann war es bei Wunderlich keineswegs der erste Mord.

„Also, den Lieferanten kann ich euch nicht sagen, sonst wärst du ja überflüssig, mein Lieber. Und wie das Opfer hieß, steht noch in den Sternen." Wunderlich musste sich zusammenreißen, um nicht instinktiv gen Himmel zu blicken.

„Aber wie sich das alles zugetragen hat, dazu kann ich euch schon mal reichlich beschenken."

„Dann werden noch Wetten angenommen", meinte Wunderlich und blickte in die Dreierrunde: „Fundort gleich Tatort oder nicht?

Also, ich wette mein Häuschen auf ‚Nein'." Angermann pflichtete ihm bei.

„Ui, des war knapp!" Birnbaum fuhr sich über die Stirn und imitierte ein Schweißabwischen. „Um ein Haar hättet ihr alle zwei für den Rest eures Lebens im Bauhof schlafen müssen. Ohne Frauen, oder habt ihr die nicht mit verwettet? Aber zum Glück: Ihr habt recht. Das Opfer wurde ganz woanders umgebracht."

Wunderlich und Angermann klatschten sich ab dafür, dass sie so gut waren und nebenbei ihre Immobilien gerettet hatten.

„Der Täter hat zwar versucht, den Eindruck zu erwecken, dass euer übergewichtiger Viehhändler die Todesursache war. Denn das Opfer wurde tatsächlich erschlagen. Aber nicht von eurem Denkmal. Als das auf ihn geworfen wurde, war er schon seit mindestens einer Stunde tot. Außerdem gibt es keine Kampfspuren. Und mit dem Trumm kann er ja von seinem Mörder schlecht hinterrücks und heimlich getroffen worden sein."

„Es sei denn, er hätte sich schon im Wasser befunden", wandte Angermann ein.

„Aber dann läge er anschließend nicht platt wie eine Flunder unter dem Stein. Wäre er aus irgendeinem Grund freiwillig in die Schwesnitz gestiegen, dann doch wohl stehend oder in der Hocke, aber nicht liegend. Dann jedoch wären seinen Knochen beim Denkmalsturz in sich zusammengefallen wie der Schornstein von der Chemischen Fabrik Marktredwitz bei seiner Sprengung. Sind sie aber nicht. Und betäubt hat man ihn, anders als deine Spurensicherer vermutet haben, ebenfalls nicht. Nein, euer Täter hat den Granitstein erst auf den armen Kerl fallen lassen, nachdem er ihn tot in den Fluss gelegt hatte."

„Tja", grübelte Wunderlich, „die Spurensicherung pflügt sich gerade mit der Lupe an der Schwesnitzbrücke lang, um rauszubekommen, wie er das eigentlich angestellt hat. Aber wo könnte dann jener zweite Ort sein, an den ich sie hinschicken muss?"

Professor Birnbaum setzte das über allem Irdischen thronende Lächeln auf, mit dem Pathologen aller Welt den Ermittlern zu sagen pflegten: „Das könnt ihr nicht wissen, weil ihr nur Menschen seid. Aber ich weiß es, weil ich Gott bin. Der, der sie alle kennt – die Lebenden und die Toten.“ Er drückte es freilich etwas weniger größenwahnsinnig aus.

„Nun, wenn die Herren mir bitte zum Mikroskop folgen möchten.“

Wunderlich und Angermann blickten durch das Gerät mit einer spielerischen Neugier wie zu ihrer gemeinsamen Schulzeit.

„Also, was seh' mer da?“ Der oberlehrerhafte Ton steuerte sogleich den unangenehmen Teil zur Jugenderinnerung bei.

„Na ja“, orakelte Angermann, „ich würd' sagen, eine Feder.“

„Eine Gänse- oder Entenfeder“, ergänzte Wunderlich.

„Koooorrekt!“ Der Oberlehrer machte sich breiter und breiter. „Aaaaber nicht irrrrgendeine Entenfeder!“

Perfektionist Wunderlich war zunächst damit beschäftigt, sich zu ärgern, dass er und seine Leute den schönen Gruß des Federviehs nicht gleich an der Leiche bemerkt hatten, bis ihm einfiel, dass er durch ein Mikroskop blickte. Das Objekt war in Wirklichkeit winzig klein. Derweil fuhr Birnbaum schon ungebremst fort:

„Das da ist eine Löffelente. In der Schwesnitz gibt es aber nur Stockenten!“

Letzteres war Wunderlich bewusst. Er hatte seine halbe Kindheit damit verbracht, an der Seite seiner Großmutter auf der Perlenbachbrücke am Maxplatz zu stehen und mit Semmelstückchen vom Vortag die Stockenten zu füttern, die sich dazu in ähnlich großer Zahl versammelten wie die Hofer vor dem Wärschtlamo am Samstagmittag.

„Was uns zu der Frage führt, wo es bei uns in der Gegend Löffelenten hat“, murmelte er.

„Gaaanz einfach. Beim Züchter natürlich. Bei welchem, tja, des müssen die Herren Ermittler schon selbst herausfinden.“

„Also, das kann ich dir wiederum sofort sagen“, schaltete sich der Bürgermeister ein und erzeugte einen einigermaßen fassungslosen Gesichtsausdruck auf des Professors Oberlehrerantlitz, „da gibt's nur einen im ganzen Landkreis. Mein Vater ist im Fischereiverein, und der Löffelenten-Züchter ist da ein Unikum."

Gespanntes Warten.

„Die Zucht ist im östlichen Heinersgrund, auf halbem Weg zwischen Eulenhammer und Heinersberg."

„Und gehört wem?" Wunderlich neigte manchmal zur Ungeduld. Trotzdem war er gar nicht sonderlich überrascht von Angermanns Antwort.

„Dem alten Herrn vom Uli Wolk."

Kapitel 12

„Verdammte Sucht!"

Es war eigentlich schon zu spät gewesen, und das Geld, das auf – man sollte es ungeschminkt sagen – illegalem Weg hereingekommen war, war die Rettung in letzter Sekunde. Einerseits. Andererseits würde es auf ewig abhängig machen. Der andere würde es sicher nicht bei der einen Bitte bewenden lassen. Eine unerträgliche Vorstellung, wenn man sich für ein Vorbild hielt und ein reines Herz behalten wollte. Dieses Überschreiten der roten Linie – es war undenkbar. Und doch war es nun passiert. Einfach so. Panik machte sich breit.

„O nein, bitte! Verdammt, nein! Diesen Konflikt halte ich nicht aus! Ich kann nicht mehr! Ich werde verrückt!"

Aber auch dieses Gefühl erfuhr sofort eine Hundertachtzig-Grad-Wende.

„Wieso eigentlich ich?"

Bevor man sich selbst das Leben nahm, war es ja eigentlich egal, was man ansonsten tat. Nichts konnte doch schlimmer sein. Bevor ich gar nichts mehr tue, kann ich genauso gut tun, was ich will. Wieso also eigentlich ich? Warum nicht der andere?

Wenn der andere nicht mehr da wäre, gäbe es keine Beweise, kein Wissen, keine Wiederholung, keinen Druck. Es wäre nie passiert. Nicht das Verschwinden des Geldes durch eigene Schuld und nicht das wundersame Wiederauftauchen durch eine andere Art von Schuld.

Es durfte nur keine Spuren geben.

Der andere musste weg. So einfach war das.

Kapitel 13

„Das ist doch kein Zufall!“

Wunderlich hatte sich schon immer gerne mit Zahlen beschäftigt. Ausgerechnet die Wahrscheinlichkeitsrechnung hatte es ihm als Hobby angetan, vielleicht weil die Beschäftigung mit dem Wahrscheinlichen und Unwahrscheinlichen das Herzstück seines Berufs war. Er selbst hätte diesen Zusammenhang mit „wahrscheinlich schon“ kommentiert, da er außerdem als großer Fan alberner Wortspiele galt. Wie auch immer – wenn am kommenden Samstag die Zahlen 5, 14, 15, 18, 19, 20 aus der Lottotrommel gezogen würden, so wäre das Zufall. Zumindest dann, wenn man nicht vergessen hatte, alle übrigen dreiundvierzig Kugeln überhaupt in die Trommel fallen zu lassen, weil das Ziehungspersonal beispielsweise von einer Fliege im Studio abgelenkt war oder von der frischen Luft oder der schönen Wandfarbe. Fände man hingegen auf der Suche nach einem Baumarkt in einer fremden Stadt auf dem erstbesten Parkplatz am Straßenrand einen alten Kassenzettel, auf dem genau dieser Baumarkt mitsamt Adresse aufgedruckt wäre, dann wäre das kein Zufall. Es würde vielmehr einen grinsenden, dankbaren Blick gen Himmel zur Folge haben. Jedenfalls bei ihm. Wunderlich bewegte sich in nüchterner Logik und christlichem Gottvertrauen gleichermaßen und durchaus auch gleichzeitig. Er hatte nie verstanden, wo dabei der Widerspruch liegen sollte. „Warum sollte sich Gott bei der Schöpfung nicht der Physik bedient haben?“, pflegte er zu fragen. So hatte er, wie er meinte, ein sicheres Gespür für den Begriff „Zufall“. Und das hier war keiner. Allerdings blickte der Polizist in diesem Fall nach unten.

„Das erzählt mir doch keiner, dass der Wolk nicht knietief in diese Sache verwickelt ist“, raunte er Edmund Angermann zu, während beide jeden Quadratmeter rund um die Luitpoldbrücke über die Schwesnitz absuchten.

Sie waren gerade von der Rechtsmedizin zurückgekommen, und nachdem wegen des Theaters um Wolk am Montag keine Zeit geblieben war, den Fundort eingehend zu beschnuppern, hatte Wunderlich den Dienstagnachmittag dafür angesetzt. Sie hatten unterwegs noch bequem zu Mittag gegessen und waren trotzdem um zwei Uhr nachmittags wieder zurück. Die Fahrt von Erlangen nach Rehau dauerte nur etwa anderthalb Stunden. In dieser Zeit schaffte man es im Münchner Berufsverkehr gerade einmal vom Flughafen in die Innenstadt. Es gab auch Tage, an denen neunzig Minuten genau vom Olympiaturm bis zur fünf Kilometer entfernten Donnersbergerbrücke reichten. Wunderlich war einmal mehr angetan von der enorm vereinfachten Tagesplanung, die sein Wechsel in die Heimat mit sich gebracht hatte.

„Also, nuchamol für Depperla", stieg Angermann ein, womit er kaum sich selbst gemeint haben konnte, „wir finden den Zettel mit ‚ULI' und Wolks Telefonnummer drauf. Er haut dir ab, als du ihn befragen willst, und sagt hinterher, er hat bloß zu viel g'suffn. Dann präsentiert er dir als Alibi für die Mordnacht ein Schäferstündchen mit einer Ehebrecherin, deren Namen er nicht nennen will. Und keine vierundzwanzig Stunden später erfahren wir, dass auf dem Grundstück seines Vaters der Mord an unserem noch immer Unbekannten begangen wurde. Hab' ich das so richtig zusammengefasst?"

„Scho", stimmte ihm Wunderlich ausführlich zu. Für Rehauer Verhältnisse jedenfalls war das eine umfassende, positive Stellungnahme.

„Dann sollten wir hier eigentlich haufenweise Spuren finden, die dazu führen, dass mein politischer Gegner lebenslänglich aus dem Stadtrat entfernt wird."

Der Bürgermeister versuchte, der Situation durch Ironie etwas von ihrem Schrecken zu nehmen. Trotz der angenehmen Mittagspause stand er noch unter dem Eindruck der amtlichen Leichenhalle, die sie am Morgen besucht hatten. Es war klar, dass der Satz nicht sein Ernst war. Wunderlich und Angermann waren seit unendlich langer Zeit befreundet, und so wusste jeder vom anderen genau, dass der niemals etwas Herabwürdigendes von sich geben würde.

„Ich seh' bloß keine Haufen", stieg Wunderlich daher auf den Redestil des Rathauschefs ein, „nicht einmal – Reifenspuren??"

Angermann drehte sich zu ihm um. Wie um alles in der Welt kam der Mann jetzt auf Reifenspuren? Erst dann sah er es. Es war kein Wunder, dass sie es nicht vorher entdeckt hatten. Gleich nebenan in der Goethestraße wurde zurzeit ein seit Langem leer stehender Supermarkt abgerissen und durch einen Neubau ersetzt. Dabei ging es erwartungsgemäß nicht ganz sauber zu. Rein auf den Dreck auf der Straße bezogen, verstand sich. Überall im Kreuzungsbereich der beiden Straßen liefen schmutzige Reifenspuren von Radladern und ähnlichen Baufahrzeugen kreuz und quer und ließen sich die Gartenstraße entlang bis zum Maxplatz verfolgen.

Nur dass diese eine hier nicht dazugehörte. Das sah man sofort, wenn man sich ihrer wirklich bewusst wurde. Dies war kein Reifenabdruck von der Baustelle – es war schlicht unmöglich. Denn wie hätte das Fahrzeug eine Spur ziehen können, welche neben der Luitpoldbrücke direkt aus der Schwesnitz kam – und die Straße im Neunzig-Grad-Winkel zur Fahrtrichtung querte, um dann hinter der Stadtbank zu verschwinden?

Wunderlich und Angermann warfen sich einen vielsagenden Blick zu. Sie hatten beide im selben Moment verstanden. Die Spurensicherung hatte diesem Dreckstreifen zwischen den vielen anderen einfach keine Beachtung geschenkt. Das war verständlich. Kommissar und Bürgermeister hingegen eilten nun voran wie zwei Glücksritter, die einen Regenbogen gesichtet hatten und das Goldtöpfchen an seinem Anfang zu finden hofften. Sie folgten der Dreckspur von dem Platz aus, an dem das hinabgestoßene Viehhändlerdenkmal gestanden hatte, quer über die Straße und rechts an der Stadtbank vorbei in deren kleinen Grünstreifen im Hinterhof. Und da stand das Ding.

Zuerst sah es völlig harmlos aus, aber das lag nur daran, dass es komplett von einer grünen Plane bedeckt war. Das Fleckchen Erde hinter der Stadtbank war eine Wiese, die direkt ans Ufer der Schwesnitz grenzte. Kaum jemand kannte den Platz ganz vorne am Wasser, auch als Einheimischer ging man meist achtlos an der Lücke zwischen den beiden Häusern vorbei. Machte man sich jedoch als Spaziergänger wenigstens einmal im Leben die Mühe, von der Goethestraße in diese kurze Sackgasse einzubiegen, dann hatte man plötzlich einen verborgenen Minigarten am Fluss entdeckt. Worin eine grüne Plane natürlich ein nicht unübliches Accessoire darstellte. Angermann und Wunderlich nahmen sie vorsichtig ab.

Es war eine abenteuerliche Konstruktion. Irgendwer hatte das Kunststück fertig gebracht, auf zwei Achsen eine Holzplattform mit einer Art riesigem Flaschenzug zu schrauben. Nicht nur die Achsen besaßen massive Stoßdämpfer, auch die Metallkette, welche über die Rolle am oberen Ende lief, war mit einer Dämpfungsfolie überzogen. Die Rolle selbst war vollständig mit einer inneren Schicht aus Luftkissenfolie und einer äußeren Schicht aus Watte eingehüllt. Das Ganze war offensichtlich darauf ausgelegt, einen sehr schweren Gegenstand sehr leise anzuheben und wieder hinabzulassen.

„Hol's der Geier!" Angermann war wirklich beeindruckt. „Damit hat er also das Viehhändlerdenkmal auf den armen Kerl runtersausen lassen!"

Wunderlich schüttelte den Kopf. Die Dreckspur kam ja aus dem Fluss. Das bedeutete, dass das Denkmal gar nicht von der Brücke gestürzt worden war. Es sollte nur so aussehen.

„Nundersausen woorscheinlich nedd amol." Wunderlich fiel tief in seine Heimatsprache zurück, wie so oft, wenn er gleichzeitig dachte und redete. „Der werd' sich grodoo ans Wasser gstellt und des schee langsam nunderlassen ham. Der Anner' wor ja scho duad."

„Tja, dann wirst du deine Spurensicherung wohl noch mal antreten lassen müssen, um den Dreck in meiner Stadt aus dem Weg zu räumen. Und wir sind hier fertig."

„Nicht so schnell. Ich bin sicher, wir finden hier noch mehr."

„Oh Mann, Mister Perfect!"

Das sagte Angermann nur zum Teil mit liebevoller Übertreibung. Es stimmte nämlich. Wunderlich hatte einen geradezu brachialen Hang zum Perfektionismus. Wenn die Sache für seine Kollegen, Freunde oder seine Frau Ulrike schon längst abgehakt war, gab es für ihn stets noch ein Detail, an das er nicht gedacht, eine Sache, die er noch nicht vervollkommnet hatte. Er kam aus dem Nachgrübeln selten heraus, alles musste verbessert und hundertprozentig abgeschlossen werden, und es gab durchaus Momente, in denen er seine Umgebung damit in den Wahnsinn treiben konnte.

Aber das Grübeln brachte dann meistens eben doch noch etwas ans Tageslicht. Und so erreichte Angermann der Ruf, noch bevor er sich's versah.

„Hier! Das musst du sehen!"

Mit wenigen schnellen Schritten hatte der Bürgermeister die Gartenstraße überquert und war zurück an der Uferböschung, an der Wunderlich sich mit einem Fuß abstützte, während er mit dem anderen auf einem kleinen Stein im Flussbett stand und gerade aus der Bückstellung wieder nach oben kam. In seiner Hand funkelte ein Schmuckstück, das einen äußerst bemerkenswerten Eindruck machte: Es schien aus purem Gold.

„Was, bitte, ist das für ein Luxus in unserem Gemeinwesen?", flachste der Chef desselben. Wunderlich reichte ihm wortlos, aber grinsend das gut fünf Zentimeter lange Stück. Gemeinsam betrachteten sie den Schlüsselanhänger, der dem Toten gehört haben musste. Sofort schlugen drei Herzen in ihrer Brust: Sie waren verwundert darüber, wie jemand ein harmloses Werbegeschenk mit Blattgold überziehen konnte. Gespannt, was es ihnen über das Verbrechen erzählen mochte. Und vollkommen ratlos, als sie die Gravur schließlich entdeckten.

„Ist es das, wonach es aussieht?"

Zu erkennen war ein mäandrierender Fluss, der von einem Bahngleis begleitet wurde und sich rechter Hand von einer Autobahn her näherte, über der wiederum Hügel mit Wald über Wald thronten. Zur

Linken verließ der Fluss die Szene in Richtung einer Stadt.

„Das wird uns der Vorsitzende des Bundes Naturschutz Rehau sicher bestätigen. Aber – ja: Das muss der Heinersgrund sein. Nur was, bitte, ist das hier?“

Mit dem Gebäude, das neben das Naturschutzgebiet graviert war, konnten beide nichts anfangen.

„Ich fasse zusammen“, meinte Wunderlich trocken, „ein auf dem Grundstück von Uli Wolks Vater Getöteter wird in der Schwesnitz begraben und trägt einen vergoldeten Schlüsselanhänger mit dem Heinersgrund drauf – also dem Tatort. Was bedeutet das?“

„Tja – viel Spaß“, beschloss der mitermittelnde Bürgermeister die Suchstunde, und beide fuhren zurück in ihre Büros.

Wunderlich musste nun wirklich in Erfahrung bringen, wer der Tote eigentlich war. Das sollte ihm auch bald gelingen – durch Zufall.

Kapitel 14

„Sweet home Alabama all summer long." Beierlein ging die Melodie nicht aus dem Kopf, als er so neben der Furt an der Schwesnitz stand, die an der Luitpoldbrücke gleich neben ihrem Haus angelegt worden war. Das Lebensgefühl, das damit über die Südstaaten der USA ausgedrückt wurde, fand er eins zu eins im Nordosten Oberfrankens wieder. Nicht den Teil mit dem Sklavenhandel, verstand sich. Das weite Land ließ vielmehr unendlich scheinenden Raum für die Freiheit der Gedanken, bedeutete reine Natur und ermöglichte ein Leben in Nachhaltigkeit, fern vom Neonlicht der Megastädte, die sein schlimmstes Feindbild waren.

Sein Nachwuchs war offenbar mit dem gleichen Gen geboren: Beide Mädchen spielten mal wieder am Wasser. Der Frühsommer machte sich allmählich angenehm breit. Mit Betonung auf angenehm. Während sie in der angeblich nördlichsten Stadt Italiens, wie sich Bayerns Landeshauptstadt gerne nannte, obwohl der Titel eindeutig Regensburg zustand, bereits die ersten Male bei dreißig Grad schwitzten, lieferte der Mai in Oberfranken eine mild-warme Vierundzwanzig ab.

Beierlein wusste immer, dass er die richtige Entscheidung getroffen hatte, sich aus dem Süden hierher versetzen zu lassen. Aber das süße Leben in Bayern ganz oben konnte ihn im Moment nicht recht trösten.

„Was, wenn das alles nicht stimmt!", grübelte er trübselig in den sonnigen Tag hinein. Beierlein war Mittelfranke und demzufolge von Natur aus skeptisch. Wobei „von Natur aus" hier durchaus wörtlich zu verstehen war. Er konnte einfach sein Misstrauen nicht unterdrücken, wenn es aus der Tier- und Pflanzenwelt erstaunlich gute Nachrichten gab. Das galt natürlich umso mehr, wenn es um die nie dagewesene Vervielfachung einer vom Aussterben bedrohten Art ging. Und um die Stadt, in der Beierlein wohnte.

Als er den Job bei der Hofer Behörde bekommen hatte, hatten sie sich recht schnell nach einer Bleibe umgesehen. Die Kinder sollten das neue Schuljahr gleich in der neuen Umgebung beginnen können, und obwohl die Immobilienpreise im Landkreis jedem Münchner die Tränen der Rührung in die Augen getrieben hätten, war es gar nicht so leicht, in der Kreisstadt ein nettes Häuschen zu finden.

Die Wahl fiel daher schließlich auf Rehau. Der hiesige Bürgermeister hatte ein offenes Ohr für zugezogene Beamte und junge Familien. „Die Jugend ist das Gold der Zukunft" war einer seiner Glaubenssätze. Also vermittelte er den Beierleins ein hübsches kleines Anwesen, ganz in Weiß, im Schwesnitzgässchen. Die Mädels, auf die die Naturliebe des Vaters abgefärbt hatte, waren begeistert. Jeden zweiten Tag waren sie zum Spielen am Fluss zu finden.

Und so stießen sie zwangsläufig auf das, was Beierleins Skepsis von der Größe einer still vor sich hin flackernden Kerze in ein loderndes Großfeuer verwandelte. Er hatte dem Wachstumsbericht nicht recht getraut. Aber es war noch viel schlimmer. Er glaubte nicht, was er hier sah.

Flussperlmuscheln. Sehr viele Flussperlmuscheln. Unglaublich viele Flussperlmuscheln. So weit, so gut, das entsprach ja den Erkenntnissen, die er auf den Schreibtisch bekommen hatte. Aber Beierlein fühlte sich, als wäre eine 747 durch seine Magengrube gerollt. Das hier war doch nicht möglich! Es wäre alles gut gewesen – hätten diese Muscheln nicht genau die doppelte Größe derjenigen gehabt, welche sie hätten haben sollen. Denn sie waren alle offen. Alle! An der ganzen Wehrmauer entlang fanden sich unzählige Muscheln, deren Schale sperrangelweit aufgerissen war. Und leer, da der Muschelkörper bereits zersetzt war. Weil sie alle mausetot waren. Was nicht von Vorteil schien, wenn man sich ohnehin dem Aussterben gegenüber sah.

Es war bereits Abend geworden. Apathisch schlich Beierlein zurück ins Haus. Wie gewonnen, so zerronnen. Das war sein Gedanke, als er sich in der folgenden Nacht schlaflos hin- und herwälzte. Es war ein Alptraum, als er das Hochgefühl beim ersten Lesen der Tabellen und Grafiken vergleichen musste mit der Niedergeschlagenheit bei der Entdeckung der Muschelleichen, die den Zahlen alles Hoffnungsvolle zu entziehen schienen. Viele Muscheln waren ein Jahrhunderterfolg. Viele tote Muscheln waren eine Jahrhundertkatastrophe. Er musste sofort herausfinden, was hier vor sich ging.

Wenige Stunden später stand er mit einer Sechserbatterie Reagenzgläser im Büro seines Chefs.

„Was haben Sie da?“, wunderte sich Hopperdietz. Er konnte nicht folgen – um halb neun Uhr morgens war er noch nicht im Vollbesitz seiner geistigen Kräfte.

„Wasser“, gab sich Beierlein ungewohnt einsilbig.

„Ähm, ja, das sehe ich. Aber woher und warum? Und wieso um diese nachtschlafende Zeit?“

„Hehehe. Sie wissen doch, ich stehe um sechs auf der Matte.“ Hopperdietz würde das nie verstehen können.

„Und da hab’ ich meinen Sorgen um unsere neuen Schätzchen freien Lauf lassen müssen.“ Beierlein klärte den Oberregierungsrat über seine betrüblichen Fundstücke am Wehr auf. Dessen Gesichtsausdruck ähnelte mit einem Mal einer Relief-Landkarte, so sehr hatte er die Stirn in Falten gezogen.

„Ich wusste gar nicht, dass Sie in Rehau und direkt an dem Flüsschen wohnen.“

„Jedenfalls“, so fuhr Beierlein fort, „kennt sich jetzt doch keiner mehr aus: Explodiert der Muschelbestand oder geht er unter oder beides? Also praktisch ein Strohfeuer unter Wasser, hehehe? Da gibt es nur eine Möglichkeit, auf Nummer sicher zu gehen – wir müssen die Wasserqualität dort prüfen. Also hab’ ich ein paar Proben aus der Schwesnitz gezogen – direkt am Zusammenfluss der Bäche und weiter unten an der Steinleite. Die bringe ich grad rüber zum LfU und dann schaun mer mal.“

Das Landesamt für Umwelt war im Zuge der bayerischen Regionalförderung zuerst von München nach Augsburg umgezogen, dort wurde es geteilt und ein Teil davon in das nur 300 Kilometer entfernte Hof verlegt – was unheimlich praktisch für diejenigen war, die ihre Doppelhaushälfte in München schweren Herzens verkauft und dann in Augsburg etwas Eigenes gebaut hatten.

Tatsächlich praktisch war es hingegen in diesem Augenblick für Beierlein. Er fuhr einfach ein paar Straßen weiter und lieferte seine Reagenzbatterie dort ab, wo man ihm würde sagen können, ob der Fluss die auferstandenen Muscheln umbrachte – oder noch schlimmer: ob er etwas enthielt, das sie überhaupt erst auferstehen ließ, bevor sie dann gleich wieder das Zeitliche segneten. Als er zurückkam, traf er Hopperdietz schon wieder in aufgeräumterer Verfassung an. Er hatte sich wohl wirklich große Sorgen um das Wasser der Schwesnitz gemacht.

„Ich tippe auf Vandalismus."

„Hä?" Beierlein verstand nicht recht und kommentierte dies in der ihm eigenen hochdeutsch-gehobenen Ausführlichkeit.

„Ich meine die abgestorbenen Muscheln. Ich wette, da haben ein paar jugendliche Rowdies den stark gestiegenen Bestand als Einladung verstanden, davon welche zu zerstören, die dann ans Wehr gespült wurden. Oder irgendein Trottel hat unsinnigerweise Perlen darin gesucht. Sie werden sehen, es liegt nicht am Wasser."

„Na hoffentlich", meinte Beierlein, der sich an Hopperdietz' cooles Auftreten bei dem vermeintlichen Zahlenfehler erinnerte und langsam die Erkenntnis gewann, dass er die Ruhe seines Chefs wohl dessen größerer Routine zuschreiben konnte. „Aber trotzdem danke, dass Sie mich machen lassen. Ich finde das jetzt sehr wichtig, und ich sehe, dass es Ihnen auch am Herzen liegt."

„Ganz recht", bestätigte Hopperdietz, der sich nicht anmerken ließ, dass er genau wie Beierlein befürchtete, das Blatt könne sich nun wenden.

Kapitel 15

Um den Schrecken ihres Leichenfundes vom Sonntag zu verdauen, trafen sich Wunderlich und Angermann am Dienstagabend zum Essen in der Fränkischen Krone. Der Sommer war gerade im Begriff zu überlegen, ob er schon zu Ende gehen sollte, und in Hochfranken überlegte er in den meisten Jahren ziemlich lange. Womit er sich der entschleunigten Wesensart der hiesigen Bevölkerung anzupassen schien. Aber dennoch: Der August war vorüber, und so gab es einiges aus der Urlaubszeit auszutauschen. Nach ihrem Besuch in der Pathologie und ihren Entdeckungen an der Schwesnitz wollten beide erst einmal kurz gedanklich durchschnaufen, bevor sie sich weiter mit dem Mord befassen würden.

Wunderlich hatte zuvor noch eine kurze Entspannungsrunde über die Dörfer gedreht. Er musste sich regelmäßig davon distanzieren, dass ihn allzu viele Menschen umgaben, und wenn man Rehau mit dem Rad nach Norden verließ, um sich durch den Wald am Gasthaus Waldschlösschen vorbei einen leichten Anstieg zu erarbeiten und von dort über freies Feld eine lange Abfahrt mit endlosem Blick auf den Nachbarort Regnitzlosau und die schon zu Sachsen gehörenden Höhenzüge dahinter zu genießen, dann klappte dies ganz gut. Die ganze Runde mit dem Rückweg über Draisendorf hatte nicht länger als 35 Minuten gedauert. Nun saß er vor einem Gläschen Juliusspital, einem jener Frankenweine, die es an Bekanntheit weit über die Grenzen der Region Würzburg hinaus geschafft hatten.

„Wann wirst du jemals zum Seidla greifen?", frotzelte Angermann.

„An demm Dooch, wo du die Wahl verlierst", gab Wunderlich zurück.

„Was, erst im Jahr 2050?" Beide lachten herzlich. Wunderlich war ein Exot im Land der Bierkeller. Er mochte den Gerstensaft einfach nicht. Vielleicht weil er der Meinung war, das, was davon in seiner Familie bereits konsumiert worden war, reiche für zwei Generationen aus. Aber vielleicht auch nur, weil all die roten Sangiovese, Merlot und Chianti Classico ein viel reichhaltigeres Feld für einen Genussmenschen darboten. Zusammen mit dem weißen Würzburger Juliusspital und dem Iphöfer Kalb natürlich.

Was es zu Bier und Wein zum Essen gab, darüber herrschte allerdings Einigkeit zwischen beiden: fränkische Brotzeitplatte. Alle zwei saßen sie vor ihren riesigen Tellern mit deftigem roten und weißen Presssack, der zentimeterdick mit aufgeschnittenen sauren Gurken und Zwiebelringen bedeckt war; daneben, getrennt durch Eierscheiben, ein ordentliches Trumm Göttinger und ein paar dick geschnittene Scheiben Schwarzgeräuchertes. Kochkäse war obligatorisch, und auch frisch geschnittener Emmentaler fehlte nicht. Diese Köstlichkeiten mussten natürlich von oben geschützt werden, was hierzulande durch einen gescheiten Aufstrich mit mittelscharfem Senf erfolgte, den Wunderlich und Angermann in einem großen grauen Keramik-Senftopf neben sich stehen hatten und mit einem Porzellanlöffel dort herausholten. Der Schutz ging allerdings nicht so weit, dass nicht beliebige Mengen Essig und Öl in Kännchen gereicht worden wären, um Wurst und Käse je nach Geschmack „ohne", „angehaucht" oder „ertränkt" zu genießen. Als Unterlage standen pro Person vier gefühlt je einen Meter lange Scheiben kräftiges, duftendes Bauernbrot zur Verfügung, deren noch frische Rinde beim Hineinbeißen knusprig knackte.

„Warst du weg im Sommer?", begann Bürgermeister Angermann das Gespräch über die Urlaubserlebnisse.

„Nein, ich bin erst einmal hiergeblieben. Einen schöneren Urlaub hätt's gar nicht geben können."

Wunderlich war es erst vor knapp zwei Jahren gelungen, sich von München zurück in seine Heimat versetzen zu lassen. Zuvor hatte er mit zunehmender Fassungslosigkeit beobachtet, wie selbstgefällig sich sogenannte Ballungsräume als die beste aller Welten darstellten.

„Ballungsraum" – das Wort allein empfand er schon als negative Qualitätsangabe. Er war der Meinung, dass in Großstädten eigentlich gar nichts mehr ging: Verkehrsinfarkt auf Straße und Schiene, Mondpreise für Miete und Wohneigentum und eine überforderte, sehr unentspannte Verwaltung – all diese Einschränkungen der Lebensqualität standen im krassen Widerspruch zu dem, was die Planer solcher Megacities mit stolzgeschwellter Brust von sich gaben: „Wir müssen hier überhaupt nichts bremsen, wir müssen weiterwachsen, weil wir die attraktivste Stadt überhaupt sind." Wann immer Wunderlich in der Presse solche Verlautbarungen las, fragte er sich, ob die Betreffenden wirklich vom selben Planeten sprachen. Oder ob er auf dem Schwarzmarkt vielleicht auch hundert Gramm von dem Zeug bekommen könnte, das diese Herrschaften vorher geraucht haben mussten.

In Folge dessen hatte er beschlossen, seinen ersten freien Sommer nach der Heimkehr erst einmal im Fichtelgebirge zu verbringen. Drei Wochen lang hatte er nichts anderes getan, als zwischen Rehau und Bayreuth mit Rennrad oder Wanderstiefeln unterwegs zu sein. War nach einem Bad im Weißenstädter See die Schneebergstraße hinaufgekrochen und hatte dann die zehn Kilometer lange Abfahrt von Bischofsgrün nach Bad Berneck genossen, auf der es konstant mit zwei Prozent bergab ging und wo man nur so dahinrollte. Es war einer der schönsten Sommer, die er seit Langem gehabt hatte.

„Und ihr?", überließ er Angermann die Fortsetzung der Urlaubsberichte.

„Na, wir waren dieses Jahr mal in Kroatien in einem dieser *JoyParks.*"

„Hm, sagt mir nichts."

„Ist das Land, das südlich von Slowenien kommt."

„Potsch!" Wunderlich zog seinem Freund mit einer Zeitung scherzhaft eins über den Schädel. „Ich meine nicht Kroatien, du Schleißknipfl. Die *JoyParks* natürlich!"

Schleißknipfl war eine Art Spitzname für den Rehauer im Allgemeinen, der vom früheren Holztransport auf der Schwesnitz ab dem Ende des 15. Jahrhunderts herrührte und frotzelnd benutzt wurde, aber eigentlich bewundernd gemeint war, was die jahrhundertelange Fleißarbeit der Rehauer in Sachen Holzflößerei anging. Kamen die langen Stücke flussabwärts auf der Saale in Hof an, so hieß es dort: „Rehauer Schleißknipfl sen' do!"

Der Bürgermeister jedenfalls berichtete nichts allzu Gutes von der Wellness-Kette.

„Ich weiß nicht, ob wir das noch mal machen würden. Man hat das Gefühl, mit dem Umweltschutz nehmen sie es da nicht so genau."

„Du meinst, in Kroatien?"

„Na ich weiß nicht. So wie die sich geben, machen sie das in anderen Ländern genauso. Ich glaub' zum Beispiel, wenn da keiner hinschaut, dann entsorgen sie das Schmutzwasser vom Wäschewaschen direkt in den Fluss, an den sie ihren Park gebaut haben."

„Wie – Fluss?" Wunderlich war etwas konsterniert. „Die *brauchen* einen Fluss? Betreiben sie einen Atommeiler in ihrem Park?!"

„Würde mich auch nicht wundern, aber: nein. Flusslandschaft ist das Grundkonzept von *JoyPark*. Innerhalb des Resorts superschön. Kommst dir vor wie am Amazonas. Oder an der Saale, oder auch an der Schwesnitz, ganz wie's beliebt. Die Truppe hat weltweit scheinbar alle Gewässergrößen vorrätig. Aber wir waren da mal außerhalb des Hotelgeländes spazieren, und der Gestank, der da plötzlich aus dem Fluss steigt, das kann nicht normal sein."

„Du willst damit sagen, sie entsorgen irgendwelche Abwässer in den Fluss? Und so was wird genehmigt?"

„Klar", stellte der Bürgermeister trocken fest, „die gehen ja nicht damit hausieren, dass sie ihre Waschmittelreste direkt ins Wasser kippen. Da bekommst du als Stadtrat vermutlich einen Hochglanzprospekt und das Versprechen riesiger Gewerbesteuern – und dann fällt dir die Zustimmung schon viel leichter."

„Sprichst du aus Erfahrung?"

Diesmal war es an Edmund Angermann, „Potsch!“ zu rufen und dem Vertreter der Ordnungshüter lachend einen Klaps auf den Hinterkopf mitzugeben.

Die *JoyPark*-Kette, von der Wunderlich noch nie gehört hatte, schien also ein bemerkenswerter Umweltfrevler zu sein. Jetzt wurde er deutlich neugieriger. Er konnte sich beim besten Willen nicht vorstellen, dass die Sache in Deutschland oder Frankreich in der gleichen Weise ablaufen würde, wie der Bürgermeister es aus dem Südosten Europas geschildert hatte. Seiner Frau und ihm war Nachhaltigkeit sehr wichtig. Er dachte daher darüber nach, wie er bei Gelegenheit etwas mehr über den ominösen Konzern herausfinden könnte; vielleicht würde Ulrike dann wieder eine ihrer Postkartenaktionen starten, für die er sie stets bewunderte.

„Urlaub hin, Umweltschutz her“, riss ihn der Bürgermeister aus seinen Gedanken, „aber wir sollten allmählich eine Idee entwickeln, wer der Mann ist, der auf dem Grundstück von Ulrich Wolks Vater zu Tode kam, einen Zettel mit Ulrich Wolks Telefonnummer bei sich trug und trotzdem nicht von Ulrich Wolk ermordet wurde – wenn dessen Alibi stimmt.“

Wunderlich sinnierte: „Vor allem: Warum betreibt jemand so eine Logistik, um diese Sache auf der Luitpoldbrücke zu inszenieren und vom wahren Tatort abzulenken? Ein schallgedämpfter Flaschenzug! Das heißt, wir werden irgendwo auf Wolks Grundstück etwas finden, das uns zum Täter führt.“

„Es sieht aus wie eine Katze, bewegt sich wie eine Katze, miaut wie eine Katze und ist doch keine Katze. Was ist das?“ Angermann verzog die Lippen zu einem Grinsen.

„Ein Kater“, ergänzte Wunderlich das schon seit ihrer Jugend zur Allgemeinbildung zählende Kinderrätsel. „Willst du damit sagen, nicht Wolk, sondern sein alter Herr ist das gewesen?“

Sie brachen gleichzeitig in schallendes Gelächter aus. Die Vorstellung, Egidius Wolk könnte mit seinen fünfundachtzig Jahren einem Menschen einen Stein oder sonst einen schweren Gegenstand über den Schädel ziehen und ihn dann mit einem Flaschenzug in der Schwesnitz versenken, war ähnlich absurd wie der Gedanke einer absoluten SPD-Mehrheit im Bayerischen Landtag.

Nein, Wunderlich hatte keine Ahnung, auf wen die Wolk-maßgeschneiderte Beweislage noch hätte zutreffen können. Er war auch etwas abwesend, da er noch immer über den zweifelhaften Ruf von *JoyPark* grübelte.

Wie schnell er die Chance bekommen würde, diese letztere Angelegenheit in allen Details weiterzuverfolgen, ahnte er allerdings nicht einmal in seinen wildesten Träumen.

Kapitel 16

Es war spät am Abend, als Frank nach Hause kam. Einmal mehr hatte er sich von den neuesten Entdeckungen in den Bann ziehen lassen, immer auf der Jagd nach der Lösung wie ein wildes Tier, das seine Beute schon gerochen hatte. Aber das Tier würde ihm hier nichts nützen.

Susanne interessierte sich nicht für die Jagd. Sie interessierte sich dafür, eine Familie zu haben, die Kinder großzuziehen und das Haus zu einem gemütlichen, lebendigen und eines Tages schuldenfreien Platz werden zu lassen. Das Letzte, was sie dabei gebrauchen konnte, war ein Mann, der nie zu einer familienfreundlichen Zeit zu Hause eintraf, obwohl er es hätte tun können. Seine Arbeit war alles andere als von Druck und Stress geprägt. Im Unterschied zu der ihren, die sie vielleicht bald verlieren würde, wenn das alles so weiterging.

„Hallo, tut mir leid, dass es etwas später geworden ist, aber es gab große Probleme, die ich unbedingt heute lösen musste."

„Frage an Radio Eriwan", kommentierte sie seine Begrüßung, „ist es richtig, was Frank sagt? Antwort: Im Prinzip ja. Nur ist es nicht etwas später, sondern elf Uhr abends. Und es waren auch keine großen Probleme, sondern die normalen Aufgaben in seinem Beruf. Und es war auch nicht Frank, der sie hätte lösen müssen, sondern sein Chef hätte das ebenso gut tun können. Und es war auch nicht unbedingt erforderlich, sondern nur, weil er so ehrgeizig ist. Und schon gar nicht musste es heute sein, denn die Welt hätte sich auch ohne die Lösung weitergedreht!"

„Bist du fertig?!", knurrte er sie beleidigt an. Sie wandte sich ab.

Er brachte sie dazu, mit ihm noch einen kurzen Spaziergang rund um die hell angestrahlte evangelische Stadtpfarrkirche St. Jobst zu machen, so dass die Kinder ihren Streit nicht mitbekämen.

„Was fällt dir eigentlich ein?“, stieß er hervor, kaum dass sie draußen in der Frühsommernacht waren. „Ich versuche, Verantwortung für die Welt und die Menschen zu übernehmen, und zum Dank ziehst du mir noch den Boden unter den Füßen weg!“ Er bog mit ihr am Denkmal für die Flussperlmuschel, warm erleuchtet von zwei Bodenstrahlern, nach rechts bergauf in die Hauptstraße ein.

„Und was ist mit deiner Familie? Gibt es dafür keine Verantwortung? Es gibt keinen Abend in der Woche, an dem du mal um sechs zu Hause bist. Du musst ja immer die Welt retten. Was ist mit deinen Kindern, deiner Frau, unserem Haus? Da ist schon fast kein Boden mehr!“

„Wie meinst du das – kein Boden mehr?“

„Ach, egal.“

„Susanne, ich möchte eine Antwort!“

Sie wurde abwechselnd kreidebleich und zornesrot.

„Tja, denk mal drüber nach. Vielleicht gibt es außer dir noch andere, die große Probleme haben. Vielleicht kommen die ohne dich auf Gedanken, die es nicht gäbe, wenn du auch mal da wärst und dich für Gemeinsamkeit engagieren und an Problemlösungen beteiligen würdest. Vielleicht sind deine Probleme Hirngespinste. In Bayern sind schon Menschen für weniger abwegige Geschichten auf lange Zeit in der Psychiatrie verschwunden. Oder vielleicht geht es ja plötzlich auch ganz ohne dich. Das Leben muss nicht immer so weitergehen, wie du es dir eingerichtet hast.“

Das kam so überraschend wie eine Springflut auf dem Kirchturm, den sie soeben passierten. Frank war auf ein völlig anderes Thema eingestellt, das ihm viel bedrohlicher als alles andere schien.

„Entschuldigung, wovon redest du eigentlich? Ich habe mir doch nichts eingerichtet! Ich habe doch verhindert, dass alles zerstört wird! Was wäre gewesen, wenn sich uns diese Chance nicht geboten hätte? Und ich sie nicht ergriffen hätte, unter Schmerzen? Aber um ehrlich zu sein – ich möchte es rückgängig machen. Es wird mir ja sowieso nicht gedankt.“

Zwei blaugraue Augen unter einer brünetten Frisur starrten ihn an wie den Leibhaftigen, wozu die rechts neben ihnen verlaufende Friedhofsmauer in geradezu dramatischer Weise passte.

„Du willst WAS?!“

„Es rückgängig machen. Dann wird es halt etwas mühsamer für alle Beteiligten – na und? Ich hab’ dann wenigstens ein reines Gewissen.“

Es blieb zehn Sekunden lang still. Sie waren wieder unten am Perlenbach angekommen, rechts schloss das Restaurant der Fränkischen Krone allmählich seine Pforten, vor ihnen quakten nur noch die Frösche, denn die Enten im Bach schliefen längst.

Das heißt – bis zu diesem Augenblick. Denn jetzt zerriss ein gellender Laut die kleinstädtische Stille.

„Du weißt genau, ganz, ganz, genau, dass du das nicht überleben würdest!“, kreischte sie in einer Vehemenz und Bedrohlichkeit, die er noch nie zuvor an ihr erlebt hatte. Er bekam schlotternde Knie und einen kalten Schauer auf dem Rücken, so sehr drang ihm ihr Tonfall durch Mark und Bein.

Als ihre Wut nachließ, waren sie schon wieder zu Hause. Sie stieß einen langen Seufzer aus, wandte sich ab und verließ das Wohnzimmer, um zu Bett zu gehen. In diesem Moment hatte Frank das Gefühl, dass das vielleicht ihr letztes gemeinsames Gespräch gewesen war. Der Anfang vom Ende schien gemacht.

Aber er irrte sich. Das Ende war schon kurz vor dem Ende.

Kapitel 17

„Und?“

„No scho.“

Es war die übliche Art, in Oberfranken zu kommunizieren.

„Und?“, hatte Wunderlichs Tante Rosi ihn gefragt. Das bedeutete so viel wie „Wir haben uns ja eine Woche lang nicht gesehen. Was ist denn so vorgefallen in der Zeit, und wie geht es dir?“

„No scho“, hatte er geantwortet. Das hieß: „Danke der Nachfrage. Mir geht es bestens. Im Beruf und Privatleben läuft alles ganz normal, und es gibt eigentlich keine besonderen Neuigkeiten.“

Die redundanzfreie Kommunikation war eine derjenigen Errungenschaften Nordostbayerns, die Wunderlich am meisten schätzte. Aber dann wurde er aus konkretem Anlass doch redseliger – solange er noch Gelegenheit dazu hatte, musste er das ausnutzen.

Wunderlich war an diesem Mittwoch bei seiner Tante zum Mittagessen eingeladen. Tante Rosi war ein außergewöhnlich gesprächiger Mensch, der nach allem, was der Kommissar wusste und in 40 Jahren erleben durfte, den Weltrekord im Dauersprechen ohne Luftholen innehaben musste. Dazu gehörte die Fertigkeit, zwischen den angeschnittenen Themen jeweils eine derart brillante und überraschende Überleitung zu finden, dass der Zuhörer keine Chance hatte, den Themenwechsel zu einer eigenen Zwischenbemerkung zu nutzen und so den Weltrekord durch einen – welch entsetzliche Vorstellung – Dialog zu gefährden.

Es machte ihm nichts aus. Er mochte seine Tante sehr, und das Leben, das sie in die Bude brachte, glich die Verschlossenheit seiner übrigen Verwandtschaft angenehm aus.

„Wir haben vorgestern Uli Wolk vorläufig festgenommen“, begann Wunderlich seinen über „No scho“ hinausgehenden Bericht.

„Den von der BfR? Das gibt's doch nicht. Was soll der denn angestellt haben? Der hat doch gar keine Zeit für ein Verbrechen. Der ist doch nie daheim. Oder habt ihr ihn genau deswegen einkassiert? Ich meine, was man in Rehau so hört, tut der doch mit aaner umernanner."

Noch so ein schönes Beispiel für effiziente fränkische Kommunikation: „mit einer umeinandertun" klang doch gleich viel versöhnlicher als „mit der Frau eines anderen ins Bett gehen, gegen das sechste und zehnte Gebot zugleich verstoßen und dafür vor dem Jüngsten Gericht in erheblichen Erklärungsnotstand geraten".

„Und ich sag dir was", fuhr Tante Rosi fort, ohne dass Wunderlich zu Wort gekommen war, „das hört man nicht nur so, das kann ich beweisen. Du siehst doch das weiße Haus dort drüben?"

Wunderlich wusste nicht, worauf sie hinauswollte, spürte aber, dass es jetzt interessant wurde.

„Da wohnt sie."

„Und, wer ist es?", schaffte er in einer Sekunde, gewährt von Rosis Luftholen, einzuwerfen.

„Na pass auf, ich bie ja nuch nedd ferrdich. Also vor drei Jahren ist da eine junge Familie eingezogen. Er Beamter oder so, drei Kinnerla und die Frau fei ganz eine Hübsche. Na ja, und wie er so morgens aus dem Haus geht, lässt er die Autotür immer recht laut zufallen. Und ich schlafe doch so schlecht, du weißt schon, ich hatte doch diesen Skiunfall und seitdem Schlafstörungen. Na ja, also jedenfalls …"

Es war immer sehr energieaufwendig, Tante Rosi zu folgen.

„… jedenfalls schau ich dann aus dem Fenster, und es vergehen fei keine zehn Minuten, da fährt der Uli vor. Bürger für Rehau. Bürger für Rehauer*innen* sollte man seine Liste nennen. Er also raus aus dem Auto, sie steht schon am Fenster und winkt – na ja, den Rest kannst du dir denken."

„Also dann entschuldige mich bitte kurz, Tante Rosi, ich muss …"

„… na jetzt iss doch erst mal. Pass auf, da muss ich dir noch was erzählen."

Dreißig Minuten später gelang Wunderlich bei erster Gelegenheit die Flucht. Er legte die 200 Meter binnen zwei Minuten zurück und stand vor dem Haus der fraglichen Dame, die, wie er von Tante Rosi über Umwege erfahren hatte, Beierlein hieß.

Durch nichts war er auf das vorbereitet, was nun folgen sollte. Es war so abwegig, dass er es in seiner beruflichen Laufbahn noch nie erlebt hatte.

„Grüß Gott, Frau Beierlein. Mein Name ist Wunderlich von der Kripo Rehau."

Weiter kam er nicht. Frau Beierlein sah ihn zwar mit den gleichen überraschten Augen an wie jeder, bei dem zum ersten Mal die Kriminalpolizei vor dem Haus stand. Aber in ihrem Blick war noch etwas. Etwas völlig Unerwartetes: Er verriet Erleichterung und Vorfreude.

„Sie sind aber schnell. Ich hoffe, das ist ein gutes Zeichen."

„Ich verstehe nicht?"

„Na, ich habe ihn doch erst vor einer Stunde als vermisst gemeldet."

„Vermisst? Wen?" Wunderlich war wegen der Ereignisse rund um den Mord heute noch nicht zur Lagebesprechung mit seinen Kollegen gekommen.

„Meinen Mann! Ich war von Sonntagmittag bis gestern Abend auf einem Seminar und habe die ganze Zeit nichts von ihm gehört. Sind Sie denn nicht deswegen hier?"

Wunderlich verneinte bedauernd. Er wollte gerade auf Wolk zu sprechen kommen, da fiel der Groschen. Er wurde blass um die Nase. Sehr blass.

„Ähm, Frau Beierlein, wenn wir gerade bei diesem Thema sind – hätten Sie eventuell noch ein Foto Ihres Mannes für mich?"

„Selbstverständlich. Hier, bitte. Es ist gerade zwei Wochen alt."

„Vielen Dank, Frau Beierlein. Ich bin sicher, wir können Ihnen bald etwas sagen."

Der Kommissar musste das Foto keine zwei Sekunden lang ansehen, denn es gab keinen Zweifel. Es war der Tote aus der

Schwesnitz. Wunderlich hatte eine Ehebrecherin gesucht und ein Mordopfer gefunden.

Mit einer DNA-Probe des getöteten Beierlein und, nach einem äußerst behutsamen Gespräch, der Bestätigung, dass dessen Frau eine Liaison mit Ulrich Wolk hatte, fuhr Wunderlich zurück zur Dienststelle in der Jahnstraße. Es würde einen Tag dauern, bis die Gerichtsmedizin ihm die Identität des Toten an Hand der DNA bestätigte und Frau Beierleins heile Welt bei der Identifizierung ihres Gatten im Kühlhaus für immer zu Ende sein würde.

Für Ulrich Wolk war sie das schon jetzt. Die Kollegen von der Streife hatten ihn bereits wieder hergebracht. Wunderlich wollte es selbst nicht recht glauben. Für ihn war das Verbrechen, das er beruflich untersuchte, stets etwas Distanziertes gewesen. Bei Menschen, die er näher kannte, blendete er instinktiv jede Möglichkeit eines Konfliktes aus. Er tat sich unendlich schwer mit der Vorstellung, dass auch solch ein Mensch ein Kapitalverbrechen begehen könnte. Aber in der jetzigen Situation hatte er keine Wahl mehr.

„Uli, es tut mir leid. Du bist vorläufig festgenommen. Du stehst im dringenden Verdacht, Herrn Beierlein ermordet zu haben. Der von euch gehörnte Ehemann ist am Sonntagabend tot aufgefunden worden. Und der Mord hat sich obendrein auf dem Grund und Boden deiner Familie ereignet.“

Wolk hatte sich getäuscht, was sein vermeintliches Alibi für die Mordnacht betraf, das er Wunderlich bei der Vernehmung am Montag präsentiert hatte. Der Restalkohol hatte ihm einen Streich gespielt. Seine Geliebte hatte soeben bestätigt, dass sie die Nacht mit ihm verbracht und ihrem Mann vorgelogen hatte, sie sei auf einem Klassentreffen. Diese Bestätigung, immerhin, entsprach auch der Wahrheit. Nur war es von Freitag auf Samstag gewesen. Eine Nacht *vor* dem Mord an Beierlein.

Das alles war jedoch der mit Abstand harmloseste Teil von Wunderlichs heutigem Arbeitstag. Er würde ihn zweimal nur mit knapper Not überleben.

Kapitel 18

Frank war noch immer mit dem Kürzel beschäftigt. „DE-N-WAN“ musste ja nicht zwingend ein Künstlername sein. Vielleicht war es auch eine Schlüsselnummer. Für Gott weiß was.

„Wie wär's mit Mai-Tai?“, krähte der Älteste dazwischen.

„Wie war das, bitte??!“ Jetzt war er wie vom Donner gerührt. Sein zehnjähriger Sohn war bestens bekannt mit exotischen hochprozentigen Rum-Cocktails? Soweit er wusste, standen die in Rehau höchstens in der Bohei-Bar in der Pfarrstraße auf der Karte. Das konnte doch wohl nicht …? Ansonsten hätte das Kind die Nächte in Hof … Er war noch angestrengt damit beschäftigt, beide Gedanken nach Möglichkeit als völlig absurd zu verwerfen, als ihm sein vermeintlicher Trinker ein zweites seltsames Plastikteil brachte.

Erst jetzt wurde er sich der Anordnung der Buchstaben bewusst.

„DE-N-WAN“ stand auf dem ersten Bruchstück. Aber nicht von links nach rechts. Oben fand sich das „DE“, in der Mitte das „N“ und darunter das „WAN“. Das war kein Künstlername, das musste etwas mit Technik zu tun haben.

„Was zum Teufel …“

Er blickte verwirrt auf das zweite Stück, das er gerade erhalten hatte. „MA-I-TAI“ stand darauf, wiederum in der Anordnung oben-mittig-unten. Mehr instinktiv als wirklich mit Überlegung hielt er beide Bruchstücke aneinander.

Jetzt war die Botschaft entschlüsselt.

„MA – DE – I – N – TAI – WAN.“

„MADE IN TAIWAN.“

Er las den Satz, aber seine Konsequenzen hatte er noch immer nicht verstanden. Gedankenverloren setzte er die beiden Teile erneut zusammen. Und das endlich war, als hätte er damit auf den Auslöser gedrückt.

Die Bombe der Erkenntnis schlug krachend in seiner Gedankenwelt ein. Jetzt begriff Frank, was er da in der Hand hielt: Es war eine Muschel.

Genauer gesagt, es sollte wohl eine Muschel sein. Aber das hier war mitnichten Muschelkalk.

Er setzte sich ins Auto. Zehn Minuten später würde er sich Hilfe geholt haben.

„Was ist das?“ Frank zeigte seinem Gegenüber das muschelförmige Teil *Made in Taiwan*. Es war offensichtlich, dass es sich um Kunststoff handelte.

„Hm – sieht aus wie Polyfantastan. Daraus kannst du praktisch alles formen, so dass es nicht nur genauso aussieht, sondern sich auch genauso anfühlt wie das Original.“ Sein Gegenüber kannte sich aus mit Kunststoff. Jörg Albrecht war technischer Abteilungsdirektor bei *PolyWorld*. Und zufällig einer von Franks besten Freunden.

„Mein Sohnemann sagt, er hätte es im Fluss gefunden. Kannst du dir einen Reim darauf machen? Ich meine, warum sollte jemand eine Muschel kopieren?“

Die Frage war eigentlich unlogisch. Kunststoff war, wie der Name schon sagt, dazu da, um künstliche Dinge zu formen. Albrechts Konzern zum Beispiel hatte es mit seinen Teilen bis ins Space Shuttle geschafft.

Dennoch legte Albrecht die Stirn in tiefe Falten. Er schien angestrengt nachzudenken. Es dauerte eine ganze Weile, bis sich seine Miene aufhellte.

„Es ist ein Kinderspielzeug.“

„Seit wann spielen Kinder im 21. Jahrhundert mit künstlichen Muscheln?“, wandte Frank ein.

„Bei uns im Land der Smartphones und der Facebook-Accounts natürlich nicht mehr, was eine Schande ist. Aber erinnerst du dich an die chinesische Delegation, die unsere Firma vor zwei Monaten besucht hat?“

Frank nickte heftig. Es galt nur zum Teil der Erinnerung an die Chinesen. Der größere Teil des Nickens galt Albrechts Ausführungen zum Thema Schande.

„Und die hatten ihre Familien dabei. Mit Kindern. Da gab es doch das Familien-Nachmittagsprogramm. Ich weiß noch, dass da auch eine Exkursion zum Perlenbach drin war."

„Du meinst, die Kids haben ihr Spielzeug im Fluss verloren?"

„Genau. Mir ist gerade ein Artikel in unserer Firmenzeitung wieder eingefallen. Darin wurde kurz vor dem Chinesen-Besuch berichtet, dass diese Kunstmuscheln aus Polyfantastan in Südostasien als beliebtes Spielzeug auf dem Markt sind. Sie werden von einem taiwanesischen Konzern hergestellt und nach China und Singapur exportiert. Und eine davon ist dann wohl im Perlenbach gelandet und am Wehr angespült worden."

„Hm. Das macht mir Sorgen."

„Du meinst, dass unsere Kinder nicht mehr an Bächen und Flüssen spielen?"

„Das auch – wobei ich mit meinem Sprössling ja noch richtig Glück habe. Der treibt sich jeden zweiten Tag da rum. Aber was, wenn die vermeintlichen Zuwächse an Flussperlmuscheln in unserer Stadt alle *Made in Taiwan* sind?"

„Du meinst dieses Projekt der Naturschutzbehörde, welches vor ein paar Wochen im Frankenblatt als Erfolg gefeiert wurde?" Albrechts Miene verfinsterte sich wieder. Er machte sich offenbar große Sorgen über die Probleme seines Freundes, glaubte aber, ihn beruhigen zu können. „Kann ich mir nicht vorstellen. Eure Behörde hat doch Hunderte neuer Muscheln entdeckt, oder? Es waren aber nur zwanzig chinesische Familien hier. Du wirst sehen, du wirst unter deinen Muscheln keine zweite mit asiatischem Herstellerzeichen finden."

Vertrauen war gut, Kontrolle aber besser. Frank bedankte sich bei seinem fachkundigen Gesprächspartner und ging. Sein Weg führte ihn zuerst nach Hause zu einem Paar Gummistiefeln und dann umgehend zur Schwesnitz. Er sammelte so viele angespülte Muschelteile, wie er finden konnte. Es waren Dutzende. Doch kein einziges davon trug auch nur im Entferntesten irgendwelche Buchstaben.

Aufgewühlt von diesen Ereignissen kam ihm die lange geplante Entspannung gerade recht: Frank war ein glühender Anhänger des 2. FC Rehau und heute, zum Saisonabschluss Ende Mai, stieg das Lokalderby. Bruderkampf wäre wohl treffender gewesen, denn der 1. und der 2. FC, die Grünen und die Weißen, hatten sich ja erst zu Beginn der Saison wieder getrennt, nachdem sie es kurz, aber erfolglos mit einem gemeinsamen Club versucht hatten. Gerch Mackert hatte dann, sehr zu Franks Freude, die Weißen übernommen und so weit nach oben geführt, dass das heutige Spiel ein ungleiches Duell war: Die Grünen waren Vorletzter. Die Weißen waren ganz vorn. Der Hitze des Spiels tat dies natürlich keinen Abbruch.

„Lieber Zweiter als Erster!“, stand auf dem großen weißen Spruchband, das Frank zusammen mit den anderen Ultra-Fans des 2. FC im Stadion hochhielt.

„Ohne Mackert – habt ihr keine Chance! Ohne Mackert – habt ihr keine Chance“, schallte der lautstark singende grüne Konter aus der Gegentribüne.

„Was ist grün und stinkt nach Backstaa-Kees? Erster Effcee!“ – und so weiter und so fort.

Die Partie hatte noch nicht einmal begonnen, als Frank ihn erblickte. Zwei Reihen über sich in der Ehrenloge der Weißen. Er passte überhaupt nicht hierher. Jung, sportlich, gertenschlank, Kurzhaarschnitt – so weit, so gut. Aber mit Maßanzug, Designerhemd, Krawatte, durch und durch gebräuntem Teint, goldener Uhr und dunkler Sonnenbrille? Das war zu viel des Guten. Erst als Frank noch Gerch Mackert direkt neben dem bestaussehenden, offenkundig schwerreichen Unbekannten sitzen sah, passte alles wieder zusammen – Mister Windpark hatte offenbar einen seiner illustren Geschäftspartner eingeladen.

Doch wie der Schiefe Turm von Pisa geriet Franks Weltbild abermals ins Wanken, als das Spiel mit 5:1 für den 2. FC gewonnen war und er mit seinen Sportkameraden wie üblich das Vereinsheim ansteuerte.

„Bringän Sie mir bitte ein Sslachtsussel. Und einä Sbezzi", rief der Unbekannte der Bedienung zu, die freudig erregt bis in die Zehenspitzen sogleich mit dem bestellten Colamixgetränk und dem Festmahl herantrabte: knackige Blut- und Leberwürste und eine satte Scheibe gekochtes Schweinefleisch, dazu als Begleitmusik ordentlich Sauerkraut und zwei dampfende oberfränkische Klöße. Sah man vom gleichberechtigten Standpunkt eines Vegetariers in diesem Fall ab, so war das Kunstwerk namens Schlachtschüssel eine Krone der hiesigen Genussregion.

„Bitteschön, Herr Mosén! Ihr Deutsch ist ja wirklich schon super! Und Ihr oberfränkischer Essgeschmack – Respekt!"

Gerch Mackert, der immer noch, oder besser schon wieder, neben dem mutmaßlichen Rockefeller-Schönling saß, überblickte ebenso schnell wie grinsend das unendliche Feld der 2.-FC-Fans mit den metergroßen Fragezeichen im Gesicht und gab gnädigst eine Erklärung ab.

„Das ist Mister Dirham Al-Mosén, liebe Sportfreunde. Er ist Geschäftsführer eines Unternehmens, das sich anlässlich der fruchtbaren Zusammenarbeit mit *MackertWind* auch für unseren Verein engagieren möchte. Der Präsident dieses Unternehmens ist eine sehr finanzkräftige, weitgereiste Persönlichkeit. Mr. Al-Mosén wird heute Abend in Hochfranken-TV noch einige Worte dazu sagen. Details können wir Ihnen aber leider noch nicht verraten."

Al-Mosén, ein trotz seiner Ausstattung freundlich und geradezu kumpelhaft wirkender Typ, hatte sich offenbar schon bestens mit der örtlichen Küche und dem hiesigen Personal angefreundet. Hier schien etwas Größeres im Gange.

Der regionale Fernsehsender war demzufolge an diesem Abend Pflicht für Frank, als er zwei Stunden später wieder zu Hause war. „Dirham Al-Mosén, General Secretary, RI Investments Group" stand auf dem Schriftbalken unter der Person, die geduldig auf Englisch die Fragen des Hofer Interviewers beantwortete.

„Unsere Unternehmensgruppe ist weltweit tätig und hat aus diesem Grund auch Kontakte zu *MackertWind* geknüpft. Auf diesem Weg haben wir von Herrn Mackerts Engagement im Sportbereich erfahren und überlegen, wie wir dies unterstützen können. Der CEO unseres Unternehmens ist ein großer Sportfan."

„Das heißt, Ihr Unternehmen würde Geld in den 2. FC Rehau stecken?"

„Nun, wir könnten uns vorstellen, hier in ein sportliches Aushängeschild unserer Firmengruppe zu investieren. Mit einigen strukturellen Veränderungen natürlich."

„Das heißt?"

„Nun ja, als Investor würden wir sicherlich die Stimmenmehrheit im Verein anstreben."

„Aber das heißt, der Investor wird Alleinherrscher und die langjährigen ehrenamtlichen Funktionäre werden rausgeworfen. Wer ist der Mann, der hinter dieser Idee steckt?"

„Das sind alles Details, über die erst noch verhandelt werden muss. Wir möchten niemanden vor den Kopf stoßen. Der Investor wird zu gegebener Zeit selbst nach Rehau kommen und sich bei einem Spiel den Fans präsentieren."

„Und wo ist der Haken? Was ist die Gegenleistung?"

„Wie gesagt, über die Details muss erst noch gesprochen werden. Aber ich bin sicher, am Ende werden alle sehr zufrieden sein."

Frank war endgültig bedient. Erst das Theater mit den Made-in-Taiwan-Muscheln. Und nun stand sein geliebter Traditionsclub, die ruhmreichen Weißen, vor der feindlichen Übernahme durch einen unbekannten Investor aus einem unbekannten Land, der ein unbekanntes Ziel verfolgte. Das konnte ja heiter werden.

Dass zwischen Franks beiden Sorgen ein sehr unheiterer Zusammenhang bestand, konnte er allerdings nicht ahnen.

Kapitel 19

„Mir hamm den Scheich – und ihr nedd! Mir hamm den Scheich – und ihr nedd!" Das Publikum auf dem Maxplatz war völlig aus dem Häuschen.

Der Maxplatz war der Hauptplatz in der Mitte der Stadt Rehau. Früher gab es hier nur Rasen und einen Springbrunnen in der Mitte, zu dem man aber eigentlich nicht hätte laufen können, da „Bitte den Rasen nicht betreten"-Schilder einem den Weg verleideten. Heute war, im Zuge der Innenstadtsanierung, das Rasenbetreten erlaubt und selbiger etwas verkleinert worden, zugunsten eines sehr schön gepflasterten Bereichs, auf dem man den Wochenmarkt, ein Platzkonzert zum Rehauer Wiesenfest oder auch große Auftritte aller Art veranstalten konnte. Es war wirklich hübsch geworden – und Gerch Mackert hatte heute hier seinen großen Auftritt.

Es war Mittwochnachmittag, und er betrat die Holzbühne, die seine Leute am Vortag aufgebaut hatten. Mehr als 500 Fans des 2. FC Rehau waren gekommen. Die Spannung und Vorfreude waren enorm. Auch Wunderlich hatte beschlossen, nach der Aufregung um Wolk, dessen Geliebte und deren ums Leben gekommenen Ehegatten erst einmal Entspannung bei Mackerts Show zu suchen.

„Als zweitgrößtem Steuerzahler in dieser Stadt ist es mir eine Ehre", begann Gerch seine Ansprache, „Ihnen heute große Neuigkeiten über unseren 2. FC Rehau überbringen zu können."

Ein Raunen und Murmeln, das, wie der Einheimische unschwer erkennen konnte, typisch fränkisch-skeptisch klang, ging durch die Menge.

„Was man in Rehau über den Gerch gemunkelt hat, was wir vor knapp vier Monaten im Fernsehen angekündigt haben, es ist wahr. Der 2. FC hat einen Geldgeber gefunden."

Man hätte meinen können, in Mackert habe der Fußballclub des Geldgebers bereits genügend gefunden gehabt. Aber es war bekannt, dass Gerch Mackert in sehr großen Dimensionen zu denken pflegte und bei seinen Ideen zwischen der Eins und dem Euro-Symbol stets unheimlich viele Nullen standen, und kein Komma dazwischen, das sie ausgebremst hätte.

„Seine Hoheit Scheich Raschid Isaak, Stiefbruder des Herrschers von Dubai, hat Gefallen an unserer ausgezeichneten Truppe gefunden, und es ist ihm eine Freude, uns ab sofort mehrere Millionen Dollar zukommen zu lassen, um nach ganz oben zu streben."

Bei Mackerts Großkotzigkeit musste man mit allem rechnen. Aber das war den Zuhörern dann doch ein entscheidendes Quäntchen zu viel des Seemannsgarns. „Scheich? Dubai? Dollar?", hörte man es abschätzig aus dem Publikum murren. Einige aus dem letzten Jahrtausend übrig Gebliebene schienen immerhin erleichtert, dass er „Dollar" und nicht „Euro" gesagt hatte.

Gerch Mackert hatte, einheimisch, wie er war, mit den fränkischen Zweiflern natürlich gerechnet.

„Das ist nicht nur so dahingesagt. Ich habe Ihnen den lebenden Beweis gleich mitgebracht."

Mit diesen Worten vollführte er eine ausladende Geste in Richtung Treppe und ein bis dahin wenig beachteter junger Mann sprintete selbige nach oben und baute sich neben Mackert auf.

„Darf ich vorstellen: Paolo Spirelli, italienischer Nationalstürmer. Er spielt ab heute für den 2. FC Rehau."

Die Menge benötigte einen Augenblick für das Umschalten von Dauerskepsis auf die Kenntnisnahme von Fakten. Dann war sie nicht mehr zu halten. Jeder Zweifel, jede innerliche Sorge und Unsicherheit wich schlagartig einem grenzenlosen Jubel. Jeder kannte ja Spirelli, den zweiten farbigen Spieler der *Squadra Azzurra.* Sein Halbbruder hatte Deutschland vor einiger Zeit fast im Alleingang aus dem Turnier geworfen. Mit seinem Irokesenschnitt wäre Spirelli aber auch so unverwechselbar gewesen.

„Signore, wenn Sie ein paar Worte sagen möchten?", bat Mackert sein teures Schmuckstück in höflichem Englisch.

Spirelli hatte jedoch noch eine andere markante Eigenschaft – er sprach nicht sehr viel. Er pflegte sich stattdessen zu inszenieren. Er war in einem blau-grünen Fußballtrikot auf die Bühne gekommen, in dem das Blau als die Farbe Italiens, das Grün dagegen als die Farbe Rehaus stehen und die neue Partnerschaft symbolisieren sollte. Gegen das, was nun folgte, waren die Beatles ein Kaffeekränzchen. Mit einer an Theatralik höchstens noch durch die Luisenburg zu überbietenden Geste – die Freilichtbühne nebenan in Wunsiedel hatte Jahr für Jahr Weltklasseschauspieler im Programm – riss er sich das Shirt vom Leib und schleuderte es in die Menge – genau dahin, wo eine Schar verzückt kreischender Mitglieder der 2.-FC-Damenmannschaft erwartungsvoll unter den Zuhörern stand. Anschließend ballte er entschlossen seine beiden Fäuste und stemmte sie in seine Hüften, gleichzeitig seinen neuen *Capitano* Gerch Mackert mit einem Blick fixierend, der Stolz, Ehre und unbedingten Siegeswillen zum Ausdruck brachte.

Einige Fußballexperten in der auf tausend Menschen angewachsenen Menge, speziell die, deren Frauen am lautesten kreischten, murrten zwar, das hätten sie alles schon einmal gesehen und es wäre kein schöner Spielstand gewesen seinerzeit. Aber die übrigen 997 waren völlig aus dem Häuschen. Jetzt konnte Bayern Hof oder gleich der Club kommen. „Mir hamm den Scheich – und ihr nedd!"

Trotzdem: Auf Grund der mangelnden Gesprächigkeit Spirellis endete die Show fünf Minuten früher als geplant und Mackert verließ gleich nach seinem neuen Starspieler die Bühne.

Das rettete ihm das Leben.

Die vom Jubel flirrende Luft wurde durch eine gewaltige Detonation zerrissen, und die begeisterten Menschen brauchten einige Sekunden, um zu begreifen, dass hier kein Feuerwerk den Abgang des neuen Spielers glamourös untermauerte. Durch die Explosion der Bombe wurde die Holzbühne in tausend Teile zersplittert.

Der Maxplatz erzitterte wie bei einem Erdbeben. Die Druckwelle riss Menschen zu Boden. Augenblicke später wich der Jubel einem kollektiven Entsetzensschrei. Ein Sprengsatz! Ein Anschlag! Eine Katastrophe war im Gang. Eine Massenpanik stand unmittelbar bevor.

Doch noch ehe sie ausbrechen konnte, war schon alles vorbei. Der große Knall schrumpfte zu einem Grollen, das sich in die Ferne zu verflüchtigen schien. Trügerisch harmlos, gemessen daran, was es hinterließ. Denn nachdem sich der Rauch verzogen hatte, wurde deutlich, dass von der Bühne, auf der Gerch Mackert und sein Starspieler gestanden hatten, nichts mehr übrig war. Und nicht nur von ihr.

Kapitel 20

Susanne hatte sich lange überlegt, ob sie es tun sollte. Es war ein ungeheuerlicher Gedanke, nein, er war eigentlich undenkbar. Eines der zehn Gebote würde gebrochen werden, und sie war ein durchaus gläubiger Mensch. Es würde kein Stein mehr auf dem anderen stehen, wenn sie zu diesem Mittel griff.

Sie stand mutterseelenalleine in der Pilgramsreuther Dorfkirche und betete. „Herr, ich versündige mich. Du selbst hast gesagt, das, was ich vorhabe, soll der Mensch nicht tun. Aber ich kann nicht anders. Ich bin dabei, etwas zu tun, was ich nie wieder werde rückgängig machen können."

Sie starrte den barocken Altar entlang hinauf zum Gewölbe und von dort gedankenverloren zurück zu den beiden Emporen hinter ihr. Die Blitze in ihrem Gehirn kreisten um den Schuldenberg und die ewige Lüge, die bliebe, wenn sie jetzt nicht die Notbremse zog. Sie war so unglücklich, dass sie keinen anderen Ausweg mehr sah. Wenn sie tat, was sie vorhatte, würde es einen riesigen Knall in der Stadt geben. Einige Leute würden schlagartig eine ganze Menge Probleme haben. Ganz Rehau würde von einem Erdbeben erschüttert werden. Und für sie selbst würde die Sache auf Messers Schneide stehen. Ob sie da heil herauskäme, stand völlig in den Sternen. Falls dem aber so war, dann wäre sie mit einem Schlag alle Sorgen los. Geld würde keine Rolle mehr spielen.

Sie wäre frei.

Sie würde es tun. Was blieb ihr anderes übrig?

Zur gleichen Zeit saß Simon vor dem Bildschirm und betrachtete die Zahlen. Seine Wette wurde weniger und weniger wert. Im Moment war das noch nicht überraschend. Das Ereignis, auf das er lange vor dem gerade beginnenden Sommer gewettet hatte, sollte ja erst in einigen Monaten eintreten und würde sicherlich nicht vor August bekannt werden. Das Problem war: Er hatte alles, wirklich alles auf diesen Plan gesetzt. Er zog es durch mit dem Geld für ein Baby, das erst geboren werden musste. Allerdings war die Mutter bereits schwanger und entschlossen, das Kind trotz des Risikos in einem fremden Land auch auszutragen. Es war also eine todsichere Sache.

Kapitel 21

Die Detonation hatte den halben Maxplatz verwüstet. Es sah aus wie nach dem dritten Stadtbrand von 1817, der so verheerend gewesen war, dass man den zuvor verwinkelten Grundriss der Stadt gleich ganz aufgegeben und durch einen rechtwinkligen ersetzt hatte. Der heutige Maxplatz und die fantastischen Sichtachsen mitten durch die Stadt waren zwei Ergebnisse dieser spektakulären Planung, die der Baukondukteur Baumann seinerzeit in die Tat umgesetzt hatte. Das war jedoch gar nichts im Vergleich zu dem Spektakel, das vor sechzig Minuten hier begonnen hatte. Die Bombe war direkt unter der Bühne versteckt gewesen, auf der Mackert gestanden hatte. Es war ein Wunder, dass niemand ernsthaft verletzt worden war. Das Bushäuschen auf der Südseite des Platzes lag in Trümmern. Im Zentrum des Platzes befand sich nun ein Krater, der größer war als früher der Springbrunnen, nur leider nicht so bunt. Die Zuhörer hatten hingegen auf der Nordwestseite des Platzes gestanden, am Perlenbach, wohin sich die von Mackerts Firma aufgebaute Holzkonstruktion gewandt hatte. Es war ein verdammter, glücklicher Zufall.

Oder doch nicht?

Auf den wenigen Quadratmetern, die nicht von Polizei, Feuerwehr, Krankenwagen und THW beansprucht waren, stand Gerch Mackert vor einem Hubschrauber des Fernsehteams von Hochfranken-TV und gab in höchster Erregung ein Interview für den regionalen Fernsehsender. „Als zweitgrößter Steuerzahler dieser Stadt und erfolgreicher Geschäftsmann habe ich offenbar viele Neider. Dass diese windigen Gestalten“ – Mackert benutzte dieses Wortspiel ständig, um über seine Konkurrenz aus der Windenergiebranche herzuziehen – „diese windigen Gestalten so weit gehen würden, das hätte ich mir nie träumen lassen. Aber ein Mackert gibt nicht auf.“

„Das heißt, Sie beschuldigen einen Ihrer Konkurrenten der Tat?“ Der Fernsehjournalist wollte es genau wissen.

„Ich kann nur sagen, dieser feige Anschlag zeigt, wes Geistes Kind unsere Wettbewerber sind. Jetzt erst recht. *MackertWind* wird noch stärker werden und diese Jammergestalten werden untergehen.“

Mackert hätte angesichts seiner Worthülsen ebenso gut Spitzenpolitiker sein können, aber mit der nächsten Wendung, die das Gespräch nehmen sollte, hatte selbst er nicht gerechnet.

„Herr Mackert, stimmt es, dass Sie Ihre Veranstaltung fünf Minuten früher beendet haben als im Programm angekündigt, da Herrn Spirelli, sagen wir, mehr die Pose als die Rede gelegen hat?“

„Ganz recht. Ich hatte Glück. Damit hatten diese feigen Intriganten wohl nicht gerechnet.“

„Na ja – jeder auf der Welt weiß doch, dass Spirelli, nun, rhetorisch ähnlich begabt ist wie so mancher ehemalige deutsche Tennisspieler oder Mittelstürmer.“

„Was wollen Sie damit sagen?“ Gerch zog die Augenbrauen hoch.

„Dass jedem klar sein musste, wie maßlos übertrieben zehn Minuten Redezeit für Spirelli sein würden.“

„Ich frage Sie noch mal, junger Mann: Worauf wollen Sie hinaus?“

„Wenn Sie wirklich jemand hätte umbringen wollen – dann hätte der doch wohl kaum bis zum Ende der vorgesehenen Zeitspanne gewartet, von der klar war, dass sie niemals ausgeschöpft wird.“

„Sie unterstellen, dass der ganze Anschlag inszeniert war?“ Mackert plusterte sich schlagartig auf wie ein Gockel. Er war außer sich.

„Was fällt Ihnen ein! Hier sollte ein angesehenes Mitglied unserer Stadtgesellschaft von schäbigen Möchtegern-Windradbetreibern aus dem Weg geräumt werden! Warum sollte jemand so etwas inszenieren?“

„Vielleicht, weil er damit sein Unternehmen weltweit bekannt machen, sich selbst als Helden und seine Konkurrenz als Schurken hinstellen kann?“

Wunderlich und Angermann standen zufällig in der Nähe. Sie konnten unter Einsatz all ihrer Körperkraft nur mit Mühe verhindern, dass Mackert den Fernsehmann zu Hackfleisch verarbeitete.

Nachdem diese unmittelbare Gefahr für die Pressefreiheit abgewehrt war, besaß Bürgermeister Angermann die Coolness, die Schäden in seinem Stadtzentrum in einen weiteren Rahmen einzuordnen und sich über die Wiederherstellung des soeben spontan tiefer gelegten Maxplatzes erst ab morgen Gedanken zu machen. Er trug sich ohnehin schon länger mit dem Plan, direkt am Übergang zwischen dem Kopfsteinpflaster, welches den Platz seit Kurzem schmückte, und der Rasenfläche, die schon so lange vorhanden wie Angermann auf der Welt war, eine Skulptur errichten zu lassen. Einen Bildhauer hatte er schon kontaktiert, und dieser hatte ihm unter dem ebenso kryptischen wie vielversprechenden Namen „Zukunftsläufer" einen persönlichen Vorschlag unterbreitet. Einen – ohne dass er dies verlangt hätte – sogar *sehr* persönlichen, auf Angermann geradezu zugeschnittenen Vorschlag. Jeder Passant würde das sofort erkennen können. Angermann würde erst den gesamten Stadtrat überzeugen müssen. Vielleicht war das ja nun einfacher.

Während er dem letzten Gedankenfragment noch mit dem schlechten Gewissen desjenigen hinterherblickte, der etwas Gutes vorhat und dafür eine unmoralische Gelegenheit erhält, riss ihn Wunderlich aus seinen Planungen.

„Eddi, das hier kann doch kein Zufall sein."

„Hm, was meinst du?", murmelte der mit seinem Spitznamen Angesprochene, noch immer ganz Stadtplaner.

„Das glaubt doch kein Mensch, dass der erste Mord in Rehau seit fast 20 Jahren und der erste Bombenanschlag überhaupt in dieser Stadt nicht in Zusammenhang stehen."

Als 1995 die Bluttat am Sattelberg im Osten der Innenstadt geschah, waren Angermann und Wunderlich wenige Jahre zuvor noch Schulkameraden am Gymnasium in der Nachbarstadt Selb gewesen, und als am 14. September 1894 die 18-jährige Margarete Wolfrum am

Fuße des Kornbergs von einem Tagelöhner aus Schwarzenbach erstochen wurde, waren Angermanns Großeltern noch nicht geboren. Er war Bürgermeister eines sehr sicheren und ruhigen Gemeinwesens, nur im Moment schien dieses Naturgesetz nicht mehr zu gelten.

„Ich bete, dass du recht hast", gab er Wunderlich zurück, inständig hoffend, dass alles Unheil sich mit einer einzigen Ursache erklären ließe. „Aber dann wird's jetzt höchste Eisenbahn!"

Der Kommissar hatte genau verstanden, was sein Ermittlungshelfer meinte: Einen Tatverdächtigen für das erste der beiden Verbrechen hatten sie ja schon. Den hatte er am Montag verhört und gehen lassen, bevor er erst vor wenigen Stunden erneut festgenommen wurde.

Die Bühne für Mackerts Ansprache war dazwischen, am Dienstag, aufgebaut worden. Ulrich Wolk hatte also alle Zeit der Welt gehabt.

Die Strecke zu Wolks Haus Richtung tschechische Grenze war vor einigen Jahren so ausgebaut worden, dass sie aus zwei endlosen, schnurgeraden Teilstücken bestand. Angermann war das Beifahrerdasein mit Blaulicht gewöhnt, seit er zum ersten Mal gemeinsame Termine mit dem in Hof lebenden Bundesinnenminister absolviert hatte. Mit ungefähr 200 Sachen rasten Wunderlich und er an diesem Mittwoch um sechzehn Uhr am Heinersgrund vorbei nach Schönlind, um zu verhindern, dass ihre Heimatstadt womöglich noch gänzlich ausgelöscht wurde.

Kapitel 22

Beierlein war eine typisch mittelfränkische Quasselstrippe. Er konnte beim Mittagessen in der Kantine keine zwei Minuten still sein. Tagein, tagaus nervte er seine Kollegen mit Schwänken vom Schulalltag seiner Kinder und kommentierte mit Sarkasmus die angeblichen Fehlleistungen von deren Lehrern; dann leitete er meist dazu über, wie er letzte Woche erneut den Zugbegleiter „gestellt" habe, als er zur Abwechslung wieder einmal die Bahn von Rehau nach Hof benutzt hatte und diese natürlich „aus betrieblichen Gründen" verspätet fuhr. „Die haben ihre Gleise auch nur, damit sie sich nicht verfahren", war dabei eine von Beierleins unvermeidlichen Möchtegern-Pointen, die seine Tischnachbarn auswendig kannten und eigentlich nicht mehr hören konnten. Gut, diese eine hatte sich mit dem kürzlichen Wechsel des Bahnbetreibers vielleicht erledigt – aber trotzdem: Beierlein war der Klassenclown und gefiel sich offenbar in dieser Rolle. Völlig *von* der Rolle hatte man ihn hingegen noch nie erlebt.

An diesem Morgen betrat ein Beierlein, der nicht mehr er selbst war, mit zu Eis erstarrten Gesichtszügen, zittrigen Händen und geröteten Augen das Büro. Ein mit brüchiger Stimme gehauchtes „Moin" schlich kaum wahrnehmbar durch den Raum. Als hätte man ihm besser einen Rollator zur Seite gestellt, kroch er förmlich zu seinem Schreibtisch und sank ächzend auf seinen Stuhl. Vollkommen erschöpft ließ er einen Stapel Papier aus seiner Hand gleiten.

Sein Chef Hopperdietz wurde der Szene gewahr und erschrak heftig über den ungewohnten Anblick. In Windeseile und zugleich mit äußerster Behutsamkeit näherte er sich dem Pult, an dem sein fähigster, aufgewecktester und nervigster Mitarbeiter gerade dabei war, in sich zusammenzusacken wie abends der Föhn am Alpenrand.

„Um Gottes willen, Beierlein, was ist denn passiert?! Sie sehen ja furchtbar aus!"

Beierlein schien gerade noch so viel Kraft zu haben, um müde mit einem Finger auf den Papierstapel zu zeigen, den er mitgebracht und vor sich niedersinken lassen hatte. „Schauen Sie sich's an", wimmerte er, nur mühsam den Kopf in Hopperdietz' Richtung bewegend.

Hopperdietz begann also zu lesen, aber er verstand zunächst nicht.

„Das sind Analyseergebnisse des Landesamtes für Umweltschutz von Wasserproben – ja und?"

„Das Ende der Blütezeit unserer regionalen Meeresfrüchte", half ihm Beierlein lakonisch auf die Sprünge.

Der Stapel enthielt jede Menge Messwerte, künstlerisch wertvoll verpackt in einen Wechsel aus Tabellen, Grafiken und Analysetext. Hopperdietz kam jedoch gar nicht erst dazu, die Zahlen zu studieren, weil ihn bereits der Text förmlich ansprang.

„… ist festzustellen, dass der Fluss Schwesnitz im Abschnitt zwischen dem Wehr Rehau und der Gemeindegrenze in weit überdurchschnittlicher Weise mit nährstoffreichen Mineralien belastet ist, die nur von der künstlichen Einbringung von Dünger oder Ähnlichem herrühren können."

Hopperdietz brauchte einen für Beierlein unendlich lange wirkenden Augenblick, um die Tragweite der Aussage zu begreifen. Dann setzte nahtlose Blässe bei ihm ein, woraufhin er und Beierlein an der Gesichtsfarbe nicht mehr zu unterscheiden waren.

„Das würde ja bedeuten …"

„… dass die Flussperlmuschel im überdüngten Gewässer zu sterben beginnt."

„Und bald wieder auf den alten Bestand geschrumpft sein wird." Hopperdietz sprach das Unvermeidliche aus wie in Trance. Die von Beierlein gefundenen sperrangelweit offen stehenden Muschelkörper waren also doch nicht das Werk perlensuchender Vandalen.

„Ich wollte rauskriegen, wie es zur Explosion der Muschelzahlen gekommen ist, und die liefern mir stattdessen die Nachricht, dass sie untergehen wird. Egal, ob die Wahnsinnszahl gestimmt hat oder nicht. Tschüss, Naturwunder. Tschüss, Tourismusmagnet. Tschüss, Rehau."

Tschüss, Rehau? Jetzt war der kleine, rundliche Beierlein so sehr in einer Untergangsstimmung, dass sich sein großgewachsener Chef wieder fing und gegensteuerte.

„Ich glaube das dann doch nicht."

„Hä?", kam es typisch mittelfränkisch von Beierlein zurück.

„Ich meine, nur weil kurzzeitig Mineraldünger im Wasser war, muss das nicht zwingend wieder ein Massensterben des so gut erholten Muschelbestandes zur Folge haben. Wir haben immerhin ein großes Naturschutzprojekt dort betrieben, und ich glaube immer noch, dass es erfolgreich gewesen sein kann."

„Und? Wie wollen Sie das rausbekommen oder gar beweisen?"

„Mit einer B-Probe." Hopperdietz wurde sportlich.

„Sind Sie die NADA oder was?" Beierlein war Club-Fan und reagierte daher auf Sport häufig mit Sarkasmus. Er hatte sich allzu oft den Gag anhören müssen, dass sich Glubber, also Wäscheklammern, und Glubberer, also Anhänger des 1. FC Nürnberg, nicht wesentlich unterscheiden würden.

„Ist doch ganz einfach." Hopperdietz ließ sich nicht beirren. „Wenn die Muscheln dem Dünger langfristig ausgesetzt waren, dann muss er in ihnen nachweisbar sein. Also bringen wir jetzt anstatt nur Wasser die Muscheln selber zum LfU."

Jetzt war schlagartig der berühmte Strohhalm eingetroffen. Sich an ihn klammernd verwandelte sich Beierlein zurück vom Scheintoten zum Lebenden.

„Mensch, das isses! Wieso bin ich da denn nicht selber draufgekommen?!"

Niemand im Raum wagte es, den nun naheliegenden Scherz auf Beierleins Kosten zu machen, denn beleidigt war er schnell und dann war er auch nicht erträglicher als in der Rolle der Quasselstrippe.

„Die und ihre Partner nennen sich ja nicht umsonst Kompetenznetzwerk Wasser-Energie-Umwelt. Da machen sie den Rest von der

Biologie gleich mit. Also auch Muscheln. Na klar! Ich hab' hier schon ein paar Exemplare mitgebracht, die bring' ich gleich rüber."

„Lassen Sie mal", bot Hopperdietz an, „ich muss sowieso gleich dienstlich hin, da nehme ich sie mit."

Der Leiter der Unteren Naturschutzbehörde nahm die Muscheln, die Beierlein bei sich hatte, an sich und verließ sogleich das Büro in Richtung Tiefgarage. Mit seinem Jeep steuerte er in die Ernst-Reuter-Straße, im Volksmund auch „Stadtautobahn" genannt, und fuhr in Richtung Landesamt für Umwelt. Kurz hinter der Freiheitshalle bog er ab.

Kapitel 23

Sie stellten Wolks ganzes Haus auf den Kopf. Es war Gefahr im Verzug an diesem späten Mittwochnachmittag. Das Mordopfer Beierlein konnte erst einmal warten.

Wolk war nicht nur Kommunalpolitiker. Zwar lag sein ganzes Arbeitszimmer voll von Zeitungsausschnitten aus zwei Jahrzehnten. „BfR fordern Bürgermeister Angermanns Rücktritt" – „Angermann mit großer Mehrheit wiedergewählt" – „Soziale Mitte und BfR erobern Stadtratsmehrheit" – „Angermann-Fraktion wieder am Ruder". Wolk machte seinen Job als Oppositionsführer mit Leib und Seele. Angermann nahm es ihm auch gar nicht persönlich. Die Politik lebte vom Wettstreit der Konzepte und Meinungen, und wer, wenn nicht die Menschen, die hier bis 1989 vierzig Jahre lang dicht vor dem Eisernen Vorhang gelebt hatten, sollte sich stets daran erinnern, welch hohes Gut es mit der Freiheit der Meinungsäußerung zu verteidigen gab. Ehrenamtliche Politik für ein Gemeinwesen war eine Sache von unschätzbarem Wert, gerade auf kommunaler Ebene, besonders dann, wenn man wie Angermann und Wolk dabei fair blieb. Nur leben konnte man davon, außer als Erster Bürgermeister, normalerweise nicht. Also war Wolk stolzer Inhaber eines Sporthauses.

Das Sporthaus Wolk in der Rehauer Wallstraße, gleich unterhalb der Schule, war manchmal eine Goldgrube. Wolk selbst pflegte gelegentlich ironisch anzumerken, dass er „an der Wall Street" arbeite. Steuerte man auf eine Fußball-WM zu, kauften die kleinen Kicker *en masse* runde Leder. Wurde Deutschland Vizeweltmeister im Tischtennis, waren es kleine Zelluloidbälle und die passenden Schläger dazu. Im Moment *war* Deutschland Vizeweltmeister und in Wolks Garage türmten sich Berge von Material, um Tischtennisschläger zusammenzubauen. Holz als Untergrund, Hightech-Gummi als Belag, Klebstoffdosen, um beides zusammenzubringen.

Aber da war noch etwas.

Bis zu diesem Moment hatte Wunderlich in seinem Innersten nicht wirklich daran glauben können und wollen, dass Ulrich Wolk ernsthaft etwas ausgefressen hatte. Er konvertierte dramatisch in seiner Glaubensrichtung, als er und Angermann im selben Moment das Kästchen erblickten. Sie tauschten nur einen kurzen Blick und wussten sofort, dass sie beide denselben Verdacht hatten.

„Wie Stachelschweine küssen – ganz behutsam!“, raunte der Polizist seinem Sandkastenfreund zu. Er wollte ihn nicht nach fast vierzig Jahren verlieren. Und er traute dem Kästchen ohne Weiteres zu, diese Katastrophe herbeizuführen, wenn sie nicht jeden Millimeter ihres weiteren Vorgehens zweimal durchdenken würden.

Auf Zehenspitzen näherten sie sich der Höllenmaschine. Komplizierte Technik, auf den ersten Blick. Irgendein grünes Lämpchen blinkte auf dem Deckel, im Abstand von einer Minute dann ein gelbes und ein rotes dazu. Wunderlich hatte sein Nachtsichtgerät aus dem Polizeifahrzeug mitgebracht. „Lass uns erst mal das Garagenlicht ausknipsen und die Kiste im Dunkeln öffnen“, flüsterte er. „Vielleicht hat er eine Fotozelle als Sprengfalle eingebaut.“

Beide Männer berührten nun im Dunkeln die Oberfläche der Metallkiste. Sie stellten fest, dass der Deckel aus Glas war. Es fiel also ohnehin Licht hinein. Wunderlich nahm kurz Notiz davon, wie sein Puls wieder knapp unter 160 fiel. Tiefes Durchatmen. Er hatte generell eine hohe Herzfrequenz, aber das hier führte ihn an seine Grenzen.

Wieder im Schein der Garagenbeleuchtung lösten sie mit äußerster Vorsicht die Verriegelung des Deckels, welche aus einer gewöhnlichen Metallschnalle zu bestehen schien. Mit jedem Millimeter, den sie die Schnalle aus ihrer senkrechten Einrastposition in die Waagrechte drehten, hielten sie kurz inne und lauschten angestrengt, ob ein verdächtiges Knacken ins Spiel kam. Dieses blieb aus, und Angermann wollte schon den Deckel anheben, als Wunderlich ein tödlicher Verdacht kam.

„Nein!“, schrie er Angermann an, so schnell und so laut es seine Lungen hergaben. „Die LEDs!“ Eine Millisekunde bevor es zu spät war, ließ der Bürgermeister den Deckel wieder los.

„Es muss eine Zeitfalle sein! Wozu sonst das Grün-Gelb-Rot-Spielchen? Wenn man den Deckel öffnet, muss es grün sein, und er muss wieder geschlossen werden, bevor das gelbe und rote Lämpchen aufleuchten. Rot heißt tot!“

Sie hatten also 59 Sekunden. Es musste ganz schnell gehen. Als das rote Licht ausging, riss Angermann den Deckel auf und zählte mit.

„Neunundfünfzig – achtundfünfzig …“

Das Erste, was Wunderlich erkannte, waren zwei Batterien.

„Dreiundfünfzig – zweiundfünfzig …“

Er versuchte, daran zu rütteln und sie zu entfernen, aber sie klemmten.

„Fünfundvierzig – vierundvierzig …“

Dann entdeckte er ein Plättchen von vielleicht einem Zentimeter Durchmesser. Eine Art Sensor, vermutlich, um abhängig von der Temperatur die Zündung auszulösen. Eine weitere Falle?

„Vierunddreißig – dreiunddreißig …“

Er hatte keine Zeit, um sich weitere Gedanken darüber zu machen. Vor allem nicht, als er die beiden Drähte sah. Einer rot, der andere grün.

„Sechsundzwanzig – fünfundzwanzig …“

Sie führten direkt in den Metallrahmen des Geräts. Dort musste sich der Sprengstoff befinden.

„Neunzehn – achtzehn …“

Wunderlich hatte in einem Polizei-Lehrfilm einmal gesehen, dass es meist ein und dieselbe Farbe war, die zum Zünder führte. Dazu, über die lebensbedrohliche Nuance des Wörtchens „meist“ nachzudenken, kam er gar nicht erst.

„Ich glaube, es war der grüne, den man durchschneiden muss!“

„Dreizehn – zwölf … bist du ganz sicher?!“

„Nein, verdammt!“ Wunderlich zitterte. Noch nie in seinem Leben war er derart in Panik gewesen. Und das alles wegen eines einzigen farbigen Drahtes.

Rot oder Grün?

„Neun – acht …“

„Ich mach’ wieder zu, das traue ich mich nicht!“

„Fünf – vier … – nichts wie raus hier!“

Angermann ließ den Deckel fallen und beide nahmen die Beine in die Hand. Einen Wimpernschlag nachdem der Deckel eingerastet war, leuchtete das rote Licht auf. Aber das konnten Wunderlich und Angermann schon nicht mehr sehen. Sie sprinteten, vielleicht um ihr Leben, auf die Polizeilimousine zu.

Nichts passierte. Es hatte gerade noch rechtzeitig „Klick“ gemacht.

Die herbeibeorderten uniformierten Kollegen sperrten Wolks Haus großräumig ab. Es würde noch etliche Stunden dauern, bis das Sprengkommando aus Nürnberg sich der Sache annahm. Wunderlich wartete natürlich nicht so lange: Der Anruf auf das Diensthandy des Staatsanwalts war schnell erledigt, und der daraufhin beantragte Haftbefehl gegen Ulrich S. Wolk wegen Mordes an Frank Beierlein, versuchten Mordes an Georg Mackert und Paolo Spirelli sowie Herbeiführens einer Sprengstoffexplosion würde vom Ermittlungsrichter am nächsten Tag erlassen werden. In Gewahrsam hatten sie Wolk ja bereits. Der Vorwurf der Vorbereitung eines Angriffskrieges nach §80 StGB wurde hingegen wieder fallengelassen. Es hatte sich herausgestellt, dass die Sachbearbeiterin in ihrer Aufregung zwei Schlüsselnummern in der Dateneingabemaske miteinander verwechselt hatte. Ein derartiges Verbrechen, wie von Wolk mutmaßlich verübt, hatte es im Landkreis Hof schließlich noch nie gegeben.

Kapitel 24

Sosehr er bisweilen als Klassenclown der Behörde wirkte, so gewissenhaft konnte Beierlein sein, wenn es um seine Arbeit ging und um seine Mission. Beierlein war Überzeugungstäter. Er war beim Naturschutz nicht deshalb gelandet, weil er gerade nichts Besseres gefunden hatte, sondern aus Leidenschaft für die Sache. Flora und Fauna waren ihm heilig, und so arbeitete er nicht selten bis spätabends, wenn er noch Verbesserungen an den Projekten sah, die ihm aufgetragen wurden.

Heute war wieder einer dieser Tage, denn Beierlein war natürlich intensiv an der Sache mit den Flussperlmuscheln dran. Gegen dreiundzwanzig Uhr verließ er endlich seinen Schreibtisch, denn schließlich sollte seine Frau ihn ja auch noch einmal sehen und sich nicht ständig alleine langweilen. Er schloss also leise die Bürotür hinter sich und wollte gerade den langen Gang zum Treppenhaus entlangschlurfen, als er sich bewusst wurde, dass er den Gang sehen konnte, obwohl er gar keinen Lichtschalter benutzt hatte.

Denn der Lichtschein fiel aus einem der Büros. Für eine Uhrzeit wie diese in Verbindung mit einer Behörde wie dieser war das mehr als ungewöhnlich. Beierlein folgte dem sich verjüngenden Lichtkegel – und landete direkt an der Tür seines Vorgesetzten. Hopperdietz war in ein intensives Telefongespräch vertieft.

„Wenn da was dran ist, dann kommt ein ziemliches Problem auf uns zu."

Sein Gesprächspartner murmelte offenbar etwas Zustimmendes, gefolgt von einer Frage. Genau konnte Beierlein das aber nicht sagen, denn auf fünf Meter Entfernung erkannte er natürlich weder die blechern aus dem Hörer kommende Stimme noch deren inhaltliche Erwiderungen.

„Nein, ich auch nicht. Ich gehe davon aus, dass es ein einmaliger dummer Zwischenfall ist. Weiß der Geier, wer das Zeug in den Fluss gekippt hat und warum. Oder es war ein Messfehler vom LfU. Aber trotzdem, wir können bei diesem Jahrhundertprojekt kein Risiko eingehen."

Beierlein begriff sofort, dass Hopperdietz über ihre gemeinsamen Anstrengungen zur Rettung der Muschel sprach. Offensichtlich hatten seine, Beierleins, Nachforschungen zur Wasserqualität bereits eine Lawine losgetreten. Er fühlte sich zutiefst geehrt: Sein Chef war dafür bekannt, dass er die Ziele, die er sich steckte, konsequent und mit größtem Ernst, um nicht zu sagen mit Kaltblütigkeit verfolgte. Er ließ sich im Interesse der Natur und dem seiner Mitarbeiter gemeinhin durch nichts aufhalten.

Allerdings schien nun eine große Überraschung verkündet zu werden, denn Hopperdietz' sachliche Stimme wich plötzlich einem verwunderten Unterton.

„Was heißt: ‚noch schlimmer'?"

Mit der Antwort des unbekannten Gesprächspartners verwandelte sich die Verwunderung weiter und wurde zu blankem Entsetzen.

„Wie war das??! Es ist was bitte passiert??!" Hopperdietz schnaufte schwer. „Wie kann denn so etwas sein?! Wenn das irgendwer in den falschen Hals kriegt, können wir sofort einpacken. Dann war alles umsonst! Die Tanklaster, die Gespräche mit den Landwirten, die Auslandsverhandlungen, das Grundstück. Die Muscheln sollten ein Befreiungsschlag werden – und jetzt das?! Das können wir so nicht stehenlassen, da muss schleunigst etwas geschehen!"

Der Mann – oder die Frau – am anderen Ende schien etwas Dampf aus der Sache zu nehmen, denn während Hopperdietz weiter zuhörte, beruhigte er sich wieder ein wenig. Er notierte auf dem Papierstapel links von sich einige Zahlen.

„Mmh. Ja. Okay. Ist ja richtig, bis jetzt ist nichts Schlimmes passiert. Aber du weißt, Politik und Wirtschaft in Rehau verlassen sich auf uns. Die restlichen Muscheln müssen uns erhalten bleiben, koste es, was es wolle."

Der Satz passte zu Hopperdietz. Er hatte Beierleins Ergebnisse also trotz seiner selbst geäußerten Hoffnung auf einen harmlosen Ausgang der Sache bereits zum Anlass genommen, um mit einem der höheren Dienstgrade ein Notfallprogramm auszuarbeiten, damit nicht noch mehr des unverhofften kostbaren Muschelsegens durch ebenso unverhoffte Schadstoffe in der Schwesnitz zunichte gemacht würde.

Beierlein hatte ja nicht nur die Idee mit den Frischwasser-LKWs gehabt, er war es auch, der die Landwirtschaft dazu gebracht hatte, mehrere Meter Grund entlang der Gewässer abzutreten, und er hatte es geschafft, das benachbarte Tschechien in den Wasserschutz einzubinden. All dies wurde von Hopperdietz vehement verteidigt. Mit stolzgeschwellter Brust verließ Beierlein das Landratsamt: Wieder einmal hatte sein Einsatz für die Natur im Landkreis sich gelohnt.

„Ich kenne ein halbes Dutzend Leute, die ihn lynchen würden, wenn der schlimmste Fall eintritt", resümierte Hopperdietz zum Ende des Telefonats. Aber da war Beierlein schon weg.

Kapitel 25

Er war von der Bombenaktion in Wolks Haus verständlicherweise derart aufgewühlt, dass es ihn nicht zu Hause hielt. Nach dem Abendessen beschloss Edmund Angermann daher, noch einmal in Richtung Martin-Luther-Straße Nr. 1 aufzubrechen. Das Rathaus lag um diese Zeit natürlich im Dunkeln, nicht jedoch der stets wache Geist des Bürgermeisters, wenn es um das Wohl Rehaus ging. „Suchet der Stadt Bestes" war einer der Grundsätze, die ihn Tag und Nacht im Verwaltungszentrum derselben festhalten konnten. So sehr, dass sein Freund Wunderlich ihm bisweilen vorsichtig bedeutete, er sei vielleicht gelegentlich etwas übermotiviert. Was die heutige Nacht betraf, so ging es allerdings weniger um hehre Prinzipien als vielmehr um das profane Vorhaben, in aller Ruhe die Sitzung des Bausenats Anfang kommender Woche vorzubereiten.

Im hellen Licht des Vollmonds an diesem einmal mehr wunderschönen, klaren Septemberabend drehte er seinen Schlüssel in der Eingangstür und machte sich auf den Weg in sein Amtszimmer im ersten Stock. Dort jedoch würde er so schnell nicht ankommen. Denn als er das obere Ende der Treppe erreicht hatte, nahm das Außergewöhnliche seinen Lauf.

Das Erste, was Angermann bemerkte, war der schmale Lichtschein. Es war also noch jemand im Haus? Mit einer Mischung aus der Neugier, die er von seinen Kindern, und der Vorsicht, die er vom Umgang unter Kommunalpolitikern gelernt hatte, zog er langsam die Tür zu dem Raum auf, aus dem ihm der Lichtkegel entgegenkam. Sie quietschte – aber dass Angermanns Pulsschlag daraufhin auf ungefähr 180 anstieg, war unnötig: In dem Raum war niemand. Erst jetzt wurde ihm bewusst, wo er sich befand: Es war sein eigenes Vorzimmer. Das war einerseits gut, weil er nun wieder wusste, wo er war – andererseits aber schlecht, da es bedeutete, dass der Raum eine weitere Tür besaß, nämlich die, die in sein eigenes, Angermanns, Bürgermeisterbüro führte, wo sich der Bösewicht – was immer er im Rathaus wollte – versteckt haben konnte. Wieder klopfte ihm das Herz bis zum Hals, aber das war für ihn kein Hindernis. Erstens war man es in der Politik gewöhnt, mit Aufregungen aller Art stoisch umzugehen. Und zweitens war Angermann schließlich Hobby-Kriminalist, so dass er auch mit Mord und Totschlag gut zurechtkam – obwohl diese selbst im Umfeld eines Bürgermeisters, zumindest in einem Rechtsstaat wie der Bundesrepublik, doch erfreulich selten auftraten.

In seinem eigenen Büro lauerte ebenfalls niemand. Es war dunkel, und die Feststellung, dass er allein im Haus war, änderte sich auch nicht, als er die Beleuchtung angeknipst hatte. Durchatmen. Letztlich musste die Sekretärin einfach vergessen haben, das Licht nach Dienstschluss zu löschen – es war ja im Herbst schon recht dämmrig, wenn sie am späten Nachmittag nach Hause ging.

Dann allerdings sah er die Aktenmappe im Vorzimmer.

„Was zum Teufel …?!", entfuhr es ihm.

Es war sein eigener Aktenstapel. Das konnte aber nicht sein – Frau Hirsch, seine Mitarbeiterin, war jetzt seit elf Jahren im Haus. Ihm seine Akten auf seinen Schreibtisch zu legen, hatte sie noch nicht einen Tag vergessen.

Angermann fing also an zu blättern. Auf den ersten Blick war nichts Ungewöhnliches in der Sammlung. Die Tagesordnung der nächsten Stadtratssitzung, Anträge an den Bausenat, Kommentare zur Haushaltsplanung, die korrigierten Architektenentwürfe für das neue Schulzentrum, eine Planskizze von …

Ja, wovon eigentlich?

Angermann war sich sicher, diesen Entwurf noch nie zuvor gesehen zu haben. Zuerst sprangen einem mehrere Swimming-Pools ins Auge, jeder davon so groß wie die ganze städtische Dreifachsporthalle. In der Größe in nichts nach stand ihnen der Gebäudekomplex, zu dem sie gehörten: Vom Ausmaß dreier Fußballfelder waren vier Stockwerke zu erkennen, davon in Etage eins bis drei zahlreiche gleich große Zimmer, im Erdgeschoss ein riesiger Saal, vor dem eine Terrasse lag, die von Palmen gesäumt wurde und in feinstem Terrakotta belegt werden sollte. Im Bereich hinter dem Saal folgte ein Küchenkomplex.

Es war ein Wellness-Hotel, daran gab es keinen Zweifel. Zweifel, und zwar an seinem eigenen Geisteszustand, hatte Angermann erst, als er die Namen der Geländepunkte las, die den Komplex umgaben:

„Perlenbach". „A93". „Heinersgrund".

Es dauerte weitere fünf Sekunden, bis sein Blick instinktiv auf dem Dokument ganz nach unten gewandert war. Und noch einen kurzen Augenblick, bis er davon überzeugt war, dass sicherlich gleich der Wecker klingeln und er aus diesem absurden Traum aufwachen würde.

Da stand: „Mit der Bitte um wohlwollende Prüfung. Herzlichst, Ihr Georg Mackert."

Aber es kam noch viel dicker.

Als der Bürgermeister noch fünf Minuten gelesen hatte, ohne dass ein Piepsen ihn aus dem Schlaf gerissen hätte, änderte sich zum zweiten Mal in dieser Woche seine Gesichtsfarbe in sehr blass. Das war neuer Rekord bei ihm. Angermanns Wangen und Nase sahen aus wie ein Stück Kreide, das man noch in einen Eimer weißer Farbe getaucht hatte. Als er nach weiteren, ihm unendlich lange erscheinenden Minuten seinen Kreislauf allmählich wieder arbeiten spürte, griff Angermann zum Hörer.

„Du, sag mal, könntest du noch auf einen Sprung ins Rathaus kommen?"

„Sicher", antwortete Wunderlich, „meine Frau ist ohnehin heute Abend bei ihrem Qi-Gong-Kurs und unser Panzer im Garten ist auch schon versorgt. Und schlafen kann ich nach der Bombe von vorhin sowieso noch nicht. Aber wieso, was ist denn jetzt schon wieder passiert?"

„Als ich mich zur Wahl gestellt habe, habe ich mit allem Möglichen gerechnet, das auf mich zukommen könnte", erwiderte der

Rathauschef, „aber nicht damit. Das hier ist eine Nummer zu groß für mich. Wobei man das Gleiche ebenso gut für die ganze Stadt sagen kann. Ich glaube, wir brauchen dringend deine polizeiliche Hilfe.“

Kapitel 26

Es war eine sichere Sache gewesen. Bis vor zwei Tagen.

„Wenn es schiefgeht, sind wir alle tot", meldete sich zitternd Simons innere Stimme. Sie hatten sich entsprechend gründlich vorbereitet. Bevor er sich darauf eingelassen hatte, hatte er wochenlang vor seinem geistigen Auge immer wieder durchgespielt, was hätte schiefgehen können. Der Mutter seines ungeborenen Kindes hätte das Geld ausgehen können – in diesem Fall ausgeschlossen. Die Zustimmung der Taufpaten hätte ausbleiben können – sehr unwahrscheinlich, denn sie waren viel zu gut vernetzt. Die Menschen hätten ihnen in Scharen den Rücken gekehrt, wenn sie erst bemerkt hätten, dass sie dem Rattenfänger von Hameln auf den Leim gegangen waren. Das wäre möglich gewesen, aber unwichtig, denn zu diesem Zeitpunkt wäre die Wette bereits aufgegangen.

Kein Szenario, das ihm eingefallen war, hatte das Potenzial, seinen auf eine riesengroße Luftnummer gebauten Plan vom Glück aus den Angeln zu heben. Das war gut so, denn wenn der Plan nicht aufging, würde er den Rest seines Lebens in der Gosse verbringen.

Und dann kam dieser Typ daher. Es war unfassbar, dass er es herausgefunden hatte. Und vor allem: *Wie* er es herausgefunden hatte. Wie konnte jemand über eine Sache stolpern, die es gar nicht gab? Er konnte sich keinen Reim darauf machen. Er hatte nicht die leiseste Ahnung, wie man entdecken konnte, was dieser Trottel entdeckt hatte. Sie waren es jedenfalls nicht gewesen. Sie hatten den Betrug doch vollkommen anders organisiert. Dass die kleine Nachlässigkeit, die ihnen dabei unterlaufen war, entdeckt werden würde – die Chancen hatten eins zu einer Million gestanden. Aber dieser Tollpatsch hatte auch das geschafft: sechs Richtige im Lotto! Nur: Selbst das war ja eigentlich überhaupt nicht problematisch gewesen. Sie hatten schließlich eine Notfallstrategie, die eine perfekte Erklärung für das Entdeckte enthielt. Über Legendenbildung lernte man so einiges bei den Geheimdiensten dieser Welt, und sein Partner war lange genug bei den Schlapphüten gewesen. Was man aber nicht lernen konnte, war: Was machst du, wenn etwas passiert, das gar nicht passiert sein kann? Weil du selbst es hättest tun müssen, es aber nicht getan hast? Er musste lächeln über die Ironie des Schicksals, aber angesichts dessen, dass das Leben seines Babys auf Messers Schneide stand, froren ihm augenblicklich die Gesichtszüge ein. Es war absurd, zynisch, zum Totlachen: Sie wurden um ihren perfekten Betrug betrogen.

Aber eine Chance hatten sie noch. Sie mussten die Lüge einfach ausweiten auf das, was ungeplant hinzugekommen war. Es würde aufwändig werden. Aber er wusste schon, wie. Es lag in seiner Natur, kühl, berechnend und mitleidlos Pläne zu schmieden. Es würde ein Verbrechen stattfinden, das frei erfunden war. Der andere würde nichts merken, und dann könnten sie ihn vielleicht am Leben lassen.

Kapitel 27

„Ihr habt einen Panzer im Garten?“ Angermann vergaß für einen Augenblick, warum er seinen Freund von der Kripo angerufen hatte.

„Scho. Aber keine Sorge, a Brobleem midn Kriegswaffenkontrollgesetz gibt's nedd. Er schläft längst um diese Zeit, und in acht Wochen wird er sowieso eingemottet.“

Wunderlichs waren stolze Besitzer einer jungen Landschildkröte, die im Sommer ein großes Gehege mit Frühbeet im Freien hatte und, wenn der Herbst sich dem Winter zuneigte, in einen kleinen Kühlwürfel im Keller umzog, wo sie bei vier bis fünf Grad plus den Winterschlaf der Gerechten antrat. Wunderlich profitierte sehr von dem Tier. Nicht selten ließ er sich durch den entschleunigten Stil seines Mitbewohners zu Entspannung und Kreativität inspirieren und hatte auf diese Weise oft die entscheidenden Geistesblitze zur Lösung seiner Fälle. Hier oben in Hochfranken fügte sich die Wesensart von „Meggy“ gut in das ebenfalls sympathisch unaufgeregte Tagwerk der Menschen ein – zuvor in der Großstadt war sie Wunderlich ein lebenswichtiger Ausgleich zum unerträglichen Stress durch die maßlose Verdichtung gewesen.

„Ach so, dein gepanzerter Entspannungstrainer“, schmunzelte Angermann, der dem Tier natürlich schon oft begegnet war. „Na ja, es sieht so aus, als müsste er seine nächsten hundert Lebensjahre in einer korrupten Stadt verbringen.“

„Wie bitte??!“ Wunderlichs letzter Bestechungskandidat stammte noch aus seiner Münchner Zeit, war Mitarbeiter eines Großkonzerns gewesen und hatte sein Unwesen in Italien getrieben; der letzte davor in Russland, der davor in Saudi-Arabien.

„Neapel, Moskau, Riad, Rehau – welches Wort gehört nicht in die Reihe?“, fragte er Angermann in einer Mischung aus Sarkasmus und ungläubigstem Staunen.

„Hängt davon ab, ob man die Hochhausdichte oder die Verbrechensrate betrachtet“, gab der Bürgermeister ebenso sarkastisch zurück, „denn bei letzterer bin ich mir seit einer halben Stunde nicht mehr so sicher.“

Er reichte Wunderlich das Papier mit dem Exposé des Wellness-Parks. Der las laut mit.

„Sehr geehrter Herr Wolk, lieber Uli ... – hä? Wie kommst du an die Post der BfR?“

Angermann war die Frage unangenehm, er gehörte zur nicht gerade für ihre Überbevölkerung bekannten Spezies der integeren Politiker. Aber seine Antwort war wahrheitsgemäß, soweit er das in diesem Moment überblicken konnte: „Frau Hirsch hatte die Umschläge vertauscht. Oben drauf stand ‚Bürgermeister Angermann‘. Also hab ich den Stapel quergelesen. Bis ich verstanden habe, dass der Brief nicht an mich gerichtet ist, hat's eine Weile gedauert.“

„... lieber Uli, als zweitgrößter Steuerzahler der Stadt möchte ich dir und deiner Fraktion heute einen Plan näherbringen, der für unsere Stadt einen gewaltigen Sprung nach vorne bedeuten würde. Dank meiner Kontakte ...“

Angermann stand immer noch kopfschüttelnd daneben.

„... zu finanzkräftigen Investoren, denen Europa sehr am Herzen liegt, konnte ich für Rehau ein Projekt von ungeheurer Tragweite vermitteln. Seine Hoheit Scheich Raschid Isaak, Mitglied der Familie Seiner Hoheit des Herrschers von Dubai, hat anlässlich des allgemein bekannten sportlichen Gastspiels des 2. FC Rehau in seiner Heimat die Größe gezeigt, mich in seine Gedanken über seine erste Expansion nach Deutschland einzubeziehen.“

Wunderlich interessierte sich sowohl ein wenig für Fußball als auch für Windenergie, so dass Mackerts Redestil schon viele Male auf unterschiedlichen Wegen an seine Ohren gedrungen war. Trotzdem fand er ihn jedes Mal aufs Neue in lächerlicher Weise großspurig.

„Wie vielleicht bekannt ist, hat Seine Hoheit Scheich Isaak durch mutige Entscheidungen, deren Entschlossenheit dem Charakter meines eigenen Unternehmens in nichts nachsteht …“

Wunderlich überlegte kurz, ob ihm übel werden sollte, er hatte so etwas wie eine, man könnte sagen, Schleimallergie. Aber Angermann neben ihm grinste nur abfällig.

„… nichts nachsteht, es zum Aufbau einer der größten Wellness-Marken der Welt gebracht, den *JoyPark*-Resorts. Seine Hoheit hat meiner Beschreibung der zahlreichen Vorzüge unserer schönen Stadt Rehau, einer Industriestadt im Grünen mit Herz und Kultur …“

Den Textbaustein hatte Wunderlich schon einmal irgendwo gehört, konnte es aber gerade nicht einordnen.

„… Kultur, intensiv gelauscht und festgestellt, dass unsere Stadt ideal für sein erstes Projekt in Deutschland wäre. Im Heinersgrund bekommen wir die einmalige Chance, mit dem *JoyPark* Geschichte in unserer aufstrebenden Grenzgemeinde im Herzen Europas zu schreiben.“

„Im Heinersgrund???“ Wunderlich sah den Bürgermeister mit Augen an, die so weit aufgerissen waren, dass ein panischer Uhu dagegen wie ein asiatischer Lehrer für Entspannungstechniken im Halbschlaf gewirkt hätte. „Das steht doch alles unter Naturschutz!“

„Lies weiter“, meinte Angermann nur trocken, „das glaubst du nicht.“

Und so machte sich Wunderlich ein Bild davon, wie Gerch Mackert dem Fraktionsvorsitzenden der Bürger für Rehau nahelegte, im Stadtrat mit „Ja“ zu stimmen, wenn er, Mackert, das Projekt in Kürze dort einreichen würde. Nicht nur mit Wolks eigener Stimme, verstand sich, sondern mit denen der gesamten neunköpfigen Fraktion. Es würden sodann noch vier Stimmen im Rehauer Stadtrat fehlen, welcher vierundzwanzig Sitze umfasste. Diese vier, so versicherte Rehaus neuer Immobilientycoon, gehörten ihm freundschaftlich eng verbundenen Stadträten aus den übrigen Parteien, so dass der Deal damit perfekt wäre.

„Der Gerch kauft den Stadtrat??!“ Wunderlich war ein nüchterner Typus Mensch, der weiß Gott nicht schnell laut wurde und, weil er sich ungern von kurzlebigen Stimmungen mitreißen ließ, zumeist so unbeeindruckt blieb, dass mancher ihn dafür als überheblich einstufte. Was ihn natürlich erst recht nicht beeindruckte. Aber über den Verrat an seiner Heimatstadt war er ehrlich empört.

„So sieht's aus“, meinte Angermann lakonisch. „Und du kommst nie drauf, was er zum Thema Naturschutz sagt.“

„Mmmh.“ Wunderlich las weiter, noch ganz in Gedanken. „Bestände der Flussperlmuschel drastisch erhöht … Mitteilung Naturschutzbehörde vom 2. April … besteht kein Grund mehr für speziellen Schutz im östlichen Perlenbach … soll die Stadt die Aufhebung beantragen … genügend Alternativen … Jahrhundertprojekt nicht leichtfertig vertun …“ – „Damit kommt der doch nie durch?“

„Wenn die Stadtratsmehrheit beiden Anträgen zustimmt, müssen wir es ans Landratsamt weitergeben. Und dass wir inzwischen viel mehr Flussperlmuscheln haben, ist nicht von der Hand zu weisen. Ich bin mir also nicht so sicher“, musste der Bürgermeister zu seinem Leidwesen Wunderlichs Hoffnungen einen großen Dämpfer versetzen.

Während die beiden versuchten, sich nach dem ersten Schock zu beruhigen, und darüber nachgrübelten, wie man das alles verhindern könne und was es mit Wolks Mordmotiv zu tun haben mochte, hörten sie gemeinsam ein seltsames Geräusch.

„Fffft!“

Sie konnten es zunächst nicht zuordnen. Es klang, als hätte jemand etwas abgewischt. Ruckartig sahen sie sich im Raum um, als wären sie diejenigen, die etwas zu verbergen hätten und ihr Ertapptwerden fürchten müssten. Es war aber niemand hereingekommen, der sie hätte ertappen können. Als sie daraufhin beide zu Boden sahen, bemerkten sie es.

Es war ein Foto. Es musste lose in der Mappe gelegen haben, die Wolk gehörte und aus der Wunderlich vorgelesen hatte. Es lag auf der Rückseite. Jemand hatte darauf geschrieben.

„Es soll ihr Schaden nicht sein.“

Darunter eine Zahl: einhunderttausend.

Sie sahen sich fragend an und der Bürgermeister drehte das Foto auf die Vorderseite, damit sie es sehen konnten. Es zeigte Ulrich Wolk und Frau Beierlein. Das alleine hätte Wunderlich und Angermann inzwischen nicht mehr überrascht. Die Kinnlade fiel ihnen erst auf Fußbodenniveau herunter, als sie sich bewusst wurden, dass es das Foto einer bestimmten Überwachungskamera war. Der Timecode war am unteren Bildrand eingeblendet. Dort stand:

„01.07.2013 / 02:24h / Casino Karlovy Vary“.

Ulrich Wolk verließ also auf diesem Bild um halb drei Uhr morgens das Spielcasino im tschechischen Karlsbad. In Begleitung seiner Geliebten, die nicht sehr dienstlich aussah – aber von Beruf die Hofer Staatsanwältin zur Bekämpfung des illegalen Glückspiels war.

Kapitel 28

Frank und Susanne Beierlein hatten nicht die leiseste Ahnung, wie weit sie sich bereits auseinandergelebt hatten. Frank war fanatisch in seiner Arbeit in der Unteren Naturschutzbehörde. Schon zu normalen Zeiten verhielt er sich überehrgeizig. Susanne war ebenfalls beruflich erfolgreich in der Staatsanwaltschaft in Hof, aber ihr Bedürfnis bestand viel stärker darin, Familie, Haus und Beruf unter einen Hut zu bekommen. So kam es, dass sie entscheidende Dinge nicht voneinander wussten.

Was Susanne nicht wusste: Nun hatte Frank auch noch die unplausiblen Zahlen, das verseuchte Wasser und die Flussperlmuscheln „Made In Taiwan" entdeckt, und auch wenn sein Freund Jörg Albrecht ihm für Letzteres Entwarnung gegeben hatte, war er sich sicher, dass hier etwas faul war und er als einziger Mensch auf der Welt das Rätsel lösen könnte und auch müsste, sollte nicht der Weltfrieden in Gefahr geraten.

Was Frank nicht wusste: Susanne hatte inzwischen einen Anderen. Sie war zu lange einsam gewesen, als dass der Weltfrieden noch ein hinreichendes Argument für grenzenlose Geduld mit ihrer Ehe hätte bieten können.

Das waren die bestenfalls unangenehmen Dinge.

Was Susanne Beierlein auch nicht wusste, ihr Mann aber ahnte: Man war Frank, der von dem anderen das Bestechungsgeld genommen hatte, um ihre Schuldenspirale zu stoppen, bereits auf der Spur. Was Frank Beierlein auch nicht wusste, seine Frau aber ahnte: Susanne war so krank, dass sie bald ihren Beruf würde aufgeben müssen, wenn sie keine Therapie anfinge.

Das waren die Dinge, die ihre Existenz bedrohten. Dann würde es aus sein mit dem Haus im Schwesnitzgässchen, dort an der Furt, wo sich der Perlen- und der Höllbach vereinten. Aus mit der Naturnähe für ihre drei wasserverliebten Kinder. Kein Wehr mehr für den Ältesten, kein Spielen an der Furt neben der Brücke mehr für die beiden Mädchen.

Was beide nicht wussten und auch nicht im Entferntesten ahnten: Verglichen mit der Lawine, die jener andere losgetreten hatte und die auf sie und die ganze Stadt Rehau zurollte, war das alles noch harmlos. Und dass Susanne auf der Anklagebank landen würde, war dabei noch das Geringste.

Kapitel 29

Susanne Beierlein hatte die Bombe gründlich vorbereitet. Unter der Holzbühne konnte sie ausgezeichnet versteckt werden. Der Sprengsatz war das Teuflischste, was man sich in Friedenszeiten hätte ausdenken können: Zum einen hatte sie mit Hilfe ihres Geliebten Ulrich Wolk zwei Kilogramm C4-Sprengstoff aus tschechischen Militärbeständen gestohlen, die im Nachbarland unter einer beklagenswert nachlässigen Bewachung fast frei zugänglich lagerten. Herzstück der Höllenmaschine war allerdings eine taktische Nuklearwaffe. Ihr Beruf hatte sie vor etwa drei Monaten zu einem juristischen Fachkongress nach Südkorea gebracht. Von dort hatte sie sich Kontakte zur osteuropäischen Mafia organisiert, die ihr aus dem nordkoreanischen Atomprogramm einen Sprengkopf besorgen konnte. Als Gegenleistung bot sie die Sabotage eines Großverfahrens vor dem Landgericht Hof an, in dem ein milliardenschwerer Drogenboss aus einer ehemaligen Sowjetrepublik wegen Mordes in zweiundzwanzig Fällen angeklagt war.

Susanne Beierlein hatte in Rehau die Hölle durchlebt. Sie sann auf blutige Rache, und sie plante, dass dieses Ansinnen in eine Katastrophe für die gesamte Bevölkerung der Region führen sollte. Nichts würde von der Stadt übrig bleiben. Mit der ersten Explosion sollten möglichst viele Medienvertreter, Politiker und Schaulustige an den Ort des Geschehens gelockt werden und dann in einem atomaren Feuerball untergehen.

Am Fenster ihres Hauses, zusätzlich geschützt durch einige Kissen, wartete sie auf den ersten Knall. Irgendjemand sagte laut „Dankeschön!“, dann folgte langer Applaus und Jubel – und mitten hinein ein donnerndes Ka-Wumm! Das Fenster zitterte nur kurz, dann war alles schon vorbei.

Susanne Beierlein hatte ihr Gepäck bereits verladen und musste nur noch den Zündschlüssel umdrehen: Als das Chaos nach der

Explosion des konventionellen Sprengstoffes in vollem Gang war, hatte sie längst ihren Porsche bestiegen und mit Vollgas die Flucht ergriffen. Ihr blieben sechzig Minuten, auf die der Nuklearzünder eingestellt war und in denen sich ihre Opfer am Maxplatz versammeln sollten. In dieser Zeit war sie bis nach Nürnberg gekommen und – bei der Miniaturausgabe ihrer Atomwaffe – aus der Gefahrenzone. Der Weg würde sie dann weiterführen über München und den Brenner nach Italien, wo sie sich von Neapel aus nach Nordafrika und von dort mittels weiterer Kontakte in einem Privatjet nach Argentinien absetzen würde.

Niemand schöpfte Verdacht. Nur die Augen des Betrachters konnten unter die Tribüne blicken und den tödlichen Countdown erkennen. Aber da waren es nur noch dreißig Sekunden bis zur Apokalypse. Zwanzig. Zehn. Der Warnton begann: „Beep – beep – beep …“

„Beepbeepbeep! Es ist sieben Uhr. Bitte aufstehen.“

Wunderlichs Wecker war etwas ganz Modernes – er piepste erst, dann sagte er die Uhrzeit an. Der Kommissar rieb sich schlaftrunken und benommen die Augen.

„Das war der größte Schmarrn, den ich seit zwanzig Jahren geträumt habe“, sagte er zu seiner Frau, als sie beide am Frühstückstisch saßen. Ulrike sah ihn tröstend an.

„Wen wundert's nach dem Bombentag, den du gestern hattest.“

Kapitel 30

Nachdem er mitbekommen hatte, wie sehr sich sein Chef für das Muschelprojekt einsetzte, fuhr Beierlein am nächsten Tag mit stolzgeschwellter Brust in der Regionalbahn von Rehau nach Hof zur Arbeit. Er hatte durch seine unermüdliche Recherche erreicht, dass der Naturschutz im Landkreis nicht einem riesigen Irrtum aufgesessen war. Nun würde das Projekt der Muschelansiedlung konsequent weiterverfolgt werden, und wer weiß – vielleicht waren der Schreibfehler in den Daten, der Dünger im Wasser und die toten Muscheln am Wehr ja wirklich ein dummer Zufall und alle wären trotzdem auf dem richtigen Weg. Das hatten sie nur ihm …

„Was zur Hölle …??!", stieß er plötzlich hervor.

„Zur Hölle" war eigentlich ein gängiges Wortspiel in Hochfranken, weil so ein Ortsteil der Stadt Naila hieß. Es war ein Flecken, der durch seine Lage am tief eingeschnittenen Tal der Selbitz, eingebettet in das satte, unendliche Grün des Frankenwaldes, regelrecht urig und abgeschieden wirkte, zugleich aber die Produktion eines großen Mineralwasserherstellers beherbergte und wegen alldem ein recht bekanntes Ausflugsziel darstellte. „Zur Hölle" war somit in dieser Region keine Beschimpfung, sondern eine Einladung. Aber Beierlein meinte es im Gegensatz dazu ernst.

Der Zug hatte gerade seinen ersten Stopp in Wurlitz, einem dieser besonders wenig städtisch geprägten Ortsteile von Rehau, in denen es sehr viel Idylle und ländlich-bäuerlichen Zusammenhalt gab sowie ein Denkmal für Dr. Hans Vogt, den hier gebürtigen Miterfinder des Tonfilms, aber keinen wirklichen Bahnhof, sondern nur einen Haltepunkt mit einem kleinen Wartehäuschen. An dem allerdings prangten heute riesige Plakate.

„DYNAMITFISCHEN IM UNTREUSEE!"

Beierlein war sich sicher, dass ihm seine Augen einen Streich gespielt hatten. Es war ausgeschlossen, was sie da auf seine Netzhaut projizierten. Der Zug setzte sich wieder in Bewegung und schnurrte das Schwesnitztal entlang, vorbei am alten Steinbruch und durch das Naturschutzgebiet Wojaleite, das auf Serpentingestein ein bemerkenswertes Ensemble von Heidekraut beheimatete und sich darin von ganz Bayern abhob. Man erreichte den Eisenbahnknotenpunkt Oberkotzau. Der hatte diesen ironischen Beinamen, weil dort mehr oder weniger zufällig die drei Linien nach Regensburg, Nürnberg und eben Selb über Rehau, alle aus Hof kommend, sich aufteilten – und nicht etwa, weil dort so viele Reisende zu irgendeinem Flughafen hätten umsteigen können. Jedenfalls erblickte Beierlein hier genau die gleichen Plakate wieder.

„Dynamitfischen im Untreusee! Regenwurm war gestern! Genießen Sie das traditionelle Angelvergnügen bequem und ganz ohne …“

Der Zug fuhr weiter und Beierleins Euphorie über seine Verdienste in Sachen Muschel war einer Katastrophenstimmung ungeahnten Ausmaßes gewichen. Vor seinem Auge brauten sich gewaltige Explosionen zusammen, riesige Wasserfontänen und Myriaden getöteter Fische. Als er im Hofer Hauptbahnhof ausgestiegen war und auf den Bus zum Landratsamt wartete, las er das Plakat zu Ende, welches selbstverständlich auch in der Kreisstadt überall hing:

„… ganz ohne Angel, Haken und mühsames Warten. Mit Alfred Nobels Wunderwerk bringen wir Sie in der Barkasse ‚Ka-Wumm' hinaus aufs Wasser in Hofs wundervollem Naherholungsgebiet. Begleitet von Sprengmeistern der Feuerwehr können Sie es hier auf 60 Hektar ordentlich ‚rumsen' lassen und Karpfen, Hecht und Zander tonnenweise mit nach Hause nehmen. Ein Freizeitvergnügen für die gesamte Familie!“

Die Druckwelle würde den Biergarten am See in Stücke reißen, den Staudamm gleich mit und die Schwimmer natürlich sowieso, die hier oft genug für den Hofer Triathlon trainierten – wenn sie nicht wegen Schlechtwetters kniffen oder weil es Sonntagvormittag war. Das konnte alles nicht wahr sein. Er musste sofort etwas unternehmen!

Als er am Abend völlig erschöpft aus seinem Büro torkelte, bemerkte er, dass er der Letzte war. Schon wieder. Nur ein schmaler Lichtschein erleuchtete den Gang. Schon wieder. Was bedeuten musste, dass sein Chef ebenfalls noch engagiert war. Schon wieder hörte Beierlein dem Telefonat von Hopperdietz ebenso heimlich wie aufmerksam zu. Diesmal war aber völlig klar, wer am anderen Ende war.

„Gerch, wir müssen was tun. Jemand muss mit Raschid sprechen."

Was in aller Welt hatte Hopperdietz mit Georg Mackert zu schaffen? Der offenbar recht gelassen etwas zurückgrummelte.

„Ja, aber das ist doch klar. Sein Projekt ist in Gefahr, wenn die Muscheln plötzlich nicht mehr da sind. Er wird einen Plan B brauchen. Sonst können wir nichts für ihn tun."

Mackerts nächste Replik ließ in Hopperdietz' Stimme Enttäuschung sich breitmachen.

„Ja, natürlich. Ich weiß. Klar werde ich das übernehmen."

Beierlein war todmüde, aber eigentlich zufrieden gewesen. Es hatte ihn den ganzen Arbeitstag gekostet, durch Recherche im Internet und Telefonate mit dem „Frankenblatt" herauszubekommen, dass „Dynamitfischen im Untreusee" die Satireaktion einer Nürnberger Eventagentur war, mit der diese lediglich auf andere ungewöhnliche Veranstaltungen aufmerksam machen wollte, die sie tatsächlich anbot. Für Hochzeitsgesellschaften, Geburtstage, Firmenfeiern und beliebige andere Gruppen von Menschen, die glaubten, schon alles erlebt zu haben, gab es zum Beispiel Tortenschlachten in stillgelegten Bergwerken. Es war in Beierleins Augen irgendwo zwischen peinlich und debil, aber wenigstens wurde Hofs Freizeitareal nicht in die Luft gesprengt.

Jetzt jedoch begann es umso heftiger in ihm zu rattern. Irgendein „Raschid“ hatte also in Rehau eine große Sache vor. Eine, bei der der zweitgrößte Steuerzahler der Stadt auf irgendeine Weise den Kontakt hergestellt hatte. Eine, die dazu führen würde, dass die Flussperlmuschel endgültig auf die Abschussliste geraten könnte, jetzt, wo sich ihre Vermehrung als zweifelhaft erwiesen hatte. Eine, die Hopperdietz daher überhaupt nicht gefiel und bei der er Mackert zum Einlenken zwingen wollte. Eine, bei der Beierlein das deutliche Gefühl hatte, dass sie mit der Übernahme des 2. FC Rehau durch einen geheimnisvollen Investor in Verbindung stand.

Das war für den kleinen, aufgeweckten Beamten im mausgrauen Anzug genug, um auf Alarmstufe Rot zu gehen. Er musste seinen Chef und die gute Sache unbedingt unterstützen.

Kapitel 31

„Die Sache stinkt, Tante Rosi."

„Etzerd mach fei, dass gedd", antwortete die so Angesprochene. Was die hiesige prägnante Formulierung war für „das kann nicht sein, du übertreibst sicher maßlos, denk' noch mal drüber nach".

„So schlecht ist der Kuchen hier jetzt auch wieder nicht."

„Iech maan doch gor nedd na Kuhng", bremste Wunderlich, der mit ihr im Café am Maxplatz saß und sich in ihrer Gegenwart auf den Rehauer Akzent immer sowohl herzlich gern als auch instinktiv bis unbewusst einließ. „Die bleeda Sach midn Uli Wolk als Mörder maan iech."

„Das habe ich mir gleich gedacht, dass der es nicht war. Der ist vielleicht ein Hallodri, aber der bringt doch niemanden um. Pass auf, jetzt erzähl ich dir mal was …"

Tante Rosi, die praktisch in einer Skibindung geboren sein musste, stand trotz ihrer schon leicht fortgeschrittenen Jugend praktisch pausenlos auf den Brettern und würde dies wohl bis zu ihrem hoffentlich noch weit entfernten seligen Ende fortsetzen. Nachdem sie einen Bogen geschlagen hatte vom letzten Skiurlaub, bei dem sie Wolk zufällig mit einer weiteren anderen Frau begegnet war, über ihre politische Meinung zu den letzten Beschlüssen der „Bürger für Rehau" bis hin zu Gerüchten über Wolks feuchtfröhliche Schafkopfabende im Weißen Ross, kam Wunderlich nach etwa dreißig Minuten dazu, die aktuelle Entwicklung des Falles zu schildern. Die Verzögerung war nicht weiter schlimm, da es für den Kommissar kaum eine angenehmere Pause gab, als auf der Freifläche des Cafés direkt am Maxplatz in der warmen Septembersonne zu sitzen, einen Cappuccino zu schlürfen, eine kleine Süßigkeit zu sich zu nehmen und dabei das Treiben in dieser ganz und gar lebendigen Stadt zu beobachten, welches den Horrorstories vom sterbenden Nordostbayern erfrischend und eindrucksvoll Hohn sprach.

Momentan sah es also so aus, dass Wolk von Mackert bestochen worden sei oder werden sollte, um mit den Stimmen seiner Fraktion zum einen dem gewaltigen Bauantrag für ein Wellnesshotel mit Swimmingpool und tropischer Außenbepflanzung mitten im Heinersgrund zuzustimmen und zum zweiten bei der Unteren Naturschutzbehörde einen Antrag auf Aufhebung des Naturschutzgebiets zu stellen.

Mackert seinerseits war wohl von dem Dubaier Geschäftsmann Raschid Isaak damit geködert worden, dass Letzterer Millionen in den 2. FC Rehau pumpen und außerdem sehr wahrscheinlich einen extrem guten Preis für das Grundstück im Heinersgrund bezahlen würde, auf dem der *JoyPark* entstehen sollte – und das Mackert gehörte.

„Was ich daran jetzt nicht verstehe", schloss er, „warum will Uli Wolk dann Gerch Mackert umbringen? Selbst wenn der von Wolks Ehebrecher-Aktivitäten gewusst hat, hätte er auf ihn doch kein Druckmittel gehabt. Der Uli ist nicht verheiratet, und der Gerch braucht ihn außerdem, um sein Projekt durchzubringen."

„Wie kommst du drauf, dass der Gerch das mit dem Uli und der Frau Beierlein gewusst hat?"

Wunderlich zog belustigt die Stirne kraus. Es war ungewöhnlich, dass Tante Rosi Fragen der Art stellte, dass man dazu die Antwort des Gesprächspartners abwarten musste.

„Wir haben ein Foto gefunden, das Uli Wolk mit Susanne Beierlein zeigt, wie sie mitten in der Nacht Arm in Arm aus dem Karlsbader Spielcasino kommen. Und auf der Rückseite stand: ‚Es soll Ihr Schaden nicht sein'. Und darunter ein Geldbetrag. Wir vermuten, die Summe, die der Gerch dem Uli für seine BfR-Stimmen bezahlen will."

„Also dass es so ein Foto gibt, wundert mich jetzt überhaupt nicht!", grinste Tante Rosi, was Wunderlich in noch größere Verwirrung stürzte. „Du weißt schon, dass die gute Frau Beierlein eine Spielerin ist?"

„Ich … was? Ich meine …“

„Also, jetzt geht’s ja weiter“, begannen die nächsten fünfzehn Minuten. „Die Beierlein ist doch Staatsanwältin in Hof, und zwar für illegales Glücksspiel …“

„GEGEN illegales Glücksspiel, Tante …“

„Etzerd bie halt amol ruich“, wies ihn die Unterbrochene feixend an, ihren Vortrag nicht durch ein oder zwei Worte unnötig lange aufzuhalten. „Also die Beierlein hat wohl jahrelang in verschiedenen Spielbanken auf deutscher und tschechischer Seite, wie sagt ihr, verdeckte Ermittlungen durchgeführt. Ist ja ihr Job. Aber irgendwann muss ihr dabei die Sicherung rausgeflogen sein, sie hat wohl ans große Geld gedacht und sich selber an den Roulette-Tisch gesetzt. Und jetzt kommt sie davon nimmer weg. Und die Schulden werden fort ner größer. Ich hab ja den Uli Wolk im Skiurlaub getroffen, da war er zwar mit einer anderen, wo ich mich gefragt hab, wieso sucht der sich so eine noch exdrich dazu, wenn er die Beierlein haben kann, die wo ausschaut wie ein Model, aber jedenfalls, er hat mir da erzählt, dass er mit seiner Susanne einmal im Spielcasino in Karlsbad war, und da hat sie ihm alles gebeichtet. Die muss sedda Morrdsdrumm Schulden hamm, so huech wie der Schneeberg und der Ochsenkopf midernanner.“

Wunderlich hörte einfach nur gebannt zu. Er rechnete sich zwischenzeitlich aus, dass ein 2075 Meter hoher Turm aus fest zusammenliegenden, einen Zehntelmillimeter hohen Fünferscheinen einen Wert von rund hundert Millionen Euro ergäbe, und musste schmunzeln. Wenn man hundert Millionen verzockt hatte, dann hieß man „Systemrelevante Bank“, aber nicht „Susanne Beierlein“. Dann wiederholte er die Rechnung für Ein-Euro-Münzen und kam auf einen Betrag von 890.558 Euro. Jetzt grübelte er erstaunt darüber nach, ob Tante Rosis Vergleich wirklich nur bildlich gemeint war.

„Der Uli hat mir jedenfalls gesagt, es wäre schon so schlimm, dass die Beierleins ihre Raten fürs Haus bald nicht mehr bezahlen könnten.

Das behält sie aber daheim für sich. Und wenn es bei der Staatsanwaltschaft rauskommt – na Prost Mahlzeit."

Jetzt sprudelten die Fragen nur so aus Wunderlich heraus, wie der alte Springbrunnen, der früher auf dem Maxplatz gestanden und, am Abend angestrahlt, ständig seine Farbe gewechselt hatte. „Das heißt, ihr Arbeitgeber hat davon nichts gewusst und ihr Mann auch nicht? Weißt du, bei wem der Kreditvertrag läuft? Und wissen die von der Situation?"

„Du redest aber viel heute", entgegnete Tante Rosi, woraufhin Wunderlich in schallendes Gelächter ausbrach. „Also pass auf, das, was mir der Uli beim Jagertee an der Mittelstation erzählt hat, war, dass die Beierlein ihrem Mann wohl schon ihren enormen Geldbedarf gebeichtet hat, aber nicht, dass sie schwer spielsüchtig ist und beide bald das Haus verkaufen müssen. Sie hat wohl gedacht, wenn es nicht ganz so dick kommt, dann hilft er ihr vielleicht da raus. Aber der Ernst-Jochen, die wo ihren Kreditvertrag haben, hat gesagt, da ist eigentlich schon nichts mehr zu machen."

Der, die wo. Die faszinierend effiziente Rehauer Grammatik hatte wieder zugeschlagen. Ernst-Jochen Klein, der Direktor der Stadtbank, hatte der um zwei Ecken verwandten Tante Rosi also im Vertrauen mitgeteilt, dass seine Bank den Finanzierungsvertrag für das Haus der Beierleins führte und der Kredit bereits notleidend war. Dieser interessante Umstand der offenherzigen Teilung vertraulicher Geschäftsinformationen, den er innerlich nur gelassen mit „Familienbande!" kommentierte, war das eine. Weit mehr wühlte ihn aber das auf, was ihm seine gesprächige Tante dann noch zum Abschluss des Vormittagskaffees mit auf den Weg gab.

Er verabschiedete sich aus dem malerischen Café und spazierte durch die Herbstsonne zurück zur Polizeistation. Dort erwartete ihn Bürgermeister Angermann schon ganz aufgedreht.

„Deine Leute haben mir im Vorbeigehen gesagt, dass das Ergebnis der Bombenanalyse aus Uli Wolks Haus da ist. Kann ich mit reinkommen?"

„Natürlich nicht, ist streng geheim“, scherzte Wunderlich. „Was geht’s die Polizei an, wenn du dermaßen aufgeregt bist, nur weil du theoretisch beinahe ein klein bisschen explodiert wärst?“

Das „theoretisch“ aus Wunderlichs Worten sollte sich umgehend erhärten, als beide den Bericht lasen: In dem Kästchen war keinerlei Sprengstoff gefunden worden. Die ganze Apparatur werde allerdings noch untersucht. Immerhin habe man noch keine Idee, wofür sie sonst hätte dienen sollen, und man wolle auch noch die Spurenanalyse von der äußeren Metalloberfläche des seltsamen Gerätes abwarten.

„So langsam habe ich das Gefühl, wir haben den Falschen. Oder zumindest zwei gleichwertige Verdächtige.“

„Wieso zwei?“, fragte der Bürgermeister mit ehrlicher Überraschung, die man bei Politikern selten zu hören bekam.

Wunderlich gab ihm die Informationen, die er gerade am Maxplatz erhalten hatte – einschließlich des Schlusssatzes von Tante Rosi:

„Und dass der Herr Beierlein eine hohe Lebensversicherung hat, hat der Ernst-Jochen noch gesagt. Und ihrem Uli Wolk hat die Frau Beierlein das auch bestätigt.“

Kapitel 32

Das Thermometer zeigte null Grad Celsius. Beierlein schwitzte. Null Grad waren in dieser Situation eine unerträgliche Hitze. Als er abgereist war, war es zehn Grad wärmer gewesen, aber er fragte sich trotzdem, weshalb er an sein Ziel überhaupt eine Jacke und einen Pullover mitgenommen hatte. Ihm wurde mulmig bei dem Gedanken, den lebensfeindlich hohen Temperaturen einige Tage standhalten zu müssen.

Als Beierlein in einer Linienmaschine in über viertausend Metern Höhe diese Feststellungen getroffen hatte, beobachtete er weiter die Anzeige auf dem Bordmonitor, um nachzuvollziehen, inwieweit seine Schätzung zutraf: Wenn in dieser Höhe der Gefrierpunkt erreicht war, dann musste es am Boden etwa 38 Grad plus haben. Das kam selbst zu Hause in Hochfranken schon einmal vor. Allerdings extrem selten und selbst Mitte Juni ganz gewiss nicht um sechs Uhr morgens.

Beierlein befand sich im Landeanflug auf Dubai. Neben seinen Betrachtungen zur Hitze grübelte er über einem zweiten Problem: der Luftfeuchtigkeit. Man war schließlich nicht im Fichtelgebirge, sondern am Persischen Golf. Nun gut, selbst das würde man überstehen. Viel schwieriger war die Lösung von Problem Nummer drei: Raschid Isaak zu treffen und ihm die Sache auszureden.

Herauszufinden, dass „Raschid“, der von Hopperdietz und Mackert erwähnte Investor der *JoyPark*-Kette, den Namen Isaak trug, CEO der RI Investments Group und der Stiefbruder des hiesigen Herrschers Mohammed Bin Raschid Al Maktoum war, war ungefähr so schwierig gewesen, wie eine Schildkröte in einem Wettrennen von der Westend- in die Ostendstraße Rehaus zu schlagen – trotz des Kleinstadtcharakters doch immerhin anderthalb Kilometer. Beierlein war eine Nervensäge, aber er war nicht dumm.

Isaaks Büro war im Burj Khalifa, dem Turm. Sie hatten ihn Burj Dubai nennen wollen, aber während des Baus hatte sich zum ersten Mal in der Geschichte des Emirats eine gewisse finanzielle Unpässlichkeit eingestellt. Ein unerhörter Vorgang, der durch die Bruderhilfe des benachbarten Abu Dhabi, Platzhirsch unter den sieben Vereinigten Arabischen Emiraten, natürlich schnellstens aus dem Weg geräumt worden war. Zum Dank für die zehn Milliarden Dollar wurde der Turm zwar weiterhin als solcher, also mit „Burdsch", angesprochen, allerdings nun nach Sheik Khalifa bin Zayid Al Nahyan benannt, Herrscher von Abu Dhabi und Präsident des gesamten Siebengestirns. Der Grund, warum es zu alldem kam, war: Es war nicht irgendein Turm. Es war *der* Turm. Achthundertachtundzwanzig Meter. Vollverglast, als Modell im Windkanal getestet und mit fünf Metern Schwankungstoleranz an seiner Spitze ausgestattet. Das höchste Gebäude der Welt.

Beierleins Maschine landete um sechs Uhr zwei bei 36 Grad Celsius. Die Ankunft im Sheik Raschid Terminal war eine angenehme Überraschung: Die hierzulande elf von zwölf Monaten in Betrieb befindliche *air condition* leistete ganze Arbeit, und er fühlte sich zunächst wie zu Hause.

„In welchem Hotel sind Sie?" Die Frage des Grenzbeamten im knöchellangen weißen Gewand ließ schon einmal darauf schließen, dass man hier nicht mit Europäern rechnete, die sich einen Zweitwohnsitz angeschafft hatten. Beierlein hatte vor dem Abflug mit dem *Burj Al Arab* geliebäugelt, dem – wie könnte es anders sein – bei seiner Eröffnung höchsten Hotel der Welt. Es war fünfmal so hoch wie die Hofer Marienkirche und mit 1,5 Milliarden Dollar Baukosten auch ein wenig teurer. Das Gebäude besaß die Form eines Segels, war direkt am Meer gelegen und mit einer Hubschrauberplattform in 210 Metern Höhe ausgestattet. Jeder hatte das Ding schon im Fernsehen gesehen. Aber die Erkenntnis, selbst in der kleinsten, nur 169 Quadratmeter großen Suite ein Monatsgehalt für drei Übernachtungen hinblättern zu müssen, ließ Beierlein von seinen statussymbolischen Träumen spontan genesen.

„Rotana Towers“, nannte er seinem Gegenüber. Das 25-stöckige Domizil im *Financial Centre* war nicht einmal halb so teuer gewesen und deutlich näher an seinem turmhohen Reiseziel. Das war bereits die erste und die letzte Frage. Die Einreise ging für einen Europäer hier genauso unkompliziert vonstatten wie innerhalb Europas.

Der Schock kam, als er das Flughafengebäude verließ, um den Taxistand anzupeilen. Und er galt nicht im Geringsten den Taxis, die hier praktisch die Rolle öffentlicher Verkehrsmittel spielten und lächerlich billig waren. Es war vielmehr ein Erlebnis für alle Sinne, aus einem klimatisierten Gebäude in der Morgendämmerung in eine weit über dreißig Grad heiße und einhundert Prozent feuchte Luft zu treten.

Die Wüste! Nein, zu sehen war sie hier nicht, zwischen all den futuristischen Bauten eines Ortes, der erst vor 200 Jahren von Beduinen aus Abu Dhabi besiedelt worden war. Aber zu spüren war sie überall. Der schwül-heiße Geruch nach Sand vermischte sich mit dem Hauch des Salzwassers, der vom Persischen Golf aufs Land getrieben wurde. Die Luft war zum Schneiden dick und umhüllte einen zugleich wie ein wohlig warmes Kissen. Man schwitzte vom ersten Meter an, den man sich zu Fuß bewegte. Weshalb das hier auch niemand tat.

Beierlein bestieg ein Taxi und entzog sich damit dem Sinneserlebnis ebenso abrupt wieder, wie er sich hineinbegeben hatte. Während der Fahrt verlor er sich dennoch in seinen eigenen Gedanken, denn eine Unterhaltung mit den Pakistani, die hier die Mehrheit der Taxifahrer stellten, war bei deren erstaunlich bruchstückhaften Englischkenntnissen nicht sinnvoll. Stattdessen sinnierte er, ganz in seinem ökologischen Element, darüber, welchen Energieverbrauch wohl ein Land haben mochte, in dem jedes Taxi, jeder Bus und jedes Gebäude, inklusive aller Stationen der kürzlich eröffneten Metro, um fünfzehn, zwanzig Grad heruntergekühlt wurden. Die Mengenangabe von einer Milliarde Litern Wasserbedarf kam ihm in den Sinn, die das Emirat täglich beschaffen musste. Allein der Stromverbrauch des Turms würde in der Spitze zehn Windräder der größten aktuell technisch machbaren Bauart benötigen. Die Stadt insgesamt fraß bei zwei Millionen Einwohnern bis zu sechs Gigawatt Strom, so viel, dass umgerechnet auf Bayern dafür dreißig Atommeiler nötig wären. Beierlein vermutete stark, dass Dubai in hundert Jahren nicht mehr existieren würde, weil die Ressourcen unmöglich auf Dauer zu beschaffen wären. Schade eigentlich, denn es war so eine aufregend andere Welt.

Schon auf der Fahrt zum Hotel dämmerte ihm, dass das Vorurteil, ein islamischer Staat sei automatisch ein Gefängnis, ungefähr so dämlich war wie die Meinung, dass bei ihm zu Hause das ganze Jahr lang Winter herrschen würde. Dubai war arabisch und hatte den Islam als Staatsreligion, aber es gab nur einen einzigen Umstand, an dem man beides bemerkte. Es war nicht die Luftfeuchtigkeit nahe 100 Prozent bei 35 Grad. Das war in Chicago dasselbe, wenn man im Hochsommer den Lake Michigan verdampfen spürte. Gleiches galt für die spektakuläre Hochhaus-Architektur und für die scheinbar unbegrenzte Anzahl von Fahrstreifen – und Fahrzeugen – auf den Stadtautobahnen. Nein, es war der Tag seiner Ankunft, der die Pointe setzte: Es war Freitag, und das öffentliche Leben stand still am hohen Feiertag. Beierlein war beeindruckt von der Konsequenz, mit der man das ernst nahm, denn bis nachmittags um 14 Uhr fuhr nicht einmal eine Metro, und an irgendwelche geöffneten Bäckereien wie an einem christlichen Sonntag war überhaupt nicht zu denken. Aber sonst – man hätte zugleich in jeder beliebigen amerikanischen und fernöstlichen Großstadt sein können. Dubai war ein Schmelztiegel von Gastarbeitern jeglichen Berufs aus allen Teilen der Welt. War man hier, so war man überall gleichzeitig.

Der Eindruck verfestigte sich bei Beierlein auch nach dem Einchecken, bei dem er noch immer etwas Schwierigkeiten hatte mit dem genuschelten Englisch des Hotelpersonals. Aber erstens gewöhnte man sich daran, und zweitens erkannte er am Vergleich zum Taxi immerhin bereits, dass es umso besser werden würde, je mehr man sich auf die Business-Welt zubewegte. Um sieben Uhr morgens sein

Zimmer beziehen zu können, war hier eine Selbstverständlichkeit, und so begab er sich nach kurzem Frischmachen zum Frühstücksbuffet ins Hotelrestaurant. Was er dort vorfand, war die Bandbreite eines Viersterne-Wellnesshotels in Deutschland. Genauer gesagt, das erste Drittel von dem, was er vorfand. Das zweite Drittel bestand aus allem, was der US-amerikanische Staatsbürger rund um seine Pancakes konsumieren würde – mit selbstgewählten Zutaten, versteht sich, die dann vom Gast in eine kleine Schüssel gegeben und vor seinen Augen mitsamt dem Pfannkuchen zubereitet wurden. Das dritte Drittel schließlich war alles, was die asiatische Morgenküche zu bieten hatte. Es war, als würde man auf jedem Kontinent der Erde zugleich frühstücken.

Satt von dem Festmahl und seinen ersten zwei Stunden an aufregenden Beobachtungen, schlief sich Beierlein erst einmal eine Weile aus und startete am Nachmittag zur Stadtbesichtigung, bevor er am Sonntag seinem eigentlichen Reisezweck würde nachgehen können.

Kapitel 33

„Der ist bloß noch schnell seinen Jaguar holen." Wunderlich musste innerlich schmunzeln bei dem Gedanken, dass eine amerikanische Großkatze über den Maxplatz streifte und dort nach anderen Wildtieren zwecks Nahrungsaufnahme suchte – oder gerne auch nach Zeitgenossen, die einem auf die Nerven gingen. Zum Beispiel, indem sie 24 Stunden am Tag, egal, wo sie waren, an ihrem linken Ohr „du, ich bin grad auf dem Maxplatz" oder Ähnliches in ein kleines Kästchen plärrten, während aus dem Kopfhörer im rechten Ohr weiterhin überdeutlich vernehmbare Technobeats wummerten. Aber leider, seufzte Wunderlich, leider ging es im vorliegenden Fall nur um ein Auto.

Ernst-Jochen Klein, der Direktor der Stadtbank, war ein gutmütiger Mittfünfziger, der das lokale wie das internationale Finanzgeschäft stets mit einer angenehmen, feinen Ironie zu kommentieren pflegte, welche sich wie ein Sahnehäubchen auf dem Kuchen seiner Fachkompetenz präsentierte. Davon abgesehen hatte er ein Faible für seltene und teure Fahrzeuge.

„Hallo, Herr Kommissar", begrüßte Klein seinen wartenden Gast, als er fünf Minuten später die Bank betrat.

„Hallo, Herr Direktor. Na, wird's jetzt was mit dem fünften Iso Rivolta?"

Die beiden kannten sich schon ewig und duzten sich, aber sie neckten einander immer wieder gerne mit ihren Amtsbezeichnungen.

„Das wird schon noch. Aber ich habe ja erst letzte Woche den vierten gekauft, und für den musste ich schon bis nach Kiel fahren. Außerdem brauche ich noch eine Garage für ihn – ich muss mal schauen, ob ich in der Siedlung eine bekomme."

Der Stadtteil Siedlung lag, von Kleins Wohnhaus aus gesehen, am entgegengesetzten Ende von Rehau. Er hatte Garagen über das gesamte Stadtgebiet verteilt gemietet, um seine ganzen Oldtimer der Oberklasse irgendwie unterzubringen.

„Was kann ich denn für dich tun?"

„Ich bräuchte ein paar Informationen über eine Familie Beierlein." Wunderlich reichte dem Bankchef den richterlichen Beschluss.

„Dann gehen wir doch am besten ins Séparée", scherzte Klein und bat den Ermittler in sein Büro.

„Also, Beierlein", fuhr er fort, als sie beide Platz genommen hatten. „Des is a ganz a komische Gschicht."

„Ich habe aus gewöhnlich gut informierten Kreisen" – das war nahezu der Klarname für „Tante Rosi" – „erfahren, dass sie sehr hohe Schulden hat und heimlich versucht, da wieder rauszukommen."

„Mit rauskommen wird da nimmer viel sein." Kleins Miene verdüsterte sich zu dem ehrlichen Bedauern, welches er bei Kunden in Not empfand und damit unter Bankern über ein Alleinstellungsmerkmal verfügte. „Der Immobilienkredit ist derart notleidend, dass wir ihn leider fällig stellen mussten."

„Das heißt, entweder sie zahlt, oder das Haus wird versteigert?"

„Binnen dreißig Tagen", bejahte Klein. „Und weißt du, was das Schlimme ist?"

Wunderlich hatte eine Ahnung, was kommen würde.

„Wie du schon vermutest. Der Gatte weiß, glaube ich, gar nichts davon. Aber wieso …"

„Wusste", unterbrach Wunderlich die Frage nach dem Grund seiner Anwesenheit. „Wusste, nicht weiß."

„Ach etzerd heer auf." Klein klang schwer betroffen. „Das ist der Tote aus der Schwesnitz?"

Wunderlich nickte, die Betroffenheit erwidernd. „Aber wie ging das, dass er nichts wusste? Sie werden doch gesamtschuldnerisch haften?"

„Das schon, wie meistens, wenn sich zwei ein Haus kaufen. Aber sie muss wohl in der Familie für die ganzen Finanzdinge zuständig sein und ihm nichts gesagt haben."

Wunderlich malte vor seinem geistigen Auge schnell ein Flussdiagramm, in dem alle möglichen Wege eingezeichnet waren, auf denen diese Information zu Klein gelangt sein könnte. All diese Wege führten wenig überraschend durch einen Knotenpunkt, welcher den Namen „Tante Rosi“ trug. Aber das war jetzt nicht so wichtig.

„Wie kam es denn dazu?“, fragte er stattdessen, wiederum sicher, dass Klein dank des Flussdiagramms die Frage einfach so würde beantworten können.

„Also, man erzählt sich, dass sie gern im Spielcasino unterwegs war. Aber das Problem ist eigentlich jetzt ein anderes.“

Klein ging zu einem Aktenschrank und holte eine dicke blaue Mappe aus dessen Tiefen. Er kam um den Tisch herum zu Wunderlich und breitete das Ganze wortlos vor ihm aus. Der schlug die erste Seite auf, worauf Klein lediglich stumm nickte und auf eine Zahl am Ende der Seite deutete.

Wunderlich brauchte nur kurz hinzusehen und schon bekam er kaum noch Luft. Er war ein Zahlenmensch, aber eine solche Summe hatte er in diesem Zusammenhang noch nie gesehen.

„Zwei Millionen fünfhunderttausend??!“

Das war die Zahl am Ende des Dokuments, welches die Überschrift „Lebensversicherung“ trug und als versicherte Person „Frank Beierlein“ auswies.

„Ziemlich ordentlich für einen kleinen Hofer Beamten, gell?“, konstatierte Klein. „Vor allem, wenn man hierhin schaut.“ Er wies auf eine weitere Zeile.

„Versicherungsnehmerin und Schuldnerin der Beitragszahlungen: Susanne Beierlein.“ Wunderlich starrte in Kleins Gesicht: „Die Frau Staatsanwältin schließt vor zwei Jahren eine absurd hohe Lebensversicherung auf ihren Mann ab, und jetzt hat sie Schulden und er ist tot.“

„Und das war immer noch nicht der Höhepunkt der Sache“, fuhr Klein fort.

In diesem Moment piepte Wunderlichs Handy und eine MMS von Bürgermeister Edmund Angermann war hereingekommen.

Betreff: „Er war's nicht".

Inhalt: ein Foto von dem ominösen Sprengstoffkästchen, aber nicht aus Wolks Haus. Und ein Link ins Internet. Wunderlich verlor kurz die Konzentration. Gedankenverloren tippte er den Link an. „Lösungsmitteltestgerät für …"

„… gehört, was ich gesagt habe?", drang Ernst-Jochen Kleins Stimme wieder an sein Ohr. In Wunderlichs Kopf überschlugen sich die Gedanken.

„Der Höhepunkt an der Sache: Der gute Herr Beierlein hat gar nichts von der Police gewusst. Seine Frau war vor besagten zwei Jahren alleine hier und hat die Police bei unserer hauseigenen Versicherung abgeschlossen. Gesundheitsprüfung war nicht nötig, da sie wegen des Hauskredits als Premiumkunden galten."

„… Tischtennisschläger. Testen Sie mit diesem Gerät, ob der Klebstoff zur Befestigung der Gummibeläge auf dem Holz schädliche flüchtige Lösungsmittel enthält. Gerät ist batteriebetrieben. Ein chemischer Sensor prüft im luftdicht verschlossenen Innenraum, ob der Schläger verbotswidrig ausgast oder lösungsmittelfrei und damit regelgerecht ist. Wenn ja, so zeigt die Kontrollleuchte grün, ansonsten rot. Während des einminütigen Messvorgangs blinkt die Leuchte gelb."

„Danke, Ernst-Jochen, du hast mir sehr geholfen", brachte Wunderlich gerade so hervor und wünschte ein schönes Wochenende. Zwei Stunden später rief er in der Staatsanwaltschaft Hof an und veranlasste die Aufhebung des Haftbefehls gegen Ulrich Wolk und dessen Freilassung aus der Untersuchungshaft. Wunderlich erinnerte sich an einen großen Artikel im Sportteil des Frankenblattes vor etwa einem Jahr. Das Thema Gesundheitsschutz im Sport war ein ganz heißes Eisen beim Tischtennis-Weltverband geworden. Spezialklebstoffe für Schlägerbeläge waren verboten worden. Wolks Bombe war nichts als ein harmloses Messgerät, um dieses Verbot zu überwachen. Das bestätigte auch der in der Zwischenzeit eingetroffene Untersuchungsbericht. Und Susanne Beierlein, so ganz ohne Alibi für die Tatnacht, hatte nun ein ziemlich großes Problem.

Kapitel 34

In den vergangenen anderthalb Tagen hatte Beierlein im Westen Dubais das segelförmige Burj Al Arab und die künstliche Palmeninsel Jumeirah mit dem Luxushotel Atlantis ebenso besichtigt wie die im Osten gelegene Altstadt mit dem Dubai Creek, auf dem man sich ein wenig wie auf dem Canal Grande zu Venedig fühlen konnte, sofern man sich die futuristischen Wolkenkratzer am anderen Ufer kurz wegdachte. Danach war er noch im Nachbaremirat Sharjah gewesen – es war ja alles ein und derselbe Staat, Reisen war unkompliziert und das dort, im Unterschied zu Dubai, geltende totale Alkoholverbot machte ihm schon gar nichts aus. Jetzt aber machte er sich auf den Weg zu seinem eigentlichen, seinem allerhöchsten Ziel. Es war Sonntag, hierzulande ein gewöhnlicher Arbeitstag. „1,5 Milliarden Dollar Baukosten", sinnierte er, während er hinter den Plexiglastüren der Metrostation auf den Geisterzug wartete. „Macht 1,2 Milliarden Euro, also 1.200 Millionen, das wären, äh ..." – er schluckte – „sechstausend Einfamilienhäuser im Wert von 200.000 Euro." Mit anderen Worten, man hätte in etwa zwei Städte von der Größe Rehaus damit bauen können.

Der Geisterzug kam. Es war nämlich so, dass das in Dubai vom ersten Tag an perfekt zu funktionieren schien, im Gegensatz zur Kapitale von Beierleins mittelfränkischer Heimat, wo die führerlose U-Bahn ungefähr so lange zur Serienreife benötigt hatte, wie es dauerte, einen Telefonanschluss in der ehemaligen DDR zu bekommen. Es war bemerkenswert, wie so ein Fahrzeug auf den Millimeter genau vor den Sicherheitstüren zum Stehen kommen konnte. Das war aber noch nichts gegen die Faszination, die Bürger dieses Landes diszipliniert und ohne jede Hektik ein- und aussteigen zu sehen – also nicht so, als gäbe es einen Tausender extra dafür, der Erste zu sein, der von der Bahn aus wieder Festland erreichte. Es war eine der vielen scheinbar nebensächlichen Beobachtungen, die einen überraschen konnten, wenn man der merkwürdigen Meinung war, die westliche Welt sei den Arabern in Sachen Zivilisation weit überlegen.

Das Allerbeste jedoch war, was er innerhalb des Zuges vorfand. Oder besser, nicht vorfand. Weder durfte man dort essen, was die in Nürnberg und München übliche Geruchsmischung aus Cheeseburgern, Currywurst, Pommes und Fischsemmeln von vorneherein unmöglich machte. Noch durfte man trinken, was ergänzend den Alkoholgeruch aus dem Verkehr zog, samt des peinlichen Gesabbels seiner übermäßigen Konsumenten. Vor allem jedoch: MP3-Player waren verboten! Keine Hektik, kein Gestank, kein Gedudel – Dubais Metro war ein Märchen wie aus tausendundeiner Nacht.

Die *Dubai Mall* war Beierleins Ausstieg. Das Einkaufszentrum war ungefähr so groß wie die gesamte Rehauer Innenstadt und bot von iranischen Perserteppichen – dies im wahrsten Sinn des Wortes naheliegenderweise – über Goldschmuck und Mode aus aller und für alle Welt bis hin zu Gerichten aus sämtlichen Kontinenten der Erde so ziemlich alles, was man mit Geld kaufen konnte; trotzdem war es nur das zweitgrößte seiner Art im Emirat, es konnte eben, anders als der Spitzenreiter fünf Kilometer stadtauswärts, keine Skipiste vorweisen. Vor allem aber war es der Zugang zum höchsten Gebäude der Welt. Es war ja nicht so, dass man an dem Turm im Erdgeschoss klingeln und dann das Treppenhaus hochsteigen konnte. „*Das Wort ‚unmöglich' gibt es im Wörterbuch eines Anführers nicht*" – einen Ort, an dem diese Inschrift des Staatsoberhauptes zu lesen war, betrat man mit angemessener Ehrfurcht. Was in diesem Fall bedeutete: im Kellergeschoss, in einer langen Schlange und nach dem Kauf eines Tickets für 25 Euro.

Burj Khalifa war so hoch, dass das menschliche Auge sich keinen Begriff mehr davon machen konnte. Dass das Gebäude viermal so hoch war wie der Münchner Olympiaturm, dass es, wenn das Erdgeschoss auf der Höhe Rehaus gewesen wäre, die Spitze des Schneeberges noch um die Höhe ebendieses Olympiaturms überragen, anders ausgedrückt also den Brennerpass erreichen würde – das alles konnte man sich ausrechnen, aber nicht sehen und spüren. Vermutlich deshalb gab es zunächst eine Art fest eingestelltes Fernrohr, durch das man während des Wartens am Lift genau auf die Aussichtsplattform blicken konnte, die sich in 450 Metern Höhe befand. Sie wäre ansonsten unmöglich zu erahnen gewesen. Und auf ihr hatten sich Isaak und Beierlein verabredet.

Beierlein bückte sich. Der Dame vor ihm, einer eleganten Erscheinung mit arabischen Zügen, war das Ticket aus der Hand gefallen, und Beierlein, mittelfränkisch-bodenständig, aber wenn es drauf ankam, nicht uncharmant, hatte ihr den Zettel mit der Ticketnummer 7443 wieder aufgehoben und zurückgegeben. Dann wurde die Reise senkrecht: Der Aufzug, der sie alle nach oben brachte, schaffte die 124 Stockwerke in gut einer Minute, ohne dass man heftige Beschleunigung oder den Bedarf nach Druckausgleich gespürt hätte. Und er war, natürlich, der schnellste der Welt in seiner Art. Und wohl auch der am wenigsten einsame – es gab mal eben noch weitere fünfzig Lifts im Turm.

Als Beierlein ausstieg, hatte er keinerlei Gefühl für die Höhe, in der er sich befand. Aber er wurde ohnehin abgelenkt von der stattlichen Erscheinung, die ihm gegenüberstand.

„Salam aleikum“, begrüßte er Raschid Isaak. Sein Gesprächspartner war nicht nur wegen der typischen Landeskleidung ein imposanter Anblick: Unter dem weißen Gewand befand sich ein wohlgenährter, breit gebauter Mittvierziger mit gepflegtem Vollbart und ebenso kantigen wie Autorität und Seriosität ausstrahlenden Gesichtszügen. Die Rolex an seinem linken Handgelenk und der mit offenbar mehreren Diamanten besetzte Ring an seiner Rechten wären gar nicht mehr nötig gewesen, um die Aura eines äußerst erfolgreichen und durchsetzungsfähigen Geschäftsmannes abzurunden, der sich zweifelsohne auf der ganzen Welt zu bewegen wusste.

„Wa aleikum al salam“, erwiderte der Angesprochene, sichtlich erfreut darüber, dass sein deutscher Gast arabische Grußformeln beherrschte. „Mr. Beierlein, nehme ich an? Herzlich willkommen in

Dubai. Sie sagten, Sie sind für eine deutsche Behörde hier? Wie kann ich Ihnen helfen?"

Hier im vornehmen Geschäftssektor wurde Englisch auf einem weit deutlicheren Niveau gesprochen als im Taxi oder an der Hotelrezeption, so dass die Unterhaltung ohne Schwierigkeiten vonstattengehen konnte. Beierlein stellte sich und sein Arbeitsgebiet vor und berichtete von seinen Erkenntnissen darüber, dass es mit der Flussperlmuschel wohl nicht so weit her sei.

„Sir, wenn ich es richtig verstehe, dann hängt der Erfolg Ihres Projekts davon ab, dass dort, wo Sie bauen möchten, kein Naturschutzgebiet mehr besteht. Das jedoch kann Ihnen niemand garantieren, da die geschützte Muschelart sich nicht so verbreitet hat, wie alle dachten."

Die Reaktion von Isaak überraschte ihn maßlos.

„Mr. Beierlein, um ehrlich zu sein, ich weiß nicht wirklich, wovon Sie sprechen."

„Wie … Sie planen nicht, einen *JoyPark* in Rehau zu bauen?"

„Doch, natürlich. Unser Projekt im … wie heißt das Gelände … ach ja: Heinersgrund, dieses Projekt erfüllt mich mit größtem Stolz, da es der erste *JoyPark* in Deutschland werden wird. Und selbstverständlich alles nach modernsten Umweltstandards."

„Aber Sie können dort nicht bauen. Das Gelände steht, wie gesagt, unter Naturschutz."

„Mr. Beierlein, lassen Sie mich Ihnen etwas zeigen." Raschid Isaak wies Beierlein mit einer Geste zu einem elektronischen Fernrohr, von denen mehrere für die Touristen auf der Aussichtsplattform installiert waren.

„Sehen Sie bitte einmal hier hindurch. Was sehen Sie?"

„Hmm. Ein zweimal achtspuriges Autobahnkreuz, zwei Dutzend Wolkenkratzer im Finanzzentrum gegenüber und den See unten am Turm."

„Sehr richtig. Und nun wechseln Sie bitte im Hauptmenü von „live" auf „30 years ago".

Tatsächlich stellte Beierlein fest, dass es sich um ein sehr besonderes Fernrohr handelte. Es war vollelektronisch. Man konnte von dem Bild, welches eigentlich in der Realität zu sehen war, umschalten auf Fotos von exakt derselben Perspektive, aufgenommen vor dreißig Jahren. Er drückte den Knopf – und blies eine erhebliche Menge Luft durch die gespitzten Lippen.

Wo heute die Finanztürme standen, war nichts als Sand. Durchschnitten von einem schmalen Landsträßchen, das dort, wo heute sechzehn Fahrstreifen die Wüste kreuzten, aussah, als würde es nach hundert Metern in einer Düne enden. Richtung Westen stadtauswärts verlief die Autobahn heute schnurgerade zwischen zwei großen Wohnarealen mit zahllosen Gartenanlagen. Im Wüstenbild stand dort nicht ein einziges Haus, kein Grashalm, keine Palme, kein Pool. Die Straße endete belanglos auf einer kleinen T-Kreuzung. Ein See zu Füßen des Turms war natürlich ebenso wenig vorhanden wie der Turm selbst, auf dem sie gerade standen. Es war alles wie „Zurück in die Zukunft, Teil 4“. Ein spektakulärer Anblick aus einer Zeitmaschine.

„Hier sehen Sie, wie Dubai vor weniger als einer Menschengeneration ausgesehen hat, Mr. Beierlein. Wie, glauben Sie, ist daraus das geworden, was Sie nun mit Ihren eigenen Augen sehen können? Visionen, Mr. Beierlein. Visionen sind das, was unsere Welt am Laufen hält. Sie müssen Projekte denken, die nie ein Mensch zuvor erdacht hat. Und Sie müssen darauf vertrauen, dass sie funktionieren. Nichts anderes tun wir in Ihrer schönen Stadt Rehau. Unsere Vision ist es, eine Wohlfühl-Oase aus tausendundeiner Nacht in einer Stadt zu errichten, die ihrerseits märchenhaft ist. Und unser Vertrauen gilt Mr. Mackert, der uns versichert hat, dass sich unser Projekt bestens in die Belange des Naturschutzes Ihrer Stadt einfügen wird.“

„Das heißt, Sie wissen gar nichts von den Flussperlmuscheln?“

„Nein, diesen Begriff habe ich noch nie gehört. Aber wir sind ein seriöses Unternehmen. Falls Sie uns belegen können, dass es mit Ihrer – wie …?“

„Flussperlmuschel.“

„Danke – mit Ihrer Flussperlmuschel irgendein Problem gibt, dann wird mein Team der Sache ohne Wenn und Aber nachgehen. Ich bin allerdings zuversichtlich, dass dem nicht so ist."

Beierlein war sichtlich konsterniert, wollte aber die höfliche Gesprächsatmosphäre nicht zerstören und steuerte das Gespräch mit etwas Smalltalk auf das Ende zu.

„Nun, ich danke Ihnen jedenfalls für die Auskünfte. Übrigens, Ihr Geschäftsführer Mr. Al-Mosén war ja kürzlich bei uns vor Ort und ich finde es toll, wie Sie unseren 2. FC Rehau bereits unterstützen."

„Das freut mich. Ja, mein Cousin Dirham liebt Deutschland und hat die Aufgabe in Ihrer Stadt daher gerne übernommen. Wir engagieren uns aus Überzeugung immer auch für aufstrebende Vereine und Initiativen in den Städten, in denen *JoyPark*-Projekte entwickelt werden. Natürlich muss auch die Perspektive des 2. FC Rehau durch konzeptionelle Maßnahmen noch radikal verbessert werden."

Beierlein hatte eigentlich geglaubt, alle Überraschungen im Morgenland bereits hinter sich gebracht zu haben.

„Konzeptionelle Maßnahmen? Woran denken Sie?"

„Nun ja, ich wünsche einen neuen Trainer und einen neuen Manager für den Verein."

„Aber der Trainer hat zuletzt neun Spiele in Folge gewonnen."

„Das alleine genügt leider nicht. Mr. Paul Wolk wird die Trainerbank verlassen müssen. Ich weiß, dass sein Bruder Ulrich und er sehr im Sportbusiness engagiert sind, aber es geht nicht anders."

„Hm. Und wer wird ihn ersetzen?"

„Das wird der neue Sportchef zusammen mit mir noch entscheiden."

„Und der wäre?"

„Mr. Mackert."

Beierlein hatte nun mehr erstaunliche Neuigkeiten im Gepäck, als sein Gehirn an einem Tag verarbeiten konnte.

„Sir, vielen Dank, dass Sie sich die Zeit genommen haben. Wir bleiben in Kontakt."

„Einen Moment noch, Mr. Beierlein!" Isaak öffnete ein kleines Lederetui und entnahm daraus sorgfältig etwas, das wie ein Schmuckstück aus purem Gold aussah.

„Wir in Dubai sind ein sehr gastfreundliches Land. Ich danke Ihnen für Ihren Besuch und möchte Ihnen noch ein kleines Erinnerungsstück mit auf den Weg geben. Hier, bitte sehr."

Es war tatsächlich mit Blattgold überzogen. Beierlein erkannte darauf sofort den Burj Khalifa, auf dessen Aussichtsplattform die beiden Männer sich gerade befanden – und eine Landschaft, die ihm noch viel bekannter vorkam.

„Die Wahrzeichen Dubais und Ihrer schönen Stadt Rehau, sie sollen für eine gedeihliche Zusammenarbeit bei unserem Projekt stehen."

Es war der Heinersgrund, der auf dem Schlüsselanhänger eingraviert war.

Kapitel 35

Sie waren alle tot. Wunderlich betrachtete die Szene mit weit aufgerissenen Augen. Fein säuberlich waren sie nebeneinander aufgereiht. Er kam aus dem Staunen gar nicht mehr heraus. Entsetzen kam allerdings nicht dazu, denn er hatte nichts anderes vorzufinden erwartet als den Anblick, der sich ihm hier bot. Zu ermitteln gab es auch gar nichts, denn dass Flussperlmuscheln, die sich in einer Ausstellung befanden, nicht mehr am Leben sein konnten, war eine ziemlich naheliegende Tatsache.

Wunderlich und Ulrike standen im Museumszentrum der Stadt Rehau am Maxplatz und betrachteten aufmerksam und neugierig die zahlreichen Exemplare der *Margaritifera margaritifera.* Ulrike Wunderlich, die sich so viel mit Natur und Nachhaltigkeit beschäftigte, dass sie ebenso gut den Beruf einer Biologin hätte ausüben können, war der Bitte ihres Mannes gerne gefolgt, ihm hier mit einer Expertenmeinung zur Seite zu stehen. Und so besuchten sie an diesem Freitagvormittag den Ausstellungsraum zur Geschichte der Flussperlmuschel in Rehau, Bayern und Europa.

„Das also war des Pudels Kern“, murmelte der Kommissar vor sich hin.

„Wieso? Glaubst du, dass Dr. Faust der Mörder ist?“

„Ich bin der Geist, der stets verneint“, konterte er schmunzelnd, als er sich seines Goethe-Zitats bewusst wurde. „Also, nein. Was ich meine, ist, diese Prachtstücke hier sind in einem Brief von Gerch Mackert an den Stadtrat aufgetaucht. Er behauptet darin, dass man sie nicht mehr unter Schutz stellen muss, weil sie wieder so zahlreich geworden sind.“

„Blödsinn!“ Ulrike schüttelte ungläubig den Kopf. „Nur, weil sie nach zwei Jahren einen Haufen neue gefunden haben? Da, schau dir deine neuen mal an!“

Wunderlich hatte zunächst den linken Glaskasten ins Auge gefasst, in dem dargestellt war, wie sich Muscheln von weit über zehn Zentimetern Länge dicht aneinander und zum Teil sogar übereinander legten. Auf den Wink seiner Frau hin blickte er nun zum rechten Glaskasten. Dort waren nur einige wenige Muscheln ausgestellt. Sie waren der Größe nach angeordnet und mit Altersangaben versehen. Er las laut mit.

„Ca. 30 Jahre – ca. 40 Jahre – ca. 80 Jahre – ca. … – ach du meine Güte, die Muscheln, die man links quasi wie in freier Natur sieht, sind ja über 100 Jahre alt! Und die hier, ca. 30 Jahre, sind noch nicht einmal halb so groß."

„Eben. Verstehst du? Die Flussperlmuscheln wachsen extrem langsam. Die ersten zwei Lebensmonate verbringen sie erst einmal als Glochidien, als Larven, die einen Wirtsfisch benötigen. Einen ganz bestimmten, und da geht's schon los: ohne Bachforelle – keine Chance. Wenn das Wasser nicht klar genug ist oder von Regenbogenforellen beherrscht wird, dann gibt's auch keine Flussperlmuschel."

„Aha. Und nach den zwei Monaten?"

„Haben sich die Larven in Jungmuscheln verwandelt, lösen sich von ihrem Wirtsfisch und sinken auf den Bachgrund. Dort graben sie sich dann ein und kommen erst nach fünf Jahren wieder zum Vorschein."

„Klingt nicht ganz unkompliziert."

„Ist es auch nicht: Wenn das Bachbett zugewuchert ist, finden sie keine Kieslücke, und das war's."

„Aber die Muscheln, die jetzt gezählt wurden, haben das ja geschafft, oder?"

„Das schon, und das war sicher auch der Erfolg des Frischwasserprojekts. Aber gegen so eine komplizierte Jugend ist doch jeder pubertierende Teenager ein frommes Weidelamm. Wenn du am Oberlauf eines Baches den Naturschutz aufgibst, bist du weiter unten in kürzester Zeit auch deinen Muschelnachwuchs wieder los. Und dann sieh mal hier: Eine fünfjährige Muschel ist gerade mal so groß wie ein

Fingernagel. Meinst du, die können von heute auf morgen die Altbestände im Perlenbach ersetzen?“

„Das heißt, den Naturschutz für diese Altbestände aufzuheben wäre eine ziemlich dreiste Forderung von Mackert, weil der Nachwuchs erst in hundert Jahren so groß wird wie die, die man jetzt aufgeben würde, und zudem nicht zahlreich genug?“

„Dreist ist überhaupt kein Ausdruck. Auch die Muscheln, die nach fünf Jahren erfolgreich aus dem Kiesbett kämen, wären sofort wieder vom Aussterben bedroht, weil sie ihre Nahrung ja aus dem Wasser filtrieren. Wenn ihnen da mal für kurze Zeit etwas Unbrauchbares vor die einen Spalt breit geöffnete Schale kommt, geht das noch, da machen sie einfach vorübergehend zu. Aber durch dauerhafte Ablagerungen in ihrem Gewässer würden sie ersticken oder verhungern.“

„Was heißt Ablagerungen?“

„Entweder es kommt zum Beispiel durch mangelnden Uferbewuchs zu einer starken Bodenabtragung hinein ins Gewässer. Oder dem Bach werden Nährstoffe zugefügt, wie etwa Dünger, die zu erhöhtem Wachstum von Pflanzen und nach deren Absterben zur Verschlammung führen. So oder so: Zu behaupten, dass all die Muscheln, die man heute findet, bei unserem Umgang mit unseren Gewässern die nächsten hundert Jahre überstehen werden, kommt einer Lüge gleich.“

Wunderlich war immer wieder beeindruckt von den undiplomatischen Formulierungen, die Ulrike zu gebrauchen pflegte, wenn es darum ging, dass die Spezies Mensch nur zwei Optionen hatte: entweder sich ihrer Verantwortung für den Umgang mit ihrer Umgebung bedingungslos zu stellen. Oder aber sehenden Auges alles zu verlieren, was Ressourcen, Lebensqualität und Schöpfungsreichtum ausmachte. Er selbst hätte sich vermutlich vorsichtiger ausgedrückt, aber als nüchterner Logiker musste er anerkennen, dass sie schlicht und einfach recht hatte: Wer, wie Teile der Menschheit, so selten dämlich war, den Ast abzusägen, auf dem er saß, dem musste man den größtmöglichen verfügbaren Spiegel vorhalten.

„Das heißt also, die Sorge unseres Bürgermeisters ist übertrieben“, schlussfolgerte er.

„Welche da wäre?“

„Dass das Landratsamt die Aufhebung des Naturschutzes im Heinersgrund genehmigt, wenn der Stadtrat dafür stimmt.“

„Nie im Leben!“ Sie prustete förmlich. „Da müsste jemand aus dem Stadtrat die ganze Naturschutzbehörde schmieren!“

„Eben“, schloss Wunderlich und wandte sich mit seiner Frau zum Gehen.

Kapitel 36

Während ihr Mann in Dubai weilte, fürchtete Susanne Beierlein um sein Leben. Dass beides nichts miteinander zu tun hatte, machte die Sache nicht besser. Sie traute dem anderen, dessen Geld Frank und sie genommen hatten, so ziemlich alles zu. Die zierliche brünette Frau drohte unter dem Druck ihrer Situation allmählich hysterisch zu werden wie ein Eichhörnchen auf Ecstasy. Sie war aber auch durch und durch sportlich und konnte ihre überschüssige Energie stets in Bewegung ableiten. Also verließ sie bis in die Haarspitzen angespannt das gemeinsame Haus am Schwesnitzgässchen und machte sich auf eine forsche Wanderung in Richtung Kornberg.

„Ich habe nichts mehr zu verlieren" und „der andere muss weg" hatte sie beim Grübeln über Sucht und Selbstmord zu sich gesagt, nachdem Frank und sie sich zu Mitwissern und Abhängigen dieses Menschen gemacht hatten. Doch „muss weg" sagte sich so leicht. Wie sollte sie das anstellen? Sie brauchte dringend eine Vision, sie lebte immerhin in der Stadt, deren Slogan zu Recht „Raum für Visionen" lautete. Und die prompt ihre Bitte erhörte: Gerade für besonders knifflige Fälle wie den ihren schien Rehau den „Visionär" zu haben. Die Skulptur stand mitten in dem Kreisverkehr, an dem sie, gerade durch die Gerberstraße am Supermarkt vorbei, bergauf in die Adlerstraße abbiegen wollte. Kaum dass sie die gen Himmel blickende Konstruktion erblickte, die man gleichermaßen als Kopf und Zeigefinger interpretieren konnte, klingelte es bei ihr. Und fünf Minuten später klingelte es bei dem anderen.

Sie hatte nie mit ihm persönlich zu tun gehabt. Deswegen war sie nie auf den Gedanken gekommen. Aber die Sache war so ernst, dass es einen Versuch wert war. Seine Nummer stand tatsächlich im Telefonbuch. Während sie das riesige Sportzentrum mit seiner

Dreifachhalle und seinem Hallenbad stadtauswärts passierte, nahm das Gespräch seinen Lauf.

„Sie haben meinem Mann und mir einen großen Gefallen getan, und dafür sind wir Ihnen auch sehr dankbar. Aber wir kommen beide nicht mit der Lüge zurecht. Und wir fürchten enorme Schwierigkeiten, wenn die Gegenleistung ans Licht käme. Gibt es einen Weg, die Sache rückgängig zu machen, ohne dass, sagen wir, die Schwierigkeiten noch größer würden?"

Der andere schwieg zunächst eine unendliche halbe Minute lang. Dann räusperte er sich, hob mehrmals an, wollte aber seine Worte offenkundig sehr sorgfältig wägen. Als er seine Botschaft verkündete, kam Susanne Beierlein bereits den Berg hinab auf das liebliche Pilgramsreuth zu.

„Wir wissen doch beide, dass das der Untergang ist. Ich habe meine Beziehungen."

„Aber Sie können doch nicht …"

„Ich selbst kann und muss gar nichts. Sie wissen doch ganz gut, um wie viel Geld es hier geht. Wenn Ihr Mann die Sache rückgängig macht, brechen die Pläne zusammen wie ein Kartenhaus. Es wird ganz von selbst herauskommen, und wie will er dann weiterleben? Und Sie selbst auch?"

Sie hechelte in ihrer Aufregung so schnell dahin, dass sie das Kartoffeldenkmal neben der Pilgramsreuther Kirche beinahe umgerannt hätte. Das gab ihr den Rest.

„Er lässt uns fallen wie eine heiße Kartoffel." Sie konnte die billige Assoziation einfach nicht verdrängen.

„Und Sie?", blaffte sie durchs Telefon zurück. „Sind Sie bereit, dieses Risiko einzugehen, dass alles auffliegt?!"

„Risiko gehört zu meinem Geschäft", hörte sie ihn ruhig sagen, als sie auf Höhe des Wanderparkplatzes war, an dem die Fahrstraße endete. „Das Projekt wäre viel riskanter, wenn ich die Unterstützung Ihres Mannes *nicht* hätte. Daher wirklich meine herzliche Bitte: Überlegen Sie es sich noch einmal. Wenn Sie in der Sache engagiert bleiben, profitieren wir alle davon. Wenn Sie dagegen aussteigen, kann ich nichts für Sie tun. Und natürlich würde ich alles abstreiten."

„Womit Sie in Ihrer Position vermutlich ebenso erfahren wie erfolgreich sind", konstatierte sie ernüchtert.

„So ist es", erwiderte er und beendete das Gespräch höflich, aber bestimmt.

Susanne Beierlein war inzwischen am Pfarrhaus angekommen, einer Raststätte auf einer malerischen Lichtung mitten im Wald zwischen Pilgramsreuth und Schönwald, die zugleich die scharfe Sprachgrenze markierte zwischen dem Fränkisch ihres Wohnortes und dem Nordbairisch des östlichen Kreises Wunsiedel, das sie hier landläufig gern als Böhmisch bezeichneten. Sie ließ sich auf einer der Holzbänke nieder und musste sich zunächst von dem gigantischen Energieverbrauch erholen, den das Telefonat in ihrer Seele verursacht hatte. Erst dreißig Minuten später setzte sie ihren Weg fort und erreichte über die Anhöhe des Pfaffenbergs die Stadt Schönwald, von wo sie den Zug zurück nach Rehau nahm.

Zur gleichen Zeit blickte Gerch Mackert nachdenklich aus seinem mondänen Büro am Rehauer Gewerbegebiet Frauenberg über das Schwesnitztal und die unendlichen Weiten der umgebenden Hügellandschaft auf ein gutes Dutzend seiner Windräder. Er befand sich in einer für ihn äußerst ungewöhnlichen Situation: Er zweifelte an einer seiner Entscheidungen. Sein innerer Blick ging zurück zum 2. FC Rehau und dem Deal mit Raschid Isaak. War seine waghalsige Idee die richtige gewesen? Hatte er sich wirklich mit den richtigen Leuten eingelassen und wussten die auch, was sie taten? Oder würde es dieses Mal tatsächlich eng werden? Was, wenn hier blutige Amateure am Werk wären? Was, wenn Spuren zu ihm führen würden, die er nicht so einfach beiseite wischen könnte?

Er lockerte seine Krawatte und verließ das Gebäude, ging jedoch nicht nach vorne zur Hofer Straße, sondern nach hinten zum Frauenberger Weg. Er war kein großer Spaziergänger, aber den einsamen

Hohlweg, der ihn an in voller Blüte stehenden Kleingärten hinab zum westlichsten Bahnübergang und zur Straße nach Wurlitz führte, hatte er sehr schätzen gelernt. Von seiner Dependance im Münchner Euro-Industriepark war der nächste Feldweg ungefähr ein Lichtjahr entfernt, und er war dankbar und pries sich für seine geniale Weitsicht, dass er sein Hauptquartier in Rehau belassen hatte. Hier auf diesem Weglein bekam er stets den Kopf frei, und wenn er unten ankam, hatte er den gigantischen Komplex von *PolyWorld* direkt vor der Nase. Beim Anblick der unangefochtenen Rehauer Nummer Eins meldete sich stets sofort sein kämpferischer Unternehmergeist zurück. Heute war es nicht anders: Mit der wiedergewonnenen Überzeugung, unfehlbar und unantastbar zu sein, machte er an der Bahnschranke kehrt und stapfte, entlang an den Gärten und an freien Feldern, hinauf zurück in seine windreiche Schaltzentrale.

Kapitel 37

Es war Samstag, und Wunderlich hatte eigentlich frei, aber was hieß das schon, wenn man bei der Kripo arbeitete und einen frischen Mordfall aufzuklären hatte. Der Kommissar hatte allerdings seine eigene Lösung, um hierbei die *work-life-balance* einzuhalten: Er dachte auf einem neun Kilo schweren Edelstahlrahmen mit zwei dünnen Reifen über den Fall nach.

Die ehemalige Bahnstrecke von Bad Berneck nach Bischofsgrün mitten im Fichtelgebirge war schon mal ein ausgezeichneter Start, um mit dem Grübeln zu beginnen. Mit konstanten zwei Prozent ging es auf zehn Kilometern ebenso kerzengerade wie gemütlich bergauf, der Bundesstraße 303 und dem Main folgend durch den Wald, eine Aufwärmstrecke, wie sie für ein Rennrad angenehmer nicht sein konnte. Die Septemberluft war warm und trug nicht den kleinsten Hauch von Schwüle in sich. Sie war frisch und klar, als wäre sie vom Herrgott persönlich aus irgendeinem Speichertank im Paradies lastwagenweise hierher befördert und gerade erst ausgepackt worden. Jeder Atemzug war ein Genuss für die Sinne und Therapie für die Seele eines der Großstadt Entkommenen.

„Hat der Gerch den Uli jetzt schon gekauft, oder hat der die Unterlagen noch gar nicht gelesen?", sinnierte er, als er nach kurzer Fahrt den Abzweig nach Goldkronach passierte. Angenommen, Wolk wusste noch gar nichts von dem Bestechungsversuch. Dann konnte er sich auch nicht erpresst fühlen und hätte überhaupt kein Motiv. Angenommen, er wusste es sehr wohl, dann war klar, dass er einen ordentlichen Batzen Geld erhalten würde. Auch dann aber brachte man seinen Geldgeber doch nicht um, selbst wenn der zusätzlich ein kompromittierendes Foto in der Hand hatte. Das so kompromittierend zudem ja nicht war – auf Wolk wartete schließlich niemand zu Hause mit einem Nudelholz in der erhobenen Hand.

Am ehemaligen Bahnhof unterhalb von Bischofsgrün angekommen, nahmen die Herausforderungen zu: Mit kurzzeitig elf Prozent wuchtete man sich jetzt auf den Sattel, der am westlichen Rand des 1024 Meter hohen Ochsenkopfs hinüber in Richtung Warmensteinach führte. Wunderlich schaltete auf den „Seniorenteller“, so nannte man scherzhaft in Radsportkreisen das kleinste der drei vorderen Kettenblätter in der Schaltung, mit dem man die leichtesten Gänge erreichen konnte. In dieser Phase des Anstiegs war keine Gelegenheit zum Denken. Auch die anschließende, wieder fast zehnprozentige Abfahrt nach Warmensteinach verlangte volle Konzentration. Auf einer Parkbank an der einzigen ernsthaften Straßenkreuzung des Luftkurortes machte er eine erste kurze Pause und fuhr, mit einem Energieriegel in der Hand, in seinen Überlegungen fort.

Wolk hatte also kein Motiv für den Anschlag auf Mackert. Wer dann? Nur Mackert selbst fiel ihm ein, so wie es der Mensch vom Regionalfernsehen schon unterstellt hatte. Gerch war vom Typ her so eitel, dass er vor keiner noch so schrägen Aktion zurückschreckte, um sich und seine *MackertWind* in Szene zu setzen. Diese Spur galt es nun weiterzuverfolgen. Blieb der Mord an Frank Beierlein.

Er setzte seine Rundfahrt mit dem nächsten knackigen Anstieg fort, aber er hatte zunächst noch genügend Puste, um die Kraft der Bäume in all seine Sinne aufzunehmen: Das Grün des Nadelwaldes umgab einen, wohin man auch blickte, und wurde durch keine vierspurige Schnellstraße, keine Hochhaussiedlung und keine unüberschaubaren Menschenmassen gestört. Sein Fichtenduft war überall und umhüllte jedes Lebewesen wie ein wohliges Kissen. Die Natur war immer noch Chef im Ring auf diesem Planeten, und nirgendwo waren die Vorzüge dieser Tatsache so wunderbar zu spüren wie im „Granitenen Hufeisen“ im Nordosten Bayerns.

Der Chef im Ring stellte natürlich nicht immer gleichmäßiges Gelände bereit, besonders nicht hier im Fichtelgebirge, und so fand sich Wunderlich nun auf einer dieser gemeinen langen Geraden, bei der man den Anstieg über eine ordentliche Strecke hinweg überblicken konnte, so dass er endlos und praktisch unüberwindbar schien. Wunderlich strafte den Eindruck Lügen und kämpfte sich vorbei an der Abzweigung ins Aspen des bayerischen Nordens, also nach Fleckl am Südhang des Ochsenkopfs, auf den nächsten Sattel, der sogleich zur Abfahrt nach Fichtelberg rief. Er entschied sich, nicht nach links Richtung Neubau und Fichtelsee abzubiegen, obwohl letzterer zur Hitliste seiner zehn besten Plätze in ganz Bayern zählte. Stattdessen nahm er die pfeilgerade Strecke, die, gefühlt zumindest, senkrecht hinab ins Fichtelberger Ortszentrum stürzte. Dort preschte er ohne Halt scharf rechts um die Kreuzung, um den Schwung mit ins Fichtelnaabtal zu nehmen, durch das er nun nach Brand kurz vor der Grenze zur Oberpfalz rollte. Diese scheuend – das lag einem Franken ein wenig im Blut – durchfuhr er im Ort eine 180-Grad-Linkswende und landete weitere drei Kilometer später am Nageler See, wo er auf einer weitläufigen Wiese seine zweite Rast einlegte.

Es konnte zweifellos sehr gut sein, dass Wolk den Mann seiner Geliebten aus dem Weg geräumt hatte, weil der ihm auf die Schliche gekommen war. Die Sache hatte aber zwei Haken. Erstens, die Beweislage war lächerlich dünn. Außer dem Zettel mit Wolks Telefonnummer gab es eigentlich gar nichts. Zweitens, Wolk sammelte Frauen wie andere Leute Briefmarken. Wenn er sich jedes Mal des gehörnten Ehemannes hätte entledigen wollen, dann hätten Leichen den Weg von Hases Bierkneipe bis hinter Schönlind gepflastert, was spätestens am Wirtshaus Rauhe Schenke mitten im Neuhausener Wald irgendwie aufgefallen wäre.

Im nächsten Streckenabschnitt befand sich eine Stelle, an der Wunderlich jedes Mal einen Lachkrampf im Sattel bekam: Er überquerte nämlich den „Wurmloh-Pass“ – so stand es wörtlich auf einem Schild, das die männermordende, auf 658 (!) Metern gelegene, nun ja, Passhöhe kennzeichnete. Entsprechend aufwendig war auch die zwei Kilometer lange Abfahrt ins Röslautal, wo man in Tröstau bei einem längeren Stopp an der Ampel, die die Querung mit der B303 markierte, erneut einen Eindruck von der Vielfalt der Landschaft bekam: Wandte man sich nach rechts, folgte das Auge dem Flusstal in die Kreisstadt Wunsiedel, im Süden überragt von der Luisenburg mit den bekanntesten Freilicht-Festspielen Deutschlands. Wandte man sich nach links, blickte man direkt in den Wald und hinauf zum 850 Meter hohen Gipfel der „Platte“. Fuhr man, wie Wunderlich es nun tat, geradeaus weiter, ging es natürlich sofort wieder hinaus aus dem Tal – über freies Feld bergauf Richtung Vordorf, damit man einmal mehr die nun folgende Dauer der Mühen so richtig vor Augen bekam. „Man trainiert nicht im Fichtelgebirge für die Alpen, sondern in den Alpen fürs Fichtelgebirge“, kommentierte Wunderlich trocken, wann immer ihn jemand nach seiner Meinung zum Verhältnis zwischen Seefeld in Tirol und dem Schneeberggipfel befragte. Am Weißenstädter See, der an einem sonnigen, ruhigen Septembersamstag voll von Segelbooten und Badegästen war, kam er erneut auf Uli Wolk und Susanne Beierlein zurück.

„Und wenn sie es war?“, murmelte er vor sich hin. Sie hatte ihrem Mann von den Schulden gebeichtet, aber nicht von der dramatischen Höhe und auch nicht von der Spielsucht als Ursache. Was, wenn sie sicher sein wollte, die Schande für immer verheimlichen zu können? Wenn ihr Mann tot war, konnte er nicht nur sich nicht mehr von ihr scheiden lassen, ihr die Kinder wegnehmen und ihrem Arbeitgeber petzen – sie würde auch noch die Lebensversicherung kassieren und war alle Sorgen los. Wie man es auch drehte und wendete: Es schien, als hätten der Mord an Beierlein und der Anschlag auf Mackert doch nichts miteinander zu tun und als sei es dringend geboten, nun Gerch und Frau Beierlein zu durchleuchten.

Es lagen erst knapp fünfundfünfzig Kilometer hinter ihm, aber angesichts der dabei zurückgelegten Höhenmeter merkte Wunderlich doch einen ersten Anflug von Müdigkeit in den Beinen. Er fuhr für sein Leben gern, aber so durchtrainiert wie ein Triathlet war er auch wieder nicht. Äußerlich gab es nichts an ihm, was auf die geringsten körperlichen Defizite hingewiesen hätte: Er rauchte nicht, brauchte keine Brille und konnte sich nicht erinnern, je im Krankenhaus gelegen zu sein, abgesehen von der Nacht in Agatharied, nach einem Sturz mit Tempo 30 kurz hinter dem Tegernsee. Aber innerlich fühlte er sich mit 72 Kilo bisweilen zu fett für seine einsdreiundsiebzig. Angermann hatte ihn einmal prustend gefragt, wie er auf diese abstruse Idee käme, und Wunderlich hatte ihm daraufhin seinen Body-Mass-Index vorgerechnet. Das war das Gewicht geteilt durch das Quadrat der Körpergröße. „Meine Größe ist die Wurzel aus 3" pflegte er dazu grinsend zu sagen – was hätte die Natur für ihn als Zahlenfreak auch anderes vorsehen können? 72 durch 3 also, ganz einfach, und das ergab 24. „Normal ist 20 bis 25, ich bin also schon am oberen Limit." Wunderlich konnte hin und wieder einen erstaunlichen Hang zur „Das-Glas-ist-halbleer"-Mentalität haben, aber was unbestritten stimmte: Er war kein Radprofi.

Was half's – er musste und wollte noch über den Großen Waldstein, und er hatte es sich ja selbst so ausgesucht. Die ersten anderthalb Kilometer, die man sich von der Eger entfernte, ließen sich noch angenehm flach an. Kaum am Sportplatz vorbeigekommen, konnte man sein Vorhaben jedoch bereuen, denn zunächst wurden einem sechs, sieben Prozent Steigung präsentiert, die dann sehr schnell auf dem ultimativen Kilometer in die finalen zehn Prozent übergingen. Wunderlich bewegte sich nun kaum mehr als mit Schrittgeschwindigkeit. Er zählte die Anzeige auf seinem GPS-Navi zehnmeterweise mit. Aber noch nie hatte er gegen das elfte Gebot verstoßen: „Du sollst nicht absteigen und schieben." So geschah es auch heute wieder, und als er mit der zum Siegeszeichen geballten Faust die Passhöhe überquert hatte, rollte er an der Stichstraße, die auf einer Steilrampe zum Gipfel des Waldsteins und dem belebten, weil mit edelster bodenständiger Küche gesegneten Waldwirtshaus führte, entspannt vorbei zu Tal in Richtung Sparneck, von wo er, nun immer am äußeren Rand seines geliebten Mittelgebirges entlang, über Zell und Gefrees zurück nach Bad Berneck kurbelte. Als er sein Rennrad wieder auf den Heckträger seines Smart spannte, hatte er binnen vier

Stunden erheblich neue Erkenntnisse über Georg Mackert, Ulrich Wolk und das Ehepaar Beierlein gewonnen.

Entspannter Stimmung fuhr er auf der A9 nach Hause. Es war der Abend, bevor die Schüsse fielen.

Kapitel 38

Es war wieder angenehm kühl geworden. Beierlein stieg aus der Maschine und hielt die Nase in den Wind Hochfrankens. Der Ausflug in den reichen Wüstenstaat war ohne Zweifel ein eindrucksvolles Erlebnis gewesen, das er nie vergessen würde. Aber um nichts in der Welt hätte er für 310 Tage Sonne im Jahr, den Geschmack von Wüstensand in der feuchten Luft und die Wärme des Persischen Golfs, in den er um Mitternacht seine Füße gesteckt hatte, seine Heimat eingetauscht.

Er hatte sein Auto am Flughafen in Hof geparkt, da die Gebühren hierfür sich in nicht wahrnehmbaren Größenordnungen bewegten. Er brauchte also nur einzusteigen und nach Hause zu fahren. Sonderlich müde war er nicht, denn bei einer Zeitverschiebung von nur zwei Stunden – eigentlich drei, aber Dubai kannte keine Sommerzeit – konnte von einem Jetlag keine Rede sein. Er begnügte sich daher mit einer ausgiebigen Dusche und machte sich dann sofort auf den Weg ins Büro. Dort angekommen verstand er gar nichts mehr.

„ERPRESSER DÜNGEN DEN PERLENBACH".

Die Schlagzeile des Frankenblattes vom Vortag donnerte über ihn hinweg wie ein Eurofighter.

„Da haben Sie die Erklärung für Ihre kontaminierte Wasserprobe. Und die Muscheln sind übrigens clean", flötete ein sichtlich erleichterter Hopperdietz, der ihm die Zeitung auf den Schreibtisch gelegt hatte. In Beierleins Kopf drehte sich alles. Halblaut las er den Artikel.

„Von Jana Angler. Unbekannte erpressen die Stadt Rehau. Mit einem Drohbrief meldete sich ein ‚Kommando Sozialistische Industriestadt' bei Bürgermeister Angermann und erklärte, man werde alles Leben in den Rehauer Gewässern auslöschen, wenn die

Stadtverwaltung nicht binnen einer Woche den Konzern *PolyWorld,* die *Licht&Faser AG* und alle übrigen Gewerbebetriebe, wie etwa die Fleischfabrik am Frauenberg, enteigne, um ‚die Arbeiterklasse vor den geldgierigen Machenschaften des Großkapitals zu schützen'. Um ihre Drohung glaubhaft zu untermauern, haben die Erpresser offenbar in den Perlenbach mehrere Säcke mit Kunstdünger gekippt. ‚Nicht genug, um der dort lebenden Flussperlmuschel langfristig zu schaden – aber genug, damit die Stadt begreift, dass wir es ernst meinen!' heißt es in dem Schreiben."

„Verstehen Sie, Beierlein? Es war ein einmaliger Vorgang. Ihre Wasserprobe hat sich eine Woche später als Ergebnis einer Erpressung herausgestellt. Hier, das Resultat unserer B-Probe."

Beierlein las auch dieses Dokument. Das Labor des Landesamtes für Umwelt hatte bemerkenswert schnell die Flussperlmuscheln an sich untersucht. Es konnten keinerlei ungewöhnliche Messwerte festgestellt werden. Der Muschelbestand war nicht geschädigt worden.

„Und hier", jubilierte Hopperdietz weiter, „eine Anmerkung des LfU zu Ihren fünfunddreißig Milliarden Muscheln im Jahr 2017." Mit kaum noch kontrollierten Hüpfbewegungen legte er Beierlein ein weiteres Stück Papier hin.

„… bedauern wir den Druckfehler in der Tabelle der Stückzahlen. Selbstverständlich muss es dort 1,2 und nicht 12 heißen; ferner muss es 1,44 und nicht 144 heißen."

„Sagen Sie mal, Chef, können Sie hellsehen? Ich hätt' dann gerne die Lottozahlen vom nächsten Samstag, hehehe!" Beierlein hatte seinen Sarkasmus wiedergefunden. Es war seine Art damit umzugehen, dass er Unrecht gehabt hatte. Genau wie Hopperdietz vorhergesagt hatte, gebührte Beierlein nicht die Ehre, ein überzähliges Komma gefunden und entfernt zu haben, sondern es war schlicht eines vergessen worden. Ein Fehler, der die Muschelzahlen ins Unermessliche hätte steigen lassen, war somit bei deren Zählung nicht begangen worden. Er las den Presseartikel über die Düngung des Perlenbachs zu Ende.

„Bürgermeister Angermann und Kriminalhauptkommissar Wunderlich gaben gegenüber unserer Zeitung bereits eine Stellungnahme ab. Demnach laufen die Ermittlungen der Polizei auf Hochtouren. Die Stadtverwaltung erklärt, sie werde sich keiner Erpressung beugen, und bittet die Bevölkerung um Mithilfe beim Schutz der Rehauer Gewässer und der Ergreifung der Täter. Unsere Zeitung hat sich an den Stammtischen der Rehauer Gaststätten umgehört. Dort ist man zuversichtlich, dass alles ein gutes Ende nehmen wird. Die Bürger sind alarmiert und bereit, ihren Beitrag zur Erhaltung der Gewässergesundheit zu leisten. Hier einige Zitate."

Einspaltig rechts daneben prangten einige passbildgroße Porträts mit den Aussagen der Fotografierten als Bildunterschrift.

„Wir Rehauer werden eine Frankenwehr gründen und die Täter dingfest machen. – Horst Schmarrer."

„Der Bund Naturschutz wird jede einzelne Flussperlmuschel Tag und Nacht bewachen, wie bei der Krötenwanderung. – Herbert Grünling."

„Wir von der Feuerwehr stehen bereit, um notfalls das schädliche Wasser rund um die Uhr abzupumpen. – Heinz-Peter Brenner."

Beierlein las noch ungefähr zehn weitere Statements, wobei sein typisches „Hehehehe!" immer lauter wurde und immer mehr „He's" sich aneinanderreihten – übersetzt hieß das, dass die Aussagen immer alberner wurden.

Er glaubte das Ganze sowieso nicht. Er war sich sicher: Irgendjemand wollte den ahnungslosen Investor Isaak gründlich hereinlegen und für eine Verschwörung in Rehau benutzen. Mochten die Zahlen, die er für falsch gehalten hatte, nun doch korrekt und die Verschmutzung des Perlenbachs eine Eintagsfliege sein: Irgendein Detail sagte ihm dennoch, dass die Erfolgsstory der Flussperlmuschel erstunken und erlogen war. Das würde er herausfinden, und zwar um jeden Preis.

Kapitel 39

„Die ist bis Freitag dageblieben, da läuft sie uns am Wochenende auch nicht weg“, hatte Wunderlich seinen Kollegen noch mit auf den Weg gegeben, nachdem er Susanne Beierlein erst für Montag in die Polizeidienststelle einbestellt hatte. Am Sonntag wollte er zunächst das Angenehme mit dem Nützlichen verbinden und Gerch Mackert befragen. Angenehm war das insofern, als der 2. FC Rehau ein Heimspiel hatte, man Vereinschef Mackert folglich in der „Poly-Lounge“, dem VIP-Bereich des Stadions, besuchen und während einer Unterhaltung das Spiel ansehen konnte. Nützlich sollte es werden, da sich der Kommissar vom Großunternehmer erhoffte, Auskünfte über dessen Geschäftsgebaren zu bekommen. Die würde ein Mann wie Mackert natürlich niemals geben – außer es handelte sich, wie in diesem Fall, um einen alten Bekannten.

Es war wirklich erstaunlich, welche Vorteile es hatte, seinen Beruf in seiner eigenen Heimatstadt auszuüben, wo man alle, die auch nur im Geringsten wichtig waren, schon seit Schulzeiten kannte. Aber das sollte Wunderlich in diesem Fall nur sehr kurz von Nutzen sein.

„Servus, Gerch“, begann er das Gespräch in der VIP-Lounge, „schön, dass du Zeit gefunden hast.“

„Aber für dich doch immer, bist schließlich mein Lieblingsbulle“, gab der mit seiner tiefen, sonoren Stimme jovial zurück. „Außerdem will der Trainer den Spirelli erst zur Halbzeit bringen, und was soll ich mir jede Minute von dem Gekicke meiner übrigen Superhelden anschauen. Also – was gibt’s?“

„Tja, ich weiß nicht, wie ich am besten anfangen soll. Sagen wir so: Es gibt Gerüchte, dass im Naturschutzgebiet Heinersgrund groß gebaut werden soll.“

„Etzerd geh! Wo hast’n des her?“

„Sagen wir, es ist zufällig bekannt geworden. Und was noch dazukommt: Dabei ist dein Name gefallen.“

Mackerts Blick schwankte eine ganze Weile zwischen Erstaunen und Amüsiertheit hin und her. In breitestem Rehauer Tonfall, wie es der Gelassenheit eines großen örtlichen Geschäftsmannes angemessen war, holte er schließlich aus:

„Do sicht mer widder amol, wos sedda Gerüchte wert senn: gor nix.“

Wunderlich neigte den Kopf zur Seite und legte die Stirn in Falten. Sein ganzer Gesichtsausdruck sagte: „Komm, Gerch, erzähl' mir doch nichts …“ Mackert war aber noch gar nicht fertig.

„Des Gerücht is nämlich die reina Halbwohret. Wahr ist, dass *MackertWind* dort mit einem Partner ein großes, tolles Projekt für die Stadt plant. Was aber überhaupt nicht stimmt, ist, dass dort dann noch ein Naturschutzgebiet sein wird.“

Wunderlich lächelte teils zufrieden, teils überrascht, teils besorgt.

„Du gibst also zu, dass du dort auf dein Grundstück mit einem arabischen Investor einen *JoyPark* hinstellen willst?“

„Geh, was gibt's denn da zuzugeben? Das ist doch alles ganz legal. Als zweitgrößter Steuerzahler dieser Stadt habe ich eine besondere Verantwortung für unser Gemeinwesen. Da ist es mir eine Ehre, mit unserem großen ausländischen Partner, der obendrein noch unseren stolzen 2. FC Rehau unterstützt, Investitionen und wirtschaftliche Blüte in unsere Heimat zu holen.“

„Indem du den Stadtrat kaufst, um das Naturschutzgebiet aufzuheben, und ein umweltverschmutzendes Wellness-Hotel bauen lässt?“

„Also etzerd musst aweng vorsichtich saa“, mahnte Mackert mit herablassend-väterlichem Blick den Kommissar. „Des tät' ja bedeuten, dass ich die demokratische Willensbildung des Volkes untergraben würde. Des wär ja ein Skandal.“

Wunderlich musste sich jetzt schwer zusammenreißen, um sich nicht lachend, ach was, japsend auf den Boden zu werfen.

„Wunderlich, jetzt mach' ich mir Sorgen, dass du ein ganz falsches Bild von mir hast. Des müss' mer bereinigen. Also, erstens wird der *JoyPark* ganz klar die höchsten deutschen Umweltstandards erfüllen. Da hab' ich das Ehrenwort von Scheich Isaak."

Wunderlich erinnerte sich dunkel daran, den Begriff „Ehrenwort" schon einmal vor einigen Jahren, es musste wohl 1987 gewesen sein, in der deutschen Politik vernommen zu haben. Und dass der Begriff sich, ebenso wie der Landesvater, der ihn aussprach, leider als nicht gerade übertrieben langlebig herausgestellt hatte.

„Und zweitens: Mal angenommen, du hättest erfahren, dass ich einen oder mehrere Stadträte über das Projekt informiert habe. Was du eigentlich gar nicht wissen könntest, oder habt's einen Durchsuchungsbeschluss bei einem von denen?" Er grinste mit hochgezogenen Augenbrauen. „Dann würde ich das doch nur tun, um dem Stadtrat die Möglichkeit zu geben, sein vom Volke bestimmtes Amt auszuüben: Suchet der Stadt Bestes."

Wunderlich lächelte süffisant. „Mmh. Und was ist mit dem Foto von Wolk und seiner Freundin?"

„Also da fragst mich jetzt zu viel." Mackert zuckte mit den Schultern. „Von einem Foto weiß ich nix."

„Wir werden sehen", kommentierte Wunderlich, der die Antwort schon erwartet hatte. Das Foto war, im Hinblick auf die Handschrift auf seiner Rückseite, gerade bei der graphologischen Untersuchung. „Oh, Halbzeit. Kommst du mit an die frische Luft? Ich muss dich noch was anderes fragen."

Gerch geleitete ihn mit einer einladenden Handbewegung aus der VIP-Lounge auf den Rasen. „Du darfst selbstverständlich alles fragen. Ich habe nichts zu verbergen."

„Also, lassen wir mal dahingestellt, wie intensiv deine Überzeugungsarbeit bei Uli Wolk war. Aber glaubst du, er könnte etwas gegen dich haben?"

„Wieso? Du meinst … der Bombenanschlag?!"

„Und deine sogenannte Reifenpanne."

Mackert war jetzt ehrlich überrascht, was an seinem gönnerhaften Ton aber noch nichts änderte.

„Ich bin ja schon froh, dass du nicht genau wie dieser Klatschreporter behauptest, ich würde da selber dahinterstecken. Aber du kennst mich – du weißt, ich habe im Stadtrat nur Freunde. Nichts als …"

„Runter! Schnell!" Wunderlich riss ihn schreiend zu Boden.

Vom Eintreffen der ersten Information in Wunderlichs Gehirn bis zu seiner Reaktion waren genau zwei Sekunden vergangen. Zu Beginn dieses Zeitraums hatte er nur etwas Seltsames aus dem Augenwinkel bemerkt: Ein Grasbüschel war plötzlich davongestoben. Das aber konnte eigentlich nicht sein, denn es war windstill und außer ihnen beiden waren weder Mensch noch Tier in der Nähe. Eine dreiviertel Sekunde später hörte er das Pfeifen. Der Schall war langsamer gewesen als die Kugel selbst und endete mit dem dumpfen „Plopp", mit dem sich das Projektil etwa einen halben Meter neben Mackert in den Rasen gebohrt hatte. Eine weitere dreiviertel Sekunde später, schon im Fallen, sah er das Loch im Rasen und die Richtung, aus der die Gewehrkugel gekommen sein musste. Und weitere fünf Zehntel später hatte er Mackert auf dem Boden, hinter der Hauswand, neben der sie gerade gestanden hatten. Der sah den Kommissar mit leblosen Augen an.

Ein zweiter Schuss peitschte in den Rasen, zwischen die Menge, die Wunderlichs Aktion bis dahin nicht zu deuten wusste. Nun brach die Hölle los. Überall um sich herum hörte der Polizist jetzt Getrampel, Schreie, Wortfetzen.

„…anschlag!" – „… zeigen, dass sie überall zuschlagen können …" – „… um euer Leben!" – „… nirgendwo sicher …" „… Gott, steh uns bei …" – „Weg, weg!"

Mackerts Blick war nur dem Schock geschuldet. Sie waren beide unverletzt und bei vollem Bewusstsein. Die Füße jedoch befanden sich noch immer im Schussfeld. Prompt folgte der dritte Schuss, der mit lautem Knall in die Hauswand einschlug, und ein vierter, der Mackerts

Bein getroffen hätte, hätte Wunderlich ihn nicht soeben die letzten rettenden dreißig Zentimeter hinter die Deckung gezogen.

Eine in Rehau noch nie dagewesene Panik griff auf dem Fußballplatz um sich. Kinder verloren im Gedränge ihre Eltern und beide schrien sich, einander suchend, die Seele aus dem Leib. Menschen stürzten und heulten auf, mehr der Überraschung als einer Verletzung wegen. Es war ihnen nun alles klar! Die zweitausend Zuschauer waren sich nach der Bombe auf dem Maxplatz und dem, was hier ablief, sicher, dass ihre Stadt das Ziel von Terroristen geworden war. Warum auch immer. Sie suchten verzweifelt Schutz.

„… Katastrophe!" – „… alle sterben!" – „Mama, mein iPhone!"

Aber es gab noch Wunder. Und wie durch ein solches schien die Sache so zu laufen, dass die Menschen durch ihre Todesangst gleichmäßig in alle vier Himmelsrichtungen auseinanderstoben und so zum Glück schnell vorankamen, dorthin, wo jeweils rettende Mauern warteten: im Osten die Filiale von *PolyWorld*, gegenüber im Westen die *Licht&Faser AG*, südlich davon das Jugendlokal „Teestumm", in dem Wunderlich selbst viele schöne Abende seiner zwanziger Jahre verbracht hatte. Und im Norden des Stadions natürlich das FC-Gebäude selbst. Dass auf einem der betreffenden Dächer der Schütze gestanden haben musste, war zu diesem Zeitpunkt blindester Angst niemandem bewusst. Es sickerte erst in die Köpfe, als kein Schuss mehr fiel, und zunächst vergrößerte es in der nun unheimlichen Stille nur noch die dumpfe innere Panik. Diese wich erst dann einer ohnmächtigen Wut, als klar wurde, dass der Täter wohl ebenso unerkannt, wie er erschienen, im allgemeinen Trubel wieder entkommen war.

„Also gut, Gerch", flüsterte Wunderlich, nachdem er hektisch telefoniert hatte und sie beide, nahezu reglos in Deckung bleibend, auf das SEK warteten, „jetzt glaub' ich dir zumindest, dass du das hier nicht selber inszenierst. Und sobald wir hier raus sind, überlegst du dir schleunigst, wo du Feinde haben könntest."

Kapitel 40

Raschid Isaak hatte Beweise gefordert. Die sollte er bekommen. Da war Frank Beierlein fest entschlossen.

Jörg Albrecht wohnte in der „Geierloh", einem Neubaugebiet, das seit den achtziger Jahren beständig wuchs und sich im Gegensatz zum Stadtkern, welcher unten im Schwesnitzgrund lag, auf einem Hügel entwickelt hatte. Von hier oben konnte man, erst recht, wenn man wie Albrecht sein Einfamilienhaus in nahezu unverbaubare Lage gebracht hatte, die ganze Stadt überblicken bis hinüber zum Hausberg, dem Kornberg, und weiter ins Fichtelgebirge hinein. Der oberste Teil des Hügels war auch der neueste und fühlte sich an wie ein Ausstellungsgelände, nur ruhiger und deutlich weniger chaotisch organisiert. Hier gab es jedes Einfamilienhaus der Welt. Kein Gebäude glich auch nur ansatzweise dem anderen. Jeder Meter Straße, den man hier oben entlangspazierte, präsentierte dem Betrachter ein Einzelstück. Es empfahl sich nicht nur deswegen, zu Fuß zu gehen, besonders spätabends. Zum einen konnte man so die Grillen vom nahen Feld zirpen hören und die sanfte Brise in der lauen Abendluft auf der Haut spüren. Zum anderen fuhr man dann auch nicht mit Tempo 30 versehentlich Straßen entlang, die unvermittelt auf eben diesem freien Feld endeten, weil sie nämlich der Reihe der Neubauten folgten und nicht, wie in manch anderer Kommune, auf Jahre hinaus unnütz in die Pampa getrieben wurden. Unternahm man hier also einen zutiefst entspannenden Fußmarsch durch Bau-Expo und Natur, dann hatte man das Gefühl, dass jeder beliebig ausgewählte Architekt auf diesem Planeten in der Geierloh ein Referenzobjekt stehen hatte. Täglich schien ein weiteres hinzuzukommen. Woche für Woche gingen hier neue Lichter an.

„Erstaunlich für eine Gegend, in der angeblich schon lange die Lichter *aus*gehen", dachte sich Beierlein sarkastisch und brach innerlich einmal mehr in überlegenes Gelächter aus über die, wie er zu sagen pflegte, „Sternstunden des Journalismus“, die Hochfranken regelmäßig eine Infrastruktur wie auf dem Mars unterstellten. Noch ganz in Gedanken drückte er den Klingelknopf und benötigte eine Weile, um zu bemerken, dass nichts passierte.

Sein Freund Jörg Albrecht war nicht zu Hause. Und das sollte das nahende Ende von Beierleins hellem und aufgeräumtem Zustand bedeuten.

Nun gut, es war Wochenende und Anfang Juli. Albrecht würde wohl auf einer seiner teilweise halsbrecherischen Mountainbike-Touren am Kornberg unterwegs sein. „Muss man auch erst mal fertigbringen, auf der Abfahrt von einem nur 827 Meter hohen Gipfel zünftig zu beschleunigen“, wunderte sich Beierlein immer wieder. Oder aber Albrecht war zu einer Extraschicht in der Firma – obwohl er trotz seiner Führungsposition bei *PolyWorld* nicht zum *workaholic* neigte. Wie auch immer, es war schade. Beierlein hatte sich vorgenommen, mit der Beschaffung von Isaaks Beweisen bei seinem Chemikerkumpel zu beginnen. Der würde ihm sicherlich den Zusammenhang zwischen der Explosion der Muschelbestände und den Schadstoffen im Fluss präzise erklären und vielleicht sogar eine schriftliche Expertise fertigen können. Beierlein glaubte, anders als sein Chef, fest daran, dass der vermeintlich einmalige chemische Erpressungsversuch weder eine Erpressung noch einmalig gewesen war.

Nachdem er ein weiteres Mal geläutet hatte, war er während des erfolglosen Wartens so ins Sinnieren gekommen, dass er Albrechts Garage betrat. Diese stand nämlich offen und hatte in der Rückwand eine große, ebenfalls geöffnete Tür, so dass man quer durch den Raum hinaus auf die Stadt und den Kornberg blicken konnte. Ein weißblauer Himmel war ans Dach der Welt gemalt worden und unter ihm thronten sattgrüne Wälder, so weit das Auge reichte. Solche Blicke zogen Beierlein magisch an.

In diesem Augenblick hatte er nicht die leiseste Ahnung, dass in weniger als zehn Sekunden sein innerer Magnet in eine völlig andere

Richtung abgelenkt werden und in weniger als einer Minute sein gesamtes Weltbild in sich zusammenfallen würde.

Er machte nur einen einzigen Schritt in die Garage und auf den wunderschönen Weitblick zu. Das war der letzte Schritt, den er an diesem Tag vorwärts tat. Denn dann sah er aus dem Augenwinkel den Karton. Neugierig griff er hinein.

Es war unfassbar.

Das offene Behältnis enthielt lauter kleine Teilchen. Eins sah exakt so aus wie das andere. Das war auch kein Wunder, denn wenn man sie berührte, spürte man, dass sie aus Kunststoff waren. Es waren industriell gefertigte Massenprodukte. Mit ihrer seltsamen Form konnten sie für den auswärtigen Betrachter alles Mögliche sein: Dichtungsringe für die Borddusche des Space Shuttle. Spezialöffner für die EPO-Portionen von Radprofis. Schraubenzieher für Außerirdische oder – was nach der Meinung mancher Oberfranken auf dasselbe hinauslief – für Bewohner des südlichen Nachbarbezirks. Für den Natur- und Heimatfreak Beierlein hingegen war die Sache erschreckend klar, zumal er zufällig auf einem oder zwei der in die Hunderte gehenden Exemplare eine vertraute Inschrift erkannte:

„MADE IN TAIWAN".

Beierleins Gesichtszüge durchlebten dieselbe Verwandlung, die man in einem Naturfilm in der Zeitrafferszene einer welkenden Blume beobachten konnte. Es waren Flussperlmuscheln. Nachgemachte fünfjährige Flussperlmuscheln. Täuschend echt, mit leicht geöffnetem Spalt, so wie sie gesund und munter im Kiesbett der Flüsse liegen würden. Er brauchte noch etwa eine Viertelminute, bis er begriffen hatte. Was Jörg Albrecht als Kinderspielzeug aus Fernost bezeichnet hatte, war in Wirklichkeit offensichtlich gezielt nach Rehau eingeführte Massenware. Einer seiner besten Freunde hatte ihn nach Strich und Faden belogen und war in einen Fälschungsskandal verwickelt, wie ihn die Region noch nie erlebt haben dürfte.

Beierlein war im Schockzustand. Wie ein angeschlagener Boxer taumelte er rückwärts durch die Garage. Der Kornberg direkt vor seinen Augen war für ihn nicht mehr existent. Selbst wenn neben ihm ein Martinshorn losgegangen wäre, er hätte es nicht gehört. Er nahm nichts mehr um sich herum wahr. Seine Ohren wirkten wie durch ein Störgeräusch außer Betrieb gesetzt, seine Finger waren taub und seine Augen sahen kaum mehr als tanzende Irrlichter. Fahrig starrte er ein letztes Mal auf den Karton – und bemerkte trotz seines Blackouts prompt doch noch ein Detail. Er konnte es nicht einordnen, es fiel ihm nur auf, weil er sich wunderte, was der Name, den er las, damit zu tun haben sollte.

Es war die Adresse, die außen angebracht war. Dort stand: „Ulrich Wolk, Schönlind".

Das Erdbeben nahm seinen Lauf.

Kapitel 41

Der Montag in der zweiten Woche, nachdem Beierleins Leiche entdeckt worden war, war der Tag, an dem Edmund Angermann zum B-Promi wurde. Nicht, dass für einen Politiker die überregionale Bekanntheit in Funk und Fernsehen eine besonders unangenehme Vorstellung hätte sein können – aber auf diese Form der Bekanntheit war der Bürgermeister von Rehau nun doch weder erpicht noch gefasst gewesen. Gleichwohl, er hatte seine Pflicht zu tun.

Erschwert wurde diese noch durch die Terror-App, den neuesten Gag für Smartphones, bei dem sich Zeugen von Terroranschlägen weltweit vernetzen konnten, um Fotos und vor allem digitale Karten mit genauen Positionen vom Schauplatz der aktuellsten Attentate auszutauschen. Verlinkt war dies mit den Anreise- und Übernachtungsmöglichkeiten. Sogar die Info, ob beide durch den Anschlag eingeschränkt waren, war verfügbar. So ausgerüstet machten sich die Nutzer der App dann in Scharen auf den Weg dorthin, vorgeblich, um wie in einer Selbsthilfegruppe ihre Solidarität mit den örtlichen Opfern zu beweisen. In Wahrheit war ihre Solidarität gewöhnlicher Voyeurismus. Es waren schlicht Schaulustige, die das soziale Netzwerk für idiotische Aktionen missbrauchten. Das schien ohnehin einer seiner Hauptzwecke zu sein.

„Die Kriminalpolizei geht nach jetzigem Stand der Ermittlungen davon aus, dass es sich bei der Bombe auf dem Maxplatz und den Schüssen auf dem Fußballfeld um ein und denselben Täter handelt, der es offenbar auf ein angesehenes Mitglied unserer Bürgerschaft abgesehen hat“, sprach Angermann in die Mikrofone von Hochfranken-TV, Radio Nordbayern und des Frankenblattes und wiederholte damit, was er eine Stunde zuvor schon dem Bayerischen Fernsehen und den Redakteuren der Süddeutschen Allgemeinen und der Frankfurter Zeitung mitgeteilt hatte.

„Der Betreffende steht natürlich inzwischen unter Polizeischutz", fuhr Angermann fort, was – für ihn ungewöhnlich – eine Lüge war. Denn Gerch Mackert war Mitglied im „Netzwerk bedeutender Unternehmer", einer wichtigtuerischen Organisation, die einen Pool an Personenschützern beschäftigte für den Fall, dass einer ihrer unersetzlichen Wirtschaftsführer darauf zugreifen musste. Dies tat Mackert nun und wurde rund um die Uhr von drei Superhelden bewacht. Was er mehr genoss als fürchtete, da er sich nun noch wichtiger und noch unersetzlicher vorkommen durfte.

Mehr noch als die Lüge ging Angermann aber der Satz auf die Nerven, den er als Nächstes sagen musste.

„Für die Bevölkerung hat zu keinem Zeitpunkt eine Gefahr bestanden."

„So ein Schmarrn", dachte er sich. „Wenn zwanzig Meter neben mir eine Bombe explodiert oder auf den Typen neben mir geschossen wird, dann fühle ich mich bestimmt total beruhigt davon, dass ich nicht gemeint war." Niemand auf der Welt, der nicht zwei Kilo Gras geraucht hatte, glaubte irgendwem diesen legendären Satz. Angermann erinnerte sich an ein Filmzitat aus einem Weltuntergangsszenario: „Genau dann, wenn sie sagen, es besteht keine Gefahr – genau dann musst du sofort abhauen!" Wäre es alles nicht so ernst gewesen, er hätte Tränen gelacht.

„Beide Attacken galten offenbar einer Einzelperson und nicht den Bürgerinnen und Bürgern unserer Stadt."

Man möge also seinen normalen Geschäften nachgehen, aber zugleich wachsam sein und jede verdächtige Beobachtung natürlich der Kripo in Rehau melden, schloss das Stadtoberhaupt seine Ausführungen.

Derjenige, dem diese Anmerkung Dutzende Anrufe mit bemerkenswerten Beobachtungen bescheren würde – „mein Hund hat heute den Postboten besonders stark angeknurrt, das ist bestimmt der Täter" –, saß derweil hinter seinem Schreibtisch und starrte auf das Resultat der KTU, einen gewissen Zettel betreffend. Hinter dem

Kürzel verbarg sich die Kriminaltechnische Untersuchung, und der Zettel, den sich die Laborkollegen vorgenommen hatten, war natürlich der, den man bei Beierleins Leiche gefunden hatte.

Durch das Ergebnis lösten sich Ulrich Wolks Probleme praktisch in Luft auf.

„U L I“ hatte darauf gestanden, aber Wunderlich und Angermann hatten ja bereits bei seiner Entdeckung die merkwürdige Anordnung der Buchstaben bemerkt. „U“ oben und „LI“ darunter und rechts versetzt. Ganz unten noch Wolks Telefonnummer, die 7444. Man hatte nun den Zettel eingescannt, nachbearbeitet und dadurch sichtbar gemacht, was eigentlich darauf gestanden hatte.

BURJ KHALIFA, TICKET NO. 7444.

Im selben Moment betrat Polizeiobermeister Peter Dittrich, den Wunderlich mit einigen Recherchen beauftragt hatte, den Raum. „Chef, Sie werden nicht glauben, wo der Beierlein vor ein paar Monaten war.“

„In Dubai“, antwortete Wunderlich trocken und sah in das fassungslose Antlitz seines Kollegen.

„Wieso, ääh … ich meine, woher …“

Wunderlich reichte ihm den wiederbelebten Zettel. „Aber mehr weiß ich auch nicht“, beruhigte er Dittrich, der seine Arbeit schon als für die Katz’ betrachten wollte, und ermunterte ihn zu einem detaillierten Bericht. Demnach hatte Frank Beierlein im Juni laut Angaben seines Arbeitgebers, der Unteren Naturschutzbehörde, ungewöhnlicherweise außerhalb der Ferienzeit Urlaub genommen. Dittrich hatte dann auf gut Glück im Rehauer Reisebüro nachgehakt und prompt einen Treffer gezogen.

Bevor sich Wunderlich am Abend wieder mit seinem ermittelnden Rathauschef traf, musste er auf einem langen Spaziergang erst einmal die Dramatik der Ereignisse verdauen. Er marschierte aus der Dienststelle der Kripo geradewegs nach links hinaus und folgte stadtauswärts dem Lauf der Gleise bis zur Eselsbrücke, wo er die Bahnlinie überquerte und in einer scharfen Rechtskurve wieder Richtung Stadt abbog, um sich sogleich erneut nach links zu wenden auf die Bourgoin-Jalieu-Brücke, die, benannt nach Rehaus langjähriger französischer Partnerstadt, seit 1987 die „Rennstrecke“ freigab, Rehaus stadteigene Umgehungsstraße. Das Rennen beschränkte sich freilich auf Tempo 60, aber wer es hier eilig hatte, war sowieso selbst schuld: Unter einem floss friedlich der Perlenbach, vom Heinersgrund kommend, durchs Grün, linksseitig der Straße befanden sich Pferdekoppeln und eine Schafherde, und vor sich konnte man einmal mehr den Kornberg erblicken. Entschleunigung auf einer Ringstraße – wo sonst außer in Kleinstädten gab es das? Wunderlich bog am Klinikum erneut stadtauswärts ab und durchwanderte die Dürrenlohe, eine Schrebergartenkolonie, in der an einem warmen, klaren Herbstnachmittag geschäftiges Treiben herrschte. Unterwegs stoppte er immer wieder an den Stationen des „Philosophenwegs“, einer Sammlung von in Wegetafeln gegossenen Grundgedanken über den Sinn des Lebens, die Welt und die Menschen, wobei Letztere – das war das Besondere hier – ganz basisdemokratisch die wechselnde Bestückung gestalteten, da die Sprüche über ein Webformular geschickt und vom Betreiber regelmäßig ausgetauscht wurden. Diese „Philosophie von und für jedermann“ hatte Wunderlich in der kurzen Zeit ihres Bestehens bereits unendlich viele Denkanstöße für seine Fälle gegeben. Nicht zuletzt, weil einem umringt von Gärten, Wiesen und Feldern die Worte beträchtlich ungehinderter vom Auge in die Seele strömen konnten als im Stau am Autobahnende in München-Schwabing. Sein Lieblingsspruch hier war ein Rilke-Zitat: „Wenn man die Fragen lebt, lebt man vielleicht allmählich, ohne es zu merken, eines fremden Tages in die Antworten hinein.“ Nichts hätte Alltag und Motivation seines Berufes, und nicht selten auch seines Privatlebens, treffender beschreiben können. Er pflegte den Rundgang daher auch Menschen mit anderen Berufen stets wärmstens zu empfehlen.

Seine Wendemarke war eine Baumgruppe, die nach dem Ende der Schrebergärten, inmitten des Hangs unterhalb der Fohrenreuther

Pferdekoppeln, majestätisch über das Rehauer Südende wachte und an der er schon in Jugendtagen unendlich oft gestanden und nachdenklich talwärts geblickt hatte. Die Bäume hatten von hier aus den Bau der Ringstraße genauso verfolgt wie den der Autobahn A93 und die Entwicklung des Neubaugebietes „Am Schild“ ins Stadtbild hinein. Und sie würden hier noch stehen, wenn er schon längst auf dem Friedhof gegenüber der Pfarrkirche St. Jobst liegen würde. Wunderlich hatte eine Art melancholischen Respekt vor dem Wäldchen und empfand es als eine Art immer bleibenden Freund.

Am Abend in der Fränkischen Krone klagten sich die Polizei und die Verwaltungsspitze gegenseitig ihr Leid.

„Dass ich so was erleben muss“, begann Bürgermeister Angermann. „Suchet der Stadt Bestes, das ist mein Lebensziel – nicht: Eine Stadt sucht einen Mörder.“

„Du hast deine Sache gut gemacht“, korrigierte ihn Wunderlich. „Wir Normalbürger denken uns oft, was reden Politiker für einen Schmarrn. Aber wenn es mal hart auf hart kommt, Katastrophen aller Art meine ich, dann verteidigen viele von euch ohne Zögern eure Städte, Landkreise und Menschen.“

Edmund Angermann tat der Blick von außen sichtlich gut. „Wie wahrscheinlich ist es denn noch, dass Wolk das alles war?“

„Ziemlich genau null Prozent.“

Von der nicht besonders großen Zahl war Angermann dann doch überrascht. Wunderlich berichtete ihm von dem lesbar gemachten Zettel und der Recherche seines Kollegen Dittrich.

„Das heißt, der Beierlein fliegt nach Dubai, kauft dort ein Ticket für den höchsten Turm der Welt – und weiter?“

In Wunderlichs Kopf hatte dieses „und weiter?“ vor zwei Stunden auch noch herumgelegen wie ein Faultier im Zoo. Es schien nicht zum Aufstehen zu bewegen zu sein, um den Baum der Erkenntnis hinaufzuklettern. Aber dann hatte es sich doch erhoben, und dieses Erlebnis wollte er seinem Freund nun natürlich auch nicht vorenthalten.

„Dubai. Klingelt's da nicht? Ich sage noch: Bauprojekt …"

Angermann fiel die Kinnlade herunter.

„Beierlein? Der Naturschützer hatte mit Mackerts *JoyPark* zu tun? War der etwa beim Investor Isaak?"

„Tja, das gilt es jetzt herauszufinden. Und vor allem – warum?"

Kapitel 42

„Ich fürchte, wir können zu Helden werden", eröffnete Beierlein mit frontalem Sarkasmus die Arbeitswoche nach seinem traumatischen Besuch in Albrechts Garage – nicht ahnend, dass gegen die folgenden dreißig Minuten der Untergang der Titanic wie ein Kindergeburtstag anmuten würde. Hopperdietz, der seinerseits noch nicht wusste, dass ihm dabei die Rolle der Naturkatastrophe zukommen würde, sah ihn ob des offensichtlichen Widerspruchs zugleich entgeistert und neugierig an. Beierlein fuhr ungerührt fort:

„Naturschutzbehörde entdeckt größten Fälschungsskandal seit der Mondlandung!"

Hopperdietz wusste, dass sein Mitarbeiter zum Spaß Verschwörungstheorien entwickelte. Ob das gerade wieder passierte und ob es sich auch auf die Mondlandung selbst bezog, war ihm nicht ganz klar. Also lauschte er weiter.

„Großunternehmer, Chef der ‚Bürger für Rehau' und Chemiker eines Großkonzerns türken Flussperlmuscheln. Behörde deckt Betrug an arabischem Investor und damit Bauskandal auf."

Jetzt hatte er Hopperdietz' ungeteilte Aufmerksamkeit.

„Sagen Sie das noch mal!"

„Unsere Erpresser und ihr Dünger sind für die Geschichte hier vielleicht unwichtig, aber leider ist trotzdem alles eine große Illusion. Weil die sogenannten Flussperlmuscheln nämlich überhaupt nicht echt sind."

Er berichtete in allen Einzelheiten von seinem Besuch bei Jörg Albrecht und dem Auffinden der taiwanesischen Möchtegern-Muscheln.

In den zwei Minuten, in denen Beierlein seine Geschichte erzählte, ging in Hopperdietz eine bemerkenswerte Verwandlung vor, die in ihrem Umfang dem beklagenswerten Schicksal des Gregor Samsa in nichts nachstand, welcher – so erzählte es der Schriftsteller Kafka – eines Morgens als Käfer erwachte, obwohl er doch ein Mensch gewesen war, welcher sich treu um Eltern und Schwester sorgte. Hopperdietz wurde vom perfekten Chef zum Berserker. Als Erstes lief er rot an wie eine Hollandtomate. Zugleich erreichten seine Augen die Größe einer mittleren Pizza. Unmittelbar darauf begann er zu zittern. Es war nicht aus Unsicherheit oder weil sich das Alter bemerkbar machte. Es war dieses Zittern, das die Erdoberfläche in einem Nationalpark bewegte, kurz bevor der Vulkan ausbrach, dessentwegen dieser Nationalpark überhaupt errichtet worden war.

Hopperdietz brach aus. Ein Donnerschlag aus heiterem Himmel erschütterte den Frieden des Büros. Der ganze Raum bebte. Holz splitterte, als seine Faust krachend auf den Schreibtisch einschlug.

„Dem hau ich die Rübe vom Hals! Dieser Hundskrüppel, dieser traurige! Das wird er büßen! Skandaaaaaaaal!"

Frank Beierlein und die beiden Kollegen, die mit Frank das Büro teilten, waren in volle Deckung gegangen. Über ihre Köpfe hinweg schossen weitere Holzsplitter, die von Hopperdietz' nächsten zerstörerischen Schlägen auf die Tischplatte herrührten. Mit bangem Blick linsten sie aus dem Fenster nach Süden und fragten sich, ob das wohl das letzte Mal gewesen sei, dass sie das Fichtelgebirgs-Dreigestirn aus Schneeberg, Ochsenkopf und Waldstein von der Erde aus bewundern konnten. Andererseits – bestimmt war es vom Himmel aus auch nicht zu übersehen, um nicht zu sagen Teil des Paradieses.

Aber Hopperdietz ließ sie am Leben. Als seine Energie nachließ, hörte er auf, Möbel zu zertrümmern, und verfiel stattdessen in ein schwächer und schwächer werdendes Schnauben, in das sich wüste Drohungen mischten.

„Das wird er mir büßen! Jetzt zeige ich ihn an!"

Beierlein wagte als Erster eine zaghafte Äußerung.

„Ähm, Chef – hab' ich was Falsches gesagt?"

„Nein", stöhnte Hopperdietz, „nur etwas sehr Enttäuschendes. Ich hatte ihn schon länger im Verdacht."

„Wen – Albrecht?“

Hopperdietz nickte mit fest zusammengepressten Lippen. „Er ist ein Kunststoff-Fanatiker und hat uns schon früher mal mit nachgebauten Pflanzen zum Narren halten wollen. Das konnten Sie nicht wissen, da waren Sie noch nicht hier. Aber dass er so weit geht …“

Seine Gesichtsfarbe normalisierte sich allmählich. Der Vulkan erlosch und gab den Platz wieder für den Nationalpark frei – oder was davon übrig war.

„Wenn einer zum Spaß das wichtigste Naturschutzprojekt im Landkreis seit zwanzig Jahren sabotiert, dann brennen mir die Sicherungen durch. Bitte entschuldigen Sie meinen Ausbruch. Beierlein, es tut mir leid, aber auch wenn er Ihr Freund ist: Ich werde morgen zu *PolyWorld* gehen und seine Vorgesetzten über sein Treiben informieren müssen. Die Muschelkopien nehme ich gleich mit, denn ich bin sicher, er hat das Rohmaterial bei seinem Arbeitgeber unterschlagen.“

„Mmh“, murmelte der Angesprochene. Er wusste, dass es die einzige Möglichkeit war. Das Bild, das er von seinem Freund Albrecht hatte, war in den letzten Tagen dramatisch verändert worden. Er hatte mit der Freundschaft bereits abgeschlossen, bevor er Hopperdietz von der Sache in Kenntnis gesetzt hatte, und sich damit abgefunden, dass er Albrecht wohl nie wiedersehen würde.

Aber das war noch nicht dramatisch genug. Denn Beierlein irrte sich.

Kapitel 43

Wunderlich war zwar oft sehr nachdenklich und auch gerne pessimistisch, aber trotzdem im Grunde seines Herzens ein konstruktiver Mensch. Er war also der festen Überzeugung, dass nicht der *gesamte* bayerische Justizapparat ein verfilzter, korrupter Haufen war, dessen Mitglieder permanent in Verbrechen verstrickt waren. Aus diesem Grunde hatte er instinktiv beschlossen, sich mit Susanne Beierlein an diesem Dienstagvormittag zunächst nicht wie mit einer gewöhnlichen Tatverdächtigen zu unterhalten, sondern auf Augenhöhe, sozusagen von Fachmann zu Fachfrau. Nach den Schüssen auf Gerch musste die Vernehmung am Montag ausfallen, und dabei war ihm die entspanntere Variante in den Sinn gekommen.

Er hatte sich mit der Staatsanwältin am Wasserhochbehälter der Stadtwerke Rehau verabredet, der zwischen den Dörfern Fohrenreuth und Pilgramsreuth an einem Wäldchen auf einer Anhöhe südlich der Stadt lag. Es war einer der schönsten Plätze, die der ganze Landstrich zu bieten hatte. Das Getreide ringsum war gerade frisch abgeerntet worden und zwischen den weiten, noch nach Heu duftenden Feldern konnte man sich für eine Inflation an grenzenlosen Ausblicken entscheiden, ein Naturpanorama auf 360 Grad. Der Blick nach Süden traf den Großen Kornberg und links davon die tiefen, endlos wogenden Waldgebiete, die als nördlichste Ausläufer das nahe Fichtelgebirge und auch den Böhmerwald ankündigten. Wandte man sich weiter nach Norden und Westen, so taumelten die Augen, betrunken von der unglaublichen Fülle der Landschaft, hin und her zwischen den unendlichen Höhen des Frankenwaldes, dem Überblick über die ganze Stadt und dem unmittelbar vor einem liegenden Dorf Pilgramsreuth mit der evangelischen Pfarrkirche, die als eine der schönsten Oberfrankens galt. Es war der Platz, an dem Wunderlichs halbe Masterarbeit in Kriminalistik entstanden war, auf den

Heimatbesuchen während des Studiums. Es gab wohl keine fünf Orte auf der Welt, an denen man besser denken konnte als hier.

Für Susanne Beierlein war der Fußweg zum Hochbehälter kurz, aber beschwerlich: Sie hatte am Freitagnachmittag, zwei Tage nach der Nachricht vom Tod ihres Mannes, einen Nervenzusammenbruch erlitten und befand sich daher zur stationären Behandlung in der benachbarten psychiatrischen Bezirksklinik. Da sie allmählich auf dem Weg der Besserung war, hatte sie allerdings freien Ausgang. Und so saßen Kommissar und Staatsanwältin nun auf der Parkbank vor dem Hochbehälter und hielten Kriegsrat über den Fall.

„Ich glaube nicht, dass Sie Ihren Mann ermordet haben, aber Beweise wären mir natürlich lieber, auch wenn ich dann erst einen Tatverdächtigen suchen muss."

„Ich weiß", seufzte die zierliche brünette Frau neben ihm, „wenn ich gegen mich selbst eine Anklage basteln müsste, wäre die Versuchung jetzt auch ziemlich groß. Ich nehme an, Sie wissen schon alles über meine privaten Probleme."

„Nun, ob es alles ist, kann ich nicht beurteilen, aber es reicht natürlich für den Gedanken an einen Indizienprozess", erwiderte Wunderlich das Seufzen und berichtete ihr, was er über sie in Erfahrung gebracht hatte. Das Häufchen Elend auf der Bank begann erneut zu schluchzen.

„Angefangen hat es alles mit einer dienstlichen Ermittlung in der Spielbank von Bad Steben", ergänzte sie Wunderlichs Wissen. „Ich sollte mit zwei Ihrer damaligen Kollegen einen tschechischen Großunternehmer hochnehmen, der am Roulettetisch zusammen mit einem bestochenen Croupier den großen Reibach machen wollte. Aber der war wohl gewarnt worden, und um beim vergeblichen Warten nicht aufzufallen, setzte ich selbst ein paar Jetons. Bizarre Geschichte: Ich habe auf vier Zahlen zugleich gesetzt, darunter die Neun. Dann schob ein anderer Spieler meinen Chip aus Versehen ganz auf die Neun, und ich schob ihn wieder zurück, ich wollte ja vier Zahlen, zur Sicherheit. Rien ne va plus. Und?"

„Neun, nehme ich an."

Sie nickte grinsend. „Neuf, Rouge, Impair, Manque. Jemand da oben treibt gern Scherze. Aber das waren ja immer noch achtzehn zu eins, und ab da ging es ganz schnell: Der verführerische Gedanke, das Haus schneller abbezahlen zu können. Das Jagdfieber. Die mondänen Ausflüge mit Uli Wolk nach Karlsbad. Wissen Sie, ehe Sie sich's versehen, sind Sie da mittendrin."

„Mmh, kenn ich sogar." Wunderlichs Großvater hatte sich ein Jahrzehnt lang an immer konfuseren Spielsystemen im Zahlenlotto verheddert und dabei eine nicht unerhebliche Menge Geld verbrannt.

„Aber was hilft's – ich muss jetzt dringend zusehen, dass ich jemanden auftreibe, der mich am Samstagabend gesehen hat."

Ein Handy gab den Klingelton der Titelmusik von „Miss Marple" wieder. Das war sein MMS-Signal. Typisch Wunderlich'scher Polizeihumor. Nur verhielt es sich diesmal so, dass er nicht im Geringsten lachen konnte, als er die MMS schließlich las. Er tat das genaue Gegenteil. Er schüttelte ungläubig den Kopf. Er legte die Stirn in Falten, schwieg eine Minute lang, wog sein Telefon hin und her, grummelte etwas Grüblerisches vor sich hin. Susanne Beierlein starrte ihn mit immer weiter aufgerissenen Augen an. In ihrem Zustand waren ihre Nerven zum Zerreißen gespannt.

„Was ist denn? Nun sagen Sie schon!"

Wunderlich musterte sie eingehend, um Zeit zu gewinnen, während er nach den richtigen Worten suchte.

„Also wie gesagt, ich glaube eigentlich nicht, dass Sie Ihren Mann ermordet haben. Und sicherlich überrascht es Sie nicht, dass wir das hier gefunden haben."

Er zog das Papierfoto aus der Tasche, welches sie und Ulrich Wolk beim Verlassen des Spielcasinos in Karlsbad zeigte.

„Das … ich wusste nicht, dass es davon ein Foto gibt", stammelte sie peinlich berührt. „Aber klar, wenn Sie gegen eine Spielerin ermitteln, ist die Überwachungskamera von Karlsbad nicht weit. Sei's drum." Sie schien erleichtert. Es war wohl nichts, was sie weiter belastete.

„Aber was Sie überraschen wird und auch mich soeben sehr überrascht hat, ist, dass wir *das* hier gefunden haben."

Er zeigte ihr das Foto, das ihm sein Kollege Peter Dittrich gerade gemailt hatte. Der Betreff lautete: „Fund bei der Wohnungsdurchsuchung der Susanne Beierlein."

Das Bild war der totale Schock.

„Ich bin sicher, Sie verstehen, dass wir als Ermittler die Form wahren müssen, auch bei Ihnen. Daher habe ich mir routinemäßig den Durchsuchungsbeschluss besorgt – in der sicheren Annahme, dass wir ohnehin nichts finden würden."

Die Waffe stand unverschlossen in der Garage, in der Dittrich sie gefunden und fotografiert hatte. Auf den ersten Blick war es ein G36-Gewehr der Bundeswehr.

„Sie wissen, dass vorgestern auf Georg Mackert ein Attentat, vermutlich mit einem Gewehr, verübt wurde?"

„Was? Ich … nein, ich lese in der Klinik nicht … Sie meinen … O Gott! Nein, das ist …"

Susanne Beierlein verfiel in die Panik eines Schneemannes, der morgens aufwachte und mit einem warmen, föhnigen Frühlingstag konfrontiert wurde. Wunderlichs Handy klingelte erneut, nun in „Columbo"-Melodie. Das war ein Sprachanruf. Er machte es kurz, schmerzlos und einheimisch.

„Peter? … Wos, die senn scho ferrdich? … Okay, und was hamm sa festg'stellt? … Verstehe. Also hammer a klaans Brobleem. Danke dir. Servus!"

Er wandte sich wieder der Staatsanwältin zu.

„Das war mein Kollege Peter Dittrich, der Ihre Waffe gefunden hat. Er erhielt soeben auch das Ergebnis der Ballistiker vom Anschlag auf Herrn Mackert. Wir haben mehrere Projektile im Rasen des Fußballplatzes gefunden sowie die zugehörigen Hülsen auf dem Dach der Teestumm. Kaliber 5,56 Millimeter. Bundeswehr-Munition für das G36. Frau Beierlein, das müssen Sie mir bitte sehr dringend erklären. Wenn aus dieser Waffe auf Herrn Mackert geschossen wurde, dann kann ich eigentlich schon nichts mehr für Sie tun." Noch immer mit kollegialem Tonfall schob er hinterher: „Bitte sagen Sie mir, dass das nicht wahr ist."

Mit allen möglichen Antworten hatte der Kommissar nun gerechnet. Nur nicht mit dieser, die in ihm nichts als Verwirrung zurückließ.

„Das ist nicht die Waffe, aus der auf Herrn Mackert auf dem Fußballplatz geschossen wurde", flüsterte sie so tonlos, dass Wunderlich sich hinüberbeugen musste, um sie zu verstehen. „Sie werden das schnell feststellen. Und dann werden Sie feststellen, dass ich trotzdem geschossen habe."

Kapitel 44

Er starrte auf die Plastikteile wie auf sein eigenes Todesurteil. Es *war* ein Todesurteil. Aber Simon hatte soeben beschlossen, dass es einen anderen treffen würde. Auf Umwegen hatte ihn das Päckchen gefälschter Muscheln erreicht. Das war das Ende. Es war bekannt geworden. Es ließ sich bei denen, die davon wussten, nicht mehr durch irgendeine Abenteuergeschichte erklären. Es gab nur noch eine Möglichkeit: Die davon wussten, durften nicht reden.

In diesem Moment kam ihm der rettende Gedanke. Er griff zum Telefon.

„Ich muss dir was beichten“, begann er das Gespräch, und dann erzählte er, wie sie tausende Flussperlmuscheln aus der Kunststoff-Verbindung Polyfantastan hergestellt und damit die gesamte Rehauer Öffentlichkeit betrogen hatten.

„Es geht um sehr viel Geld, das brauche ich dir ja nicht zu sagen. Und deswegen wollte ich dich fragen, ob du nicht sozusagen aus der Portokasse dafür sorgen könntest, dass diejenigen, die davon wissen, dieses Wissen auch für sich behalten.“

Die Antwort kam wie ein Flusspferd, das aus einem Transportflugzeug gestürzt war: Sie schmetterte Simon zu Boden.

„Iech glaab, du bist aweng wahnsinnig worn.“

„Äh … ich? Wieso …?“, stammelte Simon, aber nur aus Verlegenheit. Ihm war schrecklich klar, was der andere sagen wollte.

„Iech hobb eich g'socht, ihr sollt eich do a bissla bemüh'n, damit des Landratsamt kaa Gebläk midn Naddurschutz machen ko. Wer hodd'n wos gsocht vo' Fälschen und aa nuch dabei derwischen lossn?“

Simon vermutete, dass seinem Gesprächspartner das Erwischenlassen als die größere Sünde erschien. Er kannte Gerch Mackert ja schon eine ganze Weile. Der wurde jetzt förmlicher.

„Von mir als zweitgrößtem Steuerzahler unserer schönen Stadt Rehau erwartet die Bevölkerung zu Recht höchste Integrität. Dazu gehört es, das Gemeinwesen mit visionären Projekten nach vorne zu bringen. Davon möchte ich selbstverständlich auch den Stadtrat überzeugen, und dazu ist es hilfreich, wenn durch die Behörden ein Sachverhalt vielleicht besser beurteilt wird als noch in den Jahren zuvor. Und wenn man dafür gute Argumente hat, um ihn diesen Behörden zugänglich zu machen. Aber Betrug? Davon war keine Rede. Das kommt dafür nicht in Frage, und natürlich werde ich diese Aktion nicht auch noch finanziell unterstützen."

Er holte nur kurz Luft und fügte hinzu:

„Schweigegeld! Du hosd wull aweng aan an der Waffel?!"

„Aber es war doch in deinem Interesse", startete Simon einen letzten Versuch, „du hast doch selber diesen Brief geschrieben, damit der Stadtrat tut, was du sagst."

„Etzerd bittschön, Simon", kam die joviale Antwort, „des is a freindlicha, vollkommen legale Bittn gwesn. Iech hobb doch nedd wissn kenna, wos ihr do fier a Schweinerei draus machen wellts."

Simon hätte sich wegschmeißen können vor Lachen, so durchsichtig war Gerchs Versuch, seine Hände in Unschuld zu waschen. Gerch Mackert, ausgerechnet der, der vor keiner halbscharigen Schweinerei zurückschreckte, wenn es um Geld, Macht und Geltungsbedürfnis ging. Aber genau dieser Mackert hatte wie immer recht – sie hatten nichts gegen ihn in der Hand. Es würde genau so ausgehen, wie der windige Unternehmer es sagte: Gerch kam davon, Simon wäre am Ende.

„Also gut", gab er klein bei, „dann muss ich eben sehen, wie ich das alleine geradebügle. Servus, Gerch!"

Simon legte auf und dachte nach. Er blickte aus dem Fenster seines häuslichen Bürozimmers über die Felder, die farbenfroh in der Augustsonne glänzten, und sein Blick verlor sich am Horizont in den Wäldern unterhalb des Kornbergturms. Er war derart aufgebracht, dass seine Gedanken nur um Mackert kreisten: Im Vertrauen auf den hatte Simon schon die Dollarscheinchen gesehen. Er hatte Mackerts gesamtes Verhalten so interpretiert, dass dem jedes Mittel recht sein würde. Also hatte er jedes Mittel ausgeschöpft. Nun waren sie aufgeflogen, und Mackert ließ sie hängen.

Es waren nun gleich zwei Motive, die Simon hatte, um dringend seinen Komplizen zu aktivieren: Erstens, Mackert und der Tollpatsch vom Naturschutz durften auf keinen Fall ihr Wissen ausplaudern. Und zweitens, er wollte Rache für alles, was Mackert ihm angetan hatte.

Simon griff erneut zum Hörer. Der Kornbergturm hatte sich vor seinem geistigen Auge in ein Raketensilo verwandelt – das war nicht schwer, er sah ohnehin ein wenig so aus. Simon befand sich nun an Bord der *Air Force One*, von der aus der US-Präsident den Befehl zum Angriff auf die Sowjetunion zu geben pflegte. Jedenfalls in den meisten Politthrillern. Der Stab erörterte dann den Ernst der Bedrohung und beschloss in höchster Eile und in geschäftsmäßigem, staatstragendem Ton das Unausweichliche, auch wenn es den eigenen Untergang bedeuten konnte. So war es auch hier, im Gespräch zwischen Simon, dem soeben mit dem wichtigtuerischen USA-Stil die Phantasie durchging, und seinem Komplizen.

„Wir müssen auf Alarmstufe Rot gehen. Die ganze Sache mit den Kunststoff-Muscheln ist aufgeflogen."

„Oh nein! Das heißt, sie kennen auch den Hersteller und wir sind alle ruiniert?"

„Wenn wir nicht sofort handeln, vermutlich ja", konstatierte Simon resigniert.

„Und jetzt?"

„Jetzt müssen wir mit dem Schleudersitz aussteigen. Die nukleare Option ziehen." Er hatte sein auf 827 Metern liegendes Raketensilo, das in Wirklichkeit bis 1994 ein Abhörturm der Bundeswehr gewesen war und seither von einem privaten Forschungsinstitut für technische Experimente genutzt wurde, fest im Blick.

„Dann steht in Rehau kein Stein mehr auf dem anderen. Simon, um Gottes willen! Das können wir doch nicht tun!"

Aber sie wussten beide, dass sie nur noch so davonkommen würden.

„Manchmal muss man eben einige opfern, um das große Ganze zu retten“, verstieg sich Simon endgültig zum Weltherrscher. „Bestätigst du, dass du dabei bist?“

Der andere antwortete mit zitternder Stimme, zögerte aber keine Sekunde.

„Ja, ich bestätige.“

„Gut. Dann besorg’ jetzt bitte das Zeug – und dann geht’s los.“

Kapitel 45

„So, etzerd mach iech amol auf Hof nei.“

„Zer Middooch nuch a Boor Wärschtla kaafn oder was?“, fragte Dittrich seinen Vorgesetzten scherzhaft zurück. Er und Wunderlich hatten sich gegen halb eins beide wieder in der Dienststelle eingefunden.

„Äh, entschuldschn Se bidde, wövön spreschen Sie?“ Die Sekretärin aus Chemnitz hatte kein Wort verstanden, was Wunderlich zu einer seiner genüsslich dozierten Lehrstunden in Rehauer Grammatik animierte.

„Also, Frau Schmidtke, das Verb ‚machen’ bedeutet so viel wie ‚fahren’ oder ‚sich auf ein Ziel hin bewegen‘. Ist das Ziel eine Stadt, so steht diese stets mit der Präposition ‚auf‘, welche an die Stelle der Richtungsangabe ‚nach’ tritt.“

„Verstähe. Sie machen also auf Höf hinein oder auch auf Nürnberg.“

„Naa, auf Nermberch mach mer nunder“, korrigierte Wunderlich. „Die Lokaladverbiale hängt von der Stadt ab. In der Regel stehen nördlich gelegene Orte mit ‚nauf’, südliche mit ‚nunder’ und östlich und westlich gelegene mit ‚nieber’.“

„Aha. Also auf Berlin nauf, auf München nunder und auf Asch nieber.“

„Richtig, die Regel gilt auch für Orte im Ausland“, bestätigte Wunderlich, wobei der schmunzelnde Dittrich sich nicht sicher war, ob sein Chef die tschechische Partnerstadt Asch oder doch eher die Preußenzentrale gemeint hatte.

„Und auf Selb nunder und auf Wurlitz nieber.“

„Nein, Frau Schmidtke, das sind zwei Ausnahmen. Auf Selb mach mer nieber, obwohl es im Süden liegt, auf Regnitzlosau, kurz Losau, aa nieber, obwohl’s gleich nördlich ist, und auf Wurlitz, genannt

Warlätz, nunder, obwohl es im Westen liegt. Und auf Hof nei. Vermutlich wegen des hofozentrischen Weltbilds auf Grund der Kreisstadt-Funktion, obwohl unsere Stadt viel mehr Geld hat als die."

„Is alles nisch wohr", stöhnte Frau Schmidtke. „Und auf den Schneeberg dann nunder oder nieber?"

„Nauf natürlich. Das ist ja schließlich ein Berg und keine Stadt."

„Und wenn mer nisch irschndwo hin, sondern irschndwo weg will?"

„Dann heißt es universell: Iech mach amol weiter."

„Eiverbibbsch, ihr Rehauer seid e komplizierts Völkschen! Und was ist e Bohr Werschtlör?"

„Sprechen Sie mir nach, Frau Schmidtke: ‚Boor Wärschtla'. Hofer Wärschtla, das kann man nicht beschreiben – das muss man essen. Genau wie die Bauernwärscht."

„Hä?"

„De-bre-ziner! Essen! Beides! Mit mittelscharfem Senf! Und dann werden Sie es nie wieder vergessen – versprochen. Aber wehe, Sie nehmen den süßen. Also, iech mach jetzt auf Hof."

„Sie haben das ‚nei' weggelassen."

„Ja, das geht auch", grinste Wunderlich zum Abschied. „Ich bin ein unkomplizierter Mensch."

Es war Dienstagnachmittag, und Wunderlich fand nun endlich die Zeit, um den Chef von Frank Beierlein über das Berufsleben des Opfers zu befragen. Es ging ein leichter Ostwind, der heutzutage schon lange keinen „Katzendreckgestank" – so nannte man 1985 den Braunkohlegeruch aus dem Nachbarland – mehr mit sich brachte, sondern nur noch Frischluft, und so konnte er seine Fahrt nach Hof im höchsten seiner 27 Gänge beginnen. Der Weg führte ihn zunächst topfeben durch den Schwesnitzgrund nach Wurlitz. Rehau sandte dem Radfahrer auf dieser Strecke als Abschiedsgruß am westlichen Stadtrand den Naturpark Steinleite, in dem Wunderlich viele Jugendtage auf dem Trimm-dich-Parcours verbracht und in noch früheren Tagen die weißen Beeren von den Sträuchern abgesammelt und sie an der Seite seiner Großmutter wie eine Beute stolz durch die halbe Stadt getragen hatte, obwohl er mit den giftigen Früchten gar nichts anfangen konnte. Nach der Steinleite verlief die Route immer direkt an dem Gleis entlang, das sich seinerseits zwischen den Wiesen und Feldern am Fluss harmonisch einfügte wie in einem Landschaftsgemälde. Ein Güterzug mit einer offenen Waggontür, in der ein auf einer Blume kauender Wanderer saß, zuckelte in der warmen, trockenen Spätsommerluft ratternd seines Wegs. Zumindest in Wunderlichs Fantasie, denn für Eisenbahnromantik waren diese zweieinhalb Kilometer Schiene wie geschaffen. Hunderte Male hatte er am anderen Ende gestanden, am Bahnsteig in Wurlitz, und von dort den Lichtern des letzten Zuges nachgeblickt, die auf der unendlich langen Geraden in Richtung Rehau immer kleiner wurden, um schließlich in einer Rechtskurve zu verschwinden und nichts als Stille und Abendkühle zurückzulassen. Es waren gute, alte Zeiten, denen aber nichts Schlechteres folgte: Von einer verlassenen Gegend konnte bahntechnisch nämlich keine Rede sein, denn wo früher ab Samstagmittag Leere auf der Schiene herrschte, fuhren hier heute moderne Dieseltriebzüge jede Stunde in jede Richtung.

In Wurlitz ging es von den Gleisen scharf rechts hinweg, und hier begann nun das typische anspruchsvolle Geländeprofil, das eine Abfolge von Dörfern mitten zwischen Fichtelgebirge und Frankenwald mit sich brachte: aus Wurlitz hinaus ein kurzer, knackiger Anstieg in ein Wäldchen, das sogleich die ebenso kurze, schnelle Abfahrt nach Woja freigab, wo man mit Tempo vierzig an einem Weiher vorbeipreschte, ein paar Hühner aufscheuchte und sogleich wieder mit acht Prozent hinauskletterte, nur um von der nächsten Anhöhe mit ungehindertem Blick auf die ganze Stadt Hof wieder hinabzurasen nach Döhlau. In dessen Ortskern folgte Wunderlich der Todeskurve. Er selbst hatte die Links-Rechts-Kombination so getauft, weil sie derart eng war, dass man, auf der Terrasse der Dorfwirtschaft genau zwischen dem Links- und dem Rechtsknick sitzend, jede noch so hohe Wette darauf abschloss, binnen fünf Minuten einen Crash mitzuerleben. Erstaunlicherweise war aber noch nie etwas passiert, und so pedalierte auch er unversehrt hinauf zum Gewerbegebiet, das größer schien als die Gemeinde selbst. Von hier war es nur noch eine Abfahrt hinunter zur Saale, an deren Auen entlang er auf ebener Strecke Hof erreichte.

Nachdem er sich in den Waschräumen des Landratsamtes etwas frisch gemacht hatte, nahm er an Hopperdietz' Schreibtisch Platz. Er hatte ihn bereits telefonisch auf unangenehme Neuigkeiten vorbereitet, und da Hopperdietz seinen Mitarbeiter ja schon seit einer Woche vermisste und zudem Zeitung las, konnte er sich das Schlimmste ausrechnen.

„Ich habe es befürchtet", antwortete er auf die von Wunderlich überbrachte Todesnachricht. „Bitte entschuldigen Sie – ich weiß nicht, wie ich darauf angemessen reagiere. Ich habe ihn privat nicht sehr gekannt, und er ist auch erst vor gut drei Jahren zu uns gestoßen – aber es ist trotzdem ein entsetzlicher Verlust, menschlich und fachlich."

„Das heißt, er hat gute Arbeit geleistet? Woran hat er denn so gearbeitet, und wie war er als Mensch?"

„Sehr gute Arbeit, ja. Wissen Sie, er war sehr ehrgeizig. Aber nicht im Karriere-Sinn. Es ging ihm um die Sache. Wenn er irgendeine Entwicklung zum Nachteil des Naturschutzes witterte, konnte er äußerst akribisch dagegen vorgehen. Er suchte nach jedem Strohhalm. Manchmal bis hin zur Verschwörungstheorie."

„Das heißt, er muss menschlich recht anstrengend gewesen sein?"

„Na ja." Hopperdietz musste schmunzeln. „Er war schon sehr redselig. Man war ganz froh, wenn man sich mal ein paar Tage von ihm erholen konnte. Aber er behielt eigentlich fast immer recht."

„Und worin behielt er in letzter Zeit so recht?" Wunderlich zeigte Hopperdietz den vergoldeten Schlüsselanhänger. „Wir haben zum Beispiel das hier bei ihm gefunden – es zeigt das Naturschutzgebiet

Heinersgrund und den Burj Khalifa in Dubai. Haben Sie dafür eine Erklärung?"

Hopperdietz dachte eine Weile nach. „Beim Heinersgrund fällt mir die Flussperlmuschel ein. Herr Beierlein hat mit mir zusammen in den letzten zweieinhalb Jahren das berühmte Projekt betreut, wissen Sie?"

„Ach Sie waren das! Das freut mich ja, dass ich den Kopf hinter dieser Sache mal kennenlerne. Super Arbeit, die ganze Stadt ist ja begeistert über diesen Erfolg. Und die Pressekonferenz, die Sie da vor fünf Monaten abgehalten haben – beeindruckend."

„Danke, nett von Ihnen. Ja, das hat er ganz toll gemacht. Aber das war nicht die Hauptbeschäftigung von Beierlein in letzter Zeit – und da beginnt das Problem."

„Problem?"

„Nun ja." Hopperdietz stockte etwas. „Hauptsächlich war mein Mitarbeiter in jüngster Zeit mit der Genehmigung von Windparks beschäftigt. Und … hm, also wie es scheint, ist da etwas schiefgegangen."

Wunderlich bedeutete ihm mit einer Geste, einfach weiterzuerzählen.

„Er hat wohl die Genehmigung ohne die eigentlich nötigen Auflagen erteilt und hat dafür eine, ähm, Gegenleistung in nicht unbeträchtlicher Höhe erhalten."

„Herr Beierlein wurde bestochen? Von wem?"

„Es sind ja nur Gerüchte vom Flurfunk. Aber die sagen, der Eigentümer des Windparks hätte sich persönlich erkenntlich gezeigt."

Ein kurzes, verblüfftes Schweigen erfüllte den Raum.

„Ich nehme an, wir sprechen von einem Windpark im Landkreis. Und dann käme nur *MackertWind* in Frage. Das heißt, Sie sprechen von Georg Mackert." Wunderlich sah ihn ungläubig an.

Aber der Behördenchef nickte nur dreimal kurz. Für jede Frage einmal.

Der Heimweg wurde für Wunderlich zum Inferno. Der Dank an Hopperdietz für diese ersten Informationen war kaum verklungen, da baute sich schon der Ostwind, der ihm vor zwei Stunden noch den Rücken gestärkt hatte, wie eine Wand vor ihm auf, gegen die er im Schneckentempo nach Oberkotzau kroch. Mackert, dem er viele krumme Dinger zutraute, aber eigentlich kein Kapitalverbrechen, hing knietief im Fall Beierlein drin und war nun der Shooting Star auf den Verdächtigen-Charts.

Aber keins von beiden war das Inferno. Dieses spielte sich am Horizont vor ihm ab. Er hatte das Saaletal gerade verlassen und blickte nach rechts auf den Haidecker Hügel, als er dort erkannte, dass das Jüngste Gericht hereinbrach: Vier infernalische Feuer wüteten mitten am Himmel. Die Rauchwolken waren so dicht, dass sie die Sonne verdunkelten. Riesige Arme, die durch die Luft wirbelten, schienen das Feuer noch weiter zu verteilen und den Rauch über das ganze Land zu senden. Die vier Bauwerke, auf denen die Arme saßen, überragten wie schmale, teilnahmslose Geister alle Menschen am Boden so weit, dass es schien, als würden sie die Sonne berühren.

Wunderlich hatte durchaus schon Fotos von brennenden Windrädern gesehen, aber in der Realität war es doch noch um einiges beeindruckender. Wenn die Gondel Feuer fing, das Bauteil also, das die Bewegung der an ihr hängenden Rotoren in Strom umwandelte, dann konnte man in dieser Höhe nicht sinnvoll löschen. Die Feuerwehr sperrte üblicherweise einfach das Gelände ab und ließ die gesamte Anlage kontrolliert abbrennen. So loderte einhundert Meter über dem Boden ein frei schwebender Brand, und der Rauch wurde von den Rotorblättern verteilt, solange sie sich noch drehten.

Aber wenn gleich alle vier Windräder auf dem Haidecker Hügel brannten, dann war das natürlich weder eine Strafe Gottes noch ein Unfall. Sondern ganz profan die Tatsache, dass schon wieder jemand eine Attacke auf Gerch Mackert ausgeführt hatte. Er selbst konnte streng bewacht werden – seine Windmaschinen nicht.

Kapitel 46

Dort, wo ihre Spielsucht begonnen hatte, war kurz darauf auch Susannes neue Liebe erblüht. Es war eines Abends in der Spielbank von Bad Steben, als sie Ulrich S. Wolk näher kennenlernte. Sie kannte ihn natürlich aus seinem Sporthaus, aus der Presse und vom einen oder anderen Wahlplakat. Aber das transportierte ja nicht seine Ausstrahlung. Wolk stellte einen völlig anderen Typ Mensch dar als ihr Gatte: Der war ein mausgrauer, dienstbeflissener, harmloser kleiner Schlaumeier. Wolk war gut gebaut, adrett gekleidet, lässig, eloquent und mit der Aura eines großen, starken Beschützers umgeben. Er war zugleich zum Anlehnen und zum Vorzeigen. Ein *womanizer*, Rehaus begehrtester Junggeselle.

Sie traf ihn genau zu der Zeit, als sie ihren Mann am stärksten leid war: Es hatte überhaupt nichts gebracht, dass sie Frank beim Spaziergang rund um die Kirche die Leviten gelesen hatte. Er hatte trotzdem Abend um Abend in der Behörde oder bei privaten Nachforschungen verbracht. Also hatte sie sich einen Babysitter bestellt und war für ein paar Stunden der Zerstreuung ins Casino gefahren.

Sie musste schmunzeln bei der Erinnerung an ihre erste Begegnung mit Wolk, denn sie hätte ihn auch genommen, wenn sie nicht erfahren hätte, was er ihr nach der zweiten gemeinsamen Nacht eröffnet hatte: nämlich, dass er dabei war, stinkreich zu werden. Dass es etwas mit Sport zu tun hatte und mit seinem Bruder. Aber dass dem so war, erleichterte die Sache ungemein. Und vergrößerte gleichzeitig die Versuchung. Was, wenn sie teilhaben könnte an dem Geldsegen? Sie konnte sich nicht vorstellen, dass Wolks Sportgeschäft, von dem jeder in Rehau wusste, dass es vor sich hin dümpelte und wohl gerade so zum Leben ausreichte, plötzlich zur Goldgrube geworden war. Folglich würde er anderweitig ans große Geld kommen. Wenn sie sich ihn also angeln könnte, dann würde sie nicht ihre gesamte Freizeit in einem boomenden Sportladen verbringen müssen, sondern konnte vielleicht auf einen Schlag ihre Schulden bezahlen und anschließend mit Ulrich Wolk das Leben genießen.

Kurz vor der Reise ihres Mannes nach Dubai war das gewesen, bei der er ohne zu zögern eine Woche des gemeinsamen Jahresurlaubs sowie ein halbes Monatsgehalt geopfert hatte für den abstrusen Versuch, einen arabischen Baulöwen über ein Projekt in Rehau zu belehren. Diese Aktion hatte sie endgültig in ihrem Tun bestärkt. Sie fühlte sich im Recht, ihn zu verlassen und mit den drei Kindern ein neues Leben zu beginnen.

Sie schlenderte die Promenade am Perlenbach entlang und erinnerte sich an ihre Gebete in der Pilgramsreuther Kirche, kurz nach dem ersten Abend in der Spielbank und wenige Tage, bevor ihre Affäre begann. Es hatte nicht geklappt, das sechste Gebot einzuhalten – „Du sollst nicht ehebrechen". Und auch mit ihren übrigen Bedenken kam sie keinen Schritt weiter. Wenn sie Wolk wollte, musste sie zuerst Frank loswerden. Und beides würde unverändert zu den Konsequenzen führen, die sie in der Kirche durchdacht hatte: ein großer Knall – und kein Stein würde in Rehau mehr auf dem anderen stehen.

Kapitel 47

„Sie haben also mit einem Luftgewehr geschossen. Worauf und warum?" Der Kommissar sah der Staatsanwältin mit ernstem Blick in die Augen.

„Möchten Sie die kurze Fassung oder die lange?" Susanne Beierlein erwiderte seinen Blick nicht. Ihre Augen folgten gedankenverloren dem Regionalzug, der auf den Gleisen gegenüber der Polizeistation stadteinwärts fuhr. Es hatte sich nicht vermeiden lassen, sie nach ihrem Geständnis vom Vormittag zum Verhör dazubehalten. Auch wenn es für die Polizei natürlich eine Sache von Minuten gewesen war festzustellen, dass die Waffe, die man in der Garage gefunden hatte, kein echtes G36 war und man damit bestenfalls eine Amsel, nicht jedoch Gerch Mackert erlegen hätte können.

„Die Antwort ist doch immer dieselbe", meinte Wunderlich augenzwinkernd, „fangen wir mit der kurzen an und dann können wir uns zur langen vorarbeiten."

„Worauf: Mackerts Auto. Warum: Wehret den Anfängen."

Das war so mysteriös, dass Wunderlich nicht lange fackelte.

„Ach wissen's was, erzählns mer DOCH glei' die langa Version."

Wunderlich war im Dienst. Was nun aber folgte, ließ ihn in der Überzeugung zurück, sturzbetrunken zu sein.

„Es fing alles damit an, dass Mackert auf Frank zugekommen ist und ihm Geld geboten hat", begann sie, die Augen weiterhin fest auf die Bahnschranke gerichtet. Das wusste Wunderlich ja schon. Er kommentierte es aber erst einmal nicht.

„Es sollte wohl den Bau seines neuen Windparks erleichtern. Zuerst war es für Frank unvorstellbar, sich bestechen zu lassen. Aber dann wurde es immer schlimmer mit dem Spielcasino. Und dann hat er eben doch zugegriffen, als letzte Rettung für uns."

„Oh“, erwiderte Wunderlich, der sich die größte Mühe gab, wenigstens ein bisschen überrascht zu wirken. „Und weiter?“

„Wie das so ist“, konstatierte sie trocken, „wenn du dem Erpresser einmal nachgibst, kommt er immer wieder.“

Jetzt allerdings wurde der Kommissar hellhörig. „Warum? Was ist anschließend passiert?“

Statt einer Antwort kramte sie etwas aus ihrer Tasche. Je mehr davon vom Zimmerlicht beschienen wurde, desto bekannter kam es Wunderlich vor. Als er es jedoch endlich in voller Größe vor sich sehen konnte, glaubte er zu träumen. War er unzurechnungsfähig? Er war sich hundertprozentig sicher, dass es in der Asservatenkammer lag. Er hatte es persönlich dort eingeschlossen, nachdem Angermann und er es im Rathaus gefunden hatten.

Es war das Foto, das Ulrich Wolk und Susanne Beierlein beim Verlassen des Casinos von Karlsbad zeigte. Hinten dieselbe Aufschrift: „Es soll Ihr Schaden nicht sein.“

„Das ... das gibt's doch nicht!“, stammelte der Kommissar plötzlich. Zu spielen brauchte er den Überraschten auf einmal nicht mehr.

„Gell, da staunen Sie. Es soll mein Schaden nicht sein, aber nur, wenn wir spuren. Da habe ich mich gewehrt.“

„Und auf der B15 auf seine Reifen geschossen“, sinnierte er, noch immer benommen, während er sich nun selbst nach dem Gegenzug Richtung Selb umdrehte. Prompt war sie wieder an der Reihe der maßlos Überraschten.

„Wieso auf der B15??! Ich habe das Luftgewehr genommen und nachts, als er vor seinem Haus geparkt hat, einmal auf jeden Reifen gehalten. Das war am Donnerstag vor zwei Wochen. Der hatte vier Platten und war hoffentlich gewarnt.“

„So ähnlich. Mit zwei wesentlichen Unterschieden. Er hatte nur *einen* Platten. Und der entstand nicht, als er parkte, sondern erst am Montag drauf bei Tempo 100 kurz vor Kautendorf.“

Bevor sie Zeit hatte, sich über den Unterschied und dessen gigantische strafrechtliche Konsequenzen klarzuwerden, wechselte er erst einmal das Thema.

„Andere Frage: Können Sie sich einen Grund vorstellen, warum sich Ihr Mann auf Egidius Wolks Grundstück aufgehalten haben könnte? Die Entenzucht am Heinersgrund meine ich?"

Es war einer dieser Tage, an dem er ständig die Sorte Antworten bekam, die er nie in sieben Leben auf seine Fragen vermutet hätte.

„Natürlich kann ich mir den vorstellen!", begann sie lauthals zu schluchzen. „Das ist doch Ulis und mein Liebesnest!"

Wunderlich war so von den Socken, dass er für die Folgefrage länger brauchte als Susanne Beierlein für die Antwort.

„Es ist gut einen Monat her, dass er uns erwischt hat. Wir treffen uns schon seit fast einem halben Jahr dort. Irgendwann hat er wohl Lunte gerochen. Man kann es eben nicht geheim halten – ich kenn' das doch von meinen Angeklagten. Die ganze Körpersprache, der Lebensstil, alles ändert sich, obwohl man so tut, als ob alles wie immer ist."

„Und … wie hat sich das dann zugetragen?"

„Genau weiß ich das bis heute nicht. Er wird mir halt nachgefahren sein, als ich erzählt habe, dass ich noch mal ins Büro muss. Als Uli und ich dann eng umschlungen an dem Ententeich standen, es war ja schon finster, aber Vollmond, da habe ich ihn stehen sehen. Versteckt hinter einem Baum."

„Und dann kam der große Krach."

Dachte Wunderlich und sprach's – aber die nächste unglaubliche Antwort wartete schon.

„Nein, eben nicht. Es passierte gar nichts."

„Wie bitte??!"

„Na, ich habe so getan, als hätte ich ihn nicht gesehen. Uli *hat* ihn nicht gesehen, und Frank hat nicht gesehen, dass ich ihn entdeckt hatte. Und er hat seine Beobachtung für sich behalten bis zu …" – sie stockte mit zitternder Stimme – „also, er hat nie mit mir darüber gesprochen.“

„Gut, fassen wir zusammen“, versuchte Wunderlich den Puls beider Gesprächspartner nach unten zu bringen, „Ihr Mann hat Ihre Affäre und den geheimen Treffpunkt entdeckt, aber niemand weiß, dass Sie das wissen. Es kann also auch gut sein, dass er öfter einmal dort war in der Annahme, weitere – nun ja – Beweise zu finden. Vielleicht ja auch schon, bevor Sie es gemerkt haben.“

Sie nickte stumm zu allen Punkten in Wunderlichs Satz.

Das Opfer wurde also dort ermordet, wo es zuvor seiner untreuen Ehefrau nachspioniert hatte.

Und was Gerch anging: Hätte Wunderlich nicht zuvor mit der Stationsschwester gesprochen gehabt, dann hätte diese ihm nicht bestätigt, dass Susanne Beierlein am Sonntag einen Sondertherapie-Nachmittag in der Klinik absolviert hatte. Dadurch hätte er auch keinen Beweis gehabt, dass sie auf dem Fußballplatz auf Mackert nicht scharf geschossen haben konnte. Und dann hätte er sie spätestens jetzt in Untersuchungshaft stecken müssen.

Aber so war klar, dass es für die inzwischen drei Attentate auf Gerch mehr als einen Täter gab. Und dass der Schütze auf dem Fußballplatz vermutlich nicht Wolk war, nachdem der zuvor 48 Stunden im Knast verbracht und man in dieser Zeit sein Haus letztlich ohne verdächtigen Befund durchkämmt hatte.

Nein, hier war mehr im Spiel als Eifersucht, Spielschulden und Bestechung. „Des werrd wos Greßer's“, murmelte er in fränkischer Trockenheit vor sich hin, als er sich von Susanne Beierlein verabschiedet hatte. Sie würde sich wegen der Reifenattacke verantworten müssen, aber für Fluchtgefahr reichte das nicht. Und was die Ermordung ihres Mannes betraf, so hatte er zwar ein zunehmend mulmiges Gefühl – aber nicht das geringste vor Gericht verwertbare Indiz dafür.

Es war schon fünf Minuten nach Mitternacht, früher Mittwochmorgen. Kein Problem für den Langschläfer Wunderlich, der entsprechend spät zu Bett ging. Nach dem Ausschlafen würde es dann allerdings höchste Zeit sein, die Vorbereitungen für die Dienstreise in die Wüste zu treffen, die er am Freitag antreten würde. Höchste Zeit, um beim geheimnisvollen Investor des 2. FC Rehau Flutlicht ins Halbdunkel des Falls Beierlein zu bringen.

Kapitel 48

Zur selben Zeit, zu der Simon im Telefonat mit seinem Komplizen auf den Verteidigungsstatus Defcon 1 gegangen war und damit den Krieg gegen Mackert begonnen hatte, war Tante Rosi gerade friedlich beim Einkaufen in der Rehauer Innenstadt. Die Stadtverwaltung hatte einige Projekte zur Gewerbeansiedlung durchgezogen und dabei richtig Geld in die Hand genommen. Gleich mehrere Gebäude im „umgedrehten L" – so nannte man den Hauptstraßenzug der früheren Bundesstraße 289, der von Osten kam und am Maxplatz nach Norden Richtung Hof abknickte – hatte sie gekauft, abgerissen und durch Neubauten ersetzt. Daraufhin hatten mehrere Handelskonzerne darin Filialen eröffnet und Menschen angezogen, die sich dadurch auch wieder in den alteingesessenen Geschäften der Nachbarschaft einfanden. So hatte man es hinbekommen, dass die Super- und Megastores, und wie die anonymen Kauftempel im Nirgendwo sonst noch hießen, nicht die totale Kontrolle über das Stadtleben übernahmen.

„Des Gwerch midn Nooch-Nermberch-Fohrn is a scheens Schdiggla wenger worn", hatte sie zu ihrer Freundin Gerti gesagt, als die beiden sich vor dem Drogeriemarkt getroffen hatten. Das war dann doch zu viel des Guten für den Berliner, der ihnen zufällig zuhörte.

„'Tschuldigung die Damen, ick sprech ja selber janz jut Rehauerisch, aber det hab' ick nich verstanden!"

„Die Rosi meint, dass die Anstrengung mit dem Nach-Nürnberg-Fahren ein ganzes Stück weniger geworden ist", übersetzte Gerti.

Zwei Stunden später war Tante Rosi wieder zu Hause und öffnete das Fenster zur Straße sperrangelweit. Es konnte auch in Hochfranken im August verdammt heiß werden. Sie lehnte sich ziemlich hinaus. Das Plätschern der Schwesnitz an der Luitpoldbrücke rechts von ihr verschaffte ihr heute jedoch wenig an gefühlter Abkühlung, denn es wurde von lautem Dröhnen übertönt. Die Baustelle war in vollem Gang. Ohne Unterlass überquerten Karl Rosts Baumaschinen die Kreuzung zu ihrer Linken, um den Schutt vom Abriss des alten Supermarkts an der Goethestraße abzutransportieren. Auch hier hatte die Stadt Rehau zugeschlagen und würde einen Neubau hinstellen, der im Erdgeschoss eine schicke italienische Kaffeebar sowie einen Weinhandel beheimaten sollte und im ersten Stock ein französisches Restaurant mit Spezialitäten aus der Region der Partnerstadt Bourgoin-Jalieu und mit großer Dachterrasse, auf der man nach dem Festmahl in beheizten Liegestühlen in den nächtlichen Sternenhimmel sehen konnte.

Doch bis es so weit war, gaben sich die Tieflader, Schaufelbagger und Abrissbirnen von Rost Bau sozusagen die Klinke in die Hand, wenn sie um die Kurve an der Stadtbank bogen und an Tante Rosis Fenster vorbeidefilierten. Entspannt und neugierig sah sie dem Treiben zu.

„Manchester", dachte sie.

Das war ein Standard-Witz in der Familie, den ihr Kriminaler-Neffe mitgebracht hatte, weil er, vorsichtig gesprochen, im Fußball nicht unbedingt Bayern-Fan war. Es war die Kurzform von „Mensch, ist das ein Theater", was sich in Rehau eben wie „Mensch, is der dess a Deooder" anhörte, und daraus konnte man prima „Manchester dess a Deooder gwesn" machen, um sich über die berühmte Niederlage des FC Bayern 1999 im Champions-League-Finale binnen der letzten zwei Spielminuten in Barcelona lustig zu machen – gegen Manchester United eben.

„A ganz scheena Viecherei", dachte Tante Rosi also beim Blick auf Rosts Bauarbeiten, aber mehr bewundernd als verärgert. Dann allerdings fiel ihr etwas auf.

Mit einer der Baumaschinen verhielt es sich irgendwie merkwürdig. Sie schien nicht recht dazuzugehören. Das lag zum einen daran, dass sie nicht wie etwas aussah, mit dem man abreißen, graben oder transportieren hätte können. Sie erinnerte eher an einen fahrbaren Seilzug. Zum anderen nahm sie einen seltsamen Weg: Sie bog wie die anderen Maschinen bei der Stadtbank rechts um die Kurve, passierte Rosis Fenster, bog dann aber erneut rechts ein und fuhr hinab zur Schwesnitzfurt neben dem Anwesen Beierlein. Anschließend legte sie den Rückwärtsgang ein, fuhr wieder zur Kreuzung an der Stadtbank, bog diesmal jedoch in den Teil der Goethestraße ein, der von der Baustelle wegführte, und verschwand hinter dem Bankgebäude. Kaum war dies geschehen, hatte man jedoch nicht den Eindruck, das Geräusch würde sich weiter entfernen. Es blieb in etwa gleich laut und schien von hinter der Bank zu kommen. Drei Minuten später tauchte die Maschine wieder auf, fuhr erneut zur Schwesnitzfurt, und das ganze Schauspiel wiederholte sich noch zwei Mal.

Beim dritten Mal stieg der Fahrer an der Furt aus, offenbar um sich etwas anzusehen und darüber nachzudenken. Während er vor sich hin grübelte, blickte er zufällig nach oben. Und erspähte geradewegs Tante Rosi, die ihm mitten im Beobachten direkt in die Augen sah.

Er hatte sie genau gesehen, und sie hatte ihn genau gesehen. Und nun sah sie genau, wie er erschrocken die Augen aufriss, die Mundwinkel verzog und sich mit einer schnellen Bewegung abwandte.

Kapitel 49

Wunderlich hatte wie durch ein Wunder überlebt. Er hatte noch das Heulen der Triebwerke beim steilen Sinkflug in den Ohren, als die Maschine nach Dubai abstürzte. Die panischen Schreie der Menschen waren in einen ohrenbetäubenden Knall übergegangen, als der Jet mit dem Wasser in Kontakt kam und vom Aufprall geknetet und geschlagen wurde, so dass er in tausend Teile zerbersten musste.

Aber er war nicht geborsten. Die Notwasserung war ja schon einmal geglückt, damals auf dem Hudson River in New York, und auch diesmal war Wunderlich nicht der Einzige: Es gab offenbar keine Toten. Alle Passagiere verließen das Flugzeug über ihre Schleudersitze und schwebten an Fallschirmen sanft hinab in den Persischen Golf, wo schon festlich gedeckte Tische und ein Lagerfeuer auf sie warteten.

Wunderlich hatte eine seltene Gabe – er wusste schon *in* einem Traum, dass er träumte. Ihm war stets auf eine seltsame, mit Logik nicht zu greifende Weise klar, dass die Geschichte, die er gerade erlebte, nicht stimmen konnte. Und so wachte er auch diesmal ohne Schweiß aus seinem Alptraum auf. Abgesehen von den Schleudersitzen und dem Restaurant zur See fiel ihm nun, im wachen Zustand, auch noch ein, dass man im Schnitt siebentausendfünfhundert Jahre lang täglich fliegen musste, um einmal abzustürzen. Er war nüchterner Zahlenmensch genug, um diese Statistik zu kennen – allerdings auch Gefühlsmensch genug, um trotzdem immer mit Unruhe einen Flieger zu besteigen.

„Du draamst werrglich an seddan Schmarrn, des langt vo do heruam bis nunder zen Kiehdreekgessla!", kommentierte Tante Rosi des Kommissars Traum vom Fliegen. Sie hatten sich nach dem Mittagessen im Eiscafé am Schillerplatz verabredet, von dem aus man, dem Stadtbrand von 1817 sei Dank, eine Sichtachse bis hinab zum Maxplatz hatte und von dort wieder hinauf zum Schützenhaus am anderen Ende der Innenstadt, so dass man das Stadtleben hier wie von einem Ausguck verfolgen konnte. Dort unten, zwischen den alten Gehöften hinter der Ludwigstraße, lag Frage Nummer eins im Einbürgerungstest für alle Neu-Rehauer: „Wo befindet sich das Kiehdreekgessla?“ Wer darauf mit „Mühlsteig“ antworten konnte, war der King. Wer „Mühlstraße“ sagte, glänzte nur mit Halbwissen, und wer ein Fragezeichen beim Begriff des Kuhdreckgässleins im Gesicht hatte, war als Einheimischer ein hoffnungsloser Fall.

Das Thema „hoffnungsloser Fall“ schien auch auf Wunderlichs Ermittlungen zuzutreffen, und so hatte er am Tag vor seinem Abflug einmal mehr den Austausch mit seiner Tante gesucht. Er berichtete ihr von der Verbindung Beierleins nach Dubai und davon, dass Uli Wolk nichts mit dem bei Beierlein gefundenen Zettel zu tun hatte. Außerdem von Mackerts Windrädern, die tags zuvor gebrannt hatten, und dass sie bezüglich der Schüsse weitere zwei Tage zuvor im Dunkeln tappten.

„Bloß das mit dem Reifenplatzer, das war die Beierlein, das wissen wir inzwischen. Sie dachte, Gerch will sie erpressen.“

Sein dreißigsekündiger Bericht war damit um. Rosi übernahm wie üblich die nächsten fünfzehn Minuten, begann aber erstaunlicherweise mit einem herzhaften Lachen.

„Der Gerch die Beierlein erpresst? Des glaabst doch selber nedd! Pass auf, iech sooch der wos.“

Wunderlich spitzte die Ohren und hoffte, alles nun Kommende auch behalten zu können.

„Der Gerch, der denkt immer an seinen Vorteil, aber er ist kein schlechter Kerl. Ich hab’ den vor zwei Monaten beim Stadtfest getroffen, und wir sind so ins Reden gekommen, weil, der hat nämlich früher auch einen Scirocco gefahren – also jedenfalls, da hat er so was angedeutet, dass die Frau von einem Stadtrat in Schwierigkeiten steckt. Und nachdem er den Stadtrat um einen Gefallen gebeten hat, wollte er sich erkenntlich zeigen und beim Arbeitgeber der Frau ein gutes Wort einlegen.“

„Kein schlechter Kerl? Er hat immerhin den Frank Beierlein gekauft, um mehr Windräder zu bauen!"

„Etzerd wardd, iech bie nuch nedd ferrdich. Also, er hat gesagt, da hat er aber schon etliche Seidla gebechert gehabt, dass er vor Kurzem einen merkwürdigen Anruf bekommen hat, wo ihm klar wurde, dass er einen Fehler gemacht und sich mit den falschen Leuten eingelassen hat. Und deshalb hat er was wiedergutmachen wollen." Sie hatten Cappuccino und Bananensplit genüsslich bezwungen und brachen wieder auf. „Na ja, jetzt fliegst erst amol do nunder und horchst der des oo, was der Scheich dazu waaß. Also, viel Spaß und kumm gsund wieder haam!"

„Also wenn du mich fragst", hechelte Angermann, „der Gerch hat also den Beierlein wegen eines Windparks bestochen. Dann, während er Uli Wolk von dem Wellnessschuppen überzeugen will, läuft irgendwas schief, und er will dem Beierlein was Gutes tun. Er kriegt Wind von der Liaison zwischen Frau Beierlein und Wolk und von ihrer Spielsucht und denkt sich, dann greif' ich halt der unter die Arme."

Der Bürgermeister war ziemlich außer Puste. Er hatte sich von Wunderlich zu einer abendlichen Rennrad-Runde breitschlagen lassen. Angermann war zwar durchaus schlank und sportlich und wirkte durch sein aufgewecktes Wesen mit seinen vierzig Jahren jünger, als er war. Aber als kommunaler Wahlbeamter blieb ihm weiß Gott keine Zeit für professionelles Ausdauertraining. Er hatte trotzdem ohne Zögern zugesagt, denn Wunderlich war ein eher unruhiger Typ, wenn es auf große Reisen ging. Er musste sich am Vortag immer ablenken von seiner Aufregung. Und so krochen die beiden nun am Perlenhaus die alte B15 nach Schönwald hoch, ein Anstieg, der seit dem Autobahnbau in Ruhe zu befahren und mit dem Genuss der Waldatmosphäre verbunden war.

„Und dieses Unter-die-Arme-Greifen heißt, er ruft seinen Freund den Oberstaatsanwalt an und legt ein gutes Wort für dessen

Mitarbeiterin ein“, ergänzte Wunderlich ohne einen Anflug von Kurzatmigkeit. Sie waren oben und bogen in Grünhaid links ab, um sogleich die Abfahrt ins Dorf Reichenbach zu starten.

„Aber wieso denkt sie dann, er will sie erpressen?“

„Weil er ihr ein Foto geschickt hat, und das glaubst du nicht!“ Wunderlich hielt am vom jungen Perlenbach durchquerten Reichenbacher Dorfplatz, dem tiefsten Punkt der Runde. Er hatte sich bereits am Vormittag vergewissert, dass sich das Original, das sie im Rathaus gefunden hatten, noch in der Polizeistation befand. Er reichte Angermann das Foto, das der schon kannte, und das zweite Exemplar von Frau Beierlein.

„Das gibt's doch nicht! Er schickt Wolk und seiner Geliebten das gleiche Foto?“

„Ja, und auf beiden steht hinten ‚Es soll Ihr Schaden nicht sein‘.“

Sie stiegen wieder auf und fuhren weiter durch einen abenteuerlich sanierungsbedürftigen Waldabschnitt nach Lauterbach, wo Wunderlich ungerührt die Straße von Erkersreuth nach Neuhausen geradeaus querte und damit einen Dialog provozierte, den ein glatzköpfiger französischer Komiker erfunden hatte:

„Nein!“ – „Doch!“ – „Oooah!“

Es war Angermanns Replik auf die Entscheidung, den Umweg über die Prexhäuser zu nehmen, einen winzigen Weiler mitten im Wald und zugleich am Ende Deutschlands, wo sie sich auf dem Weg nach Neuhausen mehrfach ordentliche Anstiege hochwuchten mussten. Die Strecke allerdings war ein traumhaft verwunschenes Weglein, das sich wie eine Königspython über Kilometer exakt an der keinen Meter geradeaus laufenden tschechischen Grenze entlangschlängelte. Die Häuschen, die nach dem ersten Anstieg auf der Lichtung standen, mussten im Kalten Krieg wohl zu den bestbewachten in Bayern gezählt haben – von Freund und Feind zugleich, wie zu vermuten war. Den Grenzübergang von Wildenau, den sie hier quer über das Feld gut einsehen konnten, gab es damals noch gar nicht – wer in die heutige Partnerstadt Asch wollte, musste den vierzig Kilometer langen Umweg über Eger nehmen. Im Kontrast zu dieser Erinnerung stand, dass der hiesige Fichtelgebirgsverein den letzten Zentimeter aus dem Grenzgebiet herausgeholt hatte: Die Wanderzeichen des Fichtelgebirgs-Ostwegs waren nämlich direkt auf die weißblauen Grenzpfähle gepinselt worden.

Lange blieb nicht Zeit für diese Beobachtungen, denn schon ging es in kurzer, rasender Fahrt hinab in den Wiesengrund und erneut steil hinauf zum weiten Blick über das halbe Fichtelgebirge, bevor sie wieder hinunter nach Neuhausen rollten. Hochfranken war ein Gelände mit ständigen kurzen, knackigen Anstiegen – aber seine Landschaftsszenen waren zum Verlieben.

Am Denkmal „Wiederfindung", welches im Grünen direkt neben dem Neuhausener Fußgänger-Grenzübergang nach Tschechien am 1. Mai 2004 anlässlich der EU-Osterweiterung errichtet worden war, hielten sie ein weiteres Mal. Es war die Stelle, an der vor anderthalb Wochen das Sprintfinale zwischen Wolk und Wunderlich stattgefunden hatte.

„Also zeig' noch mal", bat der Bürgermeister. Er sah sich kurz die Fotos an, sehr lange hingegen die Rückseiten.

„Irgendwas stimmt nicht mit den Rückseiten", murmelte er. Wunderlich sah ihn fragend an. Was sollte nicht stimmen? Er selbst hatte sie lange verglichen und nichts entdecken können.

„Mit dem Text, meine ich. Aber ich komm' nicht drauf. Vielleicht fällt's mir auf dem Genussteil unserer Tour ja noch ein."

Der „Genussteil" begann, als sie den anderthalb Kilometer langen Anstieg aus Neuhausen hinausgeradelt waren, die Grenzpfosten direkt rechts neben sich. Sie befanden sich nun knapp unterhalb vom Gipfel des Schilderbergs, der etwa 500 Meter auf tschechischer Seite lag, dessen Rücken sich aber fast sieben Kilometer bis nach Rehau hinabzog und dort Spuren hinterließ, die etwa im Namen des östlichen Stadtteils „Am Schild" zu finden waren. Angermann dachte laut darüber nach, wie dieser Zusammenhang durch den Eisernen

Vorhang getrennt worden, ins Vergessen geraten und so jahrzehntelang kaum noch jemandem in Rehau bekannt war, bis ein verdienter Naturschützer es lange nach der Wende endlich schaffte, dass der Name des Höhenzugs wieder in die offiziellen Karten Einzug hielt. Der Bürgermeister war stolz darauf, wie sich die Bürger seiner Stadt für Details der umgebenden Natur engagieren konnten.

Nun also hatten sie diese lange Abfahrt vor sich. Sie waren die erste, fast zweitausend Meter lange Gerade hinabgebrettert und an deren Ende durch die leichte Linkskurve gezogen, als Angermann auf dem zweiten, kaum kürzeren Rennabschnitt nach vorne brüllte:

„Ich hab's!"

„Was?!" Wunderlich drehte sich nur für eine Sekunde um. Er konnte ihn im Fahrtwind nicht verstehen. Außerdem musste er sich bei Tempo 50 auf die Strecke konzentrieren.

„Ich weiß, was nicht stimmt", rief Angermann aufgeregt, als sie auf dem Heinersberger Hügel kurz vor der A93-Brücke zum Stehen gekommen waren. „Schau dir den Text mal genau an."

„Hm. Da steht zweimal dasselbe: Es soll Ihr Schaden nicht sein."

„Nein, tut es nicht."

„Hä?"

„Auf dem Foto an Frau Beierlein steht wirklich ‚Es soll Ihr Schaden nicht sein'. Mit großem ‚I'. Gerch spricht sie also direkt an. Auf dem Foto an Wolk steht aber: ‚Es soll ihr Schaden nicht sein.' Mit kleinem ‚i'. Gerch spricht also nicht zu Wolk, sondern wiederum über die Beierlein. Verstehst du – es geht zwei Mal um dieselbe Person!"

Noch nie war Wunderlich so klar wie in diesem Augenblick, wie wichtig eine gründliche Beachtung der scheinbar spitzfindigen deutschen Rechtschreibregeln war. Es stimmte: Mackert wollte Ulrich Wolk demnach überhaupt nicht mit Geld bestechen. Er wollte ihm nur klarmachen, dass er zum Dank für die BfR-Stimmen Susanne Beierleins Karriere retten würde.

„Dann kümmere ich mich jetzt mal um die Frage, was unser Mordopfer damit zu tun hat“, sprach er entspannt in sein Glas roten *Nero d'Avola*, als sie beim Spitzenitaliener im Osten der Stadt ihre Tour ausklingen ließen und sich für einige Tage voneinander verabschiedeten.

Kapitel 50

Das Pfeifen, mit dem die Bombe in die Tiefe fiel und fiel und fiel, wich einem Donnerschlag. Die Explosion riss einen Krater in die Erde, so breit, dass man ihn vom Himmel aus fotografieren konnte. Wobei der Himmel in diesem Fall etwa sieben- bis zwölftausend Meter hoch war. In dieser Flughöhe waren die alliierten Bomber im Zweiten Weltkrieg unterwegs gewesen. Und manchmal kam es bekanntlich vor, dass ihre Bombe fiel und fiel und fiel und aufschlug – und nicht explodierte. Diese Blindgänger lagen dann bis zum heutigen Tag in der Erde und wurden unter ebenso zufälligen wie mühevollen Umständen gefunden und entfernt.

Manchmal vor allem auch unter dubiosen Umständen.

Er sah sich gerade Luftbilder von den Bombenabwürfen über dem heutigen Brandenburg an, um die beste Quelle auszumachen. Über zwanzig Jahre lang war er als Chemiker beim Bundesnachrichtendienst beschäftigt gewesen, bevor der Kalte Krieg zu Ende gegangen und seine Position überflüssig geworden war. Sprengstoffe waren eines seiner Fachgebiete beim westdeutschen Auslandsgeheimdienst gewesen, und seine alten Kontakte hatte er natürlich tunlichst weiter gepflegt. Man konnte ja nie wissen, und apropos Wissen – man teilte obendrein das elitäre Gefühl, mehr zu wissen als alle anderen im Land. Man wusste ja nicht, für wie lächerlich alle anderen im Land dies wiederum hielten.

Also hatte er sich nach seinem bürgerlichen Feierabend ins Auto gesetzt und war ins Hinterland von Potsdam gereist, wo das Zeug schon auf ihn wartete. Drei Tage zuvor, gleich nach seinem Krisengespräch mit Simon, hatte er es, wenn man so wollte, bestellt. Sein Gesprächspartner war genauso skrupellos wie er – das war Voraussetzung für ihren alten Job gewesen – und hatte keinerlei Fragen, wozu das TNT benötigt würde. Von ihm aus konnte sein alter

Kumpel damit eine Kleinstadt in die Luft jagen. Das allerdings hatte der nicht vor.

Man hatte nach dem Studium der Luftbilder einen jener Abwurfplätze ausgesucht, die in der DDR nach dem Krieg niemals von Blindgängern geräumt und stattdessen nach der Wende vom jeweiligen Bundesland elegant als Landschaftsschutzgebiet deklariert worden waren. Das hatte zwei Vorteile: Zum einen war das Gebiet unbebaut geblieben und zum zweiten hielt sich dort in aller Regel kein Mensch auf, so dass man in aller Ruhe und mit größter Vorsicht ein gerüttelt Maß der alten Sprengladungen freilegen und den Sprengstoff abstauben konnte.

Er lud das TNT einfach in den Kofferraum seines Wagens. In diesem Zustand war es nicht gefährlich. Er hatte wie gesagt auch nicht vor, eine Stadt damit in die Luft zu jagen.

Sondern nur ungefähr hundert Masten.

Der Stromausfall, der daraus entstünde, würde ihre Rache vollkommen werden lassen. Er selbst war es gewohnt, eher im Verborgenen zu agieren, im Geheimen zu bleiben. Aber das Telefonat hatte einen anderen Weg gewiesen: Simon hatte nun einmal eine Vorliebe für den großen Knall.

Kapitel 51

Kriminalhauptkommissar Wunderlich sah Frank Beierlein bei bester Gesundheit vor sich. Beierlein lächelte und hatte eine angenehm gebräunte Gesichtsfarbe. Mit seiner Sonnenbrille und seinem karierten Sommerhemd verbreitete er ausgesprochene Urlaubsstimmung. Es war ja auch fast ein Urlaub, in dem er sich seinerzeit befunden hatte. Nachdenklich betrachtete Wunderlich das Foto. Alle Besucher auf der Aussichtsterrasse des Burj Khalifa wurden fotografiert und konnten das Bild anschließend, nachdem sie wieder 400 Meter senkrecht zu Tal geglitten waren, im Foyer des höchsten Turmes der Welt erwerben. Allerdings verglichen mit dem halbwegs erschwinglichen Eintrittsgeld zu absurd hohen Preisen. Beierlein hatte daher keinen Gebrauch von dem Angebot gemacht. So hing sein Bild ein Vierteljahr nach seinem Besuch nach wie vor hier vor Wunderlich, während der auf seinen Platz im Lift wartete.

Beinahe hätte es nicht geklappt, weil er in Hof fast den Abflug verpasst hätte. Dorthin war er zwangsläufig ausnahmsweise mit dem eigenen Auto gefahren – und musste prompt gleich zweimal unterwegs anhalten, weil sich eine Biene in seinem Scheibenwischer verfangen hatte. Wenn er den Eindruck hatte, dass das Tier noch lebte, so tat er in solchen Fällen alles, damit dies auch so blieb. Er pflegte also zu stoppen, das Insekt aus seiner misslichen Lage zu befreien und in einer Wiese abzusetzen, bevor er weiterfuhr. Mehr konnte er nicht tun, aber er hatte nie verstanden, warum einem andere Lebewesen gleichgültig sein sollten, nur weil sie kleiner waren als der Mensch.

Raschid Isaak hatte sich gerne zu dem Treffen bereit erklärt. Zum einen war er schon von seinem Naturell her ein sehr kooperativer und kommunikativer Typus Mensch. Er hätte Wunderlich, der schließlich eine ziemliche Maschinerie an Bürokratie für seine Reise hatte lostreten müssen, in keinem Fall enttäuschen wollen. Zum anderen war ihm natürlich an jeder Good-Will-Aktion gelegen, die einem Vertreter derjenigen Stadt zu Gute kam, in der er groß bauen wollte und deren Fußballverein ihm praktisch gehörte. Folglich war er auch gerne bereit, den deutschen Polizisten nach der kurzen Begrüßung im Turm ins zwei Kilometer entfernte deutsche Konsulat zu begleiten, so dass das Gespräch formal als Zeugeneinvernahme stattfinden konnte. Außerhalb dieses Ortes hätte derselbe Zweck ein wochenlanges Rechtshilfeersuchen bedeutet, und wäre Wunderlich zu einer kurzfristigen, aber belanglosen Plauderei in die Wüste geflogen, hätten ihm seine Vorgesetzten das dann doch eher nicht bezahlt.

„Mr. Wunderlich – herzlich willkommen in Dubai. Wie ist denn das Spiel meiner Jungs am letzten Sonntag ausgegangen?“

„Vielen Dank. Es freut mich, dass Sie Zeit für mich finden. Tja, das Spiel des 2. FC Rehau – es ist gar nicht ausgegangen. Das gehört zu den Gründen meiner Anwesenheit. Auf Georg Mackert wurde in der Halbzeit ein Attentat verübt. Und ich hoffe, Sie können mir helfen herauszufinden, von wem und warum. Und das ist leider noch nicht das Schlimmste.“

„Ein Attentat? Auf George? Bei Allah! Er ist doch nicht etwa …?“

„Nein, es geht ihm gut. Ich stand neben ihm, als es passierte. Wir konnten gerade noch rechtzeitig in Deckung gehen.“

„Puh! Das heißt, Sie haben ihm das Leben gerettet. Ich danke Ihnen von Herzen. Wissen Sie, George Mackert ist mir wie ein Freund geworden. Ohne ihn hätte ich niemals diese gute Beziehung zum 2. FC Rehau und Ihrer schönen Stadt aufbauen können.“

„Das freut mich, Sir. Aber wie gesagt, es hat sich noch Schlimmeres ereignet. Frank Beierlein wurde ermordet.“

„Was sagen Sie da? Beierlein? Ermordet? Das … das ist ja entsetzlich! Aber wie … ich meine … er war doch vor ein paar Wochen noch hier.“ Der stattliche, vollbärtige Araber war im Lauf des kurzen Gesprächs bereits zunehmend verunsichert, nachdenklich und bestürzt geworden.

„Genau deshalb komme ich zu Ihnen. Vielleicht könnten Sie mir berichten, weshalb Beierlein bei Ihnen war und worüber Sie gesprochen haben. Und was das hier zu bedeuten hat, das wir bei dem Ermordeten gefunden haben."

„Selbstverständlich", stammelte Isaak, noch immer benommen von den schlechten Nachrichten. Dann erzählte er die ganze Geschichte von Beierleins Verdacht, den er, Isaak, nicht glauben mochte, und von dem vergoldeten Schlüsselanhänger, den er Beierlein zum Abschied geschenkt hatte.

Nun war es an Wunderlich, verunsichert, nachdenklich und bestürzt zu sein.

„Verstehe ich recht: Sie wussten also gar nichts davon, dass Ihr Baugrund unter Naturschutz steht?"

„So ist es, und ich kann mir nicht vorstellen, dass George mir das, sagen wir, vorenthalten hat."

„Hat er ja im Grunde auch nicht. Der Grund für den Schutz war ja gerade dabei wegzufallen."

„Der Grund ist diese Muschel, nicht wahr? Wie heißt sie noch – Flussmuschel?"

„Richtig, die Flussperlmuschel. Wissen Sie, wir haben auf Grund eines Großprojekts der Naturschutzbehörden einen deutlichen Zuwachs verzeichnet."

„Das heißt, Sie haben jetzt genügend, und auf meinen Baugrund kommt es nicht mehr an."

„So wäre es wohl gekommen. Aber wenn es stimmt, was Ihnen Herr Beierlein erzählt hat, dann wäre das alles hinfällig. Mit anderen Worten, wer das vertuschen wollte, hätte ein Mordmotiv. Wer könnte also ein, vermutlich finanzielles, Interesse daran haben, dass Beierlein nicht redet?"

„Nun, Herr Kommissar, ich hoffe, Sie denken dabei nicht an mich. Aber es ist mir eine Ehrensache, Ihnen bei der Aufklärung dieser Tragödie zu helfen. Ich sage Ihnen gerne freiwillig, wo ich war, wenn Sie mir die Tatzeit nennen."

Dieses Angebot nahm Wunderlich mit äußerster Höflichkeit an und Isaak teilte ihm mit, dass er zwei Wochen zuvor zu einer mehrtägigen Geschäftsreise in Jordanien gewesen war, mit drei Dutzend Wirtschaftsmanagern.

„Ansonsten wissen Sie ja schon, dass das Baugrundstück George Mackert gehört – aber mal ehrlich, George ein Mörder? Und vor allem – wer hätte es dann wiederum auf George abgesehen?"

Das war genau der Punkt – egal, ob der Mord an Beierlein und die Attentate auf Mackert aus denselben Motiven heraus verübt worden waren oder nicht, es musste der unbekannte Dritte im Spiel sein. Und auf dem Weg zu diesem wurde Wunderlich nun ein weiteres Mal überrascht.

„Eine letzte Frage noch: Sagt Ihnen der Name Ulrich Wolk etwas?"

„Nein, nie gehört", hätte Wunderlich als Antwort erwartet.

„Ja, das ist doch der Bruder von Paul Wolk", war die Antwort, der noch folgte, dass Paul Wolk als Sportchef des 2. FC Rehau von Gerch Mackert abgelöst werden sollte. Das war eine spektakuläre Information im Hinblick auf Gerchs Bombe und die Schüsse auf ihn. Aber was hätte Beierlein mit einem Racheakt der Wolks zu tun haben sollen?

Es war ein sehr angenehmes, respektvolles Gespräch auf Augenhöhe gewesen, und die beiden Männer versicherten einander zum Abschied, man werde zur Lösung des Falles in Kontakt bleiben. Zumal Isaak ja seinen 2. FC auch bald besuchen würde.

Es war wie bei Beierlein: Das Thermometer zeigte null Grad in Dubai. Aber Wunderlich schwitzte nicht. Er befand sich auch nicht in viertausend Metern Höhe. Es war kühl geworden auf Meereshöhe, und ziemlich weiß. Wunderlich ließ den Geruch nach Schnee, Skiwachs und durchnässten Skianzügen an seiner Nase vorbeiziehen und fühlte sich wie bei dem Skikurs, den er vor dreißig Jahren als Kind am Kornberg absolviert hatte. Leider ohne bleibenden Erfolg – er hatte weder Geschick zum alpinen Schneesport noch allzu viel Verständnis dafür und musste über die Jahre hart daran arbeiten, diese seine persönliche Meinung nicht in schiere Intoleranz abgleiten zu lassen. Immerhin war sein Rennradtransport an die Alpen mit einem Verbrennungsmotor auch nicht besser als die wüsten Schneisen namens „Piste" und die wasserfressenden Schneekanonen. Aber jenseits seiner Ski-Brille empfand er den Winter an sich doch als eine schöne Sache.

In diesem Fall fand der Winter in einer dreihundert Meter langen und achtzig Meter hohen Halle statt, welche sich drei Kilometer von der Küste des Persischen Golfs entfernt befand, dort, wo man die künstliche palmenförmige Insel Jumeirah aufgeschüttet hatte. *Ski Dubai* präsentierte dem Wintersportler mitten in der Wüste fünf Abfahrten mit bis zu vierhundert Metern Länge, schwarze Piste inbegriffen. Als er zum Abendessen auf der anderen, der warmen Seite der riesigen Glasscheibe Platz nahm, beobachtete der Kripobeamte aus Bayern die Jüngsten beim ersten Skikurs, während die Snowboarder ihre Bahnen zogen, die Après-Ski-Fans in einer Hütte an der Mittelstation Jagertee tranken und die, die wie er lieber in der Ebene blieben, einfach gemütlich Schlittschuh liefen. Es war der größte Indoor-Skipark der Welt. So wie vieles in Dubai das Größte der Welt war – und das Teuerste natürlich, da man ja satte fünfzig Grad plus auf Winter herunterkühlen musste.

Während Wunderlich, wie jeder normale Mensch, der dieses Wunderland besuchte, über die sich aufdrängenden Aspekte der Nachhaltigkeit grübelte, kam das iranische Essen. Er hätte auch, ohne einen Meter mehr zu gehen, ein amerikanisches T-Bone-Steak, spanische Paella, griechisches Gyros, japanisches Sushi oder chinesische, libanesische und italienische Küche bestellen können. Aber er hatte wie immer zweimal überlegt und sich auf der *Food Plaza*, die die ganze kulinarische Welt auf einem Fleck beherbergte, für etwas entschieden, das zu Hause nicht so einfach zu bekommen war. Schon vor dem ersten Bissen schüttelte er den Kopf: Wie viele Menschen mochte es in Westeuropa wohl immer noch geben mit der Vorstellung, ein Land an sich könne das Reich des Bösen sein? Jedenfalls für ein Land, das ihm ebenso zartes wie kräftig gegrilltes Lamm-Kebab umgeben von Safran und anderen erlesenen Gewürzen auf den Teller brachte, traf das offenkundig nicht zu. Die persische Küche konnte den europäischen Gaumen auf das Feinste verwöhnen.

Bereits vor seinem Treffen mit Isaak an diesem Sonntag hatte er sein Touristenprogramm absolviert: Nach der Landung am Freitagabend ein Besuch auf der „Palme Jumeirah", deren Form man ihr – fast schon enttäuschend – nicht ansah, wenn man auf ihrer Hauptstraße den „Stamm" entlangfuhr. Spektakulär dagegen der fünf Kilometer geradeaus reichende frontale Blick auf das riesige Hotel „Atlantis" an der Spitze – größer als ein Kreuzfahrtschiff und ebenso wie dieses von der Weite des Meeres und des immer blauen Himmels umgeben. Es war durch einen Unterwasser-Straßentunnel erreichbar – und das nur, damit die Palme aus der Luft betrachtet keinen Wurmfortsatz an den Blättern trug! Am Samstag eine bequeme lange Rundfahrt mit einem Sightseeing-Bus, bei dem man zwar drinnen vor lauter *Aircondition* durch Kälte und draußen vor Hitze umkam, der einen aber wirklich überall hinbrachte, wo man länger bleiben wollte: zu einer Mall mit echtem italienischen Cappuccino genauso wie zum Souq, dem alten Markt, der ungefähr so etwas wie die Rehauer Kärwa war, nur zweihundert Jahre älter, als Dauereinrichtung und als Ort, an dem Monty Pythons berühmte „Kommen Sie, Sie müssen feilschen"-Szene realsatirische Wirklichkeit wurde. Da Wunderlich aber keinen fliegenden Teppich, keine goldene Uhr und auch kein „Ich war hier"-T-Shirt aus echt arabischem Stoff *Made in China* benötigte, hatte er die Zeit lieber in eine Flusskreuzfahrt auf dem Dubai Creek investiert, wo direkt einmal eine kühle Brise wehte und es an Bord für fünf Dirham, umgerechnet einen Euro, das Wichtigste und Schönste zu kaufen gab, was man hier benötigte: eiskaltes Mineralwasser.

Nach dem eigentlichen Programm seines Besuchs am Sonntag, gefolgt von dem Wintererlebnis und der Küche aus tausendundeinem Land, trat er entspannt, aber mit vielen Fragen im Kopf am Montag um sechs Uhr morgens den Heimflug an.

Eine davon lautete: Hatte er Ulrich Wolk zu früh gehen lassen?

Kapitel 52

Es war reiner Zufall. Jedenfalls aus irdischer Sicht. Frank Beierlein war nicht durch die Körpersprache seiner Frau darauf gekommen oder durch ihren veränderten Lebensstil. Das alles hatte er an ihr beobachtet, aber völlig anders eingeordnet. Zum einen hatte er sehr wohl gewusst, dass sie eine Schuldenlast drückte. Nur deswegen hatte er ja Mackerts Geld überhaupt genommen. Dass sie allerdings spielsüchtig war und nicht, wie sie ihm erzählt hatte, eine sündhaft teure Operation bezahlen musste, die ihrer Großtante in Südamerika das Leben rettete, das ahnte er nicht. Zum zweiten wusste er seit ihrem großen Streit beim Abendspaziergang auch, dass sie ihn für einen workaholic hielt. Er versuchte hin und wieder, dieses Verhalten zu verändern, aber er konnte halt nicht aus seiner Haut. Und da war es wohl normal, dass der Partner etwas ruhiger und distanzierter wurde.

Als Frank Beierlein Egidius Wolks Grundstück betrat, war er auf nichts anderes aus, als weitere Beweise für seine inzwischen auf zig Varianten angewachsene Verschwörungstheorie rund um die Flussperlmuschel zu finden. Der Karton in Albrechts Garage mit dem Namen von Ulrich Wolk darauf und die Tatsache, dass dessen Vater die stadtbekannte Entenzucht im Heinersgrund besaß, dem Lebensraum der Muschel und der Bühne für Isaaks *JoyPark*, standen für Beierlein eindeutig miteinander in Verbindung.

Es war eine Augustnacht wie aus dem Bilderbuch. Er war zu Fuß unterwegs, und der Ostwind blies das Zirpen der Grillen und das Plätschern des Perlenbachs an sein Ohr, untermalt vom gelegentlichen Rauschen der wenigen Autos, die um kurz vor Mitternacht noch auf der nahen A93 unterwegs waren. Wolks Grundstück bestand aus drei Teichen, um die herum sich ein Fahrweg schlängelte, der von der Stadtseite her aufs Gelände führte. Auf diesem näherte sich Beierlein, obwohl sein Ziel der Geräteschuppen am gegenüberliegenden Ende des Teiches war. Dort jedoch grenzte das Gelände an dichten Wald, der es vom nahen Dorf Eulenhammer trennte und den er in der Dunkelheit nicht durchqueren mochte. Zumal er ja nicht damit rechnen musste, um diese Zeit fernab der Wohnbebauung entdeckt zu werden. Er marschierte also übers offene Gelände vorsichtig, aber zielstrebig auf den Schuppen zu, in dem er vermutete, wonach er suchte. Dünger. Kunststoffmuscheln. Was auch immer. Nur kam er gar nicht so weit.

Schon als er den ersten Teich passierte, sah er den Wagen zwischen den Bäumen parken. REH-UW 1 stand darauf. Beierlein hatte keine Zeit, über die drollige Idee des Bundesverkehrsministers nachzudenken, den Altlandkreisen wie Rehau ihre früheren Autokennzeichen wieder zu gestatten. Warum auch nicht. Sein Blick galt vielmehr dem „UW". Das war's dann wohl. Der junge Wolk war aus irgendeinem Grund noch hier. Beierlein konnte also umkehren und würde seine kleine Einbruchstour ein andermal …

Das war doch nicht möglich!

„… hab dich lieb, mein Süßer … nächste Woche wieder? … solche Sehnsucht …" Beierlein erfasste nur Wortfetzen.

Es war die Stimme seiner Frau.

Es würde eine logische Erklärung geben. Sie ging beim Spazierengehen Akten durch, in denen diese Zitate standen. Sie probte für ein Theaterstück mit ihren Töchtern, in dem die Worte vorkamen.

Aber das alles passte nicht zu dem, was er sah, fünf Sekunden nachdem er es gehört hatte: Dort stand Susanne und war Ulrich Wolk soeben um den Hals gefallen.

Selbst Worte wie „Tunnelblick" konnten die globale Katastrophe nun nicht mehr beschreiben, die in Frank Beierlein stattfand. Es war, als wäre direkt neben ihm ein Kampfjet abgestürzt. Er blieb aufrecht stehen und verlor dennoch das Bewusstsein. Er hätte nicht einmal mehr sagen können, wie man Flussperlmuschel überhaupt buchstabierte. Oder dass er mit ihr beruflich zu tun hatte. Oder was er überhaupt beruflich tat, wo er wohnte, wann er geboren war und wie er hieß.

Die Teiche, der Wald, der Geräteschuppen, der feuchte Wiesengrund, der Bahndamm, der ihn von der Straße Richtung Autobahn trennte – alles verschwamm und verschmolz miteinander. Der Bocksbach und der Perlenbach, die sich hier unten verbanden, hörten sich an wie reißende, hochwasserführende Ströme, die sich auftaten, um ihn elendiglich zu ertränken. Der Hund auf dem nahen Gehöft, der, von Susannes Liebesschwüren aufgeweckt, ein paar Mal bellte, würde ihn sogleich zerfleischen, wie ein Löwe im Circus Maximus den Verurteilten zerriss, unter dem Applaus des Publikums. Das Jüngste Gericht – es war soeben zusammengetreten. Eulenhammer war Beierleins Harmageddon.

Er irrte besinnungslos durch den nächtlichen Heinersgrund zurück in die ruhende Stadt. Die Brücke der leeren Umgehungsstraße, die er unterquerte, erkannte er kaum, ebenso wenig wie die „Fränkische Krone“, in der alle Gäste längst schliefen und nichts von seinem Unglück ahnten. Irgendwie schaffte er es schließlich nach Hause.

Als er am nächsten Morgen aufstand, musste er trotz allem zwischen sechs und sieben Uhr eine Stunde geschlafen haben. Susanne hatte die Mädchen schon in den Kindergarten gebracht und war weitergefahren zur Arbeit. Der Älteste schulterte gerade seinen Ranzen und machte sich auf in Richtung Schulzentrum. Beierlein verabschiedete ihn schlaftrunken und gerädert. Dann versuchte er, sich selbst Frühstück zu machen.

Aber auch hier blieb es beim Versuch.

Noch auf dem Weg zum Kühlschrank stellte sich ihm nämlich eine Information in den Weg. Diese lautete:

„Wenn Sie noch mehr Beweise brauchen, dann kommen Sie am übernächsten Samstag um 23 Uhr wieder dorthin.“

Kapitel 53

Die Mündung der Waffe war exakt auf Wunderlichs Kopf gerichtet. Das Metall des langen Gewehrlaufs blitzte in der Sonne wie das Höllenfeuer und verstärkte noch den Schock des Polizisten. Es traf ihn völlig unvorbereitet. Es war eigentlich überhaupt nicht möglich, in diese Situation zu geraten. Sie hatten alles gründlich durchsucht. Aber nun war es passiert und er war mittendrin. Und wusste genau, dass er nicht träumte.

Es hatte ihm natürlich keine Ruhe gelassen, dass Ulrich Wolk vielleicht doch ein Verbrecher war. Immerhin hatte er, Wunderlich, ja erfahren, dass Gerch zum Nachteil von Paul Wolk weitere Macht beim 2. FC Rehau an sich reißen würde. Da der Job des Sportchefs seit Isaaks Einstieg recht üppig dotiert war, kein schlechtes Motiv. Also hatte er sich noch am Montagnachmittag, einige Stunden nach seiner Landung in Hof, dazu entschlossen, den Bruder des künftigen Ex-Sportchefs unmittelbar erneut zu befragen. Und da stand er nun, mit der Waffe.

Wolk selbst schien überhaupt nicht im Haus zu sein, aber das hatte Wunderlich nicht davon abgehalten, sich ein wenig umzusehen. Der unverschlossene Geräteschuppen im Garten war sein erster Anlaufpunkt gewesen. Er hatte kaum die Tür geöffnet, als er das im Gegenlicht glänzende G36 erblickt hatte. Es lag, nur lächerlich notdürftig versteckt, zwischen irgendwelchen Kartons, in denen sicherlich Lieferungen für Wolks Sporthaus lagerten. Als Wunderlich sich schließlich vom ersten Schock erholt hatte, zog er sich schnell einen der immer in seiner Jackentasche steckenden Latexhandschuhe über und drehte die Waffe so zur Seite, dass sie nicht mehr auf ihn zeigte. Man konnte nie wissen.

Wunderlichs persönlicher Prozessor schaltete in den dualen Modus. Während er das Bundeswehr-Gewehr von allen Seiten musterte, dachte er gleichzeitig darüber nach, wie es überhaupt hierhergekommen sein mochte – und vor allem: wann. Man konnte sehr, sehr sicher sein, dass, wenn ein Sprengkommando ein Anwesen durchsucht hatte, so wie hier an diesem Platz zwölf Tage zuvor geschehen, sich hinterher keine Schusswaffe mehr auf demselben befand. Sein Instinkt sagte ihm jedenfalls, dass dies das Tatwerkzeug sein musste, mit dem vor einer Woche auf dem 2.-FC-Platz auf Gerch Mackert geschossen worden war. Wolk musste sich also in Sicherheit gewogen haben, nachdem die Aktion in seinem Haus gelaufen war. Vermutlich hatte er die Waffe auf seines Vaters Grundstück gehabt und nach der Tat das Versteck gewechselt.

Wunderlichs Blick folgte konsterniert dem Weg aus Wolks Garten heraus an den Schönlinder Scheunen vorbei und dem Lauf der kleinen Straße über die spätsommerlich gefärbten Hügel in die nahe Stadt Schönwald, die man von hier aus als guten Orientierungspunkt hatte. Er war immer noch schockiert. Aber es war nicht die Angst vor einem Schuss, die ihn in dieser Lage zurückließ, sondern die Verzweiflung darüber, dass er sich so getäuscht hatte: menschlich in jemandem, den er gut kannte und seit Langem duzte. Und fachlich darin, dass er ihn hatte laufen lassen.

Was blieb ihm übrig? Er musste einmal mehr die Spurensicherung herzitieren und gleichzeitig eine Fahndung nach Ulrich S. Wolk herausgeben.

Der allerdings würde für einige entscheidende Tage unauffindbar bleiben.

Kapitel 54

Mackerts Nase war das erste Ziel: Er visierte sie an, zog durch – peng! Die Nase war weg. Dann zielte er auf die Augen – peng! Wieder ein Treffer. Mackert rührte sich längst nicht mehr – peng! Der nächste Treffer war mitten in der Stirn.

Es war natürlich einfach, weil man beim Dart ja ausnahmslos auf etwas Unbewegliches zielte. Er hatte sich zur besseren Unterhaltung lediglich „Mackerts grinsende Unternehmerfresse“, wie er sich ausdrückte, aus dem Frankenblatt ausgeschnitten und in Farbe und Originalgröße auf die Dartscheibe geheftet. Er gönnte sich etwas Entspannung, jetzt, da sein schwindelerregender Auftrag ausgeführt war. Es war eine wunderschöne Vollmondnacht Ende August, und aus einhundert Metern Höhe hatte man einen traumhaften Ausblick auf das Saaletal gehabt, von kurz hinter Moschendorf durch das schlafende Oberkotzau bis hinaus nach Fattigau, wo er oft an verwunschenen Uferplätzen, einer idyllischer als der andere, ganze Sonntage mit dem Angeln zubringen konnte, wenn er nicht auf einer seiner Mountainbiketouren war.

Es war nicht ungefährlich, im Dunkeln die Masten hochzuklettern, auf schmalen Eisentritten, die nur für gut gesicherte Monteure bei Tageslicht gedacht waren. Aber Klettern hatte zu seiner Grundausbildung beim Bundesnachrichtendienst gehört, und so war es für Jörg Albrecht, der die Konstitution eines Elitesoldaten hatte und mit seinem Kurzhaarschnitt auch so aussah, eher ein Kinderspiel gewesen, Mackerts Windräder in Haideck zu besteigen. Die Rache würde süß sein, dachte er sich mit dem TNT im Rucksack, das er in Brandenburg bei seinem Ex-Kollegen abgeholt hatte. Mackert hatte sie hängen lassen, und dafür sollte er büßen.

Oben angekommen hatte es sich wie erwartet als nicht allzu schwierig herausgestellt, die Päckchen an der Gondel zu befestigen.

Unauffällig sollten sie dort einige Tage haften, bevor das kleine Feuerwerk zu Lasten der *MackertWind* inszeniert werden würde. Im Haidecker Wald würde er sich dann postieren, mit dem G36, das er ebenfalls bei seinem Ausflug in die neuen Bundesländer über sein verschlungenes Netzwerk hatte organisieren können. Ein einziger gezielter Schuss aus dieser Waffe war jeweils völlig ausreichend, um jedes der Päckchen zur Explosion zu bringen, und während er selbst sich im Schutz des Waldes aus dem Staub machen würde, wäre alle Welt damit beschäftigt, von den vier lodernden Riesen beeindruckt zu sein.

Albrecht hatte von Mackert gründlich die Nase voll. Schon seit Jahren versuchte *PolyWorld*, in der Branche der Erneuerbaren Energien Fuß zu fassen und zu diesem Zweck ein *joint venture* mit *MackertWind* hinzubekommen, eine gedeihliche Zusammenarbeit also. Mackert jedoch beantwortete diese konstruktiven Annäherungsversuche auf seine typische Gutsherrenart: mit einer Kampfansage. Er werde vom zweitgrößten zum größten Steuerzahler der Stadt Rehau aufsteigen, hatte er getönt, was zwangsläufig bedeuten musste, dass er *PolyWorld* im Energiegeschäft auszustechen und dann aufzukaufen gedachte. Und nun war zu diesem Größenwahn auch noch seine persönliche Gewissenlosigkeit hinzugekommen: Mackert hatte Albrecht und Simon fallen lassen wie heiße Kartoffeln. Er würde dafür bezahlen.

„Und dann das ganze Spiel noch mal am Tauperlitzer Berg und auf der Vierschauer Höhe – wie praktisch, dass er seine Räder quer durchs ganze Vogtland stehen hat. Wenn wir die alle niederbrennen, hat die halbe Region keinen Saft mehr. Das öffentliche Leben wird stillstehen. Produktion und Verwaltung gehen in die Knie. Mit etwas Glück bürgerkriegsähnliche Zustände. So oder so – das totale Chaos. Und *MackertWind* ist schuld. Damit ist er ruiniert.“

„Seine Erben.“

„Wie – seine Erben?!“ Albrecht drehte sich verwirrt um.

„Es sind seine Erben, die ruiniert sein werden“, verdeutlichte Simon seine Aussage. Er sprach mit größter Gelassenheit, was nicht nur daran lag, dass es sehr entspannend war, Jörg Albrecht eine halbe Stunde lang beim Dartspielen zuzusehen. Vielmehr konnte Simon grundsätzlich recht kaltblütig sein.

„Du hast mich glaube ich missverstanden“, fuhr Simon fort. „Das restliche TNT ist nicht dazu da, dass du auf noch mehr Windräder kletterst. Vier brennende Giganten genügen völlig, um den Ruf von *MackertWind* für lange Zeit zu pulverisieren. Kein Energieversorger, der nicht von der Bevölkerung boykottiert werden will, kauft so einem noch seinen Strom ab. Aber glaubst du, nur weil wir sein Geld verbrennen und uns damit für seine Illoyalität rächen, lässt der sich abhalten zu reden?“

„Ehrlich gesagt, genau das hatte ich geglaubt.“

Simons Gesichtsausdruck verriet, dass er ein schallendes Gelächter unterdrücken musste. Er lächelte stattdessen nur herablassend.

„Du kennst den Gerch eben schlecht. Der hängt uns erst recht hin. Nein, noch bevor wir seine Firma vernichten, müssen wir ihn selbst aus dem Verkehr ziehen.“

Albrechts Leben wurde, bedingt durch seinen früheren Beruf, wahrlich nicht durch irgendwelche Skrupel erschwert. Es war vielmehr das Unerwartete an Simons Plänen, das ihn traf.

„Und wie willst du das anstellen?“

„*Du* wirst das anstellen. Du bist für so was ausgebildet.“

Albrecht hatte den Plan schon verarbeitet und zeigte keinerlei überraschte Regung mehr. Das Wort „schockierend“ kannte er nicht. Auch nicht bei Mord.

„Und dann kommt Beierlein dran, nehme ich an?“

„So ist es“, bestätigte ihm Simon. „Genauer gesagt, umgekehrt.“

Kapitel 55

„Das ist jetzt wahrscheinlich der ungünstigste Moment, um die Zeche zu prellen“, meinte der Mann, der vor Wunderlich stand, mit verschmitztem Grinsen. Sie befanden sich beide in der Schützen-Bäckerei in der gleichnamigen Hauptstraße und warteten auf Cappuccino zum Mitnehmen. Sein Vordermann hatte ihn offenbar erkannt, was umgekehrt nicht der Fall war, aber das ging Wunderlich ständig so. Erstens war er nun einmal eine Person des öffentlichen Lebens und zweitens hatte er als junger Mann derart viel in der örtlichen Politik mitgemischt, dass sich die älteren Rehauer seine Nase schon allein deshalb gemerkt hatten. Ob aus Zu- oder Abneigung, das spielte nach so langer Zeit natürlich keine Rolle mehr – vor allem nicht hier und jetzt, da Wunderlich stets bestens gelaunt war, wenn er einen Cappuccino in Händen hielt. Dieses Getränk war einer seiner Lebensanker und er fand, dass der entscheidende Schritt Rehaus hin zu einer modernen Stadt die Einführung von italienischen Kaffeespezialitäten „to go“ war. Die konnte man dann auf dem Maxplatz in der Sonne sitzend genießen und sich wie auf einer toskanischen Piazza fühlen – nur ohne Hitze und Touristenbusse.

Der Genuss konnte aber heute auch nicht darüber hinwegtäuschen, dass ihn die Reise nach Dubai keinen entscheidenden Schritt weitergebracht hatte. Beierlein war nach Isaaks Angaben nur deshalb dorthin geflogen, weil er dem *JoyPark*-Eigner klarmachen wollte, dass der im Naturschutzgebiet nicht würde bauen können. Und dass dieses Naturschutzgebiet nicht wie erwartet aufgehoben würde, weil nämlich die Flussperlmuschel sich in Kürze wieder dezimieren würde – auf Grund des zu großen Nährstoffeintrags.

Das jedoch hatte sich ja inzwischen als Ente herausgestellt: Der Dünger war im Juni von einem Erpresser in den Perlenbach gekippt worden, der sich aber nie wieder gemeldet hatte und den Wunderlich und seine Kollegen trotz einiger Ermittlungen bislang auch nicht finden konnten. Vermutlich war das Ganze ein schlechter Scherz gewesen. Wie auch immer – die Muscheln waren dadurch nicht bedroht, so dass Beierleins Besuch in Dubai im Nachhinein viel Lärm um nichts war. Andererseits hätte es, wie Ulrike ihm erklärt hatte, ja gar keines Zwischenfalls bedurft, da die Flussperlmuscheln auch so hinreichend gefährdet waren. Das wiederum schien Beierleins Sorge überhaupt nicht gewesen zu sein. Merkwürdig genug.

Nachdem ihm im Moment keine zündende neue Idee kam, warum und durch wen Beierlein nun hatte sterben müssen, beschloss er, sich erst einmal weiter mit den Mackert-Attentaten und den Konsequenzen aus seinem Waffenfund in Ulrich Wolks Schuppen zu beschäftigen. Dessen Vater würde bei diesem Wetter sicherlich auf seinem Grundstück arbeiten, das sie nach Abschluss der Spurensicherung inzwischen wieder freigegeben hatten. Für die paar Meter vom Maxplatz zum Heinersgrund nutzte Wunderlich sein gewöhnliches Trekkingrad.

Als er auf dem Teichgrundstück östlich der Stadt ankam, fand er Egidius Wolk in der Tat sehr beschäftigt vor. Er war gerade dabei, seine Löffelenten einzufangen.

„Grüß Gott, Herr Wolk! Kann ich Sie kurz was fragen?"

„Ner ho", bejahte das Rehauer Urgestein. „Aber nedd, dass ihr mir nuchamol mein Uli verhaften tut's, gell!"

„Hoffentlich nedd, Herr Wolk. Genau deswegen bin ich da. Ich habe erfahren, dass Ihr anderer Sohn, der Paul, beim 2. FC Rehau abgelöst werden soll. Da sind Sie und Ihre Söhne auf den Herrn Mackert bestimmt nicht so gut zu sprechen, oder?"

Wie gesagt, im Leben eines Kriminalbeamten verging kein Tag ohne Überraschungen. Die zwei heutigen, die nun folgten, erreichten einmal mehr Rekordniveau.

„Nicht gut zu sprechen? Das ist das Beste, was dem Paul passieren konnte!"

„Nanu – wieso denn das?"

„Ihnen kann ich's ja sagen, Sie sind ja praktisch Geheimnisträger. Also, als Sportchef hat der Paul fünftausend im Monat gekriegt. Ziemlich ordentlich für die Bayernliga. Der Isaak zahlt halt gut. Aber wissen Sie, was er dem Paul als Abfindung gibt?"

Wolk senior machte eine Kunstpause, um einen dramatischen Gesichtsausdruck aufzulegen. Dann schrieb er mit seinem Zeigefinger eine Eins mit sechs Nullen in die Luft.

„Ihr Sohn bekommt eine Million auf die Hand?"

„Genau. Und einen kleinen Beratervertrag, damit er noch hin und wieder was zu tun hat. Tja, der Gerch wollte halt unbedingt selber eine Fußballmannschaft leiten. Das war sein Lebenstraum. Da haben er und Isaak wohl zwei halbe Millionen zusammengelegt."

Wunderlich war noch nicht damit fertig, das zu verdauen, als der zweite Hammer kam.

„Ähm, sagen's mal, Herr Wolk, was machen Sie da eigentlich mit Ihren Enten?"

„Die muss ich alle einfangen. Die ziehen um. Genau wie ich."

„Wieso umziehen? Gefällt es Ihnen nicht mehr auf Ihrem Grund und Boden?"

„Das ist nicht mehr mein Grund und Boden."

„Wie bitte?!"

„Tja, was mein Sohn kann, kann ich schon lange: Es hat zwar keine ganze Million gebracht – aber ich habe es verkauft."

„Wann?"

„Schon vor drei Monaten, Mitte Juni. Man hat mir einen extrem guten Preis geboten und eine schöne Übergangsfrist. Und vor ein paar Tagen hat der neue Besitzer vorbeigeschaut und mitgeteilt, dass er nun in absehbarer Zeit den Grund benötigt. Also kümmere ich mich jetzt. Wir haben ja noch einen Teich in Wurlitz."

Wunderlich hatte noch eine nun sehr naheliegende Frage, aber bevor er sie stellen konnte, erregte zunächst etwas anderes die Aufmerksamkeit seiner perfektionistischen, harmoniegetunten Seele: Ein harmloses Stück Papier lag auf dem Boden. Da gehörte es in der freien Natur selbstverständlich nicht hin, weshalb der Kommissar es instinktiv aufhob, um es einzustecken und bei Gelegenheit in einen städtischen Papierkorb zu werfen.

Ein harmloses Stück Papier?

Er traute seinen Augen nicht, als er beiläufig erblickte, was jemand darauf geschrieben hatte. Sehr sorgsam packte er es daraufhin ein, damit es unter keinen Umständen verloren ging.

Aber das war noch immer nicht die größte Überraschung des Tages. Wunderlich kam nun zu seiner letzten, logischen Frage.

„Und wer ist dieser neue Besitzer?"

Die Antwort von Egidius Wolk änderte die Sachlage des Falles auf die drastischste vorstellbare Weise.

Kapitel 56

Simon lehnte sich zurück und atmete tief durch. Trotz aller Gefahren, die sich ihnen plötzlich und unerwartet während der Schwangerschaft in den Weg gestellt hatten, stand sein Baby nun kurz vor der Geburt. Das würde ihm Unmengen an Geld einbringen, und er war zu erstaunlicher Kreativität fähig, wenn es um viel Geld ging. Die Lösung, wie er die Zweifel der Beteiligten zerstreut hatte, war genial gewesen. Erpresser düngen den Perlenbach! Auf so einen Blödsinn musste man wirklich erst einmal kommen. Er hatte sich einfach aus Jörg Albrechts umfangreichem Agentenfundus bedient, um zu erfahren, wie man Briefe dieser Art formulieren musste, damit sie echt wirkten, und in welcher Form man sie absandte, um seine eigenen Spuren zu verwischen. Unfassbar, dass der Bürgermeister dieser kleinen Stadt darauf hereingefallen war.

Das Problem war nur, dass Mister Tollpatsch vom Landratsamt sich dadurch noch nicht hatte besänftigen lassen. Aber auch dafür war Simon eine gute, besser gesagt die ultimative Lösung eingefallen. Es war ja auch wirklich unverschämtes Glück, dass Mrs. Tollpatsch sich ausgerechnet den Vorbesitzer des bewussten Grundstücks als Liebhaber ausgesucht hatte. Jetzt konnten sie aus mehreren Möglichkeiten eine auswählen. Entweder sie müssten sich selbst die Hände schmutzig machen – dann würden sie es dem Lover in die Schuhe schieben. Seine Adresse stand ja auf den Kartons mit den zwischengeparkten Fälschungen, nachdem er darin an Albrecht einiges an Sportausrüstung geliefert hatte. Was lag näher, als dass der Fälscher den Entdecker ermordete und dadurch praktischerweise den im Weg stehenden Ehegatten gleich mit? Möglichkeit zwei: Der Liebhaber dachte tatsächlich so und würde von sich aus tätig.

Am besten jedoch gefiel ihm Möglichkeit drei, zu der sie völlig unverhofft gekommen waren: Das Problem mit dem überflüssigen

Gatten gälte ja schließlich auch für die Geliebte. Und was noch besser war: Für sie kam ein monetäres Motiv hinzu. Mackert hatte beiläufig von ihrem Schuldenberg erzählt. Und Albrecht hatte die Bankdaten gehackt und war so auf die Lebensversicherung gestoßen. Damit war das Motiv auf einem Silbertablett serviert worden, so als speisten sie gerade im Bayerischen Hof.

Albrecht hatte bei ihrer nächtlichen Dartrunde zu Recht darauf hingewiesen, dass, wenn sie es auf diese Weise hinbekämen, die Sache wesentlich eleganter aussehen würde. Simon hätte keine Skrupel gehabt, es Albrecht selbst durchziehen zu lassen, aber vom Standpunkt der Logik aus gesehen musste er seinem Komplizen zweifellos zustimmen. Nun galt es einfach nur, ein wenig nachzuhelfen. Erneut waren somit Albrechts Agentenkünste gefragt. Er musste lediglich so tun, als sei er Ulrich Wolk. Zumindest schriftlich.

Die Mutter würde, wenn alles gutging, von alldem überhaupt nichts mitbekommen.

Kapitel 57

Der Mittwoch zweieinhalb Wochen nach der Tat war der Tag, an dem Wunderlichs Multitasking-Fähigkeiten auf die höchste Probe gestellt werden sollten. Er würde sie mit Bravour bestehen.

Kaum dass Polizeiobermeister Peter Dittrich das Büro des Kriminalhauptkommissars betreten hatte, begann er schon zu schlottern. Es hatte gerade einmal zwölf Grad an diesem Morgen Ende September, aber das hinderte Wunderlich noch lange nicht daran, bei geöffnetem Fenster im kurzärmligen Hemd an seinem Schreibtisch zu sitzen. Und auch Dittrich, der diese immer wiederkehrende Situation sonst mit „Na, haben Sie noch auf Sommer umgestellt“ zu kommentieren pflegte, schenkte dem heute keine Beachtung. Dazu war er viel zu aufgeregt.

„Wir haben die Mordwaffe!“, jubelte er seinem Chef entgegen.

„Redd kaa sedds Zeich! Wo hobbder nocherd die g'funna?“ Die Aufregung färbte sogleich wieder auf Wunderlichs Sprachschatz ab.

„Na ja, es ist mir irgendwie peinlich. Aber ich schwör' dir, die war letzte Woche noch nicht da.“

„Etzerd sooch scho!“

„In der Garage von der Beierlein.“

Dittrich überreichte ihm das gute Stück. Es handelte sich um einen Hammer, der mit einem Steinquader bestückt war. Dieser sah aus wie Granit, aus dem auch der Sockel des Viehhändler-Denkmals bestand. Er war über und über mit Blut verschmiert.

„Aber ihr wart doch vor einer Woche schon da drin. Das Gewehr habt's gefunden und den blutverschmierten Hammer habt's übersehen?!“

„Hammer nedd.“ Es war ein unfreiwilliges Wortspiel, aber die Situation war im Moment zu spannend, als dass sie beide darauf hätten eingehen wollen. „Da, schau auf die Fotos.“

Wunderlich blickte auf zwei Fotos aus Susanne Beierleins Garage. Das eine war von gestern – mit Hammer, aber ohne das Gewehr, das sie sichergestellt hatten. Das andere war vom Dienstag vergangener Woche – mit Gewehr. Aber ohne Hammer. Wunderlich schüttelte den Kopf – über zwei Dinge. Das, was er auf den Fotos sah beziehungsweise nicht sah, und das, was es bedeuten musste:

„Die kann doch nicht so blöd sein und die Tatwaffe zurück in ihre Garage schaffen, nachdem sie sie schon irgendwo versteckt hatte!"

„Wer weiß", murmelte Dittrich, „vielleicht hat sie ja genau darauf spekuliert: dass wir durch die Garage schon durch waren. Konnte ja nicht wissen, dass wir noch mal wiederkommen müssen, der Form halber, weil wir vergessen haben, die hintere Garagenwand zu fotografieren."

Sie wollten gerade weitere Schlussfolgerungen ziehen, da klingelte das Telefon.

„Einen wunderschönen guten Morgen, lieber Herr Hauptkommissar. Hier Professor Birnbaum."

„Oh, der Allerheiligste der Forensik", frotzelte Wunderlich zurück. „Was verschafft mir die frühe Ehre?"

„Früh ist gut – ich versuche schon seit Donnerstag, dich zu erreichen. Aber du musstest ja unbedingt Ferien in der Wüste machen."

„Ich schick' dich gleich in dieselbige. Ferien! Also, was gibt's Neues?"

„Wir haben die Splitter des eingeschlagenen Objekts am Hinterkopf des Opfers fertig analysiert und herausgefunden, woraus die Tatwaffe bestanden haben muss."

„Granit", entgegnete Wunderlich trocken. In das ungläubige Prusten am anderen Ende der Leitung hinein fuhr er fort: „Deine Tatwaffe liegt hier vor mir auf dem Schreibtisch."

„Wie? Seit wann?"

„Beruhige dich, ich habe dir nichts vorenthalten. Seit gerade eben erst."

„Daaann wirst du mir sicher auch sagen können, was ich über den Täter oder die Täterin herausgefunden habe!“

Birnbaum legte wieder seinen Oberlehrer-Ton auf, während Wunderlich eingehend den Granitquader musterte. Dann hatte der Kommissar eine Ahnung.

„Linkshänder“, sprach er mit fester Stimme ins Telefon. „Und es waren mehrere Schläge.“

„Das hat dir der Teufel gesagt!“

„Nein, Rumpelstilzchen, das waren die Blutspuren. Die Art, wie sie auseinanderlaufen.“

„Gaaanz recht, mein Lieber, und das sagen mir auch die Schädelverletzungen. Die Schläge wurde von links nach rechts auf den Kopf zu ausgeführt. Mit der rechten Hand geht das nicht, außer du stehst neben dem Opfer. Und dann sieht es dich rechtzeitig. Und mehrere werden es wohl gewesen sein, damit es aussieht wie von eurem überbreiten Viehhändler-Denkmal. Na, sind wir nicht das perfekte Team?“

„Wie immer, Herr Professor Doktor. Na, dann schick mir mal deinen Bericht. Und dank' dir recht schön.“

„Linkshänder“, sagte Wunderlich zu Dittrich, der dem Gespräch zugehört hatte. Beide nickten sich zu. Beide hatten sie Susanne Beierlein mit links schreiben sehen.

„Und außer ihr ist nur …“, begann Wunderlich, aber weiter kam er nicht, denn sein Handy begann erneut, Columbos Pfeifmelodie zu spielen. Edmund Angermann war dran und klang genauso aufgeregt wie Wunderlichs andere beiden bisherigen Gesprächspartner.

„Du musst unbedingt ins Rathaus kommen. Wenn du das siehst, hast du den Fall so gut wie gelöst, da bin ich ganz sicher!“

„Würde ich heute Nachmittag machen. Jetzt muss ich erst mal nach …“

„Echt, glaub's mir. Ich habe eine Datei gefunden – ich wusste gar nicht, dass wir so was haben, und ich weiß auch nicht, wegen Datenschutz und so. Aber …“

„Ist ja gut, Eddi. Aber als Erstes muss ich dringend nach Hof."

Nachdem Wunderlich aufgelegt hatte, sah er auf die Uhr. Widerwillig beschloss er, das Auto zu nehmen. Schon auf dem Weg nach draußen erteilte er Dittrich Anweisungen für den Tag.

„Ihr passt's mir bitte bis heute Abend auf, dass die Beierlein keinen Meter aus der Klinik wegrennt. Ich fahr' jetzt ins Landratsamt, und wenn ich da nicht finde, was ich suche, dann hilft's nichts. Dann nehmen wir sie heute Abend fest."

Er gab Dittrich einen Zettel.

„Und besorg' mir bitte eine DNA von dem da. Danke!"

Kapitel 58

Es war allmählich dunkel geworden an diesem ersten Samstag im September gegen 21 Uhr. Das Warten hatte ein Ende. Er würde bald hier sein. Er war ja buchstäblich angelockt worden. Unmissverständlich hatte er erfahren, dass heute wieder ein Treffen stattfinden würde. Das würde er sich nicht entgehen lassen – wissbegierig, wie er war. Aber er würde nicht das vorfinden, was er vermutete. Stattdessen würde seine letzte Stunde schlagen. Heimlich, still und leise.

So jedenfalls war Susanne Beierleins Plan. Irgendwann war sie der Versuchung dann doch erlegen. Wie einfach alles auf diese Weise wurde: Wenn Frank nicht mehr da war, konnte sie die trauernde Witwe mimen und nach einigen Anstandsmonaten ohne Ansehensverlust ihre Liaison mit Ulrich Wolk allmählich öffentlich machen. Und neben der guten Partie, die sie sich damit angeln würde, fiel ihr auch noch die Lebensversicherung zu, die sie, sicherheitsbewusst, wie sie als Verbrechensbekämpferin war, für ihren bald Dahingeschiedenen in nicht zu knapper Höhe abgeschlossen hatte.

Der große Knall, den sie schon bei ihren Gebeten in der Pilgramsreuther Kirche im Frühsommer befürchtet hatte – er würde auf diese Weise ausbleiben. Sie war im halben Landkreis als äußerst anspruchsvoll bekannt, was ihr Rechtsempfinden und ihre moralischen Werte betraf. Bemerkenswert viele Menschen hatten ihr während ihrer Dienstjahre in Hof mitgeteilt, dass man auf ihre Sicht der Dinge große Stücke halte. Hätte sie sich nun Knall auf Fall scheiden lassen und sofort in die Arme eines anderen geworfen, so wäre eine Welt für diese Menschen zusammengebrochen. Bei einem tragischen Verbrechen jedoch würden die Steine im Rehauer Weltbild aufeinander bleiben. Die großen Probleme, die viele Bürger mit Susannes tiefem Fall gehabt hätten, die riesige Enttäuschung der Öffentlichkeit, all das würde sie vermeiden.

Als ihr diese ganzen Zusammenhänge vor zwei Tagen bewusst wurden, war der Widerstand gebrochen.

Erst recht, nachdem sie beim letzten Treffen im Heinersgrund eine Notiz vorgefunden hatte. Sie war stets vor Wolk anwesend, und beim Warten hatte sie den *post-it*-großen Zettel an der Schuppenwand heften sehen:

„Ohne Frank wäre vieles leichter!"

Sie hatte Wolk anschließend nicht darauf angesprochen. Über so etwas redete man nicht – sie wollte ja auch die romantische Stimmung nicht zerstören. Aber die Botschaft war eindeutig.

Also hatte sie ihrem Gatten wie beiläufig zu verstehen gegeben, dass sie am Samstagabend nicht zu Hause sein würde. Da sie ja bereits wusste, dass er sie und ihr Liebesnest entdeckt hatte, war zwangsläufig damit zu rechnen, dass er sie dort vermuten und ihr nachstellen würde. Den Kindern musste sich keiner von beiden erklären, denn sie verbrachten die letzte Ferienwoche bei den Großeltern. Was Frank nicht wusste: Der Liebhaber seiner Frau war an diesem Tag gar nicht verfügbar. Das erste Wochenende im September gehörte traditionell einer der größten Sportveranstaltungen im Rehauer Kalender, bei der Tischtennis-Teams aus ganz Deutschland sich ein Stelldichein im Sportzentrum gaben. Wolk betrieb dort jedes Mal einen Verkaufsstand seines Sporthauses und blieb samstags bis zum späten Abend, um mit der Mannschaft des TV Rehau die Sache in einem Lokal mit kulinarischem Seltenheitswert ausklingen zu lassen: einem griechisch-italienischen Restaurant, das Spaghetti ai frutti di mare ebenso anbot wie Gyros-Kalamari-Grillteller. Es war alljährlich ein echtes Highlight.

Susanne Beierlein hatte vor achtundvierzig Stunden den Entschluss gefasst, ihren Mann umzubringen, ohne Zeugen auf Egidius Wolks Grundstück und ohne Wissen ihres Geliebten. Sie hatte ihr Auto in Eulenhammer geparkt, an dem großen Holzindustriebetrieb, der von Verpackungen über Paletten bis hin zu Gartenzäunen praktisch alles herstellte, was auch nur ansatzweise aus Holz bestand.

Hinter den abgestellten Lieferwagen fiel sie am Wochenende nicht auf. Nun musste sie nur die Gleise queren. Die Unterführung an der Straße nach Fohrenreuth konnte sie nicht benutzen, denn auf den zweihundert Metern dorthin war es viel zu riskant, von einem Autofahrer gesehen zu werden. Umgeben vom Quaken der Frösche in den nahen Teichen machte sie sich also auf, die fünfzig Meter vom Parkplatz zum Bahngleis direkt über freies Feld zurückzulegen. In gebückter Haltung am Bahndamm angekommen, wuchtete die drahtige Staatsanwältin sich eilig und entschlossen den ordentlich hohen Hang hinauf, machte einen Satz hinweg über die Schienen und verschwand hinter dem Schotterbett aus der Sichtweite von Dorf und Straße. Nur noch zwei, drei Minuten musste sie sich mucksmäuschenstill an das Grundstück heranpirschen, bevor sie die Zufahrt erreichte.

Ihre Gedanken gingen zurück zu all den Demütigungen, die sie erfahren hatte. Nie hatte er Rücksicht auf sie und die Kinder genommen. Wie viele Stunden waren verloren gegangen, die sie bei romantischen Abendspaziergängen entlang der schönen Gärten im Stadtteil Siedlung, bei einem Eis auf dem Maxplatz oder einem leckeren Pizzaessen bei einem der drei Italiener der Stadt hätten genießen können. Bei wie vielen Reisen hätten sie entspannen können, wenn er nicht während der Urlaubstage pausenlos über seine Arbeit gesprochen hätte – vorausgesetzt, die Urlaubstage waren überhaupt vorhanden und nicht durch Dienstreisen auf eigene Faust wie nach Dubai aufgezehrt.

Gerechtigkeit war ihr Beruf. Und das hier fand sie gerecht. Mit Herzklopfen bis zum Hals bog sie in die Zufahrt ein, querte das Gelände und versteckte sich, mit dem Tatwerkzeug in der Hand, hinter dem Schuppen am Waldrand, um auf ihn zu warten.

Zwei Stunden später verließ sie durchgeschwitzt, aber lächelnd und erleichtert den Ort des Geschehens.

Kapitel 59

Beinahe hätte es gekracht. Wunderlich war das Gleiche passiert wie etlichen Rehauern vor ihm. Vor vielen Jahren hatte die Stadt mehrere Vorfahrtregelungen im Zentrum geändert, um den Maxplatz aufzuwerten und zugleich den Verkehrsfluss zu erleichtern. Im Gegensatz zu München, wo man hundert Millionen Euro Steuergelder für einen vierspurigen Straßentunnel ausgab, in dem dann aber nur Tempo fünfzig gefahren werden durfte, und ebenso viel für einen zweiten, an dessen Ende aber eine Ampelkreuzung stand, deren Stauwirkung man leider in der Planung übersehen hatte, betrieb der Stadtrat hier oben nämlich die Verkehrspolitik mit Hirn und Fairness. Und das hieß: Lebensqualität für Fußgänger *und* Vorankommen für Autofahrer. Beides zugleich natürlich für Radler, weshalb Wunderlich nach seiner Rückkehr aus dem Landratsamt sogleich den Dienstwagen zu Hause abgestellt hatte und für die Fahrt in die Rehauer Dienststelle wieder auf sein bevorzugtes Verkehrsmittel umgestiegen war.

An eine abknickende Vorfahrt musste man sich aber erst gewöhnen, wenn man „die Pfarrstraße hat Vorrang" als Teil der Muttersprache in sich aufgenommen hatte. Und so war es, verlässlichen Gerüchten zufolge, geschehen, dass einen Tag nach der Änderung ausgerechnet die Gattin von Edmund Angermann an der T-Kreuzung mit der Kirchgasse auf der Pfarrstraße ungebremst geradeaus weitergefahren war – was eine umgehende babylonische Verwirrung mit dem Fahrzeug zur Folge gehabt haben sollte, welches sich von der Kirche her bergab näherte und die neue Fremdsprache im Rehauer Straßennetz bereits fließend beherrschte. Am Auto der Frau Bürgermeister und ihres Unfallgegners war aber zum Glück nur Blechschaden entstanden.

Für Wunderlich auf seinem Rennrad wäre es sicher schmerzhafter ausgegangen. Aber genau deswegen fuhr er hoch konzentriert.

Umso mehr wurmte es ihn, dass er nach Jahren noch immer darauf hereinfiel. Andererseits – er war ja auch zwei Jahrzehnte so gut wie weg gewesen.

„Woran erkennt man alteingesessene Rehauer? Daran, dass sie mitten auf der Gartenstraße bremsen!“, tröstete ihn Peter Dittrich, der damit auf eine weitere, im Urbürger noch unverdaute Vorfahrtänderung an der Westseite des Maxplatzes anspielte. Wunderlich lächelte seinem Kollegen dankbar zu. Der wedelte mit dem Zettel.

„DNA haben wir.“

„Gut“, entgegnete Wunderlich, „dann vergleich’ sie doch bitte mit dem hier.“

„Heut noch?“ Dittrich sah das, was Wunderlich ihm überreichte, erstaunt an. Ob sich das Erstaunen mehr auf die Art des Objekts oder die Eile in Wunderlichs Unterton bezog, war weder erkennbar noch von Bedeutung, denn der hatte seinen Untergebenen schnell überzeugt:

„Sagen wir, es könnte euch ersparen, Nachtwache vor der Bezirksklinik zu halten.“

„Des is nadierlich a Worrd! Do mach’ mer der KTU Feier under na Hindern“, sprach Dittrich, schon zum Gehen gewandt.

Derweil schwang sich Wunderlich wieder aufs Rad, um die dreihundert Meter bis zum Rathaus zurückzulegen, zu seinem Freund und Mitermittler Angermann, der ihm ja euphorisch die Lösung des Falles angekündigt hatte.

Es wurde beinahe eine Reise ohne Wiederkehr.

Schon gleich nachdem er an der Polizeistation rechts abgebogen war und das Schützenhaus passiert hatte, hatte er das Gefühl, beobachtet zu werden. Im Fahren wandte er den Kopf nach rechts zu den Tennisplätzen, aber nur, um ihn sogleich zu schütteln. Es war schließlich kaum denkbar, dass sich dort wirklich eine vermummte Gestalt mit Fernglas soeben hinter die Büsche am Spielplatz zurückgezogen hatte. Er würde dennoch einmal hinübersehen, gleich in zehn

Sekunden, denn das Rathaus, an dem er soeben abstieg, lag ja exakt gegenüber.

Er hatte aber keine zehn Sekunden mehr. Es war auch nicht mehr nötig, nachzusehen. Die Typen waren echt.

Gleich zwei Maschinenpistolen zeigten auf seinen Körper, gehalten von Muskelpaketen mit Sturmhauben, die ihre Gesichter verbargen, und Kampfstiefeln, die an der tödlichen Gefahr keinerlei Zweifel ließen. Die Terroristen waren bei seinem Anblick aus dem blauen Rathausbau gestürmt und standen nun auf halber Strecke zwischen Wunderlich und der Rathauspforte. Abgesehen von der Angst um sich selbst mochte er sich kaum ausmalen, was sie in dem Gebäude bereits angerichtet hatten.

„Polizei, Hände über den Kopf, stehen bleiben!“

Er traute seinen Ohren nicht.

„Äh, aber ich …“

„Hände über den Kopf, hab ich gesagt! Sofort!“

Erst jetzt schaltete seine in der Polizeiarbeit auf Extremsituationen trainierte Psyche um, er konnte wieder denken und begriff. Augenblicklich nahm er langsam und vorsichtig seine Hände nach oben.

„Kriminalpolizei Rehau“, sprach er die Beamten der GSG9 ruhig und deutlich an. „Ich lege jetzt meine Dienstwaffe zur Seite und hole dann meinen Dienstausweis aus der linken Trikottasche – einverstanden?“

„Stopp! Seid’s ihr wahnsinnig?!“, gellte es aus dem ersten Stock.

Wunderlich atmete sehr tief durch. Es entschärfte die Prozedur erheblich, dass der Bürgermeister zufällig in diesem Augenblick aus seinem Amtszimmer geblickt hatte.

„Der ist einer von euch! Auf den warte ich schon dringendst!“

Sie hatten auf seine im Holster sichtbare Waffe reagiert, die sich unter seinem obersten Radtrikot deutlich abgezeichnet hatte. Natürlich trug auch Wunderlich angesichts der noch ungeklärten Attentate eine Eigensicherung.

„Entschuldige bitte“, versuchte ein völlig aufgelöster Angermann seinen Freund zu beruhigen, „aber nach der Bombe und den Schüssen auf dem FC-Platz hat der bayerische Innenminister darauf bestanden, mich und ein paar andere mit einer Antiterroreinheit zu bewachen. Ich war von Anfang an dagegen. Na, der bekommt was zu hören! So ein Wahnsinn – jetzt sieht man, was bei so einer Hysterie rauskommt!“

„Wenn's dafür gut war, dann ist ja alles okay“, schnaufte Wunderlich erleichtert. Auch er fand das Ganze hoffnungslos übertrieben und weitgehend sinnlos. Immerhin hatten sich die harten Jungs gleich mit einem Klaps auf seine Schulter entschuldigt – aber der Korpsgeist, den diese Geste ausdrückte, war ihm genauso unheimlich.

Was ihn in Angermanns Amtszimmer erwartete, würde seine Gewissenskonflikte als Staatsbürger in Uniform allerdings gleich erneut aufs Schärfste provozieren: War die Überwachung des öffentlichen Raumes eine Gefahr für die Bürgerrechte und eine Geißel des Datenschutzes? Oder war sie ein Geschenk des Himmels für Kriminalhauptkommissare, die einen Mörder finden wollten? Er wusste schon lange, dass es darauf nie die einzig wahre Antwort geben konnte. Aber da der Bürgermeister ihm das Geschenk in diesem Fall auf dem Silbertablett servierte, nahm er es dankbar an.

„Du kennst doch unser Informationszentrum am Maxplatz.“

Wunderlich sah Angermann mit einem fast schon beleidigten Blick an, der natürlich ironisch gemeint war und den Satz „Was für eine selten dämliche Frage ist das denn?!“ ausdrückte. Es war praktisch in seiner ganzen Heimatstadt bekannt, wie vernarrt er in selbige war. Dass er das Stadtmuseum kannte, eine riesige, sich durch drei Stockwerke und Vorder- wie Rückgebäude ziehende Dokumentation aller Phasen der reichhaltigen Geschichte Rehaus einschließlich solcher Highlights wie historischer Geländemodelle, war da eine Selbstverständlichkeit.

„Weißt du auch, was dort auf dem Dach montiert ist?"

Wiederum musste Wunderlich nicht lange überlegen. Wie oft hatte er sich aus der Ferne die Livebilder angesehen und sich selig lächelnd zurückgelehnt.

„Die Webcam der Stadt Rehau."

„Der Kandidat hat neunundneunzig Punkte!", feixte der Rathauschef.

„Und bei hundert gibt's ein neues Rennrad, direkt von Armstrong?"

„Möglich, aber den hundertsten kriegst du nie! Weil du nämlich nie errätst, wie diese Webcam gleich deinen Mordfall lösen wird."

Das stimmte. Wunderlich sah Angermann mit nichts als Fragezeichen im Blick an. Der Bürgermeister legte ihm wortlos das Foto hin. Es zeigte den Maxplatz aus der Luft – und war so gestochen scharf, dass man die Inschrift auf dem Kriegerdenkmal ablesen konnte.

„Das … das ist doch nicht von der Webcam?"

„Ein entschiedenes Jein!", entgegnete Angermann verschmitzt. „Du weißt ja – Raum für Visionen. Und eine davon war, ein wenig mit einer HD-Kamera zu experimentieren. Zwei Dinge wusste ich allerdings bis gestern Abend noch nicht: erstens, dass der Testlauf schon begonnen hat – und zweitens, dass das Ding im Minutenabstand Bilder macht, die vier Wochen lang auf unserem Server gespeichert werden."

„Wozu denn das?"

„Aus – öhm – technischen Gründen."

„Lass mich raten: technische Gründe namens Bundesinnenministerium?"

„Sagen wir, es war die Bitte, an einem kleinen Feldversuch teilzunehmen. Mein werter Stellvertreter hat das wohl während meines Sommerurlaubs abgesegnet."

In Wunderlich formte sich die Überlegung, ob er seinen Freund beleidigen würde, wenn er ihn fragte, inwieweit Angermann diesen

Irrsinn persönlich unterstützte. Totale Überwachung? Terrorabwehr in Rehau? Das war doch völlig abwegig. Niemals würde sich doch in dieser Stadt … obwohl, andererseits, nun ja. Er verkniff sich ein Grinsen nur deshalb, weil die Sache zu ernst war. Exakt dieses Szenario war ja Wirklichkeit geworden. Zumindest war das die verständliche Angst der Bevölkerung. Reichten nun ein Mord, ein Bombenanschlag und eine Schießerei, um das Stadtleben in *High Definition* zu kontrollieren, oder nicht? Das Zu-Ende-Denken dieses Gedankens blieb ihm allerdings erspart. Denn nun endlich fiel sein Blick auf das, was die Webcam außer dem Kriegerdenkmal noch aufgenommen hatte.

„Was in drei Teufels Namen ist das?!"

Das Foto zeigte einen PKW, der die Gartenstraße in Richtung Bahnhof fuhr. Der Timecode wies als Uhrzeit den ersten Sonntag im September, 1:45 Uhr aus. Die Mordnacht. Der PKW hatte einen Anhänger. Auf dem Anhänger befand sich der bewusste Flaschenzug. Genau die Konstruktion, die Wunderlich und Angermann im Gärtchen hinter der Stadtbank entdeckt hatten.

„Da hast du deinen Mörder", schlussfolgerte Angermann mit stolzgeschwellter Brust.

„Sauber die Hoor g'schniedn!", belobigte der Kriminalhauptkommissar seinen ehrenamtlichen Assistenten. Er dachte laut und verfiel daher wie üblich in die Landessprache. „Der wo do vorn drinna sitzt, der woors. Froocht sich bloß, welcher Hundsgribbl des is, welcher drauricha."

Er wandte sich zu Angermann und stellte erstaunt fest, dass der ihn anstarrte wie einen nackten Mann mit brennenden Haaren.

„Wie jetzt – welcher Hundsgribbl des is? Hast du keine Augen im Kopf?!"

Wunderlich fühlte sich kalt erwischt, wusste aber nicht recht, wobei.

„Na, das Auto!"

Jetzt begriff der Kommissar. Er zoomte das Fahrzeug so nah wie möglich heran, um das Kennzeichen abzulesen. Aber nur, um gleich wieder ratlos zu sein.

„Hm – das Kennzeichen ist aber nicht zu lesen. Nur das HO ist klar."

Angermann war völlig aus dem Häuschen.

„Hallo, Herr Kommissar! Aufwachen! Was für ein Auto siehst du da?"

Wunderlich machte sich nicht viel aus Autos. Er konnte nur grob antworten.

„Einen Sportwagen – ja, und?"

„Oh – mein – Gott!" Angermann konnte nicht mehr stillhalten. Seine Finger tippten Stakkato auf das abgebildete Auto, als wollten sie es durchbohren.

„Das hier, ja? Das ist ein Jaaaguar! Ein roter Jaguar! Kannst du mir wenigstens bei der Farbe zustimmen?"

„Ja, klar. Und was schließt du aus dieser – oh nein, doch nicht der!"

In diesem Augenblick war in Wunderlich die Erkenntnis eingeschlagen, worauf Angermann hinauswollte.

„Doch! Wie viele rote Jaguare kennst du in Rehau?"

„Nur einen."

„Eben." Angermanns Gesicht verriet nicht nur die Befriedigung eines Lehrers, dessen begriffsstutziger Schüler endlich die Lösung verstanden hatte. In seiner Miene lag auch das Entsetzen über die Lösung an sich.

Wunderlich ließ den Kopf hängen und blickte zu Boden. Er konnte nicht glauben, dass Ernst-Jochen Klein ein Mörder war. Er konnte sich auch nicht vorstellen, weshalb der Direktor der Stadtbank, der einzige Jaguar-Fahrer, der ihm in Rehau bekannt war, das getan haben sollte. Es schien keinerlei Verbindung zu dem unglückseligen Beierlein zu geben. Vor allem aber – es passte nicht zu dem, was sich Wunderlich im Lauf der letzten vierundzwanzig Stunden zusammengereimt hatte.

Susanne Beierlein besaß jedenfalls definitiv keinen Jaguar. Wunderlich rief Dittrich an und zog die Bewachung der Witwe an der Bezirksklinik ab. Dann griff er noch ein weiteres Mal zum Hörer.

„Was ist eigentlich das hier?", fragte Angermann ihn mehr als verdattert, noch während sich das Gespräch aufbaute.

Kapitel 60

Die letzte Stunde in Frank Beierleins Leben begann hektisch, denn er war spät dran. Wie auf einer Achterbahn waren seine Gedanken hin und her gerast, hinaufgestiegen in den Willen, die Affäre seiner Frau offenzulegen und zu beenden, und wieder hinabgefallen in tiefe Verzweiflung, in das Wissen, dass man nicht die Macht hatte, einen Partner aufzuhalten, den es magisch wegzog. Er hatte den Zettel angestarrt und wieder fallen gelassen. Wer ihn vor anderthalb Wochen in den Briefkastenschlitz in der Tür gesteckt hatte – Beierlein hatte keine Ahnung. Aber die Tatsache vermittelte ihm wenigstens einen kleinen Trost: Noch jemand wusste offenkundig von Susannes Treuebruch und war ebenfalls so empört, dass er anonym seine Unterstützung anbot.

„Wenn Sie mehr Beweise brauchen, kommen Sie wieder dorthin." Das war in all dem Chaos, das Kopf und Bauch bei ihm gerade veranstalteten, schließlich das entscheidende Argument: Beierlein wollte seinen unbekannten Unterstützer nicht im Stich lassen. Er raffte sich auf, verließ sein Haus an der Schwesnitzfurt und machte sich auf zum Heinersgrund.

Die Nacht war schon wieder wie gemalt: Ein strahlender Vollmond erleuchtete den zu Ende gehenden ersten Samstag im September. Susanne hatte sich bereits vor zwei Stunden verabschiedet mit der Lüge, ihre Freundinnen zu treffen. Das hatte sie auch den Kindern erzählt, die deswegen wieder einmal bei den Großeltern übernachten durften, was ihnen jedes Mal einen Heidenspaß machte. Es gab also nur noch ihn, Beierlein, der nun unbeobachtet und ungehindert durchs Fichtig hinaus aus der Stadt zog, immer am Perlenbach entlang, dessen Glucksen spätestens jenseits der Umgehungsstraße, am Ende der Wohnhäuser, das dominante Begleitgeräusch auf seinem Weg war.

Wut, Angst, Trauer, Nicht-Wahrhaben-Wollen. Mut, Energie, Willenskraft. Das Gefühl, nun für Gerechtigkeit und Fairness zu sorgen. Das Gefühl, als nur noch Zweitplatzierter der Sache hilflos ausgeliefert zu sein. Dieser ganze Cocktail an Emotionen, der in Beierlein auf seinem Spaziergang gerührt wurde, konnte dennoch nicht verhindern, dass er wieder und wieder über sein ursprüngliches Problem nachdachte: Warum hatte Jörg Albrecht sich entschlossen, tausende Flussperlmuscheln zu kopieren? War er ein gewöhnlicher Auftragsfälscher? Hing er mit eigenem Geld in der Sache? Wer war der Drahtzieher des Betruges an der Stadt Rehau und ihrem Investor Isaak?

Als er, überschwemmt mit Gefühlen und Gedanken, endlich Egidius Wolks Grundstück erreichte, war es bereits kurz nach 23 Uhr. Die üble Sache musste also schon im Gange sein. Eine Katze, die sich an ihre Beute anschlich, hätte nicht leiser als er sein können in dem alles entscheidenden Moment, als er die Stelle passierte, an der der Fahrweg in den Wiesengrund mündete und den ungeschützten Blick auf die Teiche freigab.

Dann sah er sie.

Er wusste überhaupt nicht, was er mit dem Signal, das seine Augen ihm sandten, anfangen sollte. Sie sah aus wie etwas, das er noch nie gesehen hatte. Geheimnisvoll. Bedrohlich. Still.

„Was bitte ist das?“, flüsterte er, nur die Lippen bewegend, sich selbst zu. Sie schien extrem gut auf diesen Augenblick vorbereitet und würde zweifellos Dinge tun, die von langer Hand geplant waren und nichts Gutes bedeuteten. Er musterte sie trotz seines Fluchtreflexes eingehend. Sie lief ihm ja nicht weg. Wenn diese Maschine überhaupt einen Motor hatte, dann war er im Moment nicht in Betrieb. Er ging zwei, drei Mal um sie herum, aber er kam nicht ansatzweise darauf, was die Konstruktion sollte. Nur dass es ein fahrbarer Flaschenzug war, das war recht eindeutig.

Es war niemand zu hören oder zu sehen. Er wollte schon kehrtmachen und überlegte gerade, ob er dies mit Erleichterung oder mit Enttäuschung tun sollte.

Das Überlegen endete jäh. Denn im selben Moment knisterte es direkt hinter ihm am Waldrand.

Ihm wurde augenblicklich schlecht. Sie mussten unmittelbar neben ihm in den Bäumen gestanden haben. Sein ganzes Schleichen hatte nichts genützt. Seine Tarnung war ratzekahl aufgeflogen. Wie ein Todeskandidat, der sich in sein Schicksal fügt, drehte er sich langsam um. Er wusste ja nicht, wie recht er hatte. Er hätte auch gar keine Zeit mehr gehabt, um wieder einmal recht zu haben in seinem Beamtenleben. Denn er sah seinem Ende direkt ins Auge. Und verstand erneut nicht, was er da sah.

„Du? Aber wieso?“

Kapitel 61

„Soongs amol, Herr Barchermaaster, Sie wissen doch alles." Wunderlich war mal wieder im Frotzel-Modus.

„Ner ho, wenn's ieber Rehau gedd, dann scho."

Das war keine Übertreibung. Edmund Angermann verfügte über ein enzyklopädisches Wissen, was die Geschichte der von ihm regierten Stadt anbelangte. Dass er das Rehauer Heimatlied auswendig rezitieren konnte, war da schon eine selbstverständliche Nebensächlichkeit, die Spitze des Eisbergs sozusagen. Spätestens wenn er den Namen eines vor 120 Jahren umgekommenen Rehauer Mordopfers ebenso aus dem Gedächtnis wusste wie den seines Mörders oder wenn er über die Geschichte der Falschmünzerei berichten konnte – eine entsprechende Vorrichtung hing über der Tür seines Amtszimmers, aber natürlich nur aus historischen Gründen –, wurde es faszinierend, in dem Audio-Lexikon an der städtischen Verwaltungsspitze herumzublättern.

„Iech frooch mich halt bloß, wos des Ding do mit unnerer Stadt zen do hat."

Sie blickten auf den Karton, den der Kommissar am Vorabend mitgebracht und den Angermann mit „was ist eigentlich das" bezeichnet hatte. Wunderlich hatte im Eifer des Webcam-Gefechts noch gar nicht von seinem Mitbringsel berichten können und versprochen, es an diesem Donnerstagvormittag umgehend nachzuholen.

„Das frage ich mich eben auch, und nun wollen wir mal sehen, ob mein Freund und Helfer dieselbe Idee hat wie ich."

Mit diesen Worten öffnete Wunderlich den Deckel, und neugierig wie bei *Jugend forscht* blickten die beiden Männer hinein. Zu sehen war ein Haufen Plastikteile – das heißt, dass es Plastik war, schlossen sie aus zwei Umständen. Zum einen klackte es beim Schütteln des Behältnisses nur so vor sich hin. Zum anderen war es offensichtlich künstlich, denn wie sonst hätte es den Schriftzug tragen können, den Wunderlich und Angermann bereits beim zweiten oder dritten Blick entdeckten?

„Made in Taiwan."

„Haalicher Strohsack! Etzerd werrds hinten hecher wie vorn! Das sind doch nachgemachte Muscheln. Flussperlmuscheln, ungefähr fünf Jahre alt!" Angermanns Lexikon umfasste natürlich auch Biologie und Naturkunde.

„So sehe ich das auch."

„Wo hast du das her?"

„Aus Frank Beierleins Büro. Als ich gestern zum zweiten Mal mit seinem Chef gesprochen hatte, habe ich Beierleins Schreibtisch noch mal genauer durchsucht. In der untersten Schublade ganz hinten war der Karton."

„Beierlein hat Muscheln gefälscht?!" Angermann war völlig durcheinander. „Aber wozu? Hat er selber den Isaak hintergehen wollen? Die Finger in dem Bauprojekt drin? Und wieso wird er dafür umgebracht? Und warum sollte Ernst-Jochen …"

„Ups!"

„Hm?"

„Na sieh doch mal da!"

Sie sahen beide auf den Karton, dann einander an, nickten, sahen wieder auf den Karton – und dann griffen sie zu.

„Ich, Frank Beierlein", begann der Text des Briefes, der den Muscheln beilag und den Wunderlich zutage gefördert hatte, als er während Angermanns Fragenmonolog gedankenverloren in dem Plastikhaufen kramte. Sie waren so aufgeregt, dass sie beide laut mitlasen und einen Wettbewerb im Simultansprechen hätten gewinnen können.

„… habe diesen Karton bei meinem besten Freund in der Garage gefunden. Es ist offensichtlich, dass es sich um Fälschungen aus Polyfantastan handelt. In der Garage lagerten rund einhundert solcher Kartons, so dass ich unauffällig einen mitnehmen konnte.

Diesen habe ich als Beweisstück aufgehoben für den Fall, dass mir etwas zustoßen sollte. Ich bin nämlich sicher, einer Verschwörung auf der Spur zu sein."

Wäre Beierlein in der Bezirksklinik in Bayreuth gewesen, so hätten Wunderlich und Angermann nun aufgehört zu lesen und nach kurzem Kopfschütteln überlegt, ob sich das in einigen Jahren als vollkommen wahr herausstellen und er nach diversen Justizpossen und einem Rücktritt des Ministers wieder freikommen würde. Da Beierlein aber tot war, schien die Sache doch ziemlich akut. Sie lasen weiter.

„Beteiligt an dieser Verschwörung ist Georg Mackert, der mich bereits vor sechs Monaten bestochen hat, damit ich im Rahmen einer wohlwollenden Prüfung die Naturschutzauflagen für den Rehauer Heinersgrund lockere. Begründet hat er dies mit unserem allgemein bekannten Ansiedlungsprojekt, von dessen Erfolg er ausging. Ich vermute nun, dass er den Erfolg selbst positiv beeinflusst hat, indem er tonnenweise gefälschte Flussperlmuscheln in Perlenbach, Höllbach und Schwesnitz hat kippen lassen. Ich gestehe, mich in diese Sache hineinziehen haben zu lassen, um die Schulden meiner Frau Susanne zu tilgen und unsere Existenz zu sichern. Ich war überzeugt, dass angesichts der massiven Bestandserholung der kleine Flussabschnitt im Heinersgrund nicht mehr von entscheidender Bedeutung für unser wertvolles Kleinod war. Schon bald nach meiner Freigabe kamen mir aber große Zweifel, und als ich die Dimension des Bauvorhabens erfasste, versuchte ich es zu stoppen. Jetzt, da sich die Erholung der Flussperlmuschel als vollkommene Lüge herausgestellt hat, bereue ich mein Tun zutiefst. Ich habe einer Sache, für die ich große Verantwortung trug, schwer geschadet. Und als Mitwisser einer Verschwörung weiß ich auch nicht, wie es nun mit mir weitergehen wird."

Wunderlich und Angermann starrten einander in die weit aufgerissenen Augenpaare, als hätten sie gerade die Königin von England an einem Fallschirm im Wembley-Stadion landen sehen, um dort das Champions-League-Finale anzupfeifen.

„Bleiben zwei Fragen. Wer ist jetzt Beierleins bester Freund – und was stimmt nicht an dieser Bestechungs-Nummer? Von der habe ich zwar schon gehört – nur irgendwie anders."

„Frooch nedd miech, des gedd mei Stadt nix o", winkte Angermann ab, aber eigentlich war ihnen beiden nicht nach der Ironie zumute, die in diesem Satz steckte. Der Gedanke an den Jahrhundertskandal, in den der Stadtrat mit einer Zustimmung schlittern würde, wie sie Gerch Mackert von Ulrich Wolk und seiner BfR erbat, ließ ihnen beiden das Blut in den Adern gefrieren. Es taute aber schnell wieder auf, als Wunderlichs „Columbo"-Melodie weitere Neuigkeiten ankündigte.

„Ja. Hobbder sa ferrdich untersucht? Is die vom FC-Platz, gell. Hobb iech mer scho gedacht." Bis hierhin hatte sich Wunderlich gut unter Kontrolle, aber nun warf seine Stirn alpental-tiefe Falten.

„Was hobbder g'funna? Bei denn Windrood? Etzerd mach fei, dass gedd! Und aa noch under der exblodierdn Holzbiehna? Gibbds ja nedd. Nocherd scheen Dank! Servus!"

„Das war die KTU", erklärte er an Angermann gewandt.

„Ich weiß", grinste der, „mit denen redest du immer besonders rehauerisch. Und?"

„Das glaubst du nicht. Also – mit der Waffe aus Wolks Garage ist tatsächlich auf Mackert und mich bei dem Fußballspiel vor knapp zwei Wochen geschossen worden. Aber nicht nur das: Auch der Bombenanschlag auf dem Maxplatz und die brennenden Windräder gehen auf ihr Konto."

„Hä? Wie das? Das waren doch eine Explosion und ein Brand?"

„Richtig. Aber ausgelöst durch einen Schuss auf das TNT, das unter der Tribüne und auf dem Windrad versteckt war. Die KTU hat bei der Untersuchung beider Tatorte Gewehrprojektile gefunden. Und die stammen aus der Wolk-Waffe."

Angermann zog die Mundwinkel nach unten und nickte erstaunt und anerkennend.

„Boah, ey. Aber Wolk war's nicht, oder?"

„Da bin ich mir vollkommen sicher. Der hat keinerlei Motiv. Den haben sie nur benutzt, weil die Gelegenheit günstig war."

„Für wen? Und wie?"

„Ich weiß es und weiß es doch nicht", sprach die Sphinx der Kripo. „Warten wir morgen ab."

Kapitel 62

Beierleins Blick war leer. Er rührte sich nicht mehr. Er war stocksteif und vollkommen farblos. Sein Mund war geöffnet, aber es gab keinen Laut, der daraus hätte kommen können. Frank Beierlein war tot.

Zumindest sah er so aus. Leichenblass starrte er auf das, was sich da direkt neben ihm aus dem Wäldchen geschlichen hatte.

„Was … wieso … ich meine …"

„Warum ich auf dich gewartet habe, meinst du? Na ja, es war nicht schwer zu erraten, dass du genau jetzt genau hier sein würdest."

„Und warum nicht? Ich verstehe nicht …"

„Ganz einfach. Weil ich es war, der den Zettel bei dir eingeworfen hat."

„Du??! Aber wie … wieso wusstest du …?" Beierleins kicherfreudiges Naturell schien es niemals gegeben zu haben. Seine alleswissende Art war ultimativer Verunsicherung gewichen. Er war verwirrt wie eine Giraffe in einem riesigen Nebelschwaden.

„Wir haben dich gesehen, als du hier warst. Du bist nicht besonders gut im Versteckspielen, weißt du."

„Ihr habt mich gesehen? Und wieso lockst du mich dann wieder hierher? Wieso willst ausgerechnet du mir helfen, dieses ehebrecherische Tun zu beenden? Das ergibt doch keinen Sinn."

Das Zirpen der Grillen und das Quaken der Frösche mischte sich in die Frage und übertönte sie für einen Moment des Schweigens, in dem beide sich mit Entschlossenheit gegenüberstanden.

„Ich fürchte, du wirst den Sinn gleich verstehen", fuhr Jörg Albrecht fort. Er hatte die größere Entschlossenheit mitgebracht.

Währenddessen fiel an der Schwesnitzfurt eine Haustür ins Schloss. Mit einem tiefen Seufzen betrat Susanne Beierlein ihr

Zuhause. Sie hatte sich selbst nicht wiedererkannt. Wie hatte sie nur auf einen solchen Gedanken kommen können! In den zwei Stunden, in denen sie mit Mordplänen im Kopf auf ihren Mann gewartet hatte, waren ihr mehr und mehr Skrupel gekommen. Und so war es eine große Erleichterung, dass ihr die Entscheidung schließlich abgenommen worden war: Frank war einfach nicht erschienen. Um fünf Minuten vor dreiundzwanzig Uhr war sie unverrichteter Dinge wieder gegangen, befreit von der drückenden Last, fortan eine untilgbare Schuld auf ihrem Gewissen zu haben. Dieses Mal, dieses einzige Mal war sie dankbar dafür, dass er vermutlich wieder überehrgeizig in seinem Hofer Büro saß. Er würde sicherlich in den nächsten ein, zwei Stunden nach Hause kommen.

„Ich glaube, du weißt noch gar nicht, dass dieses Grundstück nicht mehr dem Liebhaber deiner Frau gehört, oder?“, fuhr Albrecht fort.

Beierlein riss die Augen immer weiter auf, aber seine Kraft reichte lediglich, um mit dem Kopf zu schütteln.

„Siehst du, und deswegen haben wir dich gesehen. Weil wir jetzt das Sagen auf diesem Fleckchen haben.“

„Wer ist WIR?“

„Das tut jetzt nichts zur Sache. Jedenfalls hast du vollkommen recht: An der Rettung deiner Ehe hatten wir überhaupt kein Interesse.“

„Du verdammter Mistkerl! Ich mach dich … aua!“

Albrecht hatte die wütenden, aber ziellosen Fäuste seines Kontrahenten mit gelangweiltem Grinsen abgewehrt. Der ehemalige Geheimagent war gefühlte hundert Mal stärker als der kleine Beamte von hinter dem Schreibtisch.

„Das war nur Mittel zum Zweck, weißt du. Es ging nicht mehr anders, nachdem du die gefälschten Muscheln entdeckt hattest.“

„Wieso, was ging nicht mehr anders?“, fragte Beierlein noch immer völlig durcheinander.

„Nun, ich hatte gehofft, dich mit dem Märchen von dem asiatischen Kinderspielzeug beruhigen zu können. Wirklich saublöd, dass uns dieser Fabrikationsfehler unterlaufen ist. Es war so, dass wir aus einem Rohling Polyfantastan ungefähr fünfhundert Muscheln herstellen konnten. Und jeder Rohling hatte nur ein einziges Mal die Prägung ‚Made in Taiwan'. Es war mehr als unwahrscheinlich, dass du an der Schwesnitzfurt noch mehr solche Pannenmuscheln entdecken würdest. Aber du musstest ja unbedingt meine Garage durchstöbern."

„Und ich habe dich für einen Freund gehalten." Beierleins Stimme war tief im Desaster versunken – aber er begriff noch immer nicht, was kommen würde.

„Tja, Frank, und jetzt haben wir ein Problem. Wenn du damit an die Öffentlichkeit gehst, dann ist der Plan, hier den Naturschutz aufzuheben, Geschichte. Und damit auch Raschid Isaaks Bauprojekt. Und damit werden Simon und ich unendlich viel Geld verlieren, unsere Jobs gleich mit, und werden beide vor dem Kadi landen. Du würdest unser ganzes Leben zerstören. Glaubst du, das lassen wir zu?"

Jetzt erst dämmerte Beierlein allmählich das Unfassbare, das hier gerade vorging. Zuerst versuchte er den Gedanken zu unterdrücken, es konnte ja nicht sein, und außerdem war er noch mit einem anderen Schock beschäftigt.

„Simon? DER Simon?!"

Albrecht nickte mit einer Miene, die zwischen Grinsen und Ernst ständig hin- und herzüngelte. Sie stoppte bei ernst. Bei todernst.

„Tja, Frank, das war's dann."

Mit den Augen eines Gnus, das nach einem langen, friedlichen, unbekümmerten Leben in einem vollkommen unerwarteten Moment seinem Feind, dem Löwen, direkt ins blitzende, todbringende Gebiss blickte, machte sich Beierlein auf das Allerschlimmste gefasst. Es war zu spät, um wegzulaufen. Albrecht war nicht nur erheblich stärker, sondern auch bedeutend schneller als er. Er sah, wie sein Feind den Granithammer, der neben ihm im Gras verborgen lag, aufnahm und ausholte. Das Vorletzte, was er hörte, war:

„Ich kann das nicht!“

Das Vorletzte, was er sah, waren: Skrupel. Sie standen mitten im Gesicht des Löwen Albrecht. Der hatte sich gründlich verrechnet. Es war zwar ein Leichtes gewesen, mit der Routine und Betriebsblindheit eines BND-Beamten Menschen auszuspionieren, Gegner zu enttarnen und sie notfalls liquidieren zu lassen. Doch nie in seiner gesamten Laufbahn hatte er selbst einen Mord begangen. Der erste eigene Schwertstreich hatte etwas entwaffnend Unbürokratisches an sich. Man konnte sich nicht hinter Papier und verschlüsseltem Text verstecken. Man musste handeln. Man musste wirklich. Selbst.

Albrecht war die typische Arroganz eines Agenten zum Verhängnis geworden: Er glaubte sich zu allem fähig – und war doch zu nichts zu gebrauchen.

Er ließ den Granithammer wieder sinken. Beierleins Puls sank im Gleichklang mit. Sein Kopf platzte fast, so vollgepumpt war sein Körper mit Adrenalin.

„Oh Gott – und ich dachte schon …“

Ein Rascheln im Gebüsch unterbrach ihn, keinen Meter entfernt, an derselben Stelle, an der kurz zuvor Jörg Albrecht hervorgetreten war.

„Gib her!“, raunte Simon, noch während er sein Versteck verließ.

Beierlein hatte keine Zeit mehr, um zu reagieren.

Kapitel 63

Es waren drei!

Wunderlich war so erleichtert, dass er spontan ein überschwängliches „Gott sei Dank“ ausstieß und seine Frau auf die Stirn küsste. Er saß mit Ulrike am Frühstückstisch, als der erlösende Anruf kam. Für diesen hatte er vorgestern allerdings auch ziemlich Druck gemacht mit der Halterabfrage, wohl wissend, dass er um 18 Uhr, als Angermann und er sich im Rathaus das Webcam-Foto angesehen hatten, keine Antwort mehr erwarten durfte. Es war ja nicht darum gegangen, zu einem bekannten Kennzeichen den Besitzer zu ermitteln, sondern um die Frage, wie viele Kennzeichen im Landkreis Hof zu einem roten Jaguar gehörten. Es waren drei. Namen und Adressen würde man ihm faxen, hatte ihm die Kollegin aus Hof mitgeteilt. Das reichte ihm vorerst schon.

„Hättest du dir vorstellen können, dass der Ernst-Jochen jemanden umbringt?“

„So sehr, wie Meggy als Mörder in Frage kommt.“

Die Schildkröte der Wunderlichs war in der Tat eines Kapitalverbrechens in höchstem Maße unverdächtig. Wenn man einmal von den genüsslich verdrückten Schnecken – einschließlich Haus – absah und vom Niederwalzen von Pflanzen, die Ulrike mit Liebe zum Detail ins Gehege des Reptils eingesetzt hatte, die von diesem aber erst einmal als Hindernis begriffen wurden, das es rücksichtslos zu überwinden galt.

„Mal sehen, wer die anderen beiden sind“, seufzte er und lehnte sich entspannt zurück. „Vielleicht passt es ja dann, denn eigentlich bin ich mir inzwischen ziemlich sicher, wer’s war. Mir fehlt nur noch das Laborergebnis.“

„Und dann?“

„Dann müssen wir die Person erst mal beschatten, um handfeste Beweise zu bekommen."

„Das schaffst du schon", ermunterte ihn Ulrike. Es war keine Floskel. Sie beobachtete seine Arbeit mit größtem Interesse, schon seit sie sich kannten. Und bis jetzt hatte er es noch immer geschafft. Er gönnte es sich nur nicht, diese Erkenntnis in Selbstsicherheit umzuwandeln. Es erschien ihm unbescheiden. Das war eine respektvolle Einstellung, aber sie war auch anstrengend. Sie bedeutete, dass er sich mit jedem Fall von Neuem beweisen musste.

An diesem Freitagmorgen war es skandalöserweise bewölkt und damit natürlich auch etwas frisch. Mit Böswilligkeit hätte man sogar einige wenige feine Regentröpfchen auf die Fensterscheibe und die Straßen hininterpretieren können. Grummelnd griff Wunderlich zu seinem Tourenrad, an das er im Gegensatz zu seinen übrigen Drahteseln Schutzbleche montiert hatte. Er rollte den Stauffenberg hinab an der Fränkischen Krone vorbei, wo ihn schon die lebendigen Düfte des gegenüberliegenden Blumenladens umgaben. Er war ein extremer Morgenmuffel, und erst der Geruch von Rosen und Nelken in der Luft machte ihn regelmäßig halbwegs munter. Davon angespornt zog er bei Dunkelgelb nach rechts über den Perlenbach, vorbei am Maxplatz und die Ludwigstraße wieder hinauf. Der Stopp an der Schützen-Bäckerei, um seinen extragroßen Cappuccino mitzunehmen, war obligatorisch; er hatte den Flaschenhalter am Rad sogar so präpariert, dass er den Becher abstellen und auch die letzten Meter bergauf zum Schützenhaus und der Polizeistation fahrend zurücklegen konnte.

Peter Dittrich begrüßte seinen Chef mit einem Gewinnerlächeln.

„Iech waaß nedd, wie Sie des hiegricht ham, Scheff, aber die senn idendisch."

Wunderlich war nun schlagartig hellwach und regelrecht euphorisiert. Er ermunterte Dittrich fortzufahren.

„Die DNA an dem Zettel, den Sie auf Wolks Grundstück gefunden haben, ist dieselbe wie die von gestern Nachmittag."

Volltreffer, dachte der Kommissar. Aber er wusste natürlich, dass ihn das noch nicht zum Täter führen würde.

„Ach, und hier ist noch ein Fax." Dittrich reichte ihm das DIN-A4-Blatt. Es waren die Identitäten der drei Jaguar-Fahrer.

Nummer eins war Ernst-Jochen Klein. Das war wenig überraschend, den kannte er ja schon.

Nummer zwei war ein gewisser Jörg Albrecht. Den Namen hatte er in Rehau schon einmal gehört, konnte ihn aber im Moment nicht zuordnen.

Als er den dritten Namen las, war alles klar. Es passte.

Wunderlich machte innerlich Freudensprünge. Es war ein kaum zu beschreibendes Gefühl, wenn man die in seinem Beruf angeblich so unverzichtbare, allgegenwärtige Logik einmal beiseiteließ, auf sein Bauchgefühl hörte, dort etwas fand, was sich stimmig anfühlte, und dies sich dann später, wieder mit Logik, als zutreffend erwies.

„Jetzt haben wir ihn, Peter!", jubelte er und hätte seinen Obermeister am liebsten umarmt. Stattdessen rief er in höchster Eile den Bürgermeister an.

„Eddi, deine Kamera war Gold wert. Jetzt wissen wir, wen wir uns greifen müssen. Könntest du mal auf dem kurzen Dienstweg etwas organisieren?"

Der, gegen den sie nun Beweise sammeln würden, sollte nichts davon mitbekommen.

Kapitel 64

Schon Simons erster, kraftvoller Schlag mit dem Granithammer hatte Frank Beierlein getötet. Das schien festzustehen, aber das reichte ihm nicht. Simon wollte sichergehen. Er holte ein weiteres Mal aus. In weitem Bogen sauste die Mordwaffe auf das leblos am Boden liegende Opfer nieder und schlug krachend in Beierleins Schädel ein, unmittelbar neben dem ersten Loch in seiner Stirn.

„Aaaargh!“ Selbst dem kräftigen Simon, so explosiv er war, wenn er im Affekt handelte, war die Anstrengung beim Schwingen des schweren Werkzeugs anzumerken, und das abrupte Ausatmen beim Aufprall unterstrich dies. Er hob ein drittes Mal an.

„Es ist genug“, mahnte ein zitternder Albrecht neben ihm. Der ach so harte fränkische James Bond schlotterte vor Angst. Aber Simon sah ihn nur mit einem berechnenden Seitenblick an.

„Wir wollen doch nicht, dass sie gleich drauf kommen, oder? Also lass mich das jetzt zu Ende bringen.“

Sie hatten es nun doch selbst erledigen müssen, nachdem die Mörderin, die sie für den Plan ausgesucht hatten, zwar erschienen, aber allzu frühzeitig mutlos geworden war.

Es war ein verdammt glücklicher Zufall gewesen. Als Simon im Juni das Grundstück von Wolk senior gekauft hatte, hatte er keine Ahnung gehabt, dass es sich um das Liebesnest eines stadtbekannten Hallodris handelte. Und wenn, dann hätte es keinen Unterschied bedeutet. Es konnte schließlich niemand ahnen, dass die Geliebte eben jenes Ulrich Wolk als Lockvogel würde dienen können, um einen plötzlich auftretenden Mitwisser aus dem Weg zu räumen. Nun aber war es so gekommen, und so ideal der Platz für die Mordtat war, so gewissenhaft mussten sie ihn natürlich verbergen. Vom Besitzer eines Tatorts zum Mordverdächtigen war es ein noch kürzerer Weg als von Steuererhöhungsplänen zu einer verlorenen Bundestagswahl, zumal

Simons Motiv offensichtlich sein würde, wenn man ihn erst einmal auf der Rechnung hätte. Sein neues Grundstück musste um jeden Preis aus dem Radar der Ermittler bleiben. Also hatten sie sich das Szenario vom Viehhändlerdenkmal ausgedacht, das Beierlein erschlagen würde. Und da dessen Granitblock um einiges breiter war als die Tatwaffe, bedurfte es mehrerer Schläge, um den Unterschied zu kaschieren. Ein drittes und letztes Krachen durchzuckte das leise Plätschern rund um den Teich. Mit völliger Kaltblütigkeit setzte Simon den letzten Schlag, der nötig war.

Albrecht beruhigte sich augenblicklich, als sein Part an die Reihe kam. Gemeinsam hatten sie sich den fahrbaren schallgedämpften Flaschenzug ausgedacht, den er, der Technikfreak mit den Beziehungen zu jedem Material und jedem Werkzeug der Welt, in ebenso mühevoller wie heimlicher Arbeit konstruiert hatte. *PolyWorld* stellte bisweilen auch Baumaschinen her, und so speziell die Konstruktion war, so gewöhnlich sah sie aus, solange man sie nicht komplett zusammenbaute. Damit konnte die Arbeit, so absurd ihnen dieser Gedanke zu Beginn erschienen war, völlig unauffällig inmitten einer Produktionshalle des Konzerns vor sich gehen.

Der Plan, den sie nun an einem Sonntag um ein Uhr morgens umsetzten, war eigentlich ganz einfach. Er begann damit, dass Simon seinen roten Jaguar wieder aus dem Waldversteck fuhr und sie die Höllenmaschine ankoppelten. Mit Beierleins Leiche, neutral verpackt und auf der Konstruktion abgelegt, rollten sie am Fischteich entlang den Feldweg hinaus in den offenen Heinersgrund. Albrecht hatte beim BND nicht zuletzt das Fahren ohne Licht gelernt und steuerte problemlos den Wanderweg am Perlenbach entlang, der sie um kurz vor zwei unter der Bourgoin-Jalieu-Brücke hindurch ins Stadtviertel Stauffenberg führte. Es war riskant, aber Albrecht hatte nächtelang damit verbracht zu beobachten, dass ihnen um diese Zeit für mindestens zwei Stunden definitiv kein Auto und kein Mensch begegnen würden. Es hatte viele Vorteile, dass in einer Stadt nicht vierundzwanzig Stunden am Tag der Bär steppte. Man konnte als

Bewohner die Ruhe genießen und sich erholen. Oder man konnte als Mörder völlig unbehelligt eine Leiche verschwinden lassen.

Gesagt, getan. Als sie, aus dem Fichtig kommend, die Schwesnitzbrücke erreicht hatten, funktionierte alles perfekt: Der *whistleblower*, der ihnen um ein Haar alles zerstört hätte, wurde an der Furt abgelegt. Völlig geräuschlos glitt die mit Folie umhüllte Zugkette über die wattegefütterte Rolle am oberen Ende der Maschine. Mit einem kurzen, wagemutigen Ruck rupften sie das Denkmal aus dem Boden, schwenkten es über das Brückengeländer und ließen es langsam auf Beierleins Schädel sinken, aus dem ihnen Augen entgegenstarrten, die endlich nichts mehr entdecken konnten, über einem Mund, der nichts mehr vorwitzig verraten würde.

Es würde allerdings in Kürze langsam hell werden und sie konnten mit dem abstrusen Aufbau an der Anhängerkupplung nicht erneut quer durch die Gegend fahren. Doch auch das hatten sie eingeplant: Der kleine Garten hinter der Stadtbank, in den sich niemals jemand verirrte, war als Versteck völlig ausreichend, und so zogen sie ihr Arbeitsgerät zwischen Fluss und Bankgebäude an einem schmalen Grünstreifen entlang dorthin, bedeckten es mit einer unauffälligen grünen Plane und beendeten ihr tödliches Treiben für diese Nacht.

Es hatte nur ein Problem gegeben: Zumindest ein einziges Mal hatten sie ihre Höllenmaschine im kompletten Zustand testen müssen, und was lag näher, als einen geschäftigen Tag auf Karl Rosts Baustelle dafür auszuwählen.

Warum ausgerechnet dann? Warum nur hatte die Frau ausgerechnet in diesem Augenblick aus ihrem Fenster gesehen? Warum hatte sie ausgerechnet diese Baumaschine mit ihrem Blick verfolgt? Warum hatte sie Simon ausgerechnet in dem Moment mitten ins Gesicht gestarrt, als der an der Schwesnitzfurt aus dem Führerhaus gestiegen war?

Jetzt hatten sie eine Zeugin.

Von alldem ahnte Susanne Beierlein nichts. Sie war kurz nach Mitternacht schlafen gegangen, in der sicheren Annahme, dass ihr ungeliebter, aber nicht todeswürdiger Gatte sich einmal mehr überarbeiten würde. Im Extremfall würde er erst am Sonntagvormittag zurückkehren. Da wäre sie bereits auf dem Weg zu ihrem dreitägigen Seminar.

Kapitel 65

Als Hopperdietz an diesem Freitagnachmittag sein Büro verließ, traute er seinen Augen nicht. Es war schon der dritte Septemberfreitag und die Außentemperatur lag um 16 Uhr noch immer um die 25 Grad bei strahlendem Sonnenschein. Man hätte ermattet sein können ob der Wärme, aber ein leichtes Lüftchen ging wie immer und ließ einen den Hofer Herbsttag mit klarem Kopf genießen. Die Gedanken schweiften von einer Wanderung auf den Ochsenkopf im Fichtelgebirge über einen Spaziergang durch das ehemalige Landesgartenschau-Gelände am Saaleufer hin zu einem Bad im Untreusee mit anschließendem Biergartenbesuch an dessen Ufer. Deswegen hatte Hopperdietz heute früher Schluss gemacht. Seit den betrüblichen Ereignissen um Frank Beierlein stand es mit seiner Konzentrationsfähigkeit ohnehin nicht zum Besten.

Aber das war es nicht, was ihn an seiner Sehfähigkeit zweifeln ließ. Er fragte sich vielmehr, wie er zu einer seiner Freizeitbeschäftigungen überhaupt kommen sollte, falls das Signal, das auf seiner Netzhaut auftraf, die Realität wiedergab.

Sie waren orange. Sie waren riesig. Und sie waren zu zweit. Nichts, was man als einzelner Mensch hätte tun können, hätte gegen sie geholfen. Hopperdietz hätte ein Seil an sein Auto binden und kräftig ziehen können. Ebenso gut hätte er mit den blanken Fäusten auf sie eintrommeln können. Nichts davon hätte sie aus der friedlichen Herbstszene bewegt, in der sie wie angewurzelt herumstanden. Zwei Löwen prangten auf jedem von ihnen, der eine golden mit roter Krone auf schwarzem Grund. Der andere schwarz auf Gold, umrahmt mit Rot und Silber.

„Landkreis Hof" stand darunter, und die beiden Löwen des Kreiswappens, die einander gegenüberstanden und sich entschlossen in die Augen blickten, hätten treffender nicht sein können auf den Türen der beiden tonnenschweren Unimogs, die den Privat-PKW des Naturschutzchefs im Landratsamt Hof zugeparkt hatten. Die Tiefgarage war gesperrt gewesen, und so hatte Hopperdietz sein Gefährt heute oberirdisch abgestellt. Jetzt aber standen vor und hinter diesem, jeweils mit dem PKW Stoßstange an Stoßstange, die zwei orangenen Ungetüme.

„Von Löwen in die Zange genommen – das gibt's doch wohl nicht!" Hopperdietz dachte etwa eine Viertelminute über diese alberne Situation nach, dann kehrte sein anerkannt kühler Kopf zurück und er griff zum Telefon.

„Hier ist das Landratsamt Hof. Im Moment ist leider niemand erreichbar. Unsere Parteiverkehrszeiten sind Montag …"

Er legte auf und grinste mit einer Mischung aus plötzlicher Erkenntnis, tiefer Herablassung und gründlicher Verzweiflung.

„Ist ja klar, dass meine Leute am Freitag um vier nicht mehr zu sprechen sind. Wer außer mir arbeitet hier eigentlich etwas?", grummelte er verbittert, wobei sich die Verbitterung nur zum Teil auf die Unlösbarkeit seines Problems bezog. Der Rest wurde von der Frage verursacht, wo engagierte Arbeit überhaupt noch gewürdigt wurde. In Behörden und großen Wirtschaftsunternehmen wurden Erfolge nicht belohnt und Fehler nicht bestraft. Das Ergebnis war Dienst nach Vorschrift, und seit Beierlein, dieser Ausbund an Engagement, nicht mehr da war, war es noch schlimmer geworden.

Seine Gedanken schweiften weiter zu der Überlegung, wer ihm eigentlich diesen üblen Streich gespielt haben konnte. Hatten es ihm die Kollegen vom Kreisbauhof übelgenommen, dass er in diesem Jahr zu seinem Geburtstag keinen ausgegeben hatte? Wurde er gerade in einen Fall von Mobbing verwickelt? Oder wollte man Druck auf ihn ausüben wegen der Sache, in die Beierlein verwickelt war, also der Bestechungsfall von …

Mackert!

Erst jetzt wurde ihm bewusst, dass außer der seltsamen Combo aus seinem eigenen Auto und den zwei Lastern noch ein weiteres

Fahrzeug auf dem Parkplatz abgestellt war. Er hatte es in der Aufregung schlichtweg nicht registriert, wohl auch, da es am von ihm aus gesehen entferntesten Punkt des Platzes stand. Trotzdem war es auffällig, da angesichts des sonnigen Freitagnachmittages das gesamte Areal wie leergefegt war. Aber das Fahrzeug gehörte ja auch gar nicht zum Landratsamt. Es trug vielmehr ein großspuriges Logo, das bestens zu seinem Besitzer passte: ein überdimensionales Windrad vor dem Profil des Großen Waldsteins – das Firmenlogo von *MackertWind*.

Währenddessen blickte Kriminalhauptkommissar Wunderlich vom Höhenzug kurz hinter Nentschau auf den martialischen Zaun, der das kleine Dorf, welches zum bayerischen Regnitzlosau gehörte, vom sächsischen Posseck trennte. Der Zaun war in beide Richtungen unendlich lang, in Abständen von weniger als einem Kilometer konnte man die Wachtürme erkennen. Auf der sächsischen Seite säumte eine Art Forststraße, die „Kolonnenweg“ genannt wurde und ebenfalls unendlich lang war, den Verlauf des Grenzzauns. Dazwischen befand sich, viele Meter breit, ein geeggter Kontrollstreifen, über den Flüchtlinge hätten laufen müssen und der ein freies Schussfeld auf sie bot. Posseck war dieser letzten Anhöhe auf bayerischem Gebiet so nahe, dass man seinen Bewohnern zuwinken hätte können – was jedoch keinen Sinn ergab, da sie nicht hätten zurückwinken dürfen. Und besuchen konnte man sie schon gar nicht, denn die kleine Landstraße, auf der er stand, endete zweihundert Meter vorher kompromisslos direkt vor dem Zaun, den weißblauen Pfosten und dem Schild „Halt! Hier Grenze!“. Näherte man sich der Sache durch den Wald statt auf der Straße, so stand man mitten zwischen den Bäumen vor einer gut zwei mal einen Meter großen Tafel mit der Aufschrift:

„US Forces personnel – HALT! 1 km to German Democratic Republic.“

Die Deutsche Demokratische Republik, sie war in Wunderlichs Heimat kein abstraktes Ding aus den Politiknachrichten und Geschichtsbüchern. Sie war an dieser Stelle unerreichbar nah.

Es war natürlich nur noch das Erinnerungsbild, welches er sich an diesem Platz zurückzuholen versuchte. Wie ungefähr hundert Mal in seiner Jugend, so war er auch am heutigen Freitagnachmittag zunächst mit dem Rad von der Raitschiner Höhe hinab nach Regnitzlosau gerast, hatte den engen Ortskern durchkurvt – wobei er, wenn es ihn aus der Kurve getragen hätte, vorteilhafterweise einfach auf der Terrasse einer Pizzeria gelandet wäre – und unten die Regnitz überquert, um dann sogleich, noch vor dem Wirtshaus neben der Stadtbank-Filiale, scharf rechts abzubiegen und nach drei Kilometern an die Nentschauer Sackgasse heranzufahren, die heute keine mehr war. Er genoss, vielleicht mehr noch als anderswo, den Blick auf die weite, toskanisch wirkende Hügellandschaft – jetzt, wo dieser Blick unverstellt war und Wunderlich zutiefst dankbar, dass die deutsche Geschichte zwar nur drei Kilometer neben ihm, aber gerade noch auf der richtigen Seite eingeschlagen hatte. Noch heute spürte er die Euphorie im Körper, mit der er im September 1990 seinen Drahtesel zum ersten Mal nicht am Zaun gewendet, sondern die Fahrt durch den Wiesengrund hinein nach Sachsen fortgesetzt hatte – noch mit dem Personalausweis in der Hand, den er verschmitzt grinsend zunächst dem west- und dann dem ostdeutschen Grenzer vorzeigte, wie sie da so zweihundert Meter voneinander entfernt in der Pampa standen, vier Wochen vor der Wiedervereinigung Deutschlands.

Er hatte dieses Ausflugsziel heute zur bloßen Entspannung ausgesucht, denn ihm und seinen Kollegen stand ein arbeitsreiches Wochenende bevor. Wenn es gut lief, würden sie kaum eine Minute zum Schlafen kommen.

Kapitel 66

Sein erstes Versteck war hinter dem Fenster des „Stahlhelm“ gewesen. Das Gebäude an der Ostseite des Maxplatzes hieß im Volksmund noch immer so, obwohl die heruntergekommene Spelunke, die diesen Namen trug, schon längst dichtgemacht und die Runde der darin beim Bier sitzenden Ewiggestrigen sich in alle Winde zerstreut hatte.

Das Haus würde in Kürze einem Neubau weichen, aber noch war es unversehrt, und für Simon war dieser Ort im Augenblick ideal – er musste ja nicht damit rechnen, entdeckt zu werden. Er benötigte lediglich ein ruhiges Plätzchen für die Vorbereitung seines Anschlags. Bis das anschließende Chaos auf dem Maxplatz sich gelegt haben würde, bis die Ermittler darauf gekommen sein würden, dass hier TNT in die Luft geflogen war, bis man bemerkt haben würde, dass es durch einen Gewehrschuss gezündet worden war – bis dahin würde er selbst die Waffe in aller Seelenruhe längst wieder zu Hause in den Schrank gestellt haben. Davon abgesehen, dass ohnehin keine Spur zu ihm führte.

Als Simon das G36 auspackte, hatte Mackert gerade die Bühne betreten und mit weit ausladenden Gesten zu einer großen Rede angesetzt. Man hörte einzelne, großspurige Worte wie „zweitgrößter Steuerzahler der Stadt Rehau“ oder „mehrere Millionen Dollar“. Die Menschenmenge war ziemlich am Grummeln, während Simon das Magazin einlegte und vorsichtig einrasten ließ. Er fokussierte sich durch das Zielfernrohr zunächst auf die Zwiebelkuppel der Stadtpfarrkirche St. Jobst – allerdings nicht, um mit einem Schuss auf ein Gotteshaus ein Sakrileg zu begehen, obwohl es darauf auch nicht mehr angekommen wäre. Er wollte nur ganz einfach seine Motorik und seinen Puls mit der Haltung der Waffe koordinieren. In diesem Augenblick brandete auch schon Jubel auf. Es wurde höchste Zeit.

Gerch hatte seinen neuen Spieler auf die Bühne geholt. Simon hatte bestenfalls einen Atemzug, um sich über den weltweit bekannten Spirelli zu wundern. Binnen der nächsten zehn Sekunden nämlich musste der Schuss fallen. Simon hielt auf das Kriegerdenkmal zu und zielte dann auf die Tribüne. Er zählte mit, während sich die Gedanken in seinem Kopf überschlugen.

„Eins, zwei …" Gerch Mackert würde sterben. Er wusste alles über die gefälschten Flussperlmuscheln, und er hatte Simon völlig hängenlassen.

„Drei, vier …" Er musste sich konzentrieren. Das TNT war ja nicht meterbreit unter der Tribüne verteilt, schließlich konnten sie es nicht tonnenweise aus Brandenburg abtransportieren. Er musste also genau den Punkt treffen, den Albrecht ihm markiert hatte.

„Fünf, sechs …" Er legte an. Rache ist süß, dachte er noch.

„Sieben, acht …" Obwohl – wieso eigentlich? Wenn er Mackert am Leben ließ und ihn so einschüchterte, dass er ihn doch noch zum Komplizen machen konnte?

„Neun, zehn …" Eine gewaltige Explosion fast unter Mackerts Hintern dürfte wohl reichen. Simon drückte nicht ab.

„Elf, zwölf, dreizehn – und Schuss!" Er hatte genau die vier Sekunden abgewartet, bis Mackert und Spirelli auf dem Weg nach unten waren.

Außerdem war er ein Fan von Spirelli. Es wäre schade um ihn gewesen.

Er ließ der Panik, die die Explosion des Maxplatzes in der Bevölkerung ausgelöst hatte, ein paar Tage Zeit. Und welch bessere Inszenierung hätte es auch für einen zweiten Angriff gegeben als die, Gerch direkt in seinem Wohnzimmer zu treffen – auf dem Platz des 2. FC Rehau.

Simon hatte sich den Zutritt zur „Teestumm" schon morgens verschafft, als hier noch niemand zugange war. Vom Dachfenster aus war der Fußballplatz gerade noch einzusehen und eine freie

Schussbahn gewährleistet. Diesmal würde natürlich klar sein, dass es sich um Schüsse handelte. Aber wenn auf eine Panik am Mittwoch die zweite am Sonntag folgen würde, wäre sie derart überwältigend, dass er erneut unerkannt entkommen konnte. Bis man die Projektile gefunden und die Schussbahn bestimmt hatte, wurde in der Teestumm bereits wieder literweise Bananen-Kirsch-Saft ausgeschenkt, mit dem der Laden schon berühmt geworden war, als man in Hof gerade die ersten Cocktailbars eröffnete. Und er, Simon, wäre wieder über alle Berge.

Gedacht, getan. Das heillose Chaos, das die Schüsse aus Simons Waffe in der *PolyWorld*-Arena anrichteten, ließ seine Taktik in vollkommener Weise aufgehen.

Die geniale Idee, das G36 hinterher nicht im Untreusee zu versenken, sondern in Ulrich Wolks Garage zu verstecken, kam ihm erst anschließend. Ein anderer Hauptverdächtiger als Simon war schließlich besser als überhaupt kein Hauptverdächtiger.

Kapitel 67

Sie hatten das ganze Wochenende durchgearbeitet, so wie Wunderlich es vorhergesehen hatte. Es war ein Volltreffer gewesen. Sie hatten in der Kiste so ziemlich alles gefunden, was zur gerichtsfesten Anklage des Mannes geeignet war, den Wunderlich seit seinem Besuch auf Wolks Grundstück als Hauptverdächtigen im Visier hatte.

„Iech setz fuchzich Euronen, dass die DeEnOh dieselba is wie die, wo du mir scho gehm hast", schnaufte Polizeiobermeister Dittrich, als er den letzten Karton hereinbrachte. Sie hatten Simons Büro gleich mit durchsucht, denn auch das fiel ja am Samstag nicht weiter auf.

„Do halt iech nedd dergeecher, aber des is fast scho worrschd!", entgegnete ihm sein Chef und grinste die Mitbringsel auf seinem Schreibtisch an, „eine vergessene G36-Patrone, das abgeschraubte Zielfernrohr …"

„Und vor allem das, was hinten drin war", meinte Dittrich, „damit haben wir ihn wohl endgültig im Sack."

„Noch nicht", grübelte Wunderlich, „deswegen ja diese Wochenendaktion. Wenn er nichts bemerkt hat, dann passiert jetzt zweierlei. Erstens, er wird ja irgendwas mit dem Zeug hinten drin vorhaben. Und zweitens, er muss irgendwann seinen notdürftig versteckten Flaschenzug …"

Wunderlichs Handy klingelte „Columbo" und unterbrach damit seine Gedankengänge.

„Servus, Tante Rosi – warrd' amol an Moment – die Kollegen sind mit dem Austausch fertig geworden, oder?", wandte er sich flüsternd an Dittrich, welcher mit einem Nicken bestätigte. Wunderlich gab ihm ein von sich selbst fortdeutendes Handzeichen, das besagte: „Super, dann los!", und wandte sich wieder seiner Tante zu.

Die hatte zu Wunderlichs eher geringer Überraschung bereits zu sprechen begonnen.

„… weil ich mir gedacht habe, das könnte wichtig sein, wo ihr doch den Gribbl sucht, der wo denn Beierlein aafm Gwissn hodd und ner Gerch aa um die Eggn bringa wollt. Also, etzerd bass auf …“

Wunderlich war erstens damit beschäftigt, neugierig zu sein, was kommen würde, und zweitens hatte er zu diesem Zeitpunkt ohnehin keine Fragen. Daher war es sehr praktisch, dass Rosi wie immer ohne Luft zu holen fortfuhr.

„Der Rost's Karl baut doch bei mir ims Eck denn neia kulinarischn Dembl, do wo der hässlicha olda Subbermarkt vor sich hi gschimmeld hodd. Und wo ich do neilich ausn Fenster gschaut hobb, is mer wos arch komisch vorkumma.“ Ohne eine Kunstpause zu machen, berichtete sie von der seltsamen Baumaschinenkonstruktion, die sie mehrfach hin- und herfahren hatte sehen.

Wunderlich war zuerst wie elektrisiert: Jemand, und auch noch aus seiner Verwandtschaft, hatte den Flaschenzug lange vor der Tat am Ort des Geschehens beobachtet! Der Täter hatte mit dem Ding folglich genau das vorgehabt, was er dann auch ausgeführt hatte. Ein Totschlag im Affekt schied also aus. Er kam aber gar nicht groß dazu, sich über das Mordmerkmal der Heimtücke zu freuen, das Rosi ihm hier auf dem Silbertablett servierte. Die nämlich war – wie so oft – noch nicht fertig.

„Ich weiß nicht, ob dir das hilft, aber ich habe den Fahrer der Maschine beim Aussteigen beobachtet und könnte ihn euch ziemlich genau beschreiben.“

Am anderen Ende der Leitung blieb es für eine Weile still, was deshalb auffiel, da Rosi nun auf eine Reaktion wartete. Aber Wunderlich war platt. Er fühlte sich wie Weihnachten und Ostern zugleich. Sie hatten nicht nur die DNA-Spuren, nicht nur das G36, nicht nur den Stoff aus dem Kofferraum des Wagens. Sie hatten eine Zeugin für die Vorbereitung der Tat!

„Des gibbds ja nedd!“, frohlockte er schließlich ins Telefon. „Wo bist du? Kannst du sofort zu uns in die Dienststelle kommen? Wir würden gleich ein Phantombild machen.“

Und bald schon eine Gegenüberstellung mit dem realen Täter, dachte er sich.

„Ich bin in der Ludwigstraße beim Einkaufen. Ja, ich könnte – Moment, da hält – he! Wer sind Sie? Lassen Sie das! Herrschaft, was …“

Quietschende Reifen waren mehrfach im Hintergrund zu hören, kurz bevor und nachdem Rosi diesen Satz gesprochen hatte. In diesem Augenblick brach das Gespräch ab.

„Tante Rosi? Hallo? Ist dein Handy kaputt? Funkloch?“

Aber mit Rosis Handy war alles in Ordnung. Denn in den fünf Sekunden, in denen Wunderlich seine verwirrten Fragen ausgerufen hatte, war Peter Dittrich eiligen Schrittes zurück in den Raum gehuscht. In seiner Miene spiegelte sich eine seltsame Mischung aus sensationslüsternem Erfolgserlebnis und mitfühlender Sorge.

„Das Observationsteam hat vor einer halben Minute angerufen. Er ist schon vor einer Stunde losgefahren und hat soeben mitten auf der Ludwigstraße deine Tante ins Auto gezerrt und entführt!“

Kapitel 68

Als Tante Rosi von Jörg Albrecht auf den Rücksitz des roten Jaguar S-Type gedrängt wurde, saß Gerch Mackert bereits neben ihr.

„Was soll das? Wer sind diese Typen?“

„Soweit ich es verstanden habe, hast du den Flaschenzug beobachtet und den Fahrer erkannt“, erläuterte Mackert. „Und Zeugen sind natürlich ganz blöd.“ Er sah gelangweilt aus dem Fenster.

„Zeugen? Ich weiß nicht, wovon du sprichst.“ Selbst Rosi, impulsiv, offen und herzensgut, war in diesem Moment berechnend genug, um Zeit zu gewinnen.

„Erkläre du es ihr, du bist ja hier jetzt wohl die Hauptperson“, sprach Mackert gönnerhaft wie üblich den Mann am Steuer an.

„Sehr gerne“, antwortete Simon Hopperdietz, während er seinen Sportwagen mit einhundertzwanzig Stundenkilometern den Hofer Berg hinauf aus der Stadt steuerte. „Sehen Sie, gute Frau, es ist nichts Persönliches. Und es ist auch egal, ob Sie irgendetwas Weitergehendes über das Verschwinden von Herrn Beierlein wissen. Aber Sie haben mich gesehen und ich habe Sie gesehen. Und Sie haben gesehen, wie ich die geniale Maschine meines Komplizen hier getestet habe. Verzeihung, aber schon das können wir uns nicht leisten. Insbesondere nicht, da wir durch seine Nachforschungen seit gestern wissen, dass Sie die Tante eines Kriminalbeamten sind.“

Rosi musste schlucken. Sie fühlte sich wie ein Pennäler, der beim Spicken erwischt worden war, fing sich aber schnell wieder.

„Und du?“, herrschte sie Mackert an. Aber der zuckte nur mit den Schultern.

„Es geht eben um ziemlich viel Geld, da kann man schon mal schwach werden, seine Meinung ändern, vom Gutmenschen zum Bösewicht werden“, ergänzte er herablassend.

„Seine Hoheit Scheich Raschid Isaak aus Dubai ist ja bekanntlich ein Gönner unserer Stadt und meines 2. FC Rehau", fuhr der Besitzer desselbigen – immerhin nicht auch *der*selbigen – fort. „Und hat ein neues Großprojekt zum Wohl unseres Gemeinwesens im Auge."

„Wofür er ein großes Stück Land im Heinersgrund benötigt", ergänzte Hopperdietz. „Welches auf Grund der seltenen Flussperlmuschel aber unter Naturschutz steht."

„Auch wenn es mir gehört", zwinkerte Mackert.

„Also wollte meine Behörde dem Gerch, nun ja, etwas unter die Arme greifen."

Sie passierten den Müllkonzern in Neukühschwitz mit Tempo 140, und Simon bremste bei der Einfahrt in die Rampe hinauf zur B15 nur so viel, dass er gerade eben nicht aus der Kurve getragen wurde. Die Reifen quietschten wie bei einem Formel-1-Boliden. Simon machte sich gar nicht erst die Mühe zu prüfen, ob von links, von der A93 her, jemand angerauscht kam. Er gab rücksichtslos noch vor dem Einfädeln wieder Gas.

„Und du Hiehnerdieb hosd denn do vorne derfier zahlt, oder?" Rosi war außer sich.

„Das war nicht nötig", konterte Hopperdietz. „Eine ziemlich große Wette auf den Aktienkurs der *JoyPark Corporation* hat mir völlig ausgereicht. Da springen zwei Millionen für mich raus, und schwupps ist der Neubau in Krötenbruck abbezahlt. Nur das seltene Muschelchen war uns im Weg. Da mussten wir es eben vervielfachen."

„Polyfantastan ist wirklich ein tolles Zeug", schaltete sich Albrecht schwärmend ein. „Die Muscheln zu kopieren hat richtig Spaß gemacht."

„Nur dass mein leider allzu wissbegieriger, ewig umtriebiger Mitarbeiter zuerst über einen blöden Druckfehler im Abschlussbericht stolperte, dann die Panik wegen irgendeiner Wasserverunreinigung im Perlenbach bekam, deren Ursache mir bis heute übrigens ein Rätsel ist, und so schließlich vor lauter Muschelgucken durch puren Zufall darauf gekommen ist, dass die Dinger gefälscht sind."

„Und also leider das Zeitliche segnen musste." Mackert grinste ironisch.

„Ich habe wirklich mein Bestes gegeben", meinte Hopperdietz trocken. „Als ich ihm die Muscheln, die er zur Untersuchung ins LfU bringen wollte, abgenommen hatte, sie verschwinden ließ und einen Unbedenklichkeitsbericht des Landesamtes fälschte, dachte ich, das wäre geschafft. Aber er musste ja unbedingt seine Nase in deine Garage stecken." Er sah Albrecht mit bedauerndem Blick an.

Rosi riss den Kopf hin und her, als würde sie gerade ein Match von Federer gegen Djokovic verfolgen. Entsetzt starrte sie Hopperdietz an, dann voller Abscheu Gerch Mackert, dann wieder Hopperdietz, blind vor Wut, in die sich aber plötzlich auch Verachtung mischte:

„Wie unendlich deppert sind denn Sie eigentlich?", kreischte sie. „Uns auf die Rücksitze zu zerren, wo wir wild rumfuchteln und uns bemerkbar machen können?"

„Das Risiko müssen wir eingehen", entgegnete Simon trocken, während sie pfeilschnell wie ein ICE in Richtung Hof flogen.

„Warum? Wieso sperren Sie uns nicht in den Kofferraum?"

„Das ging leider nicht. Da ist das Dynamit."

Kapitel 69

Landrat Ewald Hecht hatte auf Bürgermeister Angermanns Anruf prompt reagiert und ganze Arbeit geleistet. Die zwei Unimogs hatten ein Wegfahren völlig unmöglich gemacht. Wunderlich, Dittrich und ein halbes Dutzend Spurensicherer hatten das ganze Wochenende Zeit, den zugeparkten Jaguar von Hopperdietz unbeobachtet nach allen Regeln der Kunst auseinanderzunehmen.

„Der politische Gegner kopiert schon wieder unsere Konzepte“, hatte Angermann geflachst, als er Wunderlich am Sonntagmittag auf dessen Einladung hin beim Arbeiten zugesehen hatte.

„Du meinst, damals, als man vor deinem heutigen Amtssitz dasselbe Kunststück mit einem missliebigen Mitarbeiter exerziert hat?“

„Hmm“, grummelte der Bürgermeister der Stadt Rehau. Auch wenn er mit der Aktion zu Zeiten seines Vor-Vorgängers, die ja über zwanzig Jahre her war, nicht das Geringste zu tun gehabt hatte, so wurde er dennoch nicht wirklich gerne daran erinnert. Aber der Landrat, von einer anderen Partei als Angermann, hatte es wohl für eine praktische Idee gehalten, die Schote wieder aus der Erinnerungskiste zu holen und auf diese Weise – diesmal unzweifelhaft straffrei – seinem Politikerkollegen die kleine Bitte zu erfüllen.

Als Egidius Wolk den Namen Simon Hopperdietz als Käufer seines Grundstückes benannt hatte, war Wunderlich zunächst einmal platt gewesen wie ein Rindercarpaccio unter einer Dampfwalze. Nicht einmal eine Minute zuvor hatte er ja den heruntergefallenen Zettel gefunden:

„Wenn Sie noch mehr Beweise brauchen, dann kommen Sie am übernächsten Samstag um 23 Uhr wieder dorthin.“

Damit war offensichtlich, dass der unglückliche Beierlein von seinem Mörder auf das Grundstück gelockt worden war und dort in der Anspannung das Lockmittel hatte fallen lassen. Wer anders als der neue Besitzer könnte wohl der Hauptverdächtige für diese Aktion gewesen sein? Also hatte er bei seiner zweiten Unterredung mit Hopperdietz im Landratsamt heimlich einen angeknabberten Salzcräcker mitgehen lassen, in den der Oberregierungsrat zuvor vor seinen Augen gebissen hatte. Der DNA-Vergleich mit dem Zettel war positiv. Hopperdietz hatte Beierlein dazu gebracht, auf sein neues Grundstück zu kommen, ihm dort aufgelauert und ihn getötet.

Als kurz darauf Edmund Angermann mit seiner Webcam den vermeintlich Ernst-Jochen Klein gehörenden Jaguar ausgemacht hatte, schien Wunderlichs Theorie in Fetzen zu liegen. Doch wie schnell konnte es sich von ganz schlecht nach supergut wenden! Der dritte rote Jaguar mit Hofer Kennzeichen war auf den Namen Simon Hopperdietz zugelassen.

Wunderlichs Perfektionismus war damit natürlich noch nicht einmal zur Hälfte zufriedengestellt. Erstens, das alles war noch immer kein Beweis für Hopperdietz' Täterschaft. Und zweitens, das Motiv lag im Dunkeln. Was drittens nicht zuletzt an der Frage lag, was Hopperdietz eigentlich mit den Teichen im Heinersgrund wollte.

Um das alles herauszufinden, hatte Zahlenmensch Wunderlich eine ebenso simple wie berechnende Strategie beschlossen: Sie würden Hopperdietz filzen und dann laufen lassen, ohne dass der auch nur eins von beiden bemerkte.

Kapitel 70

Herablassung. Es war ein Tonfall, für den Gerch Mackert eigentlich keinen Grund gehabt und zu dem er auch keine seiner gewohnten ausladenden Gesten gemacht hatte. Das wäre auch schwer möglich gewesen, denn Mackert saß in Handschellen da. Erst als er sich leicht zur Seite drehte, wurde Rosi bewusst, was hier tatsächlich vor sich ging. Gerch Mackert hatte gar nichts verbrochen. Jedenfalls nicht in Sachen Beierlein. Er war vielmehr ein Opfer wie sie selbst.

Dreißig Minuten zuvor hatte er auf seinem Firmenparkplatz gestanden und war ganz in einige logistische Gedanken vertieft: vor allem, wie er wieder an seinen Golf käme, den er nach einem Besuch in Sachen Windpark beim Landratsamt hatte stehen lassen, nachdem ihn seine Frau dort zu einem gemeinsamen Freitagnachmittagsbummel durch die Hofer Altstadt abgeholt hatte. Er hatte den Jaguar, der sich mit hohem Tempo näherte, um ihn zu schlucken wie die Schlange das Kaninchen, gar nicht kommen hören.

Todesstille verbreitete sich im Heck des Wagens, nachdem Simon Hopperdietz von Dynamit gesprochen hatte. Nach einer Jahrhunderte dauernden Weile, in der doch beide Geiseln die Bedeutung von Simons Aussage nicht wirklich erfassen konnten, japste Rosi:

„Achgoddla! Etzerd heern mer gleich die Engala singa!“

„Wo zum Teufel willst du denn hin, Simon?“, herrschte ihn Mackert zugleich gelangweilt und mit Adrenalin vollgepumpt an. „Am gescheitesten wärs doch, du fährst weiter zum Flughafen, steigst in meine Privatmaschine und gründest eine Straußenfarm in Hinterkolumbien.“ Gerchs Sarkasmus war wirklich nicht zu übertreffen.

„Wusstest du, Gerch, dass die Dame neben dir und du eine gemeinsame Leidenschaft haben?“, durchbrach Hopperdietz mit ruhiger Stimme Mackerts Überlegungen.

Gerch sah Tante Rosi mit großer Unschlüssigkeit an.

„Was weiß ich – Skifahren, viel mit den Rehauern ratschen …“, tippte der.

„Das Tauchen“, entgegnete Hopperdietz, während sie weiter in Richtung Untreusee rasten.

Mackert und Rosi starrten einander nun mit so weit aufgerissenen Augen an, dass die Augenbrauen bis zum Haaransatz reichten. Sie hatten es nicht voneinander gewusst, aber es stimmte. Rosi, durchtrainiert, wie sie war, wollte es im Sommer gerne vermeiden, nur zum Skifahren umweltfeindlich bis nach Kanada zu fliegen, und brauchte somit einen Zweitsport. Mackert hatte sich das Tauchen als Extremsportart ausgesucht, um sein Bild vom Tausendsassa im Managergewand zu pflegen.

„Es wird einen bedauerlichen Unfall geben“, unterbrach Simon Hopperdietz abermals kühl und berechnend ihre überraschten Gedanken.

„Einen Unfall. Aha. Und der geht mit Dynamit.“ In Mackerts Stimme lag äußerste Geringschätzigkeit. Er hatte keine Ahnung, worauf sein Entführer hinauswollte. Hopperdietz schien völlig daneben zu sein.

„Ironie des Schicksals“, grinste Simon, als er sich kurz zu seinen Geiseln umdrehte. „Der unglückliche Beierlein höchstselbst hat mich drauf gebracht. Dynamitfischen im Untreusee.“

Eine weitere Minute Todesstille erfüllte das rollende Gefängnis. In der Zwischenzeit drehte Albrecht sich zu Rosi um und zwang auch sie, wie zuvor Mackert, sich selbst Handschellen anzulegen. Sein Körperbau wie der eines Fremdenlegionärs verlieh ihm hinreichend Autorität dafür.

„Den Schmarrn hab ich gelesen“, entgegnete Gerch schließlich, „unter den blödesten Werbegags, die Oberfranken je heimgesucht haben, kommt der auf Platz eins. Und wie willst des etzerd mit deinen zwei Zeugen in Verbindung bringen?“

„Oh, mein Freund Jörg wird das erledigen.“ Er deutete mit dem Daumen nach rechts auf den Beifahrersitz. „Er kennt sich ja damit aus, wie man vorgibt, ein harmloser Spaziergänger zu sein. In diesem Fall einer, der beobachtet hat, wie ein unbekannter Dritter offenbar einem tragischen Missverständnis aufgesessen ist. Jener hielt die Ka-Wumm-Aktion wohl für echt und hatte, auf welche Weise auch immer, bereits Dynamit dafür bei sich. Hast du das Plakat genau gelesen? Wie es der Zufall will, sollte die erste Session genau heute stattfinden. Da wollte unser Mann wohl dabei sein. Was für ein entsetzlicher Zufall, dass just zu dieser Zeit zwei Taucher im See unterwegs waren, die von der Druckwelle in tausend Stücke gerissen wurden."

In diesem Moment wurde die Fahrgastzelle des Jaguars von einer heftigen Explosion erschüttert.

Es hatte jedenfalls die entsprechende Lautstärke, und die ganze Karosserie vibrierte. So heftig war der Schrei des Entsetzens, den Rosi soeben ausgestoßen hatte.

„Herrgottna, der joocht uns in die Luft und nochert semmer Fiischfudder!"

„Nicht so voreilig, Rosi", fand Mackert, der selbst jetzt wieder einmal um einiges gelassener klang. „Ich muss der Rosi nämlich recht geben mit dem unendlich deppert. Mein lieber Simon, merkst du eigentlich nichts?"

Aber Simon Hopperdietz brauchte noch fast zwanzig Sekunden, bis er begriffen hatte.

Kapitel 71

Ulrich Wolk hatte von dem ganzen Trubel nichts mitbekommen. Nachdem sein harmloses Equipment und er selbst von der Polizei freigegeben worden waren, hatte er wie geplant die internationale Sportmesse in Genf besucht. Er hätte zwar keine Hemmungen gehabt, in die ecuadorianische Botschaft in der Schweiz zu flüchten, um sich der erneuten Fahndung nach ihm zu entziehen. Wobei ihm entgangen wäre, dass er nicht wegen „Verrats von Geheimnissen an den Feind" oder ähnlicher drolliger Vorwürfe gesucht worden war, sondern völlig spaßfrei wegen Mordes. Tatsache war aber: Er wusste von nichts. Erst am Sonntag, während Wunderlichs Team längst Hopperdietz' Auto erfolgreich auseinandernahm, klingelte er – eher zufällig – den Kommissar an, um sich aus purer Neugier nach dem Stand der Dinge zu erkundigen. Er fiel aus allen Wolken, als ihm Wunderlich von dem Gewehrfund in seiner Garage berichtete, dafür jedoch lichtete sich für die Ermittler augenblicklich der Nebel, als Wolk auf die Frage nach dem möglichen Urheber der Versteck-Aktion antwortete.

„Also ich kenne nur einen, der mir im Moment eins auswischen wollen würde. Außerhalb des Stadtrats, meine ich. Ein gewisser Jörg Albrecht – dem habe ich in fast hundert Kartons Radsportausrüstung und Fitnesszubehör geschickt. Hanteln, Designernahrung, lauter so Zeug. Mehr als tausend Euro, aber er hat nicht bezahlt. Also – erste Mahnung, zweite Mahnung, du weißt schon. Komischer Typ, und ich hab' mal gehört, der sei ein Waffennarr. Sollte vielleicht eine bizarre Drohung sein, damit ich ihn nicht weiter nerve."

Jörg Albrecht hatte eine wirklich selten dämliche Seite an sich. Er zog mit seinem Komplizen Hopperdietz einen Mordplan durch – aber verschwitzte gleichzeitig eine simple Überweisung, deren enormer Betrag den wartenden Empfänger auf ihn aufmerksam werden ließ.

Und vor allem auf die Kartons, die er zur Tarnung benutzen wollte.

Damit nicht genug, war am Samstag desselben Wochenendes im Frankenblatt ein Umweltskandal aufgedeckt worden.

„PANSCHER CHEMIE VOR DEM AUS. Von Jana Angler. Rehau. Nach der Einleitung von Chemieabfällen in den Perlenbach steht die Firma Panscher vor der Pleite. Im Anschluss an Ermittlungen des Landesamtes für Umwelt war der Betrieb in der vergangenen Woche von Spezialisten der Behörde besucht worden. Dabei stellte sich heraus, dass der Verdacht, um den es ging, zutrifft: Panscher hat im Juni bei Nacht und Nebel giftige Mineralabfälle in den Bach gekippt, da man sich die ordnungsgemäße Entsorgung bereits nicht mehr leisten konnte. Die nun zu erwartende Geldstrafe dürfte den Untergang des Unternehmens lediglich beschleunigen. Verwirrung herrscht unterdessen über die offensichtliche Parallelität des Falles mit dem mysteriösen Erpresserbrief, in dem im Sommer die Vergiftung des Perlenbachs angedroht, aber nie in die Tat umgesetzt worden war. Ob hier ein Trittbrettfahrer am Werk war, ist noch unklar. Die Kripo in Rehau war gestern für eine Stellungnahme nicht erreichbar."

Wie sollte sie auch, wenn sie gerade einen Mörder fing? Wunderlich war allerdings ziemlich überzeugt, dass er Frau Angler den „Trittbrettfahrer" in ein paar Tagen in einem Aufwasch mit dem Mörder präsentieren konnte.

Kapitel 72

Die Schnellstraße war ausgestorben wie ein Dorf im Wilden Westen oder eine Versuchspiste auf dem Mars. Der Asphalt flirrte in der Wärme des Altweibersommers. Es war nirgendwo ein Auto, ein Traktor auf dem Feldweg neben der Straße oder auch nur ein Mensch auf den herbstlich glänzenden Feldern zu sehen. Hochfranken schien verlassen. Das behaupteten Großstadtjournalisten zwar ständig, nur war es sonst immer das Gegenteil der Wahrheit. Hier und jetzt allerdings schien es eingetroffen. Die ganze Szenerie hatte etwas Gespenstisches. Sie waren plötzlich nur noch zu viert auf der Welt.

„Fällt dir nicht auf, dass dein schicker Sportwagen seit geraumer Zeit allein auf der B15 unterwegs ist?“, sprach Mackert lässig in diese Einsamkeit hinein.

„Ja, und?!“ Simon war völlig unbeeindruckt. So ein Jahrhundertereignis war eine leere B15 auch wieder nicht.

„Du bist also der Überzeugung, dass euch keiner auf der Rechnung hat? Dass du uns im Untreusee versenken kannst, deine Zeugen los bist und morgen an deinen Schreibtisch zurückkehren wirst, als wäre nichts gewesen? Achgottla, Simon, vielleicht geruhst du mal einen Blick nach oben zu werfen.“

Hopperdietz bemerkte Licht und Schatten fast gleichzeitig. Das Licht des Blaus, mit dem sich Wunderlichs Einsatzfahrzeug auf der seit zehn Minuten voll gesperrten Bundesstraße ihm näherte. Und den Schatten, den der Polizeihubschrauber über ihm warf, als er ihn in Fahrtrichtung überflog und über Lautsprecher zum Anhalten aufforderte.

In Städten wie New York hätte man Hopperdietz vermutlich bestenfalls zu Fuß verfolgt oder erst am nächsten Tag. Oder die Aufgabe einem privaten Dienstleister überlassen. Eben die gleichgültige

Bankrotterklärung einer Megastadt abgegeben, in der Verbrechen genauso an der Tagesordnung waren wie eine handlungsunfähige, unter der Überbevölkerung in die Knie gegangene öffentliche Hand. Die letzte Geiselnahme in der Region Hof hingegen stammte vermutlich aus einer Zeit noch vor 1427, als Rehau die Stadtrechte verliehen bekommen hatte. Was heute passierte, war für hiesige Verhältnisse daher ein derart unerhörtes Verbrechen, dass Wunderlich, mit Zustimmung seiner Vorgesetzten, nicht zimperlich gewesen war: Sie brachten gleich das volle Programm.

Hopperdietz jedoch beschleunigte weiter und passierte die Ausfahrt nach Kautendorf mit hundertsechzig Sachen.

„Halten Sie sofort an oder wir zwingen Sie dazu", gellte es aus der Luft. Ein Beamter mit Maschinenpistole hatte sich bereits auf der Kufe des Hubschraubers postiert, die dem Jaguar zugewandt war.

„Mensch, Simon, jetzt halt doch an, es ist vorbei!", bellte Albrecht auf dem Beifahrersitz. Er starrte vom Himmel nach hinten zum Blaulicht und von da zur Tachonadel. Die jedoch wich kein Jota von der 180 ab. Hopperdietz hatte den Tempomaten aktiviert.

„Wir bringen das zu Ende", säuselte er irgendwo zwischen apathisch und kaltblütig. Die ersten Häuser von Döhlau schossen an ihnen vorbei wie im Tiefflug. An dieser Stelle konnte man gut tausend Meter weit die B15 entlangblicken – und so sahen sie alle vier, wie dort, wo hinter der Saalebrücke das vierspurige Teilstück begann, der Helikopter mitten auf der Fahrbahn zur Landung ansetzte.

Es war der Augenblick, in dem auch Gerch Mackert von der Todesangst überwältigt wurde. Denn Simon Hopperdietz hatte die entscheidende Schwelle in diesem Moment überschritten. Er wusste jetzt, dass er entdeckt war und gefasst werden würde – aber es machte keinen Unterschied für ihn. Er würde Gerch und Rosi trotzdem umbringen. Aus billiger Rache, vielleicht auch nur, um zu sehen, ob sein Plan rein technisch aufgegangen wäre. Aber wie wollte er es überhaupt noch zum See schaffen?

Es gab kein Entkommen mehr. Wunderlich rauschte von hinten an sie heran. Vor ihnen stand ein Hubschrauber mit zwei Beamten, die ihre MPs im Anschlag hatten.

„Festhalten“, sagte Hopperdietz nur ganz cool.

Die Tachonadel zeigte keine Regung, kein Mitleid. 180 km/h. Ein Kilometer in zwanzig Sekunden. Rosi und Mackert zählten innerlich die Sekunden bis zum Ende ihres Lebens mit.

„Drei, zwei, eins.“

Ein ohrenbetäubendes Krachen erschütterte das Saaletal.

Kapitel 73

Wunderlich betrachtete fassungslos das Bild, das vor seinem noch immer in Blaulicht getauchten Einsatzfahrzeug entstanden war. Er teilte diese Fassungslosigkeit mit der Hubschrauberbesatzung, die ihre Waffen sinken ließ. Es war eigentlich nicht möglich, dass zwei Beamte eines SEK jeweils eine krachende Salve in die Luft feuerten, hinter sich eine unüberwindbare Straßensperre hatten und ein zweihundert Meter entfernter PKW trotzdem nicht einmal bremste. Als Hopperdietz in voller Fahrt und mit qualmenden Pneus ruckartig nach links gezogen war und den Helikopter in hauchdünnem Abstand passiert hatte, wussten sie nicht, wie ihnen geschah. Was hätten sie auch tun sollen? Auf das Fahrzeug schießen war unmöglich, ohne die Geiseln zu gefährden. Und so schaffte es Simon, unversehrt als Geisterfahrer die Ausfahrt Moschendorf hinabzupreschen und einen Vorsprung von fast fünf Minuten herauszufahren, in denen die Polizei sich erst einmal aus dem Chaos auf der Schnellstraße befreien musste. Wunderlich hatte trotz Vollbremsung den Helikopter touchiert, und so tauchte dessen Besatzung das gesamte Knäuel erst einmal in Löschschaum, bevor sich herausstellte, dass weder Luft- noch Straßenfahrzeug beschädigt worden waren, und Wunderlich dem Flüchtigen weiter nachsetzte, gefolgt vom Wagen des Observationsteams.

Die Ampel am großen Einkaufszentrum war rot. Sie war nach Beobachtungen aller Einheimischen hier immer rot, wenn man von der B15 kam. Aber darauf kam es nun auch nicht mehr an. Hopperdietz preschte mit siebzig Sachen scharf rechts um die Kurve. Er wusste ja, wie viel Speed sie vertrug, schließlich führte sie zu seinem Arbeitsplatz, dem Landratsamt Hof, an dem sie Sekunden später vorbeiflogen. Neunhundert Meter und eine Minute weiter war Simon bereits auf den Parkplatz des Freizeitgeländes am Untreusee geschossen und hatte eine Vollbremsung hingelegt, dass es nur so staubte.

„Los, raus!“, bellte er Mackert und Rosi an. Gerch wollte schon zu einer erneuten abfälligen Bemerkung ansetzen, schließlich saßen sie beide mit Handschellen auf dem Rücksitz, und so konnten sie weder die Türen des Fahrzeugs öffnen noch es zügig verlassen. Aber der Gedanke erübrigte sich, da Albrecht und Hopperdietz die beiden Hintertüren aufrissen und die Geiseln ins Freie zerrten.

„Und wie willst uns jetzt zum See bringen, ohne dass wir dir abhauen?“, kommentierte Mackert genervt.

Statt einer Antwort öffnete Hopperdietz den Kofferraum und zog daraus zwei große Sporttaschen hervor, in denen sich der Sprengstoff befinden musste. Währenddessen hatte plötzlich auch Albrecht etwas in der Hand. Er antwortete an Hopperdietz’ Stelle, obwohl es gar nicht mehr nötig gewesen wäre.

„Das hier, Herrschaften, ist eine 45er. Ihr wisst schon, *Dirty Harry* und so. Hat mir mal ein Kollege aus den USA vermacht. Macht richtig hässliche Löcher, auch auf größere Entfernung. Also – eine falsche Bewegung und ihr seht aus wie Schweizer Käse. Und glaubt bloß nicht, ich hätte Skrupel, wenn ihr euch zwischen irgendwelche Ausflügler mischt.“

Es waren erst sechzig Sekunden seit ihrer Landung auf dem Parkplatz vergangen. Sie hatten noch immer vier Minuten Vorsprung auf Wunderlich. Der war gerade dabei, auf der B15 wieder loszufahren, aber quietschende Reifen und die falsche Richtung der Ausfahrt konnte und wollte er sich nicht leisten, nicht nur, weil es seinem Instinkt und seiner unbeeinflussbaren Art nicht entsprach, sondern auch, weil er nebenher noch telefonieren musste. Er glaubte, nun eine Ahnung zu haben, was auf ihn wartete.

In der Zwischenzeit tickte die Uhr für Gerchs und Rosis letzte Augenblicke weiter. Hopperdietz und Albrecht trieben sie, so schnell es möglich war, ohne den Ausflugsgästen im Biergarten aufzufallen, den Fußweg hinab zum Bootsanlegeplatz.

„Hätt ich mir denken können, dass du eine Jacht auf dem Untreusee hast“, kommentierte Gerch trocken den Anblick des Bootes, auf das sie sich zubewegten. „Bei deinem mondänen Lebensstil mit Riesenvilla auf dem Millionenhügel und sündhaft teurer Ehefrau.“

„Das sagt gerade der Richtige“, blaffte ihn Simon an, während er auf sein Boot sprang und Rosi und Gerch von ihm und Albrecht an Bord gehievt wurden. Noch zwei Minuten Vorsprung auf Wunderlich.

Hopperdietz löste die Taue des Bootes, sprintete zum Instrumentenpult, startete den Motor und gab Gas, so schnell er konnte. Eine Minute bevor die drei Polizeifahrzeuge am Steg ankamen, legten sie ab.

Der Untreusee dehnte sich in Nord-Süd-Richtung gut zweitausend Meter weit aus. Aufgestaut mit dem Wasser des Untreubaches, bot er für Segler, Schwimmer, Tretbootausflügler, Angler, aber auch Spaziergänger an Land ein wunderbares Erholungsparadies, das mit seinem mehrere hundert Meter langen Biotop am Südende zudem sehr erfolgreich zum Naturschutz beitrug. Er war für Stadt und Landkreis Hof wirklich ein Schmuckstück, an dem man seine Freizeit nicht oft genug verbringen konnte. Nur eines konnte man darauf nicht: in waghalsiger Flucht irgendwohin entkommen. Und das war es, was Gerch Mackert an der ganzen Aktion nach wie vor nicht verstand.

„Sooch amol, Simon“, begann er, während sie hinausfuhren, „etzerd im Ernst: Wo willst du hin? Du steckst uns jetzt in Taucheranzüge, schmeißt uns ins Wasser und wirfst uns Dynamit hinterher. Du hast …“ – er zählte kurz die Segelboote – „ungefähr ein halbes Dutzend Zeugen, da drüben am Ufer mit dem Blaulicht steht vermutlich mein Kumpel Wunderlich, und wenn du irgendwo durchs Schilf verschwinden willst, gibt du einfach nur eine gut sichtbare Landschaftsdeko für den Helikopter ab, bevor sie dich einkassieren. Jeder weiß, dass du es warst, und du hast keine Chance wegzukommen. Lebenslänglich mit besonderer Schwere der Schuld. Zwanzig Jahre da drin.“

Mackert deutete auf die Justizvollzugsanstalt von Hof, die unmittelbar benachbart stand und im Volksmund nur „Hotel Seeblick" hieß. Dann sah er zwischen Hopperdietz und Albrecht hin und her, und plötzlich fiel ihm eine weitere Merkwürdigkeit auf.

„Davon abgesehen: Wo sind denn jetzt deine sensationellen Taucheranzüge?"

Einmal mehr antwortete Hopperdietz nicht. Er begann, wortlos die Dynamitstangen auszupacken. Aber irgendetwas kam Albrecht dabei ausgesprochen seltsam vor. Vielleicht war es Simons Gelassenheit, die wie eine merkwürdige Ruhe vor dem Sturm wirkte. Vielleicht war es der Umstand, dass Simon Klebestreifen aus seiner Tasche zog, die für nichts gut zu sein schienen, da er das Dynamit ja den beiden Opfern hinterherwerfen würde.

Hauptsächlich jedoch war es die Tatsache, dass Simon nun begann, mit äußerster Gemütsruhe und mit Hilfe der Klebestreifen die Sprengladungen am Außenrumpf des Bootes zu befestigen.

„Was tust du da?", fragte Albrecht.

Kapitel 74

Simon Hopperdietz war bankrott. Gut drei Wochen war es jetzt her, dass er seinen Mitarbeiter Frank Beierlein erschlagen und unter dem Viehhändlerdenkmal in der Schwesnitz versenkt hatte, in der Hoffnung, der groß angelegte Betrug mit den Flussperlmuscheln würde auf diese Weise unentdeckt bleiben. Dann würde Raschid Isaak seine Baugenehmigung bekommen, der erste *JoyPark* Deutschlands würde entstehen und die Aktie der *JoyPark*-Gruppe mit dieser Expansion auf einem der bedeutendsten Märkte Europas rasant in die Höhe steigen. Nebenbei würde das Grundstück, das er Egidius Wolk für einen stolzen Preis abgekauft hatte, beim Weiterverkauf an Isaak das Doppelte bringen.

Die Idee zu alldem war ihm gleich am ersten Tag gekommen. Als im letzten November plötzlich Gerch Mackert um ein Vier-Augen-Gespräch gebeten und angeregt hatte, man möge doch den zu erwartenden Erfolg des allseits bekannten Muschelschutzprojekts von Hopperdietz' Behörde in möglichst positivem Licht darstellen. Nach Hopperdietz' hartnäckigem Bohren und einigem großspurigen Ausweichen von Gerch hatte der schließlich zugegeben, dass er direkt an der Lockerung der Naturschutzauflagen im Heinersgrund interessiert sei – zum Zwecke eines Immobilienprojekts.

Von da an hatte Hopperdietz nur noch Geldscheine gesehen, und zwar deutlich mehr, als Mackert ihm und Beierlein ohnehin geboten hatte, wobei Letzterer im Unklaren über die Mittäterschaft seines Chefs gelassen worden war. Als sich die Muschelbestände zwar erholten, aber zu langsam, um Mackert in die Karten zu spielen, hatte er Jörg Albrecht eingeweiht, der nicht nur ein begnadeter Fälscher mit Hilfe von Kunststoff war, sondern – wie Hopperdietz aus Bargesprächen anlässlich ihres Zusammentreffens beim Symposium „Die Zukunft der Steinleite" wusste – einen ebenso aufwändigen Lebensstil betrieb wie er selbst. Ex-BND-Mann Albrecht hatte auch blitzschnell den Namen von Mackerts Investor herausbekommen. Gemeinsam heckten sie die Aktion aus, gemeinsam wollten sie das Zockergeld scheffeln.

Doch diese Seifenblase war geplatzt, einen Tag nachdem Kommissar Wunderlich aus Dubai zurückgekehrt war. Raschid Isaak war ein verantwortungsbewusster Mann. Er hatte beschlossen, entgegen aller Zusagen, auf die Hopperdietz sein Vermögen verwettet hatte, den Bau des Hotels so lange zu verschieben, bis die Sachlage geklärt wäre. Im Zweifel war er sogar dazu bereit, die Standortfrage erneut zu diskutieren.

Für Isaak und sein Projekt – in Simons Sprache die „Mutter" und das „Baby" – waren diese Änderungen kein Drama. Hopperdietz dagegen brach es das Genick: Seine Aktienoptionen hatten eine Laufzeit, die auf das Heinersgrund-Projekt abgestimmt war. Durch die Verschiebung des Projekts würde sich auch die Aktie erst Monate später bewegen. Die Optionen würden daher wertlos verfallen.

Das Leben des Abteilungsleiters der Unteren Naturschutzbehörde war damit in tausend Stücke zerstoben. Seine Schulden auf das große Haus am Hofer „Millionenhügel" beliefen sich auf weit über eine halbe hiervon. Er hatte mit seiner Wette alles verloren, was für die Tilgung jemals vorgesehen war. Das Anwesen würde zwangsversteigert werden. Seine Frau, der er die Schande tags darauf gestanden hatte, war bereits 24 Stunden später ausgezogen – sie war stets ein erfolgsverwöhnter und von Macht und Geld sehr angetaner Mensch, der an der Seite eines Versagers niemals leben würde können. Und auch beruflich war er ruiniert: Selbst wenn der Betrug mit den Flussperlmuscheln nicht herauskäme, der private Zusammenbruch würde in der Behörde so viele Fragen aufwerfen, dass er als Führungskraft nicht mehr tragbar wäre.

Es war vorbei für Simon Hopperdietz. Es blieb nichts mehr übrig. Warum sollte er weiterleben?

Er hatte die Entführung und Beseitigung der beiden Zeugen bereits geplant, bevor das Desaster zustande kam. Das eigentliche Motiv der Vertuschung war dann zwar schlagartig weggefallen. Aber Rache war süß – es handelte sich um zwei Figuren, die Mitschuld hatten, dass ihm alles zerstört wurde.

Bei dem spektakulären Selbstmord, den er begehen würde, würde er daher die Entführung wie vorgesehen durchziehen – und dann eben vier anstatt nur zwei Personen in die Luft jagen.

Kapitel 75

Die „Wurlitz“ war ein Hochleistungs-Schnellboot, das eigentlich zur Verfolgung von Schwarzfischern und zur Rettung verunglückter Schwimmer und Taucher angeschafft worden war. Mit achtzig Sachen und drei schwerbewaffneten Beamten sowie Wunderlich und einem Bootsführer raste das kurzfristig zum Polizeiboot umfunktionierte Wasserfahrzeug nun über den Untreusee. In nicht einmal fünfundvierzig Sekunden hatten sie sich dem Motorsegler von Hopperdietz in der Mitte des Sees auf Schussweite genähert.

Wunderlich griff zum Megafon und stellte die gleichen Fragen, die Mackert bereits gestellt hatte.

„Herr Hopperdietz, wo wollen Sie denn hin? Sie kommen hier nicht weg. Bitte lassen Sie die Geiseln frei, dann können wir reden.“

Hopperdietz’ Antwort war nichts als ein langes, dreckiges Lachen. Dann wandte er sich zu Albrecht und rief, so dass alle es hören konnten:

„Feuer!“

Wunderlich traute seinen Ohren nicht. Aber das SEK hatte es auch gehört. Und alle sahen sie mit einem Mal die 45er, die Jörg Albrecht aus dem Holster zog. Drei MPs gingen sofort in Anschlag auf ihn. Tante Rosi kreischte in Todesangst so laut, dass am Ufer alle Gäste des Biergartens entsetzt aufsprangen. Schon seit Eintreffen des Blaulichts hatten sie die Jagdszene auf dem See gebannt verfolgt.

„Lassen Sie sofort die Waffe fallen, oder Sie sind tot!“, bellte Wunderlich über das Wasser. Es gab Situationen, da wusste er augenblicklich, dass ein moderater Tonfall lebensgefährlich sein konnte. Und dann konnte er sehr schnell sehr undiplomatisch auftreten.

Aber es war zu spät. Es war unvermeidlich, dass der Schuss fiel. Die 45er polterte zu Boden, aus den Händen eines Albrecht, dessen Blick nur noch ein ausdrucksloses Starren war.

Skrupel. Einmal mehr hatten sie von ihm Besitz ergriffen. Er kam nicht daran vorbei: Ein Mord vom Agentenschreibtisch aus war etwas völlig anderes als einer, den er selbst hätte ausführen müssen. Zitternd und unschlüssig hatte er langsam die Waffe gehoben, Wunderlichs Warnung zum Trotz. Das genügte dem SEK-Mann. Aber nur für eine Warnsalve über Albrechts Kopf hinweg, während seine beiden Kollegen weiterhin auf Albrecht zielten. Mehr bedurfte es nicht: Schon vor lauter Schreck ließ der Ex-Geheimdienst-Superheld seinen Colt fallen. Im Gegensatz zu Hopperdietz wollte er nicht sterben.

„Auch egal", giftete Hopperdietz ebenso laut wie unterkühlt zurück. „Sie bekommen keinen von uns lebend. Und jetzt machen Sie, dass Sie wegkommen, oder wollen Sie auch ins Jenseits? Ich zünde jetzt mein Dynamit!"

„Greizdunnerwedder, eich blei iech zamm! Iech loss mich doch vo dir nedd iebern Haufn schießn und vo dir do brodn wie a Hannala!" Rosi war außer sich, vor Panik und Wut zugleich. Sie trat hilflos mit den Füßen abwechselnd nach Albrecht und Hopperdietz und hätte sogar ihre Fäuste benutzt, wenn sie nicht noch immer Handschellen getragen hätte. Währenddessen schimpfte sie unablässig weiter auf die beiden ein.

Doch selbst Mackert, dem über allen Dingen stehenden, unantastbaren Gerch, war nun klar, dass er und Rosi nicht überleben würden. Wunderlich hätte keine Chance. Egal, wie schnell er und seine Leute würden schießen können, Hopperdietz benötigte nur noch einen kleinen Klick auf den Auslöseknopf. Einen Wimpernschlag. Mackert sprach ein letztes Gebet.

„Und Tschüss!", waren Simon Hopperdietz' nächste Worte.

„Das glaube ich nicht", entgegnete ihm Wunderlich ruhig.

Hopperdietz konnte mit der Reaktion nichts anfangen. „Was meinen Sie damit?" bellte er, bis zur Oberkante mit Adrenalin vollgepumpt.

Wunderlich hob nicht einmal seine Stimme. „Wissen Sie, das hier ist nämlich gar nicht Ihr Dynamit."

„Hä?!“

„Genau genommen ist es *gar* kein Dynamit. Es ist *überhaupt* kein Sprengstoff.“

„Geht’s Ihnen noch gut? Hauen Sie endlich ab, bevor Sie pulverisiert werden!“

„Das werde ich nicht tun. Ich habe nämlich keine Angst vor dem Backpulver, das sich in Ihren vermeintlichen Dynamitstangen befindet.“

„Wie Sie wollen, Herr Kommissar. Leben Sie wohl!“

Ein gellender Schrei zerriss die Luft über dem See. Wasservögel stoben nach allen Seiten davon. Ein dumpfer Schlag ließ die „Wurlitz“ heftig erzittern.

Sie hatten sich Hopperdietz’ Kahn etwas zu schnell genähert und waren mit ihm zusammengestoßen, aber ohne Schaden anzurichten.

Hopperdietz, der geschrien hatte, als sein Plan mit einem Klick fehlschlug, stand noch immer mit offenem Mund und dem Zünder in der Hand vor seinen Dynamitstangen, die allesamt nicht explodiert waren, als er den Knopf gedrückt hatte. In der nächsten Sekunde wurden er und Albrecht von drei uniformierten Beamten überwältigt.

„Simon Hopperdietz, ich verhafte Sie wegen des Mordes an Frank Beierlein und versuchten Mordes an Georg Mackert in zwei Fällen“, fuhr Wunderlich ungerührt fort, während die Handschellen klickten. Die Ansprache wurde mit der Verhaftung Albrechts und Tatbeständen wie Freiheitsberaubung und illegalem Waffenbesitz noch fortgesetzt.

„Und dass Sie meine Tante Rosi entführt haben, nehme ich persönlich“, murmelte er mehr zu sich selbst, während alle vier auf die „Wurlitz“ gebracht und Tante Rosi und Gerch von ihren Fesseln befreit und in warme Decken gehüllt wurden.

„Es war am Ende gar nicht mehr so schwer, das Zeug zu finden und auszutauschen“, kommentierte Wunderlich das von tausend Fragen gezeichnete Gesicht des überführten Mörders. „Ich erkläre es Ihnen nachher im Verhörraum.“

„Etzerd g'heerst der Katz'!", rief Tante Rosi ihrem Ex-Entführer im Vorbeigehen noch feixend zu, als sie am Ufer beim Biergarten anlegten und von Bord gebracht wurden. Nicht dass ein mäusefangendes Tier aufgetaucht und Hopperdietz in dessen Besitz übergegangen wäre. Es war schlicht die nette Rehauer Umschreibung für eine simple, nüchterne, mitleidlose Feststellung:

„Game over!"

Kapitel 76

Bei den Luftstreitkräften gab es im Kalten Krieg eine Stufe der Gefechtsbereitschaft, in der der Pilot in der Maschine saß, der Motor lief und ein Angriffsbefehl somit innerhalb von Sekunden ausgeführt werden konnte. Es war diese dramatische Art von Situation, in der sich binnen eines Augenblicks die Ereignisse überstürzen konnten und danach nichts mehr so war wie zuvor.

Nicht viel anders, sah man von der fehlenden Bewaffnung ab, verhielt es sich mit dem Helikopter, der in diesem Moment auf seinen Passagier wartete. Die Person, die er in wenigen Minuten spontan ausfliegen sollte, würde für alle sehr überraschend an seinem Fluggerät eintreffen. Der Pilot hatte die Order, sofort abzuheben. Es musste schnell gehen, wenn die Mission Erfolg haben sollte. Niemand hatte auf der Rechnung, dass sein Passagier den Ort, an dem er war, verlassen und hier auftauchen würde. Und dass er einen Hubschrauber zur Verfügung haben würde. Aber sie hatten eben nicht darüber nachgedacht, welche Möglichkeiten der Mann hatte. Sie kannten ihn noch nicht gut genug. Sein Netzwerk reichte weit um die Welt, und das hier zu organisieren war für ihn selbst in seiner unsicheren Lage eine Selbstverständlichkeit gewesen. Er hatte sich für diese Möglichkeit als *ultima ratio* entschieden für den Fall, dass sich die Dinge nicht auf anderem Wege regeln hätten lassen.

Dem war nun so, und in wenigen Momenten konnte die Show beginnen.

Kapitel 77

„Ausgetauscht?“, flüsterte Hopperdietz resigniert, als er in Handschellen im Verhörraum der Kripo saß.

„Ausgetauscht“, bestätigte Wunderlich kühl und souverän, „es war gleich das Allererste, was wir in Ihrem Fahrzeug gefunden haben. Das Zweite waren dann die Blutspuren von der Leiche des Herrn Beierlein, die Sie nicht gründlich genug entfernt hatten. Ist aber nicht Ihre persönliche Dummheit gewesen. Solche Spuren zu tilgen geht kaum noch bei unseren technischen Möglichkeiten heutzutage.“

„Sie waren das also. Ich habe mir das Hirn zermartert, wer mir diesen Streich gespielt hat.“

„Der Herr Landrat war so freundlich zu tun, worum ich ihn mit Hilfe von Bürgermeister Angermann gebeten hatte: Sie zuzuparken, damit wir das ganze Wochenende Ihren Jaguar nach Strich und Faden auseinandernehmen konnten.“

„Und wozu das, wenn ich fragen darf? Wenn Sie wussten, dass ich es war, wieso haben Sie mich und das Auto nicht einfach mitgenommen?“

„Schon mal was von gerichtsfesten Beweisen gehört? Warum sollen wir uns vor dem Landgericht Hof die Mühe machen, die Indizien zusammenzubasteln, wenn wir Sie stattdessen in flagranti beim Abbau Ihres komischen Flaschenzugs erwischen könnten? Also ließ ich Sie in dem Glauben, unentdeckt geblieben zu sein. Dass Sie gleich zu Beginn unserer Observation meine Tante Rosi und Herrn Mackert entführen würden, hatte ich allerdings zugegebenermaßen nicht im Plan stehen.“

„Tja, ich bin eben ein konsequenter Mensch. Aber nur so aus Neugier: Wie sind Sie denn überhaupt auf mich gekommen?“

„Ein gesprächiger Herr Wolk senior, ein Grundbucheintrag, ein weggeworfener Zettel – und ein Biss in einen Salzcräcker.“

Hopperdietz sah ihn nur verständnislos an. Wunderlich holte weiter aus.

„Als mir Egidius Wolk erzählt hatte, ein gewisser Simon Hopperdietz hätte sein Grundstück gekauft, bin ich natürlich aus allen Wolken gefallen. Sie waren mit einem Schlag mein Hauptverdächtiger, aber mir fehlte das Motiv. Welchen Schaden hätte ein Simon Hopperdietz, wenn Beierleins Verschwörungstheorie stimmte und offengelegt würde? Komisch, dass ich nicht gleich an die Baupläne gedacht habe. Ich hatte dann über das Grundbuch den Kaufpreis recherchiert, und als es endlich ‚klick' gemacht hat, genügte gestern ein Anruf bei Raschid Isaak, um zu erfahren, dass er seinerseits diesen Grund für seinen *JoyPark* benötigen und das Doppelte dafür bezahlen würde. Sie standen also bei dem Projekt, das Herr Beierlein verhindern wollte, nicht nur auf der anderen Seite als die Behörde, die Sie leiten. Sie hätten dabei auch noch gehörig mitverdient. Deswegen haben Sie mir auch ein Märchen aufgetischt, was den wahren Anlass der Bestechung Beierleins durch Herrn Mackert betrifft. Da ging es nicht um einen Windpark, es ging um den Heinersgrund."

„Na und? Das soll als Beweis für einen Mord reichen?"

„Mit Ihrer DNA an Beierleins Lockzettel schon."

„Wie wollen Sie die denn bekommen haben?"

„Nun ja, womit Sie offenbar nicht gerechnet hatten, ist, dass Beierlein den Zettel, den Sie ihm geschrieben haben, genau da verlieren würde, wo Sie ihn hingelockt hatten. Dort, wo er anschließend ermordet wurde: auf Ihrem Grund und Boden. Und dann haben wir die Spuren auf dem Papier eben mit dem Salzcräcker verglichen."

„Mit welchem Cräcker, verdammt noch mal?!"

„Der, in den Sie gebissen haben. In Ihrem Büro, bei unserem zweiten Gespräch."

Ein längeres Schweigen, angesiedelt zwischen Überraschung und Betretenheit, breitete sich über Hopperdietz' Lippen. Er erinnerte sich wohl in diesem Augenblick. Und verübelte sich schamvoll seine Unvorsichtigkeit.

„Ein Biss in einen Salzcräcker?“

„Ein Biss in einen Salzcräcker. So einfach ist das heutzutage. Und damit mussten wir nur noch auf Ihren nächsten Fehler warten.“

„Verstehe. Es spielt nur keine Rolle“, entgegnete Hopperdietz.

Das war das Letzte, was er sagte. Und noch während er es sagte und bevor Wunderlich nur im Ansatz begreifen konnte, was Simon meinte, war der einsneunzig große Hüne schon aufgesprungen. Es war nur die Hälfte eines Sekundenbruchteils, in der der Kommissar kurz die Konzentration verloren und aus dem Fenster geblickt hatte. Der kühle Rechner Hopperdietz, der Wunderlich die ganze Zeit beobachtete, hatte das sofort bemerkt. Der explodierende Bauchmensch Hopperdietz hatte die Signale seines Kopfes dankbar angenommen, ebendiesem Kopf aber keinerlei Zeit mehr zum Zögern gelassen. Ehe irgendjemand im Raum wusste, was geschah, warf Simon den Stuhl um, auf dem er saß, trat den Tisch in Wunderlichs Richtung, drehte sich blitzartig um und raste, Handschellen hin, Handschellen her, zur Tür des Verhörraums hinaus.

Wunderlich hörte nur ein dumpfes Krachen.

Kapitel 78

Das Knattern über ihren Köpfen ließ sie alle gemeinsam nach oben sehen. Fast alle. Herdentrieb war immer wieder faszinierend, nur Wunderlich stand mitten unter ihnen und war von diesem Phänomen wie immer gänzlich unbeeindruckt. Allerdings – tun konnte auch er nichts. Zügig und unbehelligt hatte der Passagier den Helikopter bestiegen und war ebenso schnell wieder weg, wie er angekommen war. Niemand hatte mit einem Hubschrauber gerechnet. Belämmert waren sie dort herumgestanden, wo er abgehoben hatte. Wo er hinwollte, konnten sie sich ausrechnen, aber ob sie rechtzeitig dort sein würden, wüssten die Götter.

„Ich bin zu Ihnen gekommen … um Ihnen mitzuteilen, … dass heute … Ihre …“ Er sprach die Worte mit Bedacht, denn es waren die ersten nach seiner Landung. Der Rasen war groß genug gewesen für den Anflug, das hatte ihm sein Assistent, der sich ja schon hier befunden hatte, vor der Reise bestätigt. So war das ungleiche Paar nun dem Hubschrauber entstiegen – der Assistent schlank, sportlich und mit dunkler Sonnenbrille, sein Chef kräftig, mit Vollbart und Cartier-Uhr. Die Tausenden von Menschen, die sich hier versammelt hatten, waren immer noch baff.

Es war unfreiwillige Komik. Er war weitgereist und belesen, aber so viel wusste Raschid Isaak über deutsche Geschichte dann auch wieder nicht. Als er mit Dirham Al-Mosén in Hof aus seinem Privatjet in den Heli umgestiegen war, um schneller im Rehauer Stadion zu sein und nicht schon am Flugplatz durch hundert Journalistenfragen aufgehalten zu werden, hatte er sich ein paar Worte auf Deutsch überlegt. Zufälligerweise folgten sie genau dem Skript jenes denkwürdigen 30. September 1989.

„… Stadt und Ihr Verein einen historischen Tag erleben.“ Auch Wunderlich spitzte nun die Ohren. Er hatte sich entschlossen, mit

Edmund Angermann gemeinsam zum Montagsspiel des 2. FC ins Stadion zu kommen, nachdem er Hopperdietz am späten Nachmittag in die JVA Hof verfrachtet hatte. Dessen erbärmlicher Fluchtversuch war schon an der Außentür der Rehauer Polizeistation zu Ende gewesen, als er dem kreuzbreit dort aufgestellten Polizeiobermeister Peter Dittrich direkt in die Arme gelaufen war. Kriminalpolizei und Stadtspitze wollten sich daraufhin in Ruhe Gedanken machen, wie sie am nächsten Tag Entwarnung für die Bevölkerung geben würden. Im Kopf des Normalbürgers geisterte weiterhin eine Terrorwarnung. Dass das Duo aus Dubai ihnen die Arbeit abnehmen würde, hatten sie nicht auf der Rechnung. Noch weniger die Form, die es nun binnen weniger Minuten annehmen würde.

„Meinen reizenden Assistenten kennen Sie ja bereits“, fuhr Isaak auf Englisch fort und ließ Al-Mosén fortan übersetzen, was dieser angesichts der Einleitung mit Schmunzeln beginnen musste. „Als Freund und Unterstützer Ihres Vereins und Ihrer Stadt habe ich mit großer Sorge erfahren, dass Sie sich in den vergangenen drei Wochen einer enormen Bedrohung ausgesetzt gefühlt haben. Hierfür fühle ich mich mitverantwortlich, denn das Verbrechen hat offensichtlich mit meinem Projekt für Ihre Stadt zu tun.“

Die Wiederholung der deutschen Geschichte war nun insoweit abgesagt, als nicht ohrenbetäubender Jubel Isaaks Worte untergehen ließ, sondern „Oh“s, „Ah“s und Gemurmel in allen Tonarten und Lautstärken.

„Das Opfer hat einen groß angelegten Betrug mit gefälschten Flussperlmuscheln aufgedeckt, mit dem ich getäuscht werden sollte und der mich beinahe veranlasst hätte, mein Projekt an einer für Ihre wunderschöne Natur völlig ungeeigneten Stelle zu realisieren. Der Täter wollte sodann auch noch einen Mitwisser beseitigen und hat dabei mit der Bombe und den Schüssen Angst und Schrecken bei Ihnen verursacht. Ich freue mich sehr, dass ihm die Anschläge misslungen sind, denn dieser Mitwisser ist mein Freund und Partner …“

Wunderlich konnte kaum hinsehen, aber es war nicht zu umgehen, denn mit noch stolzgeschwellterer Brust als je zuvor betrat Gerch Mackert die Bühne, auf der Isaak sprach.

„George, wenn du bitte übernehmen möchtest?", überließ der eine dem anderen höflich die Fortsetzung der Show. Mackert war zu zweihundert Prozent in seinem Element.

„Liebe Freunde, liebe Mitbürgerinnen und Mitbürger, das Motiv kennen Sie jetzt. Und nun darf ich Ihnen verkünden, dass dieses ruchlose Verbrechen, das sich gegen Rehau und seinen grandiosen Unterstützer Raschid Isaak gerichtet hat, aufgeklärt ist: Der Täter sitzt in Haft!"

„Woher weiß der …", weiter kam Angermann nicht mit seiner Frage an Wunderlich, denn der saß nicht mehr neben ihm. Er musste bei Mackerts nächstem Satz wohl oder übel aufstehen.

„Und hier ist der Mann, der das alles zusammengebaut hat: Liebe Rehauer, unser Kriminalhauptkommissar Moritz Wunderlich!"

Es war eine Hassliebe, die ihn mit solchen Momenten verband. Wunderlich würde diesen inneren Konflikt wohl niemals loswerden. Auf der einen Seite war es ein wunderbares Gefühl, nicht nur die Tat aufgeklärt und damit seiner Heimatstadt gedient zu haben, sondern auch zu genießen, dass dies gewürdigt wurde und ihn weiter zu seinem Beruf und zu seiner Bemühung um Professionalität und Gründlichkeit motivierte. Auf der anderen Seite bezog er sein Lebensmotto aus einem Zitat des Schriftstellers Max Frisch, der seinen *Homo Faber* sagen ließ: „Menschen sind anstrengend." Weshalb er nicht wirklich gerne lange vor fünftausend von ihnen stand. Vor allem nicht, wenn er wusste, dass Mackert ihn eigentlich nur als Schmuck für seine große Show nutzte. Der Beifall war jedenfalls lange genug, um diese Überlegungen anzustellen. Wunderlich winkte freundlich von der Bühne in die Menge, raunte dem Gerch ein „darüber reden wir noch" zu und reihte sich sodann mit Handschlag neben den Gästen aus Dubai ein, froh, nicht auch noch eine Rede halten zu müssen.

„Als zweitgrößter Steuerzahler der Stadt Rehau war ich schockiert über die Beinahe-Katastrophe, die die jüngsten Untaten über unser Gemeinwesen und vor allem unseren Naturraum gebracht haben. Als verantwortungsbewusste Unternehmer haben Scheich Isaak und ich unser gemeinsames Projekt sofort umgeplant und möchten es hier und heute vorstellen."

Isaak und Mackert nahmen je einen Zipfel eines Leinentuchs in die Hand, welches eine riesige senkrecht stehende Fläche bedeckte. Mit theatralischer Geste enthüllten sie die Informationstafel.

„Derf mer Iehna und eich vorstelln? Der *JoyPark Wurlitz*!"

Gegen das, was sich nun abspielte, war ein Hühnerhaufen eine hochgedrillte Armeedivision beim Stechschritt-Üben. Das Fußballmatch gegen Bayern Hof, das eigentlich in zehn Minuten beginnen sollte, schien völlig vergessen. Jeder wollte nur noch den Scheich und seine Pläne sehen.

„Geh amol wech, iech mechts aa sehng!" – „Horst, des glaabst nedd! Nei ner Wal' zwischen Woja und Warletz kimmt a zwanzich Meter hohe Wasserrutschn!" – „Anni, schau, do! Des Warletzer Bahnhofsheisla werd zenneran Emfangsdörminal mit Sicherheitsschleusn und so!" – „Etzerd lass miech hald her do!"

Mitten hinein in dieses Chaos begannen Moritz Wunderlich und Georg Mackert unauffällig ein kleines Gespräch.

„Du hosd also des Grundstück vo' meiner Oma seelich kaafd, du Schlawiener vonneram Gerch! Und iech hobb gedacht, des wor unner Nachbor."

„Tja, mein Lieber, du waaßt es doch: Iech unnerstitz annera Leit, wo iech koo. Eier Nachbor hädd' doch des vill Geld gor nedd ghabbt."

„Vill Geld? A boor dausend Euro fier a Haus und ner Grund?"

„Na ja, Haus. Ruine driffds besser, oder? Schau, und etzterd reiß mers ei und dann kimmt do a scheener Landschaftspark mit Hotel noo."

„Du reißt der Oma ihr Haus ab? Was soll des brenga, der Loodn vom Isaak braucht fünfmal sovill Platz, oder?“

„Freilich. Deswegn kaaf mer ner Schörner und ner Metz seine Heiser gleich mit und baua quer iebers Gelände. Dazu a boor Briggn ieber die Strooß nach Woja, die Strooß selber griecht goldene Pflasterstaa, und a scheens Weechala bis nunder zer die Wunderlichs Teich kimmt noo – ferrdich is die Wellness-Oase.“

Er konnte über Gerchs jovial-bodenständiges Getue genervt sein, aber eines musste Wunderlich ihm lassen: Der Mann dachte Dinge zu Ende. Wo außer im Heinersgrund gab es – nachhaltig, wie es sich gehörte – Flussauen mit Bahnanschluss? In Wurlitz natürlich. Und wo hätte Isaak mitten in Wurlitz das Plantschwasser für seine Tropenanlage herbekommen sollen? Natürlich von den Fischteichen, die einen Kilometer flussabwärts an der Schwesnitz mitten im Wald lagen und ebenfalls früher Wunderlichs Familie gehört hatten. Deren Badequalität hatte er selbst ja in unbeschwerten Kindertagen nur zu gut austesten können.

„Und etzerdla verzellst mer nuchamol die Gschicht midd'm Foddo und deina Versuche, iech sooch amol, des Bauprojekt günstig zer beeinflussen. Wir haben nämlich“, wurde er wieder hochdeutsch-ernst, „zweifelsfrei deine Handschrift auf dem Foto identifiziert, von dem du angeblich nichts weißt.“

„Ja, das wollte ich dir schon seit Tagen sagen“, setzte Gerch eine Miene des Bedauerns auf. „Ich hatte da einen totalen Blackout, als wir uns vor zwei Wochen hier gesehen haben. Ich weiß auch nicht. Ich hatte dir beteuert, ich wüsste nichts von einem Foto. Erst vorgestern ist mir klargeworden, was du gemeint haben musst. Selbstverständlich habe ich es als Ehrenbürger dieser Stadt als meine Pflicht angesehen, einer in Not geratenen, angesehenen Vertreterin der dritten Gewalt im Staate unter die Arme zu greifen.“

Schon das war gelogen, denn Mackert war überhaupt nicht Ehrenbürger von Rehau. Er benahm sich nur so.

„Indem du Beierlein kaufst und später dem Liebhaber dieser Judikative hunderttausend Euro versprichst?“

„Das war doch alles ein Missverständnis. Ich habe bei den ‚Bürgern für Rehau’ für die Weiterentwicklung unserer Stadt geworben, wie du weißt. Und bei der Gelegenheit habe ich dem Fraktionsvorsitzenden gleich die Unterstützung seiner, nun ja, Lebensabschnittsbegleiterin in Aussicht gestellt. Ich wollte extra nicht ein zweites Mal den Ehemann damit behelligen, nicht dass es noch heißt, ich würde mir von der Naturschutzbehörde irgendwelche Gegenleistungen erkaufen. Das hat ein Mackert bekanntlich nicht nötig.“

Gerchs weiterer Vortrag stoppte jäh, denn Wunderlich entfuhr ein brachiales Prusten, welches er aber damit entschuldigte, eine Fliege sei ihm in den Hals geflogen.

„Geht’s dir gut, Wunderlich? Ja? Du weißt, ich bin schnell besorgt. Also weiter: Ich habe dann selbst eingesehen, wie auch aus dem von mir gewählten Weg ein unglückliches Missverständnis entstehen könnte. Aber da war es ja schon zu spät. Also habe ich zumindest dasselbe Angebot noch ein zweites Mal direkt an die Frau Staatsanwältin gerichtet. Gemeint habe ich natürlich, sie möchte dies als Geschenk annehmen. Von Bürger zu Bürger. Wir sind doch alle Teil eines verantwortungsbewussten Gemeinwesens, nicht wahr?“

„Wirklich außerordentlich schade, dass dir dein Geschenk so nachgetragen wurde, obwohl du es nicht einmal an die Frau bringen konntest.“ Wunderlich sah aus, als würde er vor Mitleid gleich in Tränen ausbrechen. „Aber vielleicht spendierst du mir als Ersatz demnächst in Hof a Boor Wärschtla – da bin ich wenigstens dein unbestechlicher Zeuge, dass du zu den Guten gehörst.“

„Gern, mein Lieber. Also dann: Fair Play und auf ein gutes Spiel!“

Im genauen Wissen, was Mackert mit diesem doppelbödigen Satz hatte ausdrücken wollen, reichten sie einander die Hand und jeder begab sich zu seinem Platz, um 90 Minuten Spitzensport in Rehau zu genießen.

Kapitel 79

„Ich brauche Kohlenhydrate, schließlich will ich morgen noch mal auf den Schneeberg.“

Das klang plausibel, denn zum einen war der höchste Gipfel Frankens natürlich ein alljährlicher Programmpunkt in Wunderlichs Rennrad-Trophäensammlung, zumal die alte Militärstraße, die dort hinaufführte, für Autos gesperrt war und damit für Radsportler äußerst beliebt, obwohl die Asphaltdecke inzwischen an einen einsamen Pass in den hinteren Pyrenäen erinnerte. Zum anderen war der 2300 Meter lange Abschnitt aber auch zehn Prozent steil, und zwar nachdem man sich schon vom Weißenstädter See zur Egerquelle hochgewuchtet hatte, vom Kleinschloppener Berg am Epprechtstein ganz abgesehen, über den man nach Weißenstadt überhaupt erst einmal anreisen musste. Wunderlich weigerte sich beharrlich, in diesem und allen anderen Fällen die kreuzflachen Radwege auf den alten Eisenbahntrassen zu benutzen, und so waren tausend Höhenmeter weggeknabbert wie nichts. Ein voller Energiespeicher war also angesagt.

„Aha, und deshalb die Sülze auf deinem Teller.“ Angermann grinste ihn ironisch an.

„Nein, deshalb der riesige Berg Bratkartoffeln, du Oberbürgermeister! Potsch!“ Einmal mehr knuffte die Faust des einen Freundes gegen die Schulter des anderen. „Und du Wärschtla mit dein’ acht Quadratmeter großen Schnitzel musst grood wos soogn.“ Wunderlich träufelte sich noch etwas Öl auf Sülze und Zwiebeln.

„Oberbarchermaaster?“ Angermann spielte lächelnd den Empörten. „Hobb iech Rehau nooch Niederbayern verlegt oder in Schäiwaal fuchzich Millionen Einwohner o’gsiedelt?“

„Iech hobb ja nedd ‚OB vo München’ gsocht. Also – Schnitzel?“

„Ich brauche nun einmal meine ganze Kraft für die Wählerinnen und Wähler.“

„Wähler? Welche Wähler? Deine Amtszeit dauert noch sechs lange Jahre. Willst du jetzt doch noch Landrat werden?“ Wunderlich klang leicht besorgt.

„Nein, aber du weißt doch – der Stadtrat ist für die Stadt da und nicht umgekehrt.“

„Mmh, hast recht“, stimmte ihm Wunderlich in wieder sachlicherem Tonfall zu, „wer mit seinem Stadtrat zehn Jahre lang zwanzig Millionen für ein neues Schulzentrum in die Hand nimmt, sollte sich vielleicht besser nicht entkräftet im Schaukelstuhl zurücklehnen.“

„Riesig ist jedenfalls der richtige Ausdruck“, lächelte Ulrike ebenso verschmitzt wie pappsatt in die Dreierrunde. Hier im Landgasthof Grünhaid war die Küche fränkisch, und das hieß, es war technisch und politisch nicht möglich, Portionen von so kleinem Ausmaß zu servieren, dass Ulrike Wunderlich gerade eben davon satt geworden wäre. Das war aber nicht weiter schlimm, denn die von jeher gute Qualität der Küche hatte in den letzten Jahren noch einmal eins draufgesattelt, so dass man nicht widerstehen konnte, wenn man noch Kapazitäten freihatte. Was auf zahlreiche Gäste zutraf, denn sportlich und damit vom Naturell her genügsam musste man sich hierher nicht zwingend durchschlagen. Hotel und Restaurant verfügten über einen der größten, aber zugleich schönsten Parkplätze Hochfrankens, mit Aussicht über jeden Hügel, der zwischen hier und dem tschechischen Asch in der einsamen Landschaft aus Wiesen und Wäldern stand. Man war fünfhundert Meter von der Autobahnausfahrt entfernt und befand sich zugleich mitten in der schönsten Pampa.

„Wir helfen dir schon“, äußerten Wunderlich und Angermann demzufolge höchst uneigennützig und teilten Ulrikes Käseteller sogleich unter sich auf.

„Was wird denn jetzt aus eurem Ermittlungserfolg?“, fragte die, um sich nach dem Schicksal der einzelnen Beteiligten zu erkundigen.

„Na ja, du kennst ja unseren Vorsitzenden Richter am Landgericht Hof“, schmunzelte Wunderlich, „der war damals sehr glücklich, als er nach seiner Zeit als Staatsanwalt im Verkehrsrecht zu den Kapitalverbrechen kam, wo er endlich so richtig schön austeilen konnte. Ein Mord, zwei Mordversuche, die Entführung – also, so zirka neunundneunzig Mal lebenslänglich wird's für Hopperdietz schon werden."

Gelächter am Tisch – natürlich wussten sie alle drei, dass, anders als in gewissen Wichtigtuer-Staaten, in Deutschland bei einem Mal lebenslänglich Schluss war.

„Für Albrecht wird's wegen Beihilfe auch nicht billig, irgendwelche neuen Kunststoff-Spielereien werden wir in den nächsten fünf Jahren in Rehau sicher nicht mehr sehen. Dass Susanne Beierlein wegen versuchten Totschlags angeklagt wird, wage ich zu bezweifeln, aber ebenso, dass sie ihren Job behält. Es war einfach Pech – wären Mackerts Reifen gleich platt gewesen, dann hätte der das großspurig als Dumme-Jungen-Streich gegen einen Ehrenbürger der Stadt verkauft, wir hätten die Sachbeschädigung kaum verfolgt und sie wohl nie erwischt. So reicht's allemal für eine knackige Bewährungsstrafe. Aber bei zweieinhalb Millionen Lebensversicherung muss sie ja auch nicht mehr arbeiten. Wenn die sich wirklich den Wolk angelt, der ja – wie ich zu meiner Schande einräumen muss – völlig unbescholten ist, dann sind die beiden Rehaus neue Superreiche."

Wunderlich hasste Irrtümer, aber der Bürgermeister verdeutlichte ihm noch einmal tröstend, dass ihm ein integrer politischer Gegner, der Wolk stets gewesen war, bedeutend lieber sei.

„Und Mackert selber?", warf Angermann ein. „Der hat Beierlein bestochen, meinen Stadtrat kaufen wollen und meiner Stadt beinahe ein Naturschutzgebiet abgeluchst und einen Wellnessbunker hingestellt."

„Bestechung? Aber ich bitte dich. Unser ehrenwertester Herr Mackert, Steuerheiland der Stadt Rehau …"

Seine beiden Gegenüber begannen bereits zu glucksen.

„… hat doch niemanden bestochen. Nach seiner selbstverständlich glaubhaften, da von niemandem widerlegbaren Aussage hat er nacheinander Herrn Beierlein, Herrn Wolk und Frau Beierlein lediglich zu verstehen gegeben, dass er gerne Frau Beierlein aus der Patsche helfen würde, da er so ein Wohltäter sei. Das Foto habe er ohne sein Zutun von dem mit ihm befreundeten Casinochef in Karlsbad zugesteckt bekommen. Und Herrn Wolks Fraktion habe er, wie es den demokratischen Gepflogenheiten entspricht, sachlich und völlig unverbindlich Argumente für sein Bauprojekt nahegelegt. Dies natürlich erst, nachdem er von der vermeintlich positiven Entwicklung bei der Flussperlmuschel erfahren habe. Von einem Betrug hierbei habe er nichts gewusst. Er sei entrüstet über diese Entwicklung der Dinge."

Ulrike hielt sich den Bauch vor Lachen, während Angermann prustend mit den Fäusten auf den Tisch hämmerte. Wunderlich blieb völlig ungerührt.

„Glaubt ihr mir etwa nicht?"

Er hatte gewisse schauspielerische Qualitäten und machte sich gelegentlich einen Spaß daraus, etwas vollkommen Absurdes todernst vorzutragen und es länger ohne Grimasse auszuhalten als seine Freunde um sich herum.

„Na dann lasst uns aufbrechen, der Schneeberg wartet nicht", schloss er den juristischen Sachvortrag, nun doch mit schelmischem Grinsen, dies aber mehr in Richtung der Nachbartische, wo die Gäste auf das schallende Gejohle zum Thema Mackert aufmerksam geworden waren.

„Apropos Schneeberg", schaltete die Wirtin sich ein, „der Gipfel ist ja noch immer im Besitz des Landkreises Wunsiedel, der keine Ahnung hat, was er damit anfangen soll. Wollen Sie den nicht vielleicht kaufen? Ist bestimmt günstig."

„Ui toll", flachste Ulrike, „wir könnten dort ein Tagungshotel für Manager bauen und teambildende Events wie ‚Überleben unter Extrembedingungen' anbieten. Bei vier Grad jährlicher Durchschnittstemperatur und schlechtem Handyempfang? Und du", zwinkerte sie ihren Mann an, „könntest jeden Tag alleine die Straße rauf- und runterradeln. Zum Einkaufen in Bischofsgrün. Oder private Radrennen organisieren."

So kam sie ins Schwärmen, während sie alle drei hinaus auf den nach abgeernteten Feldern duftenden Parkplatz traten. Sie liebte den Herbst genauso wie ihr Mann und freute sich auf die stillen Tage, in denen sich abwechselnd die wärmende Sonne und der ruhebringende Hochnebel über ihrer aller Heimat legen würden. Auch Edmund Angermann konnte der Jahreszeit viel abgewinnen, in der Rehaus Bürgermeister die Kulturtage, die Herbstkärwa und später der Adventsmarkt erwarteten.

Ulrikes Schwärmen um den Schneeberg und um das Radfahren. Niemand von den dreien hätte in diesem Augenblick auch nur in seinen wildesten Träumen ahnen können, dass sie damit prompt im zweiten Fall angekommen war, der sie, den Bürgermeister und vor allem ihren Gatten im kommenden Sommer buchstäblich in Atem halten würde.

Wunderlich entdeckte einen Käfer, der in der Wiese am Rand des Asphalts auf den Rücken gefallen war und hilflos mit den Füßen in der Luft zappelte. Vorsichtig drehte er ihn wieder um. „Sollst auch was vom Leben haben", sinnierte er verträumt.

Sie blickten vom Parkplatz hinab in den Perlenbachgrund. Still und zufrieden grüßten sie die Flussperlmuschel, die dort im Flussbett steckte und es nun auch auf ehrliche Weise schaffen würde, zu überleben und sich wieder zu vermehren. Die Großprojekte der Naturschutzbehörde waren keine Fälschung, und die öffentliche Aufmerksamkeit des Betrugsskandals würde, so hofften sie inständig, zumindest bei manchen ihrer Mitbürger zu mehr Achtsamkeit im Umgang mit der Natur führen.

Beflügelt davon, das größte Verbrechen des Jahrzehnts aufgeklärt zu haben, fuhren sie auf der alten B15 am Perlenhaus vorbei zurück in ihre liebenswerte kleine Stadt.

Danksagung

Mein herzlicher Dank gilt Isabel Radeloff, mit der die Idee zu den Rehau-Krimis entstanden ist, die dazu unheimlich viel Kreativität und den Aufwand beigesteuert hat, das Manuskript gleich zweimal zu lesen - und die zum Dank dafür auf zahllosen Spaziergängen meine logischen Grübeleien mit mir diskutieren und sich das Schwelgen ihres Ehemannes in heimatlichen Anekdoten anhören musste.

Hanns Findeiß und Marianne Glaßer, die mir als Verleger und Lektorin bei diesem ersten Versuch von Anfang an mit professioneller Unterstützung und positivem Feedback zur Seite gestanden sind.

Siegfried Hösch, von dem ich alles über die Flussperlmuschel erfahren habe, und Michael Abraham, der mir seitens der Stadt Rehau einen Strauß an Stadtinformationen mitgegeben hat, die selbst mir neu waren – nicht zuletzt das Kleine Rehauer Wörterbuch, das mir bei der korrekten Rechtschreibung meiner Heimatsprache unschätzbare Dienste geleistet hat.

Und natürlich demjenigen Teil meiner Familie, den ich für einige Figuren in diesem Buch verwendet habe. Ich hoffe, sie sind mir als das gelungen, was sie ausdrücken sollen: Meine höchste Wertschätzung für ihre liebenswürdige Rehauer Art.

Zum Autor

Torsten von Wurlitz,

Pseudonym von Torsten Küneth, wurde 1970 in Rehau geboren und lebte hier bis ins junge Erwachsenenalter. Bis Mitte der neunziger Jahre war er in seiner Heimatstadt politisch aktiv, bevor er nach dem Ende seines Studiums an der Universität München dort seine Tätigkeit für einen großen Versicherungskonzern begann.

Der promovierte Mathematiker, passionierte Rennradler und internationale Tischtennisschiedsrichter engagiert sich bis heute für Rehau im Bereich des Sports und konnte 2012 als erster Rehauer an Olympischen Spielen teilnehmen.

Er lebt mit seiner Frau im oberbayerischen Weilheim und besucht seine Heimatstadt regelmäßig.